Une nouvelle inattendue

*

Ce secret désir…

*

Un enfant à aimer

CAROLE MORTIMER

Une nouvelle inattendue

Traduction française de
CAROLE MASSEAUT

HARLEQUIN

Titre original :
PREGNANT BY THE MILLIONAIRE

Ce roman a déjà été publié en 2015

Réalisation graphique couverture : L. SLAWIG (HarperCollins France)

HARPERCOLLINS FRANCE
83-85, boulevard Vincent-Auriol, 75646 PARIS CEDEX 13
Service Lectrices — Tél. : 01 45 82 47 47

www.harlequin.fr

ISBN 978-2-2804-3351-8

1

Nick s'éveilla, seul dans son lit.

Il en fut surpris car il était pratiquement certain qu'il ne l'était pas quelques heures auparavant lorsqu'il s'était endormi, comblé et satisfait.

Cela avait à voir avec une déesse…

Avec la déesse Hébé.

Grande et mince, ses longs cheveux raides et blonds encadraient un visage aux yeux d'un marron si clair qu'ils semblaient d'or. D'étranges yeux magnétiques, qui brillaient d'une multitude de secrets…

Nick n'avait pas spécialement envie de connaître ces secrets. Pour lui, Hébé Johnson avait été un simple divertissement, lui ayant permis d'oublier la douleur du passé et la journée qui venait de s'écouler. Du moins pour quelques heures.

Mais où était-elle ? Dehors, il faisait nuit et les draps défaits à côté de lui étaient encore tièdes. Elle ne pouvait donc pas être partie depuis longtemps.

Nick fronça légèrement les sourcils à l'idée qu'elle puisse s'être tout simplement volatilisée dans la nuit. C'était à lui, d'habitude, que revenait cette prérogative : inviter une femme à dîner, coucher avec elle et s'éclipser au petit matin. Le but ? Ne jamais s'impliquer, ne jamais laisser une femme pénétrer dans l'intimité de sa vie.

Evidemment, dans le cas présent, c'était un peu plus compliqué puisque c'était son propre lit qu'ils avaient partagé !

Soudain, Nick se souvint que Hébé partageait son logement avec quelqu'un. C'est pour cela qu'après le dîner, il l'avait invitée à prendre un verre dans son appartement, dérogeant ainsi à l'une de ses règles fondamentales.

A *deux* d'entre elles en fait, se rappela-t-il en grimaçant : Hébé travaillait pour lui à la *Cavendish Gallery*, située deux étages plus bas, au rez-de-chaussée.

Mais aux grands maux les grands remèdes ! Il avait eu besoin de se perdre dans la beauté féline de ce corps grand, fin et parfait, et il l'avait fait. Sa douleur en avait été anesthésiée, voire totalement gommée tant il avait été ébloui et ensorcelé. Car Hébé était différente de ces femmes sophistiquées qui traversaient d'habitude sa vie.

Nick soupira en se remémorant la soirée de la veille. A présent, il devait avant tout oublier cette nuit torride. Il se leva, tourna le dos aux draps enchevêtrés et quitta la pièce.

Pour s'arrêter net en réalisant qu'il n'était pas seul.

En effet, Hébé sortait de la cuisine, un verre d'eau à la main, sa nudité voilée de sa seule chevelure dorée qui lui frôlait les reins.

Nick se sentit instantanément empli de désir à la vue de ce corps parfait, ces longues jambes fuselées, cette taille fine, ces hanches joliment dessinées et cette poitrine haute et ferme aux tétons roses, dressés, comme suppliant d'être embrassés. Encore et encore…

Quelques mois plus tôt, il avait remarqué la jeune femme à la galerie, mais il n'avait jamais vraiment eu l'occasion de lui parler. Jusqu'à hier.

Et maintenant, il la désirait. De nouveau.

— Que faites-vous ? lui demanda-t-il d'une voix rauque, tout en s'approchant d'elle à pas feutrés.

Aussitôt, Hébé sentit sa respiration s'accélérer. Au fond, elle ne savait toujours pas très bien comment elle avait pu accepter de suivre Nick Cavendish dans son appartement… Puis dans son lit… Puis dans ses bras.

Ce qu'elle savait, en revanche, c'est que cet homme l'avait fascinée depuis le moment où elle l'avait rencontré, pensa-t-elle en se rappelant chacun des baisers et chacune des caresses de la nuit précédente. La vérité, c'est qu'elle avait été perdue dès l'instant où il l'avait touchée et serrée contre lui.

Mais peut-être était-elle déjà perdue avant cela…

Le charismatique Nick Cavendish était américain. Il possédait la galerie d'art londonienne dans laquelle elle travaillait, ainsi que deux autres galeries, l'une à Paris et l'autre à New York. Elle savait qu'il avait un appartement au dernier étage de chacune d'entre elles, ce qui lui permettait de répartir son temps de manière égale entre ces trois villes.

Hébé travaillait déjà depuis plusieurs semaines à la galerie quand elle avait pour la première fois croisé le regard de son énigmatique patron.

Ce jour-là, il traversait la salle ouest de la galerie, en bombardant d'instructions l'un de ses directeurs. Il dégageait une impression d'énergie sans limites, et Hébé, sans comprendre ce qui lui arrivait, avait eu la sensation que son cœur s'arrêtait de battre.

Brun, les cheveux un peu longs rejetés en arrière, Nick Cavendish avait le teint mat et les yeux d'un bleu profond. Son corps souple et musclé de plus d'un mètre quatre-vingts dégageait la même puissance retenue que celle d'un tigre en cage. Et représentait la même menace de danger !

Mais jamais elle n'avait osé imaginer, même dans ses rêves les plus fous, que Nick puisse un jour la remarquer…

Pourtant la rencontre s'était produite la veille au soir : alors qu'elle quittait la galerie, Hébé l'avait malencontreusement bousculé. Mais au lieu du regard dédaigneux auquel elle s'attendait, Nick avait éclaté de rire, et tous deux s'étaient excusés. Puis, à sa grande surprise, il l'avait invitée à se joindre à lui pour le dîner, invoquant le fait qu'elle travaillait à la galerie depuis plusieurs semaines maintenant et qu'il était temps qu'ils fassent connaissance.

Qu'ils fassent connaissance !

Hébé était sûre que pas un centimètre de son corps n'avait échappé à l'assiduité des mains et de la bouche de Nick. Le souvenir de l'intimité qu'ils avaient partagée cette nuit lui fit monter le rouge aux joues.

— J'avais soif… J'espère que cela ne vous dérange pas,

lui répondit-elle d'une voix sourde, en lui montrant le verre dans lequel elle venait de boire.

Nick plongea son regard dans celui de la jeune femme. Il avait soif lui aussi, mais ce n'était certainement pas d'eau... Il prit le verre des mains de Hébé, le posa sur la table et se pencha pour déposer un baiser sur la poitrine de la jeune femme. Tandis qu'il léchait le mamelon durci, il sentait le désir l'envahir. Hébé gémissait doucement, se cambrant contre lui. Ses yeux brillants étaient comme de l'or en fusion.

Elle était si belle... Nick n'avait qu'une envie, se perdre en elle une fois encore. Mais, cette fois-ci, ce n'était pas pour oublier les douloureux souvenirs : il la désirait avec une ardeur sauvage.

Il se redressa pour la prendre dans ses bras, et captura sa bouche.

Hébé tremblait lorsque Nick la déposa sur les draps défaits. Son désir était si fort qu'elle sentait des ondes de chaleur et de feu à travers tout son corps. Elle fit courir fiévreusement ses doigts le long du large dos de Nick, avant d'effleurer son sexe en se frayant un chemin vers ses cuisses. Elle aima le sentir dur contre sa main, et le gémissement qu'émit Nick lui assura qu'il aimait cela aussi.

La jeune femme commença à embrasser son torse et Nick se laissa glisser contre les oreillers tandis qu'elle descendait vers le creux de son ventre, puis plus bas, jusqu'à atteindre ses cuisses fermes.

Nick se sentit chavirer lorsque Hébé promena sensuellement sa langue sur sa peau brûlante, et il sut qu'il ne pourrait résister très longtemps. Il voulait retrouver la chaleur de Hébé, il voulait être en elle et que tous deux connaissent de nouveau le plaisir intense qu'ils avaient déjà partagé durant la nuit.

Nick allongea la jeune femme sur le dos avant de la pénétrer lentement. Elle commença à bouger doucement sous lui, l'amenant ainsi plus profondément en elle.

Quelques minutes plus tard — à moins que ce ne fût des heures ? —, la respiration de Hébé devint plus haletante.

Elle sentait monter en elle une vague chaude de plaisir. Son corps frémit et se mit à trembler lorsque la vague la submergea brusquement, pour l'emporter avec elle.

Puis Nick, à son tour, la rejoignit dans l'extase.

De toute sa vie, Hébé n'avait jamais rien connu de tel. Elle sourit intérieurement, réalisant combien elle se sentait heureuse, détendue et comblée. A tel point qu'elle aurait très bien pu tomber totalement, éperdument amoureuse de cet homme. Si ce n'était déjà fait…

Elle se sentait proche de Nick comme jamais elle ne l'avait été de personne. Mais qu'allait-il se passer demain dimanche ? Peut-être pourraient-ils prendre le petit déjeuner ensemble, avant de faire encore l'amour… Puis se promener dans le parc voisin, avant de faire de nouveau l'amour. Enfin, ils pourraient…

Ravie et épuisée, Hébé sombra dans le sommeil.

Nick, à son côté, ne dormait pas. Son corps était parfaitement apaisé, mais son esprit était en pleine ébullition.

Certes, Hébé Johnson était belle et désirable, et sa sensualité était irrésistible. Mais c'était justement parce qu'elle était tout cela qu'il *devait* lui résister. Il ne voulait pas entrer dans la prison dorée d'une femme, quelle qu'elle soit, il ne voulait pas de cette douillette unité qui se resserrerait sur lui jusqu'à ce qu'il étouffe. Plus jamais. Et c'était cette douleur et ce désespoir qu'il avait essayé si fort d'effacer la nuit dernière.

De toute façon, Hébé était toujours son employée. Intouchable, donc. Même s'il avait déjà fait beaucoup plus que la toucher !

Nick avait connu de nombreuses femmes depuis son divorce, deux ans auparavant. Il invitait celles-ci à dîner, couchait avec elles puis les quittait, sans états d'âme. Aucune de ses relations n'avait duré assez longtemps pour que puisse s'installer un quelconque lien, encore moins un lien affectif. Et comme il s'était toujours douté que quitter une employée serait un petit peu plus compliqué, il avait avec soin évité de se retrouver dans cette situation. Jusqu'à cette nuit.

Pourtant, il savait qu'il devait le faire : partir sans regarder en arrière.

Bien sûr, le plus simple serait de renvoyer Hébé de la galerie. Mais cette solution ne plaisait guère à Nick : il ne lui semblait pas juste qu'elle perde son travail parce qu'elle avait passé la nuit avec lui. La plupart des femmes ne pensaient-elles pas au contraire que coucher avec le patron leur *garantissait* un emploi ?

Il se tourna légèrement pour la regarder dormir entre ses bras. Etait-ce la raison pour laquelle Hébé avait si volontiers passé la soirée avec lui ? La raison pour laquelle elle l'avait accompagné chez lui et lui avait fait l'amour ?

Si c'était le cas, elle en serait pour ses frais !

Rien ni personne ne retiendraient plus Nick Cavendish — et encore moins une sirène blonde aux yeux d'or.

Hébé se sentit intimidée lorsque, quelques heures plus tard, elle pénétra dans la cuisine ultramoderne et spacieuse de Nick Cavendish.

Elle s'était réveillée seule dans l'immense lit à baldaquin, dont les draps en désordre témoignaient de la nuit qu'ils venaient de passer. Après avoir ramassé ses vêtements épars, elle s'était rendue dans la luxueuse salle de bains pour se doucher et s'habiller, avant de partir à la recherche de Nick.

Il était là, vêtu d'un jean délavé et d'un T-shirt noir. Il préparait du café et lui tournait le dos.

Troublée, Hébé observa ses muscles rouler sous le tissu. Ses cheveux étaient rejetés en arrière et ondulaient sur sa nuque.

Agé de trente-huit ans — soit douze de plus qu'elle —, il était sans aucun doute le plus bel homme qu'elle ait jamais vu. Son corps n'avait pas un gramme de graisse superflue, et ses mains — qui l'avaient si délicieusement caressée — étaient longues et effilées.

Enfin, il faisait l'amour avec un talent qui révélait une expérience qu'elle était loin de posséder.

Nick, bien sûr, avait été marié. Pendant cinq ans, si l'on

en croyait Kate, une autre employée de la galerie, qui l'avait dit à Hébé trois mois plus tôt, lors de la deuxième visite de leur patron. Ce jour-là, il était arrivé en trombe, avait fait claquer ses ordres et était aussitôt parti terroriser ses employés parisiens. Kate lui avait aussi expliqué que Nick avait eu un petit garçon durant son mariage, qui était mort à l'âge de quatre ans. Ce tragique événement avait précipité la rupture et le divorce de ses parents, deux ans auparavant.

Hébé l'avait observé à la dérobée durant ses visites éclair à la galerie. Certes, elle l'avait vu sombre et maussade, comme lors de sa deuxième visite, mais elle l'avait aussi vu sourire. Une fois, il avait même éclaté de rire, et son visage s'était adouci pour presque ressembler à celui d'un petit garçon, si ce n'était cet insondable puits de souffrance que l'on devinait derrière ces yeux au bleu intense…

Nick se retourna. Il avait senti plus qu'entendu Hébé entrer dans la cuisine. La jeune femme se tenait silencieuse dans l'embrasure de la porte tandis qu'il continuait de préparer le café, retardant ainsi le moment où ils auraient à parler. Il avait toujours estimé qu'il ne servait pas à grand-chose de faire la conversation à une femme une fois que l'on avait passé la nuit avec elle. De quoi était-on censé parler, d'ailleurs ? Du temps ? De tennis ? De golf ? Aucun de ces sujets ne semblait vraiment adapté à la situation !

Il restait cependant une possibilité : parler du moment où l'on allait se revoir. Mais c'était une chose que Nick ne pouvait pas faire. Il savait que cela avait été une terrible erreur de passer la nuit avec Hébé Johnson et il n'avait pas l'intention d'aggraver la situation en prétendant que cette aventure avait un quelconque avenir.

Hébé était vêtue du chemisier noir et du pantalon ajusté qu'elle portait la veille. Ses cheveux soyeux tombaient sur ses épaules. Troublé, Nick remarqua la légère rougeur que sa barbe et ses baisers avaient laissée sur sa peau délicate et satinée.

Il ne devait pas penser à cela ! Il ne voulait pas penser à l'intensité et à la fièvre avec lesquelles Hébé s'était abandonnée dans ses bras. Sinon, il savait qu'il n'aurait qu'une envie, l'emmener une fois encore dans son lit.

— Prête à partir ? demanda-t-il d'un ton dédaigneux. Ou voulez-vous une tasse de café avant ?

Hébé fut surprise de sa brutalité. Il avait donc tellement hâte de se débarrasser d'elle ? Et elle qui s'était imaginé passer la journée avec lui, à parler, à rire et à faire l'amour !

— Non… non, merci, répondit-elle avec hésitation, en se demandant si c'était vraiment ce qu'il voulait : qu'elle s'en aille, maintenant que la nuit était derrière eux.

Un silence gêné s'ensuivit.

Mais qu'attendait-elle ? s'impatienta Nick. Il lui avait offert du café, elle l'avait refusé : ce serait maintenant plus simple pour tous les deux si elle pouvait juste…

— Je… pense qu'il vaudrait mieux que je parte, déclara Hébé d'un ton qui ressemblait plus à une question qu'à une affirmation.

Comme si elle espérait qu'il allait lui demander de rester…

— On risque de s'inquiéter chez moi, ajouta-t-elle.

Nick se rendit alors compte qu'il n'avait pas jugé bon, la veille, lui demander si son colocataire était un homme ou une femme. En fait, il était trop occupé à tenter d'anesthésier sa propre douleur pour s'y intéresser.

Curieusement, il se demandait maintenant si Hébé Johnson était fiancée, ou si elle avait un petit ami régulier. Certes, elle ne semblait pas être le genre de femme à avoir des relations extraconjugales. Mais, en même temps, la veille au soir, elle lui avait tout d'abord donné l'impression de ne pas être le genre de femme à aller au lit avec un homme qu'elle connaissait à peine — et on pouvait dire qu'il s'était trompé !

Hébé commençait à se sentir terriblement embarrassée ; en réalité, elle n'avait aucune idée de l'attitude qu'il fallait avoir le lendemain d'une nuit d'amour. Peut-être y avait-il trop longtemps qu'elle n'avait plus connu ce genre de « lendemain » !

Elle n'était cependant pas une oie blanche — elle avait eu un petit ami lorsqu'elle était à l'université, des années auparavant. Mais, jusqu'à aujourd'hui, jamais elle n'était restée une nuit entière dans l'appartement d'un homme. Et le fait que cet homme soit Nick Cavendish, son employeur depuis quatre mois, rendait la situation doublement inconfortable.

— Vous êtes sûre de ne pas vouloir de café ? lui demanda-t-il de nouveau, tout en se servant une tasse — elle nota qu'il le prenait noir, sans sucre.

En voyant Nick s'asseoir pour boire une gorgée du liquide brûlant, sans même la regarder, Hébé réalisa avec un pincement au cœur que sa question n'était que simple politesse. Ce fut pour elle le signal qu'il était temps de mettre un terme à une situation qui devenait de plus en plus gênante.

— Eh bien, j'y vais, lança-t-elle d'un ton qu'elle espérait plein d'entrain. Je... vous remercie pour le dîner.

« Et pour le reste aussi », eut-elle envie d'ajouter. Seigneur, elle était si mal à l'aise ! Si c'était ainsi que l'on se sentait « le lendemain », elle ne voulait plus jamais revivre ce genre de moment !

Nick constata, non sans une certaine culpabilité irritée, combien sa grossièreté déroutait la jeune femme. Ses étonnants yeux aux reflets d'or étaient agrandis par la déception, et ses joues avaient pâli. Mais qu'espérait-elle, pour l'amour du ciel ? Qu'il lui fasse des déclarations d'amour éternel ? On était dans la vraie vie, enfin, pas dans un conte de fées ! Et ils étaient adultes, plus des adolescents romantiques. Le moment qu'ils avaient passé tous les deux avait été agréable, point. Cela n'allait pas plus loin.

— Je dois me rendre à New York tout à l'heure, lui annonça-t-il, mais je vous rappellerai, d'accord ?

Il savait dès à présent qu'il ne le ferait pas. Cette aventure avec une employée avait été une erreur dès le départ, et il n'allait certainement pas s'enferrer dans cette situation ! De plus, il savait que s'il la revoyait, il aurait de nouveau envie d'elle. Rien qu'en cet instant, alors qu'il ne pouvait s'empêcher de contempler sa bouche sensuelle, ses longs cheveux blonds et les élégantes courbes de son corps, Nick sentait une onde de désir monter en lui — sensation contre laquelle il n'aurait pas la force de lutter longtemps, il le savait.

Hébé comprit que Nick souhaitait *vraiment* ne plus la voir. Elle n'était pas naïve à ce point... Lorsqu'un homme disait « je vous rappelle » à une femme avec qui il avait passé la nuit sans même lui demander son numéro de téléphone signifiait qu'il n'avait aucune intention de la rappeler !

Bien sûr, c'était un peu différent dans le cas de Nick : il pouvait, s'il le voulait, avoir ses coordonnées par le biais de la galerie. Mais l'attitude dédaigneuse qu'il avait ce matin lui laissait penser qu'il ne ferait pas la démarche.

La manière dont il la congédiait après les heures qu'ils avaient passées à faire l'amour était pour Hébé l'expérience la plus humiliante de sa vie.

Il lui fallait partir d'ici le plus vite possible !

Soudain, Nick comprit que Hébé était sur le point de quitter la pièce, sans même le gratifier d'un au revoir. Et alors, c'était ce qu'il voulait, non ? Il fronça involontairement les sourcils en se rendant compte qu'il n'aimait pas qu'elle parte ainsi. C'était lui qui disait adieu d'habitude, pas le contraire.

Il se leva en souriant légèrement, et traversa la pièce pour mettre ses bras autour de la taille de Hébé et l'attirer à lui.

— Au revoir, Hébé, lui murmura-t-il à l'oreille.

Il se sentait, malgré lui, plein de désir pour elle.

Elle leva son visage vers le sien. Du haut de son mètre quatre-vingts, il la dominait d'une dizaine de centimètres. Les yeux d'or de la jeune femme étaient envahis d'incertitude.

Mon Dieu, qu'elle est belle ! pensa Nick en réprimant un gémissement.

Peut-être pourraient-ils se revoir, après tout...

« Non ! Ne sois pas idiot, Nick ! » se reprocha-t-il avec impatience. Il valait mieux laisser les choses telles qu'elles étaient et espérer qu'avec le temps, ils parviendraient tous deux à oublier la nuit qu'ils venaient de passer...

Oui, c'était exactement ce qu'il avait l'intention de faire !

2

Six semaines plus tard, Hébé attendait toujours le coup de téléphone de Nick Cavendish.

Elle avait été stupide d'espérer qu'il l'appellerait. Les conversations qu'elle avait eues avec Kate, récemment, lui avaient confirmé que Nick, depuis la fin de son mariage, ne s'impliquait jamais sérieusement avec ses conquêtes. Elle avait aussi appris que, si celles-ci avaient été nombreuses, jamais aucune n'avait été une employée de la *Cavendish Gallery*.

Ou, alors, elles ne l'avaient plus été *après*, songea Hébé, non sans amertume.

En fait, elle avait plus ou moins passé ces dernières semaines à attendre qu'on lui signifie son renvoi de la galerie. Certes, on ne se débarrassait pas des gens comme ça de nos jours, mais, s'il l'avait voulu, Nick Cavendish aurait certainement trouvé un moyen de le faire !

Savoir qu'il revenait à la galerie londonienne dans une semaine pour assister à l'inauguration d'une exposition n'aidait en rien Hébé à se concentrer sur son travail. Elle avait passé la matinée à laisser tomber les objets de ses mains et semblait incapable de coordonner ses gestes. Bien sûr, elle connaissait la raison de son anxiété, et plus la date de l'arrivée de Nick approchait, plus elle se sentait tendue et angoissée. Peut-être aurait-elle dû se mettre en arrêt maladie quelques jours…

Elle était en train de préparer les cartons d'invitation

pour l'exposition à venir, lorsqu'elle entendit une voix murmurer à son oreille.

— Hébé ?

Elle se retourna brusquement et les cartons s'échappèrent de ses mains.

— Je suis désolée, bafouilla-t-elle tout en se baissant pour les ramasser d'une main tremblante.

Elle profita de ces quelques instants pour tenter de recouvrer son sang-froid. Nick n'était attendu que la *semaine prochaine* !

— Que faites-vous ici ? lui demanda Hébé en se redressant lentement, l'or de ses yeux accentué par la pâleur de son visage.

— Peut-être l'avez-vous oublié, répondit Nick d'un ton gentiment moqueur, mais il se trouve que je possède cette galerie, ainsi qu'un appartement au dernier étage de l'immeuble. Je peux donc venir chaque fois que j'en ai envie.

Evidemment… Mais si elle avait été au courant du retour anticipé de Nick, jamais elle n'aurait réagi comme elle venait de le faire. Elle avait décidé, pendant ces six semaines de silence, qu'elle serait calme et détendue lorsqu'elle le reverrait et qu'elle ne ferait aucune allusion à la nuit qu'ils avaient passée ensemble. Et, maintenant, elle se sentait totalement prise au dépourvu.

— Allons dans mon bureau, dit-il d'un ton soudain impatient. Il faut que je vous parle.

Bronzé, vêtu d'un costume gris foncé, une cravate de soie gris perle impeccablement nouée autour du col de sa chemise d'un blanc éclatant, Nick Cavendish avait l'aisance d'un millionnaire parfaitement sûr de lui, propriétaire de trois prestigieuses galeries d'art.

En le voyant ainsi devant elle, Hébé se demanda comment elle avait pu imaginer une seule seconde qu'il pourrait sérieusement s'intéresser à elle.

— Hébé ! s'exclama-t-il en fronçant les sourcils.

Elle prit une profonde inspiration et décida de se comporter le plus naturellement possible. Du moins autant qu'elle le pouvait face à celui qui hantait ses jours et ses nuits depuis plus d'un mois…

— Que puis-je pour vous, M. Cavendish ? lui demanda-t-elle d'un ton posé.

— Pouvez-vous me suivre dans mon bureau ? répéta-t-il. Maintenant.

Et, sans même attendre la réponse, il tourna les talons et quitta la pièce à grandes enjambées.

Kate, qui travaillait à côté, lança un regard interrogateur à Hébé en la voyant traverser la galerie derrière Nick. La jeune femme lui répondit d'un haussement d'épaules qui signifiait : « je ne sais pas ».

Car elle n'avait vraiment aucune idée de ce que Nick lui voulait. Elle n'avait parlé à personne du dîner ni de la nuit qu'ils avaient passée ensemble, et elle n'avait pas essayé de le contacter. Alors, quel était le problème ?

Plus elle y songeait, plus Hébé se sentait en colère tandis qu'ils montaient en silence les escaliers qui conduisaient au bureau de Nick, situé au deuxième étage. Espérait-il qu'elle aurait quitté son travail avant qu'il ne revienne, à cause de cette fameuse nuit ? Sinon, pourquoi serait-il si désagréable ?

Hébé ne put s'empêcher de penser à l'injustice de tout cela. Elle adorait son travail et s'entendait bien avec ses collègues. De plus, ce qui était arrivé n'était quand même pas sa faute à elle !

Nick scruta la jeune femme avec irritation tandis qu'il refermait la porte de son bureau. Il devina, en voyant ses joues rouges et ses yeux brillants, qu'elle était indignée.

— Qu'est-ce qui vous met en colère ? lui demanda-t-il en s'asseyant sur le bord de son superbe bureau en marbre. Est-ce parce que j'ai été grossier aujourd'hui ou parce que je ne vous ai pas appelée depuis deux mois ?

— Depuis six semaines, rectifia-t-elle d'un ton abrupt.

— Peu importe, rétorqua Nick.

En vérité, il savait exactement depuis combien de temps il ne l'avait pas vue, mais il était hors de question de le lui dire.

Au début, il avait été persuadé qu'il pourrait faire avec

Hébé Johnson ce qu'il faisait avec toutes les femmes qu'il avait connues depuis deux ans : passer un moment avec elles puis les oublier. Mais, pour une raison inexpliquée, tel n'avait pas été le cas. Il n'avait cessé de penser à ses yeux d'or et à son corps magnifique. Et cela l'agaçait terriblement.

Aux éclairs que lançaient ses yeux et à la manière dont ses lèvres sensuelles s'étaient crispées, Nick comprit que son attitude faussement désinvolte n'avait fait qu'exacerber la colère de la jeune femme. Mais cela ne le dérangeait absolument pas.

Pas au niveau professionnel, en tout cas.

Et, sur un plan plus personnel, il jugeait cela plutôt sexy !

Nick trouvait Hébé particulièrement belle aujourd'hui. Elle était vêtue d'un chemisier beige et d'une jupe noire serrée à la taille qui couvrait ses longues jambes fuselées jusqu'aux genoux.

Et lui qui avait pensé pouvoir l'oublier ! Il n'y était pas parvenu, et ce avant même d'avoir vu le tableau…

Il jeta un coup d'œil vers celui-ci. Il l'avait placé sur un chevalet, dans un coin de la pièce, et l'avait recouvert d'un drap pour le protéger. Et aussi afin que Hébé ne le voie pas avant qu'il ne l'ait décidé…

— Excusez-moi, vous étiez censé me téléphoner ? interrogea la jeune femme d'un ton détaché.

— Oublions cela pour le moment, répondit-il sèchement. Parlez-moi plutôt d'Andrew Southern.

Hébé fronça les sourcils. Pourquoi Nick lui demandait-il cela ? Cherchait-il un prétexte pour la renvoyer ?

— Anglais, né en 1953, commença-t-elle. A commencé à peindre à l'âge de vingt ans, surtout des portraits. Puis s'est intéressé aux paysages et plus récemment aux territoires sauvages de l'Alaska. Il…

— Je ne vous ai pas demandé une biographie, Hébé ! l'interrompit brusquement Nick, en se levant d'un bond de son bureau. Je vous ai demandé ce que *vous* saviez de lui !

— Moi ? s'étonna Hébé en clignant des yeux et en reculant d'un pas, surprise. Je viens juste de vous dire ce que je savais de lui…

— Ne soyez pas si timorée, la coupa-t-il de nouveau abruptement. Je ne vous demande pas des détails, je veux juste savoir si vous le connaissez. Et si vous pouvez le contacter personnellement.

Hébé ne savait plus que penser. Elle admirait Andrew Southern, bien sûr, mais elle ne l'avait jamais rencontré, ni de manière professionnelle, ni de manière personnelle.

Frustré, Nick comprit soudain que la jeune femme n'allait pas admettre sa relation avec l'artiste. Mais était-ce étonnant ? Cet homme avait l'âge d'être son père. C'était peut-être la raison pour laquelle elle avait tant de mal à en parler…

Cela faisait des années que Nick Cavendish essayait de rencontrer Andrew Southern. Or, malgré la renommée de son nom et de sa galerie, il n'y était jamais parvenu. Et voilà qu'aujourd'hui, Hébé semblait être *la* personne qui pouvait enfin permettre cette entrevue.

— Ecoutez, reprit-il d'une voix plus douce, nous reprendrons cette conversation à un autre moment, d'accord ? Je reconnais avoir franchi la frontière employeur-employé avec vous il y a six semaines, mais vous devez reconnaître que je n'étais pas le seul responsable, non ?

Hébé le regarda avec dédain. Si c'était là une tentative pour s'excuser de la nuit qu'ils avaient passée ensemble, ou pour l'absence de coup de téléphone, le résultat était plutôt navrant… Pendant six semaines, elle avait attendu, se désespérant qu'il ne l'appelle pas. Et maintenant qu'il était là, il n'évoquait leur nuit que comme un bref moment de plaisir mutuel, tout en ne souhaitant parler que d'Andrew Southern — un artiste à la réputation mondiale qui vivait en reclus depuis une trentaine d'années !

Elle le toisa froidement.

— Puis-je partir, maintenant ?

— Bien sûr que non ! s'écria Nick.

Il s'interrompit quelques secondes pour prendre une longue inspiration.

— Essayez-vous délibérément de m'irriter ?

— Il semblerait que j'y arrive sans même essayer ! répliqua-t-elle d'un ton ironique.

Nick se détendit légèrement, un imperceptible sourire aux lèvres.

— Je comprends mieux pourquoi je vous ai trouvée si attirante cette nuit-là, murmura-t-il doucement.

Ce n'était pas ce que Hébé voulait entendre. Pas ici. Pas maintenant.

La première semaine après le départ de Nick, elle n'avait cessé de se couvrir de reproches, tout en espérant ardemment qu'il l'appelle afin de dissiper toutes ces pensées négatives. Puis elle avait essayé de se rassurer en se disant que l'on était au XXIe siècle, et non plus au Moyen Age : elle n'avait rien fait de mal en faisant l'amour à un homme qu'elle avait désiré ! Mais plus les jours et les semaines avaient passé, plus ses doutes étaient devenus intenses.

Et maintenant qu'elle se tenait devant Nick, la jeune femme n'était plus sûre de rien.

— Je pense qu'il serait préférable que l'on oublie tous deux ce qui s'est passé, ne croyez-vous pas ? dit-elle avec froideur.

Nick se sentit profondément exaspéré. Certes, il avait été impatient qu'elle quitte son appartement, six semaines auparavant, et il ne l'avait pas appelée comme il l'avait promis. Mais il trouvait très désagréable qu'elle désire tourner la page avec cette froide détermination.

Ou alors était-elle en train de… ?

Il fit un pas vers Hébé, et, plongeant son regard dans celui de la jeune fille, fit courir ses doigts le long de sa joue.

— Suis-je si facile à oublier, Hébé ? murmura-t-il tout en sachant qu'il faisait une erreur. Nos étreintes sont-elles si simples à effacer ? Ou bien le souvenir de nos caresses vous a-t-il maintenu éveillée toutes ces nuits ?

Elle le regarda, visiblement interloquée, et ses lèvres s'entrouvrirent légèrement.

Nick caressa alors la douce bouche de la jeune femme, avant de descendre le long de sa gorge, vers le profond décolleté de son corsage et les courbes généreuses de sa poitrine.

Aussitôt, Hébé sentit ses mamelons devenir durs et

sensibles, et ses jambes se dérober sous elle. Instinctivement, elle s'accrocha aux larges épaules de Nick.

Mais aussi soudainement qu'il s'était approché, il s'écarta, son beau visage n'affichant plus qu'un profond mépris.

— Vous êtes une femme très sensuelle, n'est-ce pas ? dit-il d'un ton songeur, en allant de nouveau s'appuyer contre son bureau.

— M. Cavendish…

— Voyons, Hébé, l'interrompit-il d'un ton sarcastique, vous n'allez quand même pas m'appeler « monsieur » après la manière dont vous vous êtes abandonnée l'autre nuit ?

Hébé sentit ses joues s'empourprer de colère. Pourquoi lui infligeait-il cela ? Quel plaisir pervers tirait-il à la rabaisser ?

Elle se redressa en lui lançant un regard indigné.

— Il me semble que vous vous êtes également abandonné ! répliqua-t-elle, furieuse.

A présent, elle se moquait de savoir s'il cherchait un moyen de la renvoyer de la galerie. Qu'il le fasse, cela n'avait aucune importance.

Nick eut un sourire narquois.

— Je suis flatté de voir que, parmi tous vos amants, vous vous souvenez encore de moi.

Parmi tous ses amants ? Mais de quoi parlait-il ? Avant lui, elle n'avait eu qu'une seule liaison, et c'était il y a cinq ans ! Autant dire une éternité !

— Cessons ce petit jeu, ordonna-t-il tout en se levant de son bureau.

— Avec plaisir, répondit-elle d'un ton cinglant. Puis-je retourner à mon poste, maintenant ?

Elle savait que, si elle ne sortait pas tout de suite de la pièce, elle ne pourrait contenir bien longtemps les larmes d'humiliation qu'elle sentait perler à ses paupières.

— Non, vous feriez mieux de…

Nick s'immobilisa et prit une profonde inspiration. Bien sûr, elle ne faisait cela que pour le défier… Etait-ce parce qu'elle avait compris qu'il était au courant de sa relation avec Andrew Southern ? C'était sûrement cela. Certes, c'était un artiste reconnu, mais il n'en avait pas moins la cinquantaine, et Hébé avait juste vingt-six ans.

— Bon, d'accord, commença-t-il d'un ton plus posé, j'admets que votre aventure avec Andrew Southern ne me regarde pas…

— Ma *quoi* ? demanda-t-elle, apparemment incrédule, les yeux écarquillés.

— Je comprends que ce soit de l'histoire ancienne, mais…

— Ancienne ! Mais je vous l'ai dit, je ne connais même pas Andrew Southern ! protesta Hébé.

— Il y a des preuves du contraire.

— Des preuves ? s'exclama la jeune femme, visiblement abasourdie. Ecoutez, Nick, je n'ai aucune idée de ce dont vous parlez. Peut-être est-ce à cause du décalage horaire, vous êtes perturbé, mais…

— Je suis rentré de New York la semaine dernière, poursuivit-il d'une voix douce. J'avais été informé de la vente, en présence éventuelle de l'artiste, d'un tableau d'Andrew Southern dans le nord de l'Angleterre. Comme vous vous en doutez, je n'allais laisser personne d'autre que la *Cavendish Gallery* acquérir cette œuvre. Imaginez ma surprise lorsque j'ai découvert le sujet même du tableau !

Hébé secoua la tête. Elle n'y comprenait rien. Sauf que Nick était rentré depuis une semaine, et qu'il n'avait rien fait pour tenter de la joindre.

— Le sujet du tableau ?… répéta-t-elle en fronçant les sourcils.

— Oui. C'est un portrait. Le portrait d'une femme. Une très belle femme, d'ailleurs, ajouta-t-il en appuyant ses propos d'un hochement de tête.

— C'est l'un de ses premiers travaux ?

— Non. Il s'agit d'un tableau récent, peint dans les cinq dernières années.

— Mais je croyais qu'il ne peignait plus de portraits depuis…

— Apparemment, cette femme l'a beaucoup inspiré ! la coupa-t-il sèchement.

Hébé n'aimait pas la manière dont Nick l'observait. Elle haussa les épaules.

— Pour autant que je sache, Andrew Southern n'a pas peint de portrait depuis plus de vingt ans.

— Mettriez-vous en doute mon professionnalisme, Hébé ? demanda Nick d'un ton cassant.

Non, certainement pas ! Et dans aucun domaine... Hébé ne savait que trop bien quel merveilleux amant il était. Et elle savait aussi qu'il n'aurait jamais pu bâtir la réputation mondiale de la *Cavendish Gallery* s'il n'avait eu ce savoir exceptionnel dans le domaine de l'art.

Soudain, Nick traversa la pièce à grandes enjambées et retira le drap qui voilait le tableau. Ce faisant, il ne cessa d'observer la jeune femme : il voulait voir sa réaction lorsqu'elle découvrirait le portrait.

Les yeux de Hébé s'écarquillèrent comme elle fixait, ébahie, le tableau.

Ce portrait était le sien... Assise de côté sur une chaise, la jeune femme du tableau était vêtue d'une robe moulante bleu nuit, ses cheveux dorés ondoyant le long de son dos. Mais c'est l'expression de son visage qui retenait l'attention. Un sourire discret se dessinait sur ses lèvres sensuelles légèrement entrouvertes, et ses yeux d'or, à demi fermés, suggéraient un état de grande excitation. Sa poitrine se dressait fièrement sous sa robe, qui était si proche du corps qu'il était difficile de croire qu'elle pouvait porter quoi que ce soit dessous.

— Qui est-ce ?

Hébé avait parlé dans un murmure. Nick s'étonna de l'extrême pâleur de la jeune femme.

— Enfin, Hébé ! dit-il avec impatience. Vous savez très bien que c'est *vous* !

Il était évident que la jeune femme n'avait jamais songé que ce portrait, dont chaque coup de pinceau témoignait de l'amour qu'avait éprouvé le peintre pour le modèle, puisse un jour être vu du grand public. Et, en fait, cela aurait pu ne jamais se passer si le commissaire-priseur d'une vente aux enchères locale n'avait reconnu la signature d'Andrew

Southern : un cygne et un S. L'homme avait alors appelé l'un de ses amis à Londres pour savoir si ce tableau pouvait intéresser les grands marchands d'art, et Nick, averti, avait réussi à lui arracher la promesse que personne ne le verrait avant lui.

Un coup d'œil lui avait suffi pour reconnaître le style incomparable de Southern : il lui fallait ce portrait. A tout prix.

Il avait fallu du temps et beaucoup de patience pour négocier avec le vendeur et le commissaire-priseur, mais il avait enfin pu ramener son trophée à Londres ce matin même. Et la première chose qu'il avait faite avait été de parler à Hébé Johnson.

La femme du portrait. Et aussi la maîtresse d'Andrew à l'époque où le tableau avait été peint.

Hébé s'approcha et tendit une main tremblante vers la toile. Sa respiration était hachée.

— Qui est-ce ? répéta-t-elle, la voix empreinte d'émotion.

Nick recula d'un pas.

— Pour l'amour du ciel, Hébé, c'est vous !

— Non, ce n'est pas moi !

Hébé se retourna pour lui faire face. Elle sentait son cœur battre à tout rompre dans sa poitrine.

— Regardez bien, Nick ! ajouta-t-elle. Elle a une marque de naissance. Juste là.

Elle désigna du doigt une marque rose, située en haut de l'un des seins, juste au-dessus du décolleté de la robe.

— Et maintenant, regardez.

D'un geste, elle écarta son corsage pour dévoiler sa propre poitrine.

Il n'y avait aucune marque…

Hébé ne savait pas qui était la femme du portrait, mais elle savait que ce n'était pas elle.

Alors, si ce n'était pas elle, qui… ?

Non, ce n'était pas possible !

Est-ce que… ?

C'est alors que tout devint noir.

3

Nick n'eut que le temps de rattraper Hébé. Il la porta et la déposa sur le canapé en cuir, de l'autre côté de la pièce. Il avait espéré une réaction de sa part face au portrait, mais certainement pas de cette nature-là !

La jeune femme émit un faible gémissement et Nick s'inclina vers elle. Elle ouvrit les yeux pour les refermer aussitôt, comme si le voir lui était insupportable.

Le tableau… Hébé tressaillit en repensant au portrait. Elle ne savait plus que penser. Si la femme était vraiment qui elle croyait, alors…

— Tenez.

Hébé ouvrit les yeux et vit Nick lui tendre un verre d'eau avant de replacer la bouteille dans le Frigidaire, habilement dissimulé dans un meuble en chêne.

Qui s'évanouissait ainsi de nos jours, à part les personnes malades, affamées, ou celles qui avaient reçu un coup sur la tête ? Hébé n'était certainement pas malade. Elle n'avait pas non plus reçu de coup sur la tête, sauf peut-être de manière métaphorique. Il ne restait plus que la faim.

— Avez-vous déjeuné aujourd'hui ? l'interrogea-t-il.

— En fait, non.

Hébé se releva, et, s'asseyant sur le bord du canapé, but une gorgée d'eau fraîche.

Nick secoua la tête. Il ouvrit de nouveau le Frigidaire et prit une barre de chocolat qu'il lui tendit.

— Mangez, ordonna-t-il. Cela vous fera du bien.

Hébé regarda de nouveau le tableau tout en portant à ses lèvres deux carrés de chocolat.

La femme qui y était représentée était très belle, beaucoup plus belle qu'elle. Comment Nick ne pouvait-il le voir ? Elle était aussi très sensuelle, avec ses yeux d'or à demi fermés, comme pour protéger un secret connu d'elle seule.

Hébé mangea deux autres carrés avant de demander d'une voix sourde :

— Où avez-vous eu ce portrait ?

— Je vous l'ai dit, dans le nord de l'Angleterre, répondit Nick en se redressant et en arpentant nerveusement la pièce.

La jeune femme lui lança un regard exaspéré :

— Ne pourriez-vous pas être un peu plus précis ? A qui l'avez-vous acheté ?

— Je l'ai acheté à un jeune couple qui a reçu une vieille maison en héritage, répondit-il. Celle-ci avait appartenu au grand-oncle du mari, ou quelque chose comme ça. Et ils ont trouvé le tableau, accroché dans la chambre du vieil homme.

En disant cela, Nick ne pouvait s'empêcher d'éprouver un certain dégoût. Imaginer cet homme s'extasier sur le portrait d'une femme — Hébé ! — qui avait l'âge d'être sa fille, voire sa petite-fille, ne le mettait pas particulièrement à l'aise.

Mais le jeune couple ne savait rien de la femme du tableau : ni qui elle était, ni comment le grand-oncle s'était procuré le tableau. Ce que Nick, lui, ne savait pas, c'était pourquoi ce portrait était dans la chambre d'un vieil homme et non dans celle du peintre qui l'avait exécuté avec tant d'amour.

Apparemment, Hébé semblait elle aussi incapable de répondre à cette question.

Elle s'humecta les lèvres.

— Comment s'appelait cet homme ?

— Quelle différence cela fait-il de connaître son nom ? répliqua sèchement Nick. Il avait votre portrait, c'est ce qui compte, non ?

— Non. Car quoi que vous pensiez, je ne suis pas la femme du portrait ! Andrew Southern ne peut pas avoir peint mon portrait puisque je ne l'ai jamais rencontré. En revanche, il semblerait qu'il ait rencontré ma mère…

Elle avait ajouté cela d'une voix si basse que Nick avait eu du mal à l'entendre.

Sa mère ? Le prenait-elle pour un idiot ? C'était *elle*, évidemment. Ce ne pouvait être personne d'autre. A moins que…

— Vous voulez dire que vous ressemblez trait pour trait à votre mère au même âge ?

— C'est une question à laquelle il m'est très difficile de répondre…

— Et pourquoi ? l'interrompit-il brutalement.

Elle leva vers lui ses yeux d'or.

— C'est plus difficile lorsque l'on a été adoptée.

Nick s'arrêta net et la regarda avec méfiance. Pensait-elle vraiment lui faire croire que… ? Et pourquoi pas ?

Il vint se placer devant le tableau et observa celui-ci avec attention. Jusqu'à présent, les similitudes lui avaient sauté aux yeux ; maintenant, il cherchait les différences.

Il y avait la marque de naissance, bien sûr. Mais elle ne prouvait rien. Et peut-être était-ce Andrew Southern lui-même qui avait pris quelque liberté poétique en la peignant au-dessus de la poitrine de la jeune femme. Il y avait aussi la sensualité qui se dégageait de cette femme, et Nick connaissait celle de Hébé. Elle avait eu le même regard lorsqu'ils avaient fait l'amour, cette nuit-là.

La bague…

La femme portait une bague avec une émeraude et un diamant à l'annulaire de la main gauche. Il en déduisit aussitôt que ce n'était pas à Andrew Southern que Hébé avait été fiancée, mais au défunt propriétaire du portrait. Pour quelle autre raison, sinon, celui-ci aurait-il conservé un tableau d'une telle valeur, si ce n'était pour contrarier sa future femme et l'amant de celle-ci ? Hébé ne portait pas cette bague… Il était donc facile d'imaginer qu'en voyant le tableau, son fiancé avait tout compris de la relation qui l'unissait à Andrew Southern, et rompu leurs fiançailles. On pouvait lire un tel désir sur le visage de la jeune femme qui donnait l'impression qu'elle venait de quitter les bras de son amant… Et Nick connaissait Hébé dans ces moments-là.

Non, vraiment, rien dans ce tableau ne plaidait en faveur de Hébé.

Mais quel intérêt avait-elle à mentir ? Etait-ce parce qu'il l'avait percée à jour ? Ou espérait-elle, après avoir laissé s'échapper deux hommes fortunés, avoir maintenant une liaison sérieuse avec lui ?

Il se tourna vers elle, un sourire ironique aux lèvres.

— C'est une idée intéressante, Hébé, mais difficile à croire, non ?

— Pourquoi ? demanda-t-elle en se redressant, sur la défensive.

Nick hocha la tête.

— Parce que c'est un peu trop facile, voilà pourquoi.

— Un peu trop facile pour qui ?

Hébé ne pouvait empêcher sa voix de trembler. Ce n'était certainement pas facile pour elle !

Il y avait longtemps que ses parents lui avaient appris qu'elle avait été adoptée. Elle les aimait profondément, et pour ne pas les chagriner, n'avait jamais cherché à retrouver ses parents biologiques. De plus, à quoi cela aurait-il servi ? Ils n'avaient pas voulu d'elle lorsqu'elle était née, pourquoi voudraient-ils la rencontrer aujourd'hui ?

— Ecoutez, je me fiche de savoir si vous avez posé pour ce peintre ou non, rétorqua Nick. Tout ce qui m'intéresse, c'est de le rencontrer.

La rudesse avec laquelle il avait parlé fit légèrement vaciller Hébé.

— Eh bien, si vous le trouvez, avertissez-moi, lui répondit-elle sur le même ton. J'aimerais, moi aussi, lui parler !

— Je m'en doute. Car vous n'êtes pas très bavarde lorsque vous faites l'amour.

— Les insultes ne nous mèneront nulle part, répliqua la jeune femme d'une voix mal assurée.

Le chocolat semblait ne pas avoir été très efficace pour atténuer le choc de la découverte, pensa-t-elle avec amertume. A vrai dire, elle se sentait nauséeuse à présent. Mais, en même temps, ce n'était pas tous les jours que l'on était confronté à un portrait pouvant être celui de la mère qu'on n'avait jamais connue.

Andrew Southern était visiblement amoureux de cette femme lorsqu'il l'avait peinte... Cela voulait-il dire qu'il était le père de Hébé ? Ou que son père était l'homme qui avait gardé le portrait pendant toutes ces années ?

Hébé aurait aimé avoir des réponses à ces questions, mais, pour l'instant, elle devait tenter de convaincre Nick...

Elle prit une profonde inspiration.

— Vous pouvez penser ce que vous voulez, je *sais* que cette femme n'est pas moi, et c'est ce qui importe.

— Vous imaginez vraiment que je vais vous croire ? S'il s'agit bien de votre mère, ce tableau a au moins vingt-six ou vingt-sept ans !

— Il me semble que ça correspond exactement à l'époque où Andrew Southern peignait encore des portraits. De toute façon, Nick, ce n'est pas ce que vous croyez qui est important. Ce qui compte, c'est ce que *je* sais.

Et elle songea qu'il fallait vraiment qu'elle rencontre Andrew Southern...

Mais si même un homme tel que Nick Cavendish, propriétaire de la prestigieuse *Cavendish Gallery*, n'arrivait pas à approcher le peintre, alors comment pourrait-elle y parvenir ?

Il fallait pourtant qu'elle trouve un moyen.

Il fallait aussi qu'elle en parle à ses parents adoptifs. Elle ne pouvait se mettre à rechercher les personnes qui l'avaient conçue sans les en informer. Ils lui avaient donné tout l'amour dont elle avait eu besoin, et l'avaient toujours encouragée à avoir son propre jugement. Hébé savait qu'ils comprendraient et qu'ils l'aideraient à retrouver la femme du portrait.

— Bien, je crois que je vais y aller, maintenant, dit-elle d'une voix sourde.

Elle posa le verre d'eau sur la table basse qui se trouvait

devant elle et se leva. Mais à peine fut-elle debout que la tête lui tourna et qu'elle se sentit au bord du malaise.

— Mais qu'est-ce qui ne va pas à la fin ? s'exclama Nick, agacé, en l'attrapant par le bras.

— Je vous l'ai dit, je n'ai pas déjeuné aujourd'hui, répondit Hébé, tout en tentant de se dégager.

Tout son corps frémissait au simple contact des doigts de Nick. Et elle qui pensait le haïr !

— Venez à l'étage avec moi, déclara-t-il d'un ton ferme.

— A l'étage ? répéta Hébé, visiblement interloquée.

— N'ayez pas peur. Je ne vais pas profiter de la situation pour vous sauter dessus. Vous avez des étourdissements parce que vous n'avez rien mangé aujourd'hui, et vous trouverez chez moi de quoi vous restaurer.

— Si vous acceptez de me donner ma journée, je pense que je pourrais rentrer chez moi et me préparer moi-même un repas.

Elle avait parlé d'un ton décidé : il n'était pas question qu'elle aille dans l'appartement de Nick. La journée avait été suffisamment humiliante !

Nick serra les dents.

— Non, Hébé, je n'accepte pas de vous donner votre journée. Un, vous n'avez pas l'air capable de rentrer chez vous. Deux, je n'ai pas fini de vous parler.

— Je vous l'ai dit, répéta-t-elle avec obstination, je ne connais pas Andrew Southern, je ne sais pas où il est, ni comment vous pourriez faire pour le rencontrer. Et, pourtant, j'aimerais le savoir autant que vous !

Nick fronça les sourcils : espérait-elle vraiment le convaincre ainsi ?

— Nous en reparlerons après que vous ayez mangé, déclara-t-il en l'entraînant dans le couloir.

Hébé ne dit mot lorsqu'ils entrèrent dans l'ascenseur privé qui les mena au second étage. Pour la deuxième fois, elle allait pénétrer dans l'intimité de la vie de Nick.

*
* *

— Est-ce qu'une omelette vous conviendrait ? lança-t-il sèchement, en se rendant dans la cuisine.

Il allait lui préparer un repas, obtenir les réponses à ses questions et, ensuite, elle pourrait partir. Mais lorsqu'il se retourna, Nick s'aperçut que Hébé n'était pas derrière lui.

Mais où diable était-elle ?

Il revint sur ses pas, entra dans la salle à manger et y découvrit la jeune femme qui avait pris dans ses mains un cadre qu'elle regardait attentivement.

— Que faites-vous ? lui demanda-t-il froidement, le visage dénué de toute expression.

Surprise, Hébé faillit laisser tomber la photographie. C'était celle d'un superbe petit garçon, qui faisait une grimace à l'objectif. Un petit garçon qui avait les mêmes cheveux noirs et les mêmes yeux bleus que Nick.

Ce dernier traversa la pièce et lui arracha la photographie des mains. Ses yeux bleus étaient glacés lorsqu'il la regarda.

Hébé déglutit avec difficulté.

— Excusez-moi. Il… il est vraiment très beau.

— Oui, il l'était, acquiesça-t-il d'un ton dur.

— Je suis désolée.

Nick reposa avec précaution la photographie à l'endroit où l'avait prise Hébé, et lança à celle-ci un regard acéré.

— Vous savez qui c'est ?

— Je… Oui, admit-elle. On m'a dit que vous aviez eu un petit garçon.

— Luke, dit-il dans un souffle. Il se prénommait Luke.

— Je suis vraiment désolée, répéta Hébé d'une voix sourde. Je n'aurais pas dû… Je vous jure que je n'avais pas l'intention de…

— De fouiner ? D'aller mettre votre nez dans des endroits qui ne vous regardent pas ?

Hébé chancela devant la vigueur de l'attaque.

— Ce n'est pas cela, protesta-t-elle doucement, j'ai juste vu la photographie et…

Et quoi ? N'avait-il pas raison ? N'avait-elle pas fouiné, après tout ? Oui, peut-être, mais elle n'avait pas voulu mettre Nick en colère. Elle avait été seulement curieuse, voilà tout.

— Je vous demande pardon, s'excusa-t-elle une fois encore, avant de passer devant lui pour se rendre dans la cuisine.

Il lui semblait préférable que Nick reste seul quelques instants…

En effet, celui-ci était moins tendu et son visage avait repris couleur lorsqu'il pénétra dans la cuisine, quelques minutes plus tard.

— J'ai sorti les œufs et le lait du Frigidaire, indiqua Hébé. Je ne sais pas si vous avez besoin d'autre chose.

Nick enleva sa veste de costume et la posa sur le dossier d'un des tabourets de bar, avant de se saisir de l'une des poêles suspendues à un rail, au-dessus de la table de travail.

— Fromage ou champignons ? demanda-t-il sèchement comme il cassait les œufs dans un bol.

Hébé fit la grimace.

— Nature, si cela ne vous dérange pas.

Elle ne pouvait s'empêcher de trouver la situation étrange : elle était de nouveau dans l'appartement de Nick Cavendish, et il était en train de cuisiner pour elle !

Nick serra les dents. Il regrettait maintenant amèrement d'avoir invité Hébé dans son appartement.

Jamais il n'avait parlé de Luke. A personne. Il ne le pouvait pas.

Trois ans après, la douleur d'avoir perdu son fils était encore si forte qu'il lui était impossible de l'évoquer. Et c'était la raison pour laquelle il avait cessé de voir Sally, son ex-femme : aucun des deux ne semblait pouvoir penser à autre chose lorsqu'ils se rencontraient, et, pourtant, ils étaient incapables de mettre des mots sur ce qu'ils ressentaient, tant leur souffrance était grande.

Il versa l'omelette dans la poêle avant de se retourner.

— Vous trouverez un couteau et une fourchette… Mais que se passe-t-il ? s'exclama-t-il comme Hébé passait devant lui en courant, livide, une main pressée contre sa bouche.

Elle n'eut que le temps d'arriver dans la salle de bains. L'odeur des œufs frits lui avait soulevé le cœur.

— Tenez, murmura Nick derrière elle, quelques secondes plus tard, en posant une serviette mouillée sur son front.

Tout cela était tellement humiliant !

Hébé prit la serviette qu'elle maintint elle-même contre son visage.

— Vous sentez-vous mieux, maintenant ?

— Oui… Merci, répondit-elle sans oser le regarder. Je vais me nettoyer le visage et ensuite je m'en irai.

— Je ne crois pas. Je pense que vous allez rester ici encore un petit moment, déclara Nick d'une voix tendue.

Hébé leva vers lui des yeux agrandis par la stupéfaction.

— Mais je vous promets que ça va beaucoup mieux, maintenant.

— Je n'en doute pas. C'est curieux, mais, en général, les femmes dans votre état se sentent toujours mieux après avoir été malades.

Hébé fronça les sourcils.

— Mon état ?

Nick prit une profonde inspiration et dit d'un ton cassant :

— A moins de me tromper, ce que sincèrement j'espère, je pense que votre évanouissement de tout à l'heure et maintenant votre nausée ne peuvent indiquer qu'une seule chose.

La jeune femme cligna des yeux. S'appuyant d'une main au rebord du lavabo, elle se redressa lentement.

— Une seule chose ?

— Vous êtes enceinte, Hébé ! déclara-t-il avec brutalité.

Il regarda le ventre de la jeune femme, et ajouta, sans parvenir à dissimuler sa colère :

— Et, à mon avis, vous êtes enceinte de six semaines.

Enceinte !

Mais ce n'était pas possible !

Est-ce que… ?

4

Nick, lui, n'avait aucun doute. Il n'avait pas oublié la raison pour laquelle une femme pouvait parfois perdre connaissance.

Sally s'était quelquefois évanouie, au début de sa grossesse. Et, chaque matin, pendant trois mois, elle s'était réveillée nauséeuse…

Il en était maintenant pratiquement certain : Hébé Johnson attendait *son* enfant.

— Je croyais que vous preniez la pilule, dit-il d'un ton exaspéré.

— Comment ?

La jeune femme se retourna lentement. Elle avait l'air hébétée et son visage était livide.

— Sortons au moins de cette salle de bains, dit-il.

Et, la saisissant par le bras, il la conduisit dans sa chambre, où il la fit asseoir sur une chaise.

— Et maintenant, reprit-il froidement, je veux savoir si vous prenez la pilule.

Sans répondre, Hébé cligna des yeux.

— C'est pourtant simple ! s'impatienta-t-il. Utilisiez-vous un moyen de contraception lorsque nous avons fait l'amour ensemble il y a six semaines ?

Elle prit une profonde inspiration pour tenter de maîtriser sa panique. Bien sûr qu'elle n'était pas enceinte, même si on racontait qu'« il suffisait d'une fois » ! Elle avait passé *une seule nuit* dans les bras de Nick, elle ne pouvait pas être enceinte !

Elle se redressa sur sa chaise, déterminée à reprendre le contrôle de la situation.

— Non, je n'en utilisais pas, mais cela ne veut pas dire…

— Et pourquoi ne preniez-vous rien ? l'interrompit Nick. Quel âge avez-vous, Hébé ? Vingt-cinq, vingt-six ans ?

— Vingt-six, confirma-t-elle sèchement, en sentant une vague de colère monter en elle. Mais je n'ai personne dans ma vie, et je ne vais certainement pas prendre la pilule juste pour le cas où je rencontrerais un homme avec qui j'aurais envie de coucher !

— C'est pourtant exactement ce qui s'est passé !

Nick était visiblement excédé, et Hébé se sentit pâlir encore un peu plus.

— Mais ce n'était pas prévu…, murmura-t-elle.

— Ah bon ? fit-il d'un ton glacé. Il me semble me souvenir que c'est *vous* qui m'avez bousculé ce soir-là.

Hébé se figea et sentit son sang se glacer dans ses veines.

— Que voulez-vous dire ? demanda-t-elle lentement.

Nick hocha la tête.

— Vous n'êtes pas la première femme à tenter de piéger un homme de cette manière. Qu'espériez-vous ? Que je vous donne de l'argent ?

— Comment osez-vous ? dit-elle dans un souffle.

Il ne pouvait pas penser…

— Arrêtez, Hébé ! répliqua-t-il d'un ton méprisant. La scène de la vierge effarouchée ne vous va pas du tout !

Elle le regarda froidement.

— Pourquoi rejetez-vous toute la faute sur moi ? Je ne me rappelle pas que vous ayez utilisé quoi que ce soit vous non plus, ce soir-là.

— Parce que personne ne m'a demandé de le faire ! rétorqua Nick avec dédain.

Il savait que la jeune femme venait de marquer un point, mais il n'était pas d'humeur à l'admettre. En tout cas, pas maintenant.

— Je ne pensais pas que j'allais être enceinte ! le coupa-t-elle en se levant avec impatience. Et, d'ailleurs, je ne suis pas enceinte. Toute cette conversation n'a aucun sens ! J'ai juste mangé quelque chose qui ne m'a pas réussi…

— Vous n'avez rien mangé de la journée, lui rappela Nick. Mais je connais le moyen de tirer tout cela au clair.

Et, brusquement, il sortit de la chambre.

Hébé le suivit rapidement, en se demandant ce qu'il avait l'intention de faire. Lorsqu'elle arriva dans la cuisine, il était en train d'enfiler sa veste.

— Où allez-vous ?

— Je vais à la pharmacie acheter un test de grossesse. Notre conversation n'a en effet aucun intérêt tant que nous ne savons pas si vous êtes enceinte ou non.

Il attrapa ses clés de voiture.

— Je ne serai pas là quand vous reviendrez, l'informa calmement Hébé.

Nick s'arrêta dans l'encadrement de la porte. Son visage était impénétrable lorsqu'il se retourna vers elle.

— Vous feriez mieux d'être là, dit-il d'un ton menaçant.

— Vous n'avez donc plus peur que je fouille partout ?

— Touchez à quoi que ce soit, et je vous promets que vous le regretterez.

Il avait accompagné ces mots d'un sourire glacé.

Hébé savait qu'il ne plaisantait pas. Mais cela ne l'empêcha pas, à peine fut-elle certaine que Nick avait bien quitté l'appartement, de rejoindre le rez-de-chaussée, de récupérer son sac et son manteau, et de quitter la galerie.

Qu'il la licencie s'il le voulait, elle s'en moquait à présent ! Il avait sans doute l'habitude que l'on obtempère lorsqu'il donnait des ordres, mais il était hors de question qu'elle obéisse à un homme qui l'insultait de la sorte !

De plus, il fallait qu'elle passe quelques coups de téléphone, et elle ne pouvait le faire depuis l'appartement de Nick. Elle avait en effet gardé de nombreux amis du temps de l'université, qui, comme elle, travaillaient maintenant dans des galeries ou des agences artistiques. Et elle était persuadée que l'un d'entre eux pourrait lui donner des informations sur l'agent d'Andrew Southern.

Hébé était déterminée à retrouver l'artiste, même si Nick semblait penser que c'était une chose impossible.

Où sa mère pouvait-elle se trouver aujourd'hui ? se demanda-t-elle, profondément troublée. Vivait-elle en Angleterre ? Avait-elle un mari, des enfants ?

Probablement.

Hébé n'avait pas l'intention de perturber sa vie. Elle avait juste besoin de savoir.

Andrew Southern était-il son père ?

Si c'était le cas, pourquoi n'avait-il pas épousé sa mère alors qu'elle attendait un enfant ?

Pourquoi elle, Hébé, avait-elle été abandonnée ?

Après une demi-douzaine d'appels, la jeune femme réussit enfin à découvrir qui était l'agent d'Andrew Southern. Elle composa alors son numéro et eut une secrétaire qui l'invita à prendre rendez-vous avec M. Gillespie. Toutefois, ajouta-t-elle, il y avait à son avis très peu de chances pour que celui-ci puisse l'aider à rencontrer le peintre.

Malgré tout, Hébé prit rendez-vous pour le lendemain. Elle se disait qu'au pire, elle pourrait toujours remettre une lettre à l'agent, voire une photographie d'elle-même, qu'il pourrait faire passer à l'artiste reclus. Si celui-ci avait été amoureux de sa mère, il aurait sûrement envie d'en savoir plus.

C'est du moins ce qu'elle espérait…

Nick tambourinait à la porte de l'appartement de la jeune femme. Découvrir que Hébé ne l'avait pas attendu, l'avait mis hors de lui.

A quoi jouait-elle ?

Oui, il était furieux. A cause d'elle. A cause de lui. A cause du fait qu'il était de plus en plus convaincu que Hébé était enceinte.

Si vraiment la jeune femme n'avait personne d'autre dans sa vie — comme elle l'avait si vigoureusement affirmé ! —, alors il garderait le bébé… Une petite fille qui ressemblerait à Hébé. Ou un petit garçon qui ressemblerait à Luke et qui lui ressemblerait…

Il était en train de lever le poing pour frapper de nouveau à la porte lorsque celle-ci s'ouvrit brusquement.

— Ce n'est pas la peine de tout casser, lui dit Hébé en le regardant froidement. J'étais en train de manger un sandwich lorsque j'ai entendu vos… coups !

— Quelle sorte de sandwich ? Est-ce que vous réalisez qu'il faut faire attention à ce que l'on mange lorsqu'on est enceinte ? lui demanda-t-il tout en passant devant elle afin de pénétrer dans l'appartement.

Celui-ci se trouvait au deuxième étage d'un vieil immeuble victorien. De grandes baies vitrées donnaient sur une large avenue. Le salon, dont les murs étaient peints en jaune, était clair et ensoleillé. Un tapis multicolore recouvrait le plancher de bois. Le canapé et les fauteuils étaient égayés de coussins chatoyants.

Nick se retourna pour regarder Hébé. Elle avait meilleure mine que lorsqu'il l'avait laissée un peu plus tôt. Ses joues avaient repris leurs couleurs et ses yeux d'or leur éclat unique.

Il sortit de sa poche un sac en papier qu'il lui tendit.

— Tenez.

Hébé savait parfaitement ce que contenait ce sac et elle n'avait aucune envie de le prendre.

— Je ne me souviens pas vous avoir invité à entrer.

— Vous ne l'avez pas fait, confirma Nick en s'approchant de la table où était posé le sandwich entamé, afin de vérifier de quoi celui-ci était composé. Du fromage… C'est bien, vous devez surveiller votre apport en calcium.

— Nick…

— Hébé ?

— Ne pensez-vous pas que tout cela va un peu trop loin ? Que vous m'avez assez insultée ? Je vous l'ai dit : je me suis sentie mal car je n'ai rien mangé aujourd'hui. C'est la seule et unique raison.

Nick posa le sac en papier sur la table, à côté du sandwich.

— Eh bien, nous allons le savoir tout de suite. Vous

pouvez faire ce test à n'importe quel moment de la journée, vous aurez un résultat fiable.

— Un résultat négatif, vous voulez dire ?

— Hébé. Vous ne prenez pas la pilule. Je n'ai pris aucune précaution moi non plus. Etes-vous allée voir un médecin pour avoir la pilule du lendemain ?

— Certainement pas !

— C'est bien ce que je pensais… Avez-vous eu vos règles depuis la nuit que nous avons passée ensemble ?

Embarrassée, Hébé sentit ses joues s'empourprer.

— Ecoutez, je…

— Avez-vous eu vos règles ? insista-t-il.

Les *avait*-elle eues ? La jeune femme n'avait jamais vraiment eu de cycle régulier, elle avait donc tendance à ne pas faire attention aux dates. Mais, en y réfléchissant, elle n'avait pas l'impression que…

Elle attrapa le sac en papier et quitta la pièce d'un pas déterminé. Elle allait le faire, ce test, elle allait prouver à Nick une fois pour toutes qu'elle n'était pas enceinte. Et ensuite, avec un peu de chance, il s'en irait et la laisserait tranquille !

Bleu.

Le petit trait au milieu de la fenêtre était bleu.

Positif.

Hébé s'assit sur le rebord de la baignoire. Haletante, elle essaya de contrôler sa respiration afin de ne pas s'évanouir de nouveau.

Elle avait utilisé les deux tests que contenait le sac, persuadée, à la lecture du premier, que c'était une erreur. Et le second avait aussi un trait bleu au milieu de la fenêtre.

Elle était enceinte de Nick Cavendish.

Un bébé dont il ne voulait sûrement pas.

Et *elle*, en voulait-elle ?

Elle n'avait jamais sérieusement songé au fait d'avoir un enfant, et lorsqu'elle l'avait fait, elle avait imaginé ce bébé comme étant le fruit d'un mariage d'amour. Pas le résultat d'une seule nuit passée dans les bras de Nick Cavendish.

Qu'allait-elle faire maintenant ?

— Hébé, est-ce que ça va ?

Un léger coup sur la porte accompagna la question de Nick.

La jeune femme se redressa. Comment allait-elle lui annoncer la nouvelle ? Elle pouvait toujours mentir, bien sûr, lui dire que le résultat était négatif. Mais il ne la croirait pas. Il *savait* qu'elle était enceinte.

— Hébé ? répéta Nick d'un ton insistant.

La jeune femme prit une profonde inspiration.

— Allez-vous-en, finit-elle par articuler.

— Ouvrez la porte, ordonna Nick. Soit vous ouvrez cette porte, soit je l'enfonce !

— C'est du harcèlement, déclara-t-elle fermement.

— Comme vous voulez…

Hébé comprit qu'il allait mettre sa menace à exécution.

— D'accord, je suis enceinte ! cria-t-elle. Vous aviez raison et j'avais tort !

Sa voix se brisa alors qu'elle réalisait l'ampleur de ce qui était en train de lui arriver.

Il était hors de question qu'elle demande de l'aide à Nick. Pas après la manière dont il l'avait traitée. Cependant, elle n'avait aucune idée de ce qui allait se passer… Même si, pour l'instant, elle gardait son travail à la galerie, elle serait obligée de s'arrêter au septième mois. Ses parents accepteraient de l'aider, elle en était sûre, mais…

Hébé n'eut pas le temps d'aller plus loin dans ses réflexions : Nick venait de faire voler la porte en éclats.

— Vous venez de casser la porte, murmura-t-elle d'un air incrédule.

— Je vous avais prévenue.

— Vous n'aviez aucun droit de faire cela ! s'exclama-t-elle, indignée. Vous n'aviez pas besoin…

— Si, la coupa-t-il. Vous ne vouliez pas ouvrir la porte, et je ne savais pas ce que vous faisiez à l'intérieur.

— C'est une salle de bains, Nick. A votre avis, que pouvais-je faire dans une salle de bains ?

— Je n'avais aucun moyen de le savoir. Et je vous avertis, Hébé, ne remettez jamais une porte verrouillée entre nous deux.

La jeune femme le fixa. Est-ce que le monde était devenu fou ? Est-ce que *son* monde était devenu fou ?

Elle ne voulait pas en entendre davantage. Elle devinait les reproches que Nick, persuadé qu'elle avait tout fait pour tomber enceinte cette nuit-là, allait lui faire.

Hébé se leva et passa devant lui sans le regarder. Le salon était exactement dans l'état dans lequel elle l'avait laissé ce matin. Elle seule avait changé.

Elle attendait un enfant. De Nick Cavendish.

— Alors ? lança-t-elle avec défi. Quand allez-vous recommencer à m'accuser d'être une femme vénale ? D'être tombée enceinte afin de pouvoir mettre la main sur votre immense fortune ? C'est bien ce que vous pensez, non ?

Nick l'observait, les yeux plissés. Oui, c'était exactement ce qu'il pensait lorsqu'il était allé à la pharmacie acheter le test. Et c'était encore ce qu'il pensait maintenant.

C'était juste que cela n'avait plus d'importance.

Car Hébé allait avoir un enfant. *Son* enfant. Et peu importait la raison pour laquelle elle était enceinte, cet enfant serait autant le sien que celui de la jeune femme.

— Ce n'est pas la peine de me répondre, continua-t-elle. Je sais ce que vous pensez. Mais n'avez-vous pas envie de savoir ce que *moi* je pense ?

Les yeux de Hébé brillaient comme de l'or en fusion.

Curieusement, Nick sentit sa colère retomber. Elle était vraiment très belle. Et il savait que la maternité allait la rendre plus belle encore.

— Si, répondit-il en allant s'asseoir dans l'un des fauteuils. J'aimerais beaucoup savoir ce que vous pensez.

— Je n'en doute pas, rétorqua-t-elle sans chercher à cacher son dédain. On ne peut pas dire que vous m'ayez beaucoup écoutée jusqu'à présent.

Ne pouvait-elle comprendre que c'était parce qu'il était lui-même en état de choc ? se demanda-t-il. Parce qu'il n'arrivait pas à croire, même s'il avait affirmé le contraire, que Hébé pouvait être enceinte de son enfant ?

Nick avait adoré être le père de Luke. La mort soudaine de celui-ci l'avait laissé totalement dévasté. Et, maintenant, il semblait avoir une seconde chance… Jamais il n'avait songé à avoir un autre enfant. Mais à présent que l'opportunité se présentait, il désirait ce bébé. Plus que tout au monde.

Il lui fallait juste un peu de temps…

— Je vous écoute, assura-t-il d'un ton bourru.

Elle prit une profonde inspiration.

— Ce bébé est le mien, Nick, et…

— C'est aussi le mien, remarqua-t-il calmement.

— Mais vous ne pouvez pas en être sûr ! ironisa-t-elle en arpentant nerveusement la pièce. Comment pouvez-vous être sûr que je ne suis pas allée avec un autre homme depuis la nuit que nous avons passée ensemble ?

Nick ne bougea pas, mais il sentit un nerf tressaillir au-dessus de sa mâchoire.

— L'avez-vous fait ?

— Bien sûr que non ! Mais vous n'avez aucun, absolument *aucun* moyen de le savoir.

Il l'observa pendant de longues secondes.

— Un médecin sera capable de nous dire depuis combien de temps vous êtes enceinte.

— C'est ce que vous voulez faire ?

— Si vous le désirez, nous pouvons aussi faire ces examens.

— Si je le désire ?

— Hébé, c'est un moyen d'être sûr que ce bébé est bien le mien !

La jeune femme se figea.

— Etes-vous en train de me dire que vous allez essayer de m'enlever mon enfant ?

— Pas du tout ! Mais c'est simple. Si vous voulez mettre la main sur mon « immense fortune », alors il vous faudra compter avec moi.

— Mais je ne *veux* pas de votre argent ! protesta-t-elle

vigoureusement. Il ne m'intéresse pas plus que vous ne m'intéressez !

— Que cela vous plaise ou non, Hébé, j'ai maintenant une responsabilité envers vous et l'enfant.

Une responsabilité envers elle ? Voilà donc ce qu'elle était devenue… Après toutes ces années à se battre pour être indépendante et subvenir à ses propres besoins ?

Non, elle ne voulait pas être réduite à cela…

— Je n'ai ni envie ni besoin de votre aide, je vous remercie, déclara-t-elle sèchement.

— N'avez-vous pas compris ? s'exclama Nick entre ses dents. Je ne vous demande pas votre avis, je vous *dis* ce qui va se passer !

Hébé le regarda, stupéfaite.

— Comment ça ?

— Je vais vous épouser, lui annonça-t-il d'un ton décidé, dès que les formalités seront remplies.

Nick ? *L'épouser ?*

Il ne pouvait pas être sérieux !

5

Nick vit les yeux de Hébé se remplir d'effroi.

Ce n'était pas exactement la réponse qu'il avait espérée !

La plupart des femmes qu'il connaissait auraient bondi de joie à l'idée de l'épouser. Hébé, elle, le dévisageait comme s'il venait une fois encore de l'insulter !

— Voyons, ce n'est pas si grave, dit-il d'un ton moqueur. Vous n'aurez plus besoin de travailler, vous pourrez dépenser des fortunes à redécorer mon appartement… Ou nous pourrions même acheter une maison ! Ce serait bien que le bébé ait un jardin pour jouer…

— Arrêtez ! l'interrompit violemment la jeune femme. Il n'est pas question que je me marie avec vous !

— Oh si, Hébé !

— Non ! Je ne veux pas vous épouser. Je ne vous connais pas ! D'ailleurs, vous non plus vous ne me connaissez pas. Et vous n'aimez pas le peu que vous savez de moi !

Nick eut un imperceptible sourire tandis qu'il admirait la svelte silhouette de la jeune femme.

— Il y a pourtant des choses que j'apprécie chez vous !

Hébé le regarda, déconcertée. Elle savait qu'il faisait semblant de ne pas comprendre ce qu'elle voulait dire en ne s'intéressant qu'à son physique. Bien sûr, ils s'étaient parfaitement entendus cette nuit-là, mais cela n'avait rien à voir avec l'engagement que représentait le mariage. Il ne pensait qu'aux nuits — il y avait aussi les jours, les semaines, les années à vivre côte à côte.

Nick se leva et s'approcha d'elle.

— Non…, murmura Hébé en reculant d'un pas.

Il ne prêta aucune attention à sa protestation.Il la prit dans ses bras et se pencha vers elle.

Hébé se sentit fondre et ne put lui opposer aucune résistance. Ses mamelons se durcirent contre son torse puissant, tandis qu'il effleurait ses lèvres de la langue, avant de prendre pleine possession de sa bouche. Puis il descendit vers sa gorge, ses mains soulevant fébrilement son T-shirt. Il baissa la tête et prit entre ses dents un téton brûlant, qu'il mordilla sensuellement tout en laissant sa main descendre entre les jambes de Hébé. Malgré le jean et la soie de sa culotte, la jeune femme frissonna de plaisir au contact de ses doigts.

Nick répondit à son attente en pressant plus fortement sa paume contre elle, pendant que sa bouche se saisissait de l'autre mamelon qu'il aspira avidement.

Sans qu'elle puisse rien y faire, Hébé sentit le plaisir monter en elle, et elle savait qu'elle ne pourrait le contenir plus longtemps. Il la submergea alors, en longues vagues délicieuses, la laissant sans force.

Epuisée, elle se laissa lentement aller contre l'épaule de Nick.

Que venait-elle de faire ?

Nick se redressa lentement et remit le T-shirt de la jeune femme en place tout en observant le bien-être qu'il pouvait lire sur son visage. Lui-même se sentait plein de désir, mais il n'avait aucune intention de le satisfaire. C'était le plaisir de Hébé qui lui importait pour l'instant. Il voulait lui montrer ce qu'il pourrait lui offrir chaque fois qu'elle le désirerait lorsqu'ils seraient mariés.

— Mais, et vous ? s'inquiéta Hébé.

— Je n'en ai pas envie. C'était pour vous. Je vous mets au défi de me dire que vous ne voulez pas de moi après cela, murmura-t-il d'une voix rauque.

Il sentit Hébé se raidir avant qu'elle ne se détache brusquement de lui.

Il n'avait pas voulu la blesser. Il voulait simplement qu'elle comprenne ce qu'ils pouvaient avoir en commun, en plus du bébé qu'elle portait. De *son* bébé ! Et il allait tout faire pour que Hébé admette qu'il n'allait pas seulement participer financièrement à l'éducation de leur enfant, mais qu'il allait l'épouser.

Hébé secoua la tête. Il fallait qu'elle se ressaisisse. Et qu'elle lui fasse comprendre qu'elle ne pouvait se marier avec lui.

— Ce n'était que du sexe, Nick, répliqua-t-elle froidement.

— C'est un début.

— Non ! Le mariage est fait pour les gens qui s'aiment et qui veulent vivre ensemble le restant de leur vie…

— Ou pour ceux qui ont déjà fait un bébé ensemble, remarqua-t-il ironiquement.

Hébé ferma les yeux. Ils avaient fait un bébé ensemble, c'est vrai. Avait-elle le droit de priver son enfant de l'un de ses parents ?

Mieux valait ça que deux parents qui ne s'aimaient pas ! Sauf qu'elle *aimait* Nick…

C'était impossible de le nier. La fascination qu'elle avait toujours éprouvée pour lui s'était transformée en amour lors de la nuit qu'ils avaient passée ensemble, six semaines auparavant.

La nuit où ils avaient conçu leur enfant.

Elle savait qu'elle aurait été folle de joie à l'idée d'épouser Nick si celui-ci l'avait aimée en retour. Mais ce n'était pas le cas. Il était persuadé qu'elle n'était intéressée que par son argent.

— Pourquoi devrions-nous nous marier ? demanda-t-elle en fronçant les sourcils.

— Vous préféreriez que nous habitions simplement ensemble ?

— Non, bien sûr que non ! Je me demande juste pourquoi vous tenez tant à m'épouser.

— Peut-être est-ce parce que je mets un point d'honneur à épouser les mères de mes enfants, ironisa Nick.

Hébé le regarda attentivement. Pensait-il que *cet* enfant pouvait remplacer celui qu'il avait perdu ?

— Je me rends compte à quel point cela a dû être éprouvant de perdre Luke…

— Ah bon ?

Les yeux de Nick se durcirent, puis, lentement, il reconnut :

— Oui, ça l'a été. Dévastateur. Mais c'était il y a trois ans, et personne n'y peut rien changer.

— Exactement, approuva Hébé, soulagée que ce soit Nick lui-même qui ait prononcé ces mots. Et ce bébé ne peut pas le remplacer…

— Vous croyez que c'est ce que je souhaite faire ? Le remplacer ? On ne remplace pas quelqu'un, pas plus qu'on ne le ramène à la vie ! Hébé, avez-vous la *moindre* idée de la signification de la nuit que nous avons passée ensemble, il y a six semaines ?

— Eh bien, je suis enceinte, si c'est ce que vous voulez dire…

— Non, ce n'est *pas* ce que je veux dire ! s'exclama Nick en s'éloignant d'elle, le visage empourpré par la colère. Ce jour-là, il y a six semaines, était le jour de l'anniversaire de la mort de Luke. Le jour où, il y a exactement trois ans, un chauffard qui avait bu un peu trop de vin au déjeuner a perdu le contrôle de son véhicule et a percuté les passants d'une rue commerçante de New York. Luke et Sally se trouvaient parmi eux. Sally a été grièvement blessée et Luke… Luke était mort avant même que les secours n'arrivent.

Sa voix trahissait tant de douleur… Hébé songea combien perdre son fils d'une manière aussi stupide avait dû être insupportable. Elle imagina le coup de téléphone, la voix inconnue annonçant l'état grave de sa femme et la mort de son enfant.

Et ce bébé — le bébé de Hébé — avait été conçu le jour même de l'anniversaire de la mort du petit garçon…

Cela avait quelque chose de sinistre. Comme si…

Non, elle ne voulait pas y penser. Ce n'était qu'une coïncidence. Ou peut-être un peu plus… Nick avait sûrement eu besoin d'avoir une femme dans son lit ce soir-là, pour tenter d'oublier son chagrin.

Et à cause de ce besoin, Hébé était aujourd'hui enceinte.

— Je suis vraiment désolée. Je comprends combien cela a dû être terrible pour vous… Et pour Sally, ajouta-t-elle doucement. Mais je ne peux pas vous épouser, Nick. Aujourd'hui, les gens ne se marient plus pour cette seule raison.

— Si l'on considère le fait que vous ayez été adoptée, il semblerait, en effet, qu'on n'agisse pas ainsi dans votre famille ! la coupa-t-il d'un ton cinglant.

Hébé le regarda, stupéfaite.

— Ce que vous venez de dire est impardonnable !

— C'est vrai, je l'avoue, admit-il en passant une main nerveuse dans ses cheveux épais. Et je vous prie de m'excuser. Mais j'ai vraiment l'intention de vous épouser, Hébé. Je ne veux pas être un père à mi-temps, un père que l'on ne voie que les week-ends et pour les vacances. Je veux que mon enfant vive avec moi sous mon toit.

— Et moi, avez-vous pensé à ce que je veux ?

Il la regarda avec attention.

— Vous avez été élevée par deux personnes qui vous aimaient, non ? Des parents qui vous ont apporté tout l'amour que votre vraie mère pensait ne pas pouvoir vous apporter.

— Oui…, reconnut Hébé, sans trop savoir où allait la mener cette conversation.

— Vous ne vous êtes donc pas retrouvée seule, avec une mère obligée de vous mettre à la crèche pour pouvoir travailler et gagner de quoi vous élever. Ni avec un père que vous auriez vu de temps à autre, ce qui vous aurait laissée chaque fois un peu plus triste…

— Ce n'est pas ainsi que les choses se passeront pour nous ! l'interrompit la jeune femme, en comprenant enfin où il voulait en venir.

— En effet, pas si je vous donne l'argent nécessaire pour que vous puissiez vivre comme vous le désirez. Mais ce n'est pas ce que je vais faire, Hébé. Je vais vous épouser. J'ai l'intention d'être présent chaque jour de la vie de mon enfant. J'ai l'intention d'être là chaque matin à son réveil, pour l'embrasser et le cajoler. Et chaque soir, pour lui raconter une histoire et le consoler s'il a du chagrin.

— Et sa mère ? Qu'allez-vous faire de moi une fois que vous m'aurez épousée ?

— Je vous ai déjà montré ce que nous avions en commun, répondit-il d'un ton moqueur. C'est là tout ce que j'ai à donner.

Hébé ne pouvait nier l'intensité du désir qu'il faisait monter en elle. Ni celui qu'elle provoquait chez lui. Mais était-ce suffisant pour constituer les bases d'un mariage ?

— Vous est-il venu à l'esprit que, maintenant que je connais vos conditions, je pourrais ne pas *vouloir* de cet enfant ?

— Je préfère ne pas vous dire ce que vous m'inspireriez si vous faisiez cela ! répliqua Nick, le visage figé de colère.

La jeune femme poussa un soupir. Il n'avait jamais été question pour elle d'envisager un avortement, et, apparemment, il n'en était pas question pour Nick non plus.

— Non, reconnut-elle, je ne pourrais jamais faire une chose pareille. C'était juste une parole en l'air. Mais je n'arrive pas à mettre de l'ordre dans mes pensées. Tout va si vite. Je ne sais même pas qui je suis vraiment !

— Eh bien, nous trouverons ensemble.

— Que voulez-vous dire ?

Elle le regardait d'un air méfiant.

— Voyons, Hébé, c'est évident. Vous attendez un enfant, mais vous ne connaissez pas vos vrais parents — ni leurs antécédents médicaux. Pour son bien, je pense qu'il serait important que nous découvrions tout cela. Ne croyez-vous pas ?

Pour le bien-être de l'enfant…

Evidemment. Comment pouvait-elle avoir songé un instant qu'il lui proposait son aide pour une autre raison ? Après tout, il était persuadé qu'elle était la femme du portrait, et qu'elle avait tout fait pour être enceinte !

— Si, acquiesça-t-elle faiblement.

Elle n'avait aucune intention de lui révéler qu'elle avait rendez-vous avec l'agent d'Andrew Southern le lendemain, et qu'elle allait essayer d'en savoir un peu plus sur cette femme qu'elle pensait être sa mère, et sur la nature de sa relation avec Andrew Southern.

— La première chose à faire est de parler à vos parents, déclara Nick en appuyant ses propos d'un hochement de tête. Ils doivent avoir des informations sur vos parents biologiques.

— Ils n'en ont aucune, sinon ils m'en auraient déjà fait part.

— Vous croyez ?

— Bien sûr, répondit Hébé avec impatience. Pour quelle raison m'auraient-ils caché quoi que ce soit ?

Nick haussa les épaules.

— Peut-être souhaitaient-ils pour vous une enfance sereine, sans que vous soyez déchirée entre deux foyers, comme cela aurait été le cas s'ils vous avaient aidée à retrouver vos vrais parents. Je ne sais pas, Hébé. Mais je pense que nous devrions aller leur parler.

— Vous avez peut-être raison. J'irai les voir ce week-end…

— *Nous* irons les voir ce week-end, la reprit Nick avec fermeté. A partir de maintenant, il va falloir que vous vous habituiez à ce que ce soit *nous* pour tout, Hébé.

« Nous »… Hébé et Nick Cavendish.

— Je m'occuperai des formalités du mariage dès demain, continua-t-il. Nous sommes jeudi, je pense qu'il vaudrait mieux que vous vous reposiez le reste de la semaine. Nous irons voir vos parents samedi, et vous déménagerez vos affaires chez moi — chez nous ! — dimanche.

— Je n'emménagerai pas chez vous ! Ni dimanche ni jamais ! Et je ne me marierai pas non plus avec vous ! protesta Hébé avec véhémence.

— Bien sûr que si.

— Ce que je désire ne mérite-t-il donc aucune considération ?

— Mais vous avez ce que vous désirez, Hébé, fit-il d'un ton sarcastique. Et même plus !

— Vous ne pouvez pas m'obliger…

— Calmez-vous, ce n'est pas bon pour le bébé.

Le bébé. Il n'y avait que cela qui importait. Et il n'y aurait jamais que cela…

— Je vais vous épouser, Hébé, je suis très sérieux. Vous croyez vraiment que je vais vous laisser dépouiller notre enfant de tout ce que je suis en mesure de lui offrir ? Ou voulez-vous que cela dégénère ?

Hébé cligna des yeux : le sol semblait se dérober sous ses pieds.

— Que voulez-vous dire ? murmura-t-elle.

— Que je me battrai pour la garde de l'enfant. D'ailleurs, si vous continuez à vous opposer à moi, je contacte mes avocats afin qu'ils mettent en route la procédure.

— Vous ne feriez pas ça ?…

— Si je n'ai pas le choix, si.

— Même si cela suppose que j'en vienne à vous haïr ?

— Oui, répondit-il d'un ton déterminé.

Nick réprima un soupir. Hébé l'observait comme si elle ne l'avait jamais vu, ou comme si elle aurait préféré ne jamais le rencontrer !

Elle détourna la tête.

— J'aimerais bien être seule un moment, si cela ne vous dérange pas, lança-t-elle sèchement.

Cela dérangeait Nick : il n'avait aucune envie de la quitter. Même pour un moment. N'allait-elle pas en profiter pour tenter de s'enfuir ?

— Nous allons nous marier, Hébé, déclara-t-il doucement. Et vous allez emménager chez moi. Puis nous irons voir vos parents, samedi. Et ne croyez surtout pas que vous pourrez vous enfuir.

La manière dont elle pâlit fit comprendre à Nick que c'était exactement ce qu'elle avait eu l'intention de faire.

Elle leva sur lui un regard voilé.

— Vous parlez sérieusement ?

— Le plus sérieusement du monde !

La jeune femme hocha la tête.

— J'appelle mes parents et je les préviens de notre venue samedi après-midi.

— Et vous emménagez chez moi dimanche ?

— Chaque chose en son temps, d'accord ? soupira-t-elle.

Elle était si pâle… Soudain, Nick réalisa qu'elle venait d'avoir une journée particulièrement éprouvante. Peut-être n'aurait-il pas dû lui parler comme il l'avait fait. Même s'ils étaient vrais, les mots qu'il avait employés étaient durs.

Mais il n'avait pas eu le choix. Dans ce combat pour son enfant, il utiliserait toutes les armes qu'il avait à sa disposition.

Peut-être n'aurait-il pas dû non plus la caresser comme il l'avait fait. Après tout, elle était enceinte. Pourtant, il ne l'avait pas fait pour lui prouver quelque chose, comme elle semblait le penser. Il l'avait fait car il avait eu besoin de la serrer, de lui donner du plaisir, et il en avait eu envie dès qu'il l'avait vue à la galerie, un peu plus tôt cet après-midi.

Et même avant…

Car il avait eu beau tout faire pour l'oublier, Hébé n'avait jamais quitté son esprit.

Peut-être parce qu'ils avaient fait l'amour d'une façon si délicieuse…

Cependant, cela n'expliquait pas pourquoi il n'avait cessé de repenser au visage délicat de la jeune femme, à la beauté de ses surprenants yeux d'or, à la manière dont une fossette se dessinait sur sa joue lorsqu'elle souriait, à son rire…

Puis, il avait vu le portrait.

Alors, il s'était senti pris d'une rage incontrôlable. Car, sur le tableau, le visage de Hébé avait exactement la même expression que celle qui l'avait enivré, lorsqu'il lui avait fait l'amour quelques semaines plus tôt.

Dès lors, il lui avait fallu ce portrait, à n'importe quel prix, afin que personne d'autre ne puisse le voir.

A cet instant, il avait aussi compris qu'il voulait être le seul à pouvoir contempler Hébé lorsqu'elle s'abandonnait *dans la réalité* — qu'il la voulait dans son lit pour toujours !

Certes, il n'avait pas envisagé que cela se passerait de cette manière, mais le résultat était le même. Et n'était-ce pas mieux ? Ainsi, il n'avait pas eu à dévoiler ses véritables sentiments. Il allait épouser Hébé, qu'elle le veuille ou non.

— D'accord, dit-il enfin. Je vous appelle demain soir et je vous informe de ce que j'ai pu faire au sujet du mariage. Peut-être pourrions-nous sortir dîner en ville ?

Hébé lui lança un sourire ironique.

— Il me semble que nous avons passé le stade des rendez-vous !

— Vous l'avez dit vous-même, nous devons apprendre à nous connaître. Et si je ne me trompe pas, nous avons exactement sept mois et demi pour le faire.

Il ne se trompait pas, songea Hébé qui avait l'impression d'être prise au piège.

Une seule chose la rassérénait quelque peu. Demain, à cette heure-ci, elle aurait rencontré David Gillespie, l'agent d'Andrew Southern. Et une fois qu'elle aurait eu les réponses à ses questions, elle prendrait un plaisir infini à annoncer à Nick à quel point il s'était trompé sur elle ! Par rapport au portrait, en tout cas…

Par rapport à sa grossesse, elle ne pouvait — et ne voulait — rien changer.

Ce qui signifiait qu'elle devait soit épouser Nick, soit se battre contre lui. Mais n'était-elle pas certaine de perdre, face à un homme qui possédait une telle fortune ?

Oui, décidément, le piège se refermait sur elle !

6

Lorsqu'elle ouvrit la porte à Nick, le lendemain soir, Hébé savait qu'elle n'était pas davantage prête à accepter son sort qu'elle ne l'était la veille.

Mais elle avait pris sa journée, comme Nick le lui avait suggéré, et en avait profité pour se rendre à son rendez-vous avec David Gillespie.

Un rendez-vous qui s'était avéré aussi frustrant que ce que lui avait laissé entrevoir la secrétaire.

Non, lui avait dit M. Gillespie, il ne pouvait absolument pas donner à Hébé l'adresse d'Andrew Southern. Ni son numéro de téléphone. Non, cela importait peu que sa mère ait été une amie de longue date de l'artiste, il ne pouvait communiquer les coordonnées du peintre.

Hébé avait essayé de parler du portrait, sans grand succès. Il n'était pas référencé dans le catalogue de l'artiste, l'avait informé l'agent, ce devait donc être un faux.

Cependant, il voulait bien faire passer la lettre de la jeune femme à M. Southern. Tout en l'avertissant qu'il y avait peu de chances qu'elle reçoive une réponse…

Hébé ne partageait pas son avis. Elle avait choisi avec soin les mots de cette lettre et elle y avait joint une photographie récente d'elle-même. Si l'artiste ne prenait pas la peine de lui répondre, c'était qu'il n'était pas l'homme qu'elle imaginait.

— Vous êtes superbe, murmura Nick.

La jeune femme était vêtue d'une robe noire ajustée qui lui arrivait juste au-dessus des genoux.

Puis il déposa un baiser sur ses lèvres.

Ce baiser surprit Hébé, mais elle ne put s'empêcher d'y répondre de manière instinctive, avant de recouvrer ses esprits et de se reculer brusquement. Comment pouvait-elle oublier que cet homme voulait la forcer à l'épouser !

— Il n'y a aucune raison de jouer la comédie lorsque nous sommes seuls, lui dit-elle d'un ton cassant.

— Qui joue la comédie ? demanda Nick en plongeant son regard bleu acier dans celui de la jeune femme.

Il était particulièrement beau ce soir avec sa chemise de soie noire et sa veste grise, son pantalon noir à taille basse tombant parfaitement sur ses chaussures en cuir.

— Il se trouve que j'aime vous embrasser et je sais que vous aimez cela aussi. Or, si l'on considère où nous mènent généralement nos baisers, le meilleur moment pour le faire semble justement être lorsque nous ne sommes que tous les deux !

Hébé se sentit rougir.

— Je vous informe que ma colocataire est déjà sortie, vous n'avez donc personne à impressionner ! insista-t-elle pourtant avec mépris.

Nick haussa les sourcils.

— J'en arrive à me demander si cette invisible colocataire existe vraiment !

— Oh si, elle existe ! Bien… Sortons-nous dîner, maintenant ?

Tout en parlant, Hébé se rendit compte qu'elle n'était même pas sûre de pouvoir avaler quoi que ce soit. Elle s'était sentie mal toute la journée.

Elle s'apercevait qu'être enceinte n'était pas forcément agréable tout le temps. En fait, elle se sentait aussi nauséeuse que le jour où, enfant, elle avait pris le bateau pour Calais avec ses parents.

Mais, heureusement, elle avait lu dans un magazine que cela ne durait que quelque temps : les nausées disparaissaient après trois mois. Plus que six semaines à tenir !

— Oui, allons-y, décida Nick. Nous aurons moins de chances de nous disputer au milieu d'un restaurant bondé !

Hébé leva vers lui un regard interrogateur.

— En êtes-vous sûr ?

Il esquissa un sourire.

— Pas vraiment, non. Comment vous sentez-vous aujourd'hui ?

Tout en faisant mine de ne pas comprendre la question, Hébé prit sa veste de soie crème.

— Comment ça ?

— Comment allez-vous d'une manière générale !

— Eh bien, je n'ai pas changé d'avis quant au mariage, si c'est ce que vous voulez savoir, murmura-t-elle en glissant ses bras dans les manches de la veste qu'il lui tendait.

— Hébé, pourrions-nous au moins ne pas nous quereller dès le début de la soirée ?

— C'est vous qui avez voulu savoir !

— Mais je parlais de vos nausées, répliqua-t-il avec impatience.

— Alors pourquoi ne pas l'avoir demandé tout de suite ? Je n'ai été malade que quatre fois aujourd'hui, ce qui n'est pas mal si l'on considère que je n'ai rien pu manger ni boire de la journée.

Nick fronça les sourcils en entendant ces mots. Il avait remarqué la pâleur de la jeune femme lorsqu'elle lui avait ouvert la porte, mais il avait mis cela sur le compte de la tension.

— Sally, mon ex-femme, a consulté quelqu'un ici lorsqu'elle était enceinte de Luke. Je pense que vous devriez prendre rendez-vous avec lui…

— Il n'en est pas question ! éclata Hébé, je ne veux voir aucun des spécialistes que consultait votre femme !

Nick fut surpris par sa réaction.

— Et pourquoi pas ? Ce spécialiste est le meilleur qui soit.

— Je n'en doute pas, mais Sally était votre femme, et je ne suis que… que…

— La femme qui va bientôt devenir mon épouse, dit-il d'un ton sans réplique.

Est-ce que tout allait être aussi difficile avec Hébé ?

Probablement, songea-t-il. Mais il n'allait pas abandonner pour autant.

— Hébé, il va falloir vous y faire. Vous, le bébé que vous attendez et moi sommes désormais une famille. Il n'y a rien d'autre à ajouter.

— Si vous pensez vraiment que les choses sont aussi simples !

Bien sûr qu'il ne le pensait pas ! N'avait-il pas constaté combien Hébé pouvait être têtue ? Il pensait juste que plus vite ils seraient mariés, mieux ce serait pour eux.

Et pour le bébé !

Il ne put réprimer un sourire à la pensée que Hébé attendait son enfant. C'était un miracle, et même s'il n'appréciait pas la méthode employée par la jeune femme, il ne pouvait s'empêcher de s'en réjouir.

— Allons-y, ordonna-t-il en la prenant fermement par le bras. Nous éplucherons le menu jusqu'à ce que nous trouvions quelque chose susceptible de rester dans votre estomac !

Bruschetta aux olives. Ce fut finalement ce que choisit Hébé, après une commande d'asperges dont la seule odeur l'avait écœurée.

— C'est mieux ? demanda Nick avec un soulagement perceptible.

Apparemment, il n'avait pas l'habitude de dîner avec des convives aussi difficiles, pensa Hébé. Pourtant, d'ordinaire, elle mangeait de tout — mais c'était avant !

Heureusement, le maître d'hôtel de ce restaurant chic ne sembla pas s'offusquer des hésitations de la jeune femme, et le serveur changea les assiettes sans aucun signe d'agacement.

Cela avait certains avantages de sortir avec Nick Cavendish !

— Voulez-vous que je commande autre chose ? proposa-t-il en constatant qu'elle avait dévoré le pain et les olives.

— Attendons un peu, on ne sait jamais… J'espère que ce n'est pas un sourire que je vois sur vos lèvres ?

Nick se ressaisit aussitôt.

— Pas du tout ; je suis juste ravi que vous ayez trouvé quelque chose que vous pouvez avaler.

— Croyez-moi, être enceinte n'est pas aussi sensationnel qu'on le prétend, murmura Hébé d'un ton maussade.

— Peu de choses le sont.

— J'espère que ce n'est pas encore une attaque dirigée contre moi ?

— Pas du tout. D'ailleurs, j'ai laissé mes armes à la maison, ce soir… Avez-vous appelé vos parents ?

Hébé soupira. Oui, elle l'avait fait. Et cela n'avait pas été facile. Elle ne pouvait quand même pas leur annoncer qu'elle était enceinte lors d'un simple coup de téléphone ! Mais à peine avait-elle mentionné le fait de venir avec un ami que sa mère s'était montrée débordante d'enthousiasme. A croire qu'elle avait déjà choisi la couleur des robes des demoiselles d'honneur !

Ce qui posait un problème supplémentaire à Hébé…

Il *fallait* qu'elle épouse Nick si elle ne voulait pas perdre la garde de son enfant, mais elle n'avait aucune envie que ses parents connaissent la vraie raison de son mariage. Elle savait qu'elle ne pourrait pas cacher sa grossesse très longtemps, mais ce n'était pas ce qui la dérangeait. Ce qu'elle ne voulait pas, c'était qu'ils s'aperçoivent que Nick ne l'aimait pas. Ils avaient toujours rêvé d'un mariage romantique pour leur fille unique : une robe blanche vaporeuse, des fleurs d'oranger et des corbeilles pleines de confettis.

Le mariage qu'avait évoqué Nick semblait se résumer à un simple passage à la mairie !

Pourtant, même cela n'aurait pas été si grave s'il n'avait manqué le principal ingrédient d'un mariage…

L'amour.

— Hébé ? interrogea prudemment Nick.

Elle laissa échapper un profond soupir.

— Oui, je les ai appelés. Je les ai prévenus que nous viendrions les voir samedi. Ils ont évidemment tout de suite compris.

Nick se demanda pourquoi Hébé n'avait pas l'air plus réjoui. Elle allait pourtant avoir ce qu'elle désirait, accéder à sa fortune. Certes, l'idée de mariage avait dû être un choc pour elle mais, comme il le lui avait fait remarquer, les choses se passaient rarement comme on le souhaitait.

Cela se vérifiait pour lui aussi…

Il s'était promis, à la suite de son divorce avec Sally, de ne plus jamais tomber amoureux, encore moins de se marier de nouveau. Mais il avait tout de suite réalisé, après la nuit qu'ils avaient passée ensemble, que ce serait différent avec Hébé.

Il n'avait pas cessé de songer à elle toutes ces semaines où il était à New York. Il n'avait même pas regardé une autre femme. En fait, il n'avait attendu qu'une chose : la revoir à son retour à Londres.

Bien sûr, il n'avait pas prévu la découverte du portrait. Ni qu'elle serait enceinte. Avait-elle vraiment tout manigancé ? se demanda-t-il. Il n'en était plus si sûr, et c'était le problème…

Mais, au moins, il voulait donner une chance à ce mariage. Pourquoi ne comprenait-elle pas que, s'il le souhaitait, il pourrait obtenir la garde de l'enfant dès sa naissance et qu'elle se trouverait alors dans une situation beaucoup moins envieuse que celle qu'il lui proposait à présent ?

— Peu importe qu'ils aient compris, assura-t-il en portant la main à la poche de sa veste d'où il sortit une petite boîte en velours qu'il plaça devant Hébé, sur la table. Ceci va peut-être vous aider à retrouver le sourire.

La réaction de Hébé ne fut pas exactement celle que Nick avait espérée. Elle fixa l'écrin comme si celui-ci était sur le point de lui sauter à la gorge et de la mordre. Etait-elle déçue de ne pas avoir choisi elle-même sa bague de fiançailles ? se demanda-t-il avec cynisme.

Quel idiot il avait été de vouloir lui offrir ce bijou ! Pourquoi avait-il voulu se persuader à tout prix que Hébé n'avait, après tout, peut-être pas fait exprès de tomber enceinte ?

— Pour l'amour du ciel, ouvrez cette boîte, s'impatienta-t-il. Je suis sûr que vous allez apprécier ce qu'il y a à l'intérieur. Et si cela ne vous convient pas, nous pourrons toujours changer.

Il fronça les sourcils. Bon sang, il avait été stupide de croire que la sensualité avec laquelle elle lui avait fait l'amour relevait d'autre chose que qu'un simple intérêt pour son compte en banque !

Hébé soupira et tendit la main vers la boîte. Elle était certaine, maintenant, de savoir ce qu'elle contenait : une bague de fiançailles. Une chose qu'elle n'avait absolument pas prévue.

Elle scruta Nick en cherchant sur son visage impassible un signe montrant que ce bijou signifiait pour lui autre chose qu'une simple marque de possession. La froideur de son regard bleu et la dureté de son sourire lui firent comprendre que ce n'était pas le cas.

Elle souleva alors le couvercle et ses yeux s'écarquillèrent tandis que sa respiration restait bloquée dans ses poumons.

C'était le plus gros diamant qu'elle avait jamais vu. Il faisait sûrement plusieurs carats, et était encerclé d'une demi-douzaine de diamants légèrement plus petits. Cette bague devait valoir une fortune, même si ce n'était qu'une goutte d'eau pour Nick Cavendish.

Elle referma la boîte d'un mouvement brusque.

— Pourquoi m'offrez-vous cette bague ?

— A votre avis ?

— Cherchez-vous à m'insulter ?

Tout en prononçant ces mots, Hébé poussa l'écrin vers Nick puis ôta ses mains de la table, lui faisant ainsi comprendre qu'il ne pouvait l'obliger à accepter ce dont elle ne voulait pas.

— Vous auriez peut-être préféré un saphir ? Ou une émeraude ? Si vous voulez, nous pouvons aller demain au magasin…

— Je ne me rappelle pas vous avoir demandé une bague de fiançailles, rétorqua-t-elle avec force. Et cela… *cela…* Vous ne cherchez qu'à m'offenser, n'est-ce pas ?

— Qu'est-ce qui ne va pas ? Elle n'est pas assez grosse ? Je suis sûr que nous pourrions…

— Pas assez grosse ? Mais si les diamants avaient été plus gros, ils auraient aveuglé tous les clients du restaurant ! explosa-t-elle.

Il était hors de question qu'elle porte cette bague ! Elle pouvait tout aussi bien se promener avec un néon au-dessus de la tête proclamant : « Cette femme vient juste de se faire acheter ! »

Car c'était bien là ce que Nick pensait avoir fait.

— Voulez-vous bien parler moins fort ? murmura-t-il comme plusieurs des clients regardaient dans leur direction avec curiosité. Dites-moi ce qui ne va pas avec la bague et nous la changerons.

Hébé lui lança un regard furieux.

— Si le diamant avait été huit fois, ou même quatre fois plus petit, j'aurais éventuellement — je dis bien éventuellement — pu l'accepter. Mais ça… ce n'est pas une bague, c'est une chaîne ! Maintenant, si vous le permettez, j'aimerais bien m'en aller.

Et elle posa sa serviette sur la table.

— Très bien, si c'est ce que vous voulez.

Nick demanda l'addition. Il savait qu'elle ne voulait pas se marier avec lui, mais avait-elle besoin de le lui rappeler avec tant de véhémence ? Pourquoi n'arrivait-elle pas à comprendre que le seul moyen pour elle d'accéder à sa fortune était de l'épouser ? Qu'est-ce qui n'allait pas chez elle ?

Hébé pouvait percevoir la contrariété de Nick. Il avait probablement espéré qu'elle s'emparerait du bijou avec avidité, se dit-elle avec une cruelle ironie.

Mais elle détestait cette bague, et tout ce qu'elle représentait. Ne pouvait-il le comprendre ?

— Peut-être pourriez-vous rendre la bague et vous faire rembourser ? suggéra-t-elle, tandis qu'ils s'approchaient de la voiture de Nick.

C'était une superbe voiture de sport rouge. Le genre de voitures que Hébé n'avait jamais vu ailleurs que dans les magazines.

— Ne vous en faites pas pour cela, répondit-il en lui ouvrant la porte côté passager.

En s'installant sur le siège, Hébé se dit qu'il fallait absolument qu'elle reparle avec lui de la visite à ses parents. Elle devait en effet le convaincre de présenter cette union comme un mariage d'amour et non comme un simple mariage de convenance.

— Vous avez une magnifique voiture, dit-elle.

— Je vous achèterai la même, si vous le désirez, proposa-t-il d'un ton cassant.

— Et pourquoi feriez-vous cela ?

— Oh, arrêtez votre comédie ! J'ai vraiment du mal à y croire.

Hébé sentit la colère la submerger de nouveau.

— D'accord, achetez-moi la même ! dit-elle brusquement, en réalisant que rien de ce qu'elle pouvait dire ou faire ne convaincrait cet homme cynique qu'elle n'était pas intéressée par sa fortune. Vous êtes conscient que, dans six mois, il vous faudra me sortir de cette voiture avec un ouvre-boîtes !

Dans *six* mois… Lorsqu'elle serait enceinte de presque huit mois de leur enfant…

Ce bébé auquel elle avait eu le temps de penser toutes ces heures où elle avait été seule, aujourd'hui, dans son appartement. Tout y avait été si calme qu'elle avait pu imaginer le minuscule cœur qui battait à l'intérieur d'elle. Elle avait alors posé ses mains de manière protectrice sur son ventre plat et avait eu l'impression d'entendre le bébé chuchoter « je suis là… ».

Elle regarda furtivement Nick en songeant qu'elle aurait aimé partager ce moment avec lui. Mais elle savait que c'était impossible.

— Je suis sûr que vous trouverez une solution, répliqua Nick avec impatience.

Leur relation n'était plus un champ de bataille, c'était un champ de mines !

Hébé semblait penser de même, car elle resta silencieuse tout le temps que dura le trajet jusqu'à son appartement.

*
* *

Une fois chez elle, Hébé enleva sa veste avant de regarder Nick avec méfiance.

— Qu'y a-t-il ? demanda-t-il.

La jeune femme se mordit la lèvre.

Nick aurait préféré ne pas voir ! La sensualité des lèvres de Hébé le fascinait, et il n'avait qu'une envie : les embrasser. Peut-être après tout était-ce le moyen de se rapprocher de Hébé, d'établir entre eux un rapport moins conflictuel ?

Mais avant qu'il ait pu faire un pas, elle déclara :

— Il faut que je vous parle de la visite à mes parents, demain.

— Ce n'est pas la peine, rétorqua-t-il sèchement. Je suppose qu'ils ne seraient pas ravis de connaître la vraie raison de notre mariage ? Et qu'il serait préférable qu'ils croient que nous nous aimons ?

Hébé rougit.

— Ils… ils ne pourraient pas comprendre.

Bien sûr qu'ils ne pourraient pas comprendre combien leur fille s'était montrée calculatrice pour parvenir à ses fins ! pensa Nick avec cynisme. Tout comme ses propres parents ne le pourraient pas non plus. Pourtant, il savait que ceux-ci accueilleraient la jeune femme à bras ouverts : elle portait leur petit-fils ou leur petite-fille, et ce serait pour eux une raison amplement suffisante.

Ils apprécieraient aussi probablement Hébé pour ce qu'elle était, reconnut-il à contrecœur. Agréable et chaleureuse, si l'on oubliait sa vénalité. Dire qu'elle avait refusé la bague ! Elle n'avait pas fait tant d'histoires lorsqu'il lui avait proposé une voiture de sport !

Oui, sans nul doute, Hébé était une femme cupide, et le plus vite il l'admettrait, le mieux ce serait.

Il haussa les épaules.

— Ce n'est pas un problème pour moi. Mais peut-être aurez-vous plus de mal à prétendre être amoureuse de moi ?

Hébé ferma les yeux afin que Nick ne puisse y lire à

quel point elle n'aurait pas besoin de faire semblant... Elle l'aimait. A la folie.

Et elle aimait déjà le bébé qui grandissait en elle.

Peut-être, ne put-elle s'empêcher d'espérer, qu'avec le temps, Nick finirait par l'aimer ? Car elle allait l'épouser. C'était sa seule chance de lui prouver combien il s'était trompé sur elle.

— Je suis sûre que je pourrais m'en sortir, rétorqua-t-elle d'un ton neutre. Après tout, nous savons tous deux combien vous pouvez être charmant lorsque vous le voulez bien. Maintenant, si vous pouviez me laisser, je suis vraiment épuisée et j'aimerais beaucoup aller me coucher...

Troublée, elle constata que Nick l'observait d'un air songeur.

Il n'était pas question qu'il reste là ce soir, si c'était ce qu'il espérait ! Elle lui fermerait même la porte de sa chambre jusqu'au jour de leur mariage. Peut-être, d'ici là, aurait-elle réussi à le convaincre de son honnêteté ?

— Aucun problème, déclara sèchement Nick. Je n'ai pas eu le temps de finir mon dîner tout à l'heure, je vais donc en profiter pour trouver un endroit où manger. Cela ne vous ennuie pas que je parte tout de suite ?

Si ! Cela l'ennuyait énormément, pensa Hébé avec amertume. Mais, après tout, elle n'était sans doute que l'une des nombreuses femmes qu'il connaissait à Londres. L'une d'entre elles serait sûrement ravie de l'accueillir pour un dîner tardif...

Hébé réalisa que tous deux n'avaient pas abordé la question de la fidélité dans le mariage. Or, imaginer Nick dans les bras d'une autre femme lui était insupportable. Mais si elle lui en parlait, il se moquerait sûrement d'elle !

— Pas du tout, allez-y, lui répondit-elle avec fierté.

— C'est bien ce que je pensais. Mais sachez, Hébé, que lorsque nous serons mariés, je serai le *seul* homme dans votre vie. Et dans votre lit. Est-ce clair ?

— Cela vaut aussi pour vous ? osa-t-elle demander.

— Oh oui..., murmura-t-il en s'approchant d'elle et en

la prenant dans ses bras. Rendez-moi heureux dans votre lit, et je vous promets que j'y resterai.

Et il déposa un baiser sur ses lèvres.

Ce n'était pas exactement la réponse qu'attendait Hébé, mais, dans les bras de Nick, elle perdait tous ses moyens.

Il prit le visage de la jeune femme entre ses mains et son baiser se fit plus profond. Aussitôt, Hébé sentit une vague de désir, irrésistible, monter en elle. Lorsque Nick s'écarta, elle sentit tout son corps trembler.

— Décidément, chuchota-t-il, ce ne sera guère difficile de faire semblant d'être amoureux de vous… Voulez-vous vraiment que je m'en aille ?

Non, pensa-t-elle, éperdue, elle n'avait aucune envie qu'il parte. Au contraire, elle aurait voulu se fondre à tout jamais dans ses bras.

Mais il avait dit « faire semblant »… Voilà tout ce que serait l'amour de Nick pour elle : une comédie.

— Oui, dit-elle alors d'une voix sourde.

— Tant pis pour vous…, murmura-t-il encore d'une voix rauque qui la fit frissonner.

Oui, tant pis pour elle, songea-t-elle en le regardant quitter l'appartement, sans un regard.

Seigneur, pensa-t-elle avec effroi, comment allait-elle pouvoir supporter d'être mariée à un homme qui n'était que mépris ? Un homme qui n'avait qu'à la toucher pour la faire vibrer au plus profond de son être…

7

— N'ayez pas l'air si inquiet, lui dit Nick d'un ton moqueur, alors que Hébé prenait place à côté de lui dans la voiture. Ne vous ai-je pas prouvé hier soir que j'étais capable d'offrir à vos parents une magnifique interprétation de mon rôle d'amoureux éperdu ? J'espère que vous ferez de même lorsque vous rencontrerez mes propres parents !

La jeune femme le regarda avec surprise.

— Je vais rencontrer vos parents ?

— Bien sûr. Mes parents mais aussi le reste du clan Cavendish. N'oubliez pas que ma résidence principale se trouve à New York.

— Vous espérez que je vais emménager là-bas avec vous ?

Hébé se sentait décontenancée. Elle avait cru vivre à Londres avec Nick, jamais elle ne s'était imaginé qu'il voulait…

Soudain, Nick réalisa avec agacement que la jeune femme n'avait aucune envie de venir vivre à New York avec lui. Encore une erreur de sa part !

— Je pensais que la plupart des femmes adoreraient vivre aux Etats-Unis, dit-il d'un ton sec. Mais, si vous préférez, nous achèterons une maison en Angleterre. L'endroit où j'habite n'a aucune importance pour moi.

En réalité, plus il y songeait, plus lui semblait bonne l'idée d'avoir une maison dans la banlieue londonienne, avec un jardin pour leur enfant.

Hébé lui lança un regard interrogateur.

— Vous le feriez vraiment ?

— Pourquoi pas ? Il est très facile de voyager depuis Londres.

Bien sûr, pensa Hébé en se rembrunissant. Et lorsqu'il en aurait assez d'elle, il pourrait toujours aller à Paris ou à New York afin de rendre visite à l'une de ses « amies » !

— C'est parfait, conclut-elle sèchement en se tournant vers la fenêtre.

Cette visite à ses parents était un vrai calvaire pour elle. Comment allait-elle les convaincre que son mariage était bien un mariage d'amour, alors qu'elle ne cessait de se disputer avec Nick ?

— Nous sommes presque arrivés.

Elle se tourna et vit que Nick lui tendait l'écrin qu'il avait voulu lui offrir la veille. Elle se figea.

— Je vous l'ai dit, je n'en veux pas ! s'écria-t-elle.

Même pour tenter de convaincre ses parents, il était hors de question qu'elle porte cette… cette bague insultante !

— Pouvez-vous m'aider, Hébé ? dit Nick comme s'il n'avait rien entendu. J'ai besoin de mes deux mains pour conduire !

Elle prit l'écrin avec répugnance.

— Ouvrez-le, maintenant ! s'impatienta Nick.

Elle lui lança un regard méfiant avant de soulever le couvercle. A l'intérieur se trouvait un anneau d'or surmonté d'une pierre jaune qu'entouraient six diamants plus petits.

— C'est un saphir jaune. Sa couleur m'a rappelé celle de vos yeux.

Des yeux qui se remplirent instantanément de larmes, au grand dam de Hébé. Voilà une autre chose qu'elle découvrait en ce moment : la grossesse rendait particulièrement sensible !

Cette bague était d'un grand raffinement — exactement le genre de bague qu'elle aurait pu elle-même choisir.

— Elle est magnifique, dit-elle dans un souffle.

— Alors, mettez-la !

Elle sortit délicatement la bague de son écrin et la glissa à l'annulaire de sa main gauche. Elle lui allait parfaitement.

— Avez-vous réussi à vous faire rembourser l'autre ? demanda-t-elle timidement.

— Je n'ai pas essayé. Je la garde pour notre dixième anniversaire de mariage ou la naissance de notre quatrième enfant.

Notre quatrième enfant ? Nick envisageait-il vraiment un avenir à leur union ? se demanda Hébé, le cœur battant.

— Cette bague est vraiment très belle. Merci, Nick, dit-elle doucement.

— Vous acceptez donc mon cadeau ?

— Bien sûr.

La voix de la jeune femme se brisa, et elle ne put retenir plus longtemps les larmes qui perlaient à ses yeux.

Nick lui lança un regard surpris avant d'arrêter la voiture sur le bas-côté de la route. Il mit le point mort et se tourna vers elle.

— Vous savez, nous pouvons nous contenter de trois enfants si l'idée d'en avoir quatre vous effraie à ce point, dit-il en plaisantant avant de prendre la jeune femme dans ses bras.

Les sanglots de Hébé redoublèrent.

Nick fronça les sourcils. Pourrait-il un jour provoquer *autre chose* que de la colère ou des larmes chez cette femme ? Elle avait l'air si fragile, dans ces moments-là, qu'il n'avait qu'une envie, la protéger.

— La seule chose dont vous allez convaincre vos parents, c'est que je vous bats, si vous arrivez devant eux avec ces yeux rougis par les pleurs.

Il fut récompensé d'un timide sourire quand Hébé leva-vers lui ses yeux d'or.

Elle était toujours aussi belle, malgré les larmes. Nick sentit soudain qu'il pourrait se noyer dans ce regard…

Mais cela ne l'avancerait à rien, se raisonna-t-il avant de relâcher son étreinte, le visage aussi fermé.

*
* *

Dix minutes plus tard, quand Nick rencontra les parents de Hébé, il comprit mieux pourquoi celle-ci tenait tant à les ménager.

Henry Johnson était un homme grand, mince, le dos légèrement voûté. Ancien professeur à l'université de Cambridge, il était maintenant à la retraite. Jeanne, son épouse, était une femme toute en rondeurs, qui s'était toujours occupée de son foyer et avait su rendre sa maison aussi chaleureuse qu'elle l'était elle-même.

— Oh, ma chérie, elle est magnifique ! s'exclama la mère de la jeune femme alors que celle-ci lui montrait sa bague.

Henry Johnson prit sa fille dans ses bras.

— Tu en as mis du temps pour nous présenter ce jeune homme, la gronda-t-il affectueusement.

— C'est ma faute, monsieur, déclara Nick en lui serrant la main. Tout est arrivé si vite. Hébé m'a ébloui dès notre première rencontre !

Henry eut un hochement de tête, comme pour indiquer qu'il imaginait parfaitement ce qui pouvait arriver à un homme qui rencontrait sa fille.

Ils étaient un peu plus âgés que ce qu'avait supposé Nick et devaient avoir une soixantaine d'années. Ce qui signifiait qu'ils étaient trentenaires lorsqu'ils avaient adopté Hébé. Il se demanda pourquoi ils avaient mis tant de temps à se décider.

Puis ils s'assirent autour de la table du salon où Jeanne leur servit un thé.

Lorsque Henry s'excusa de ne pas avoir de champagne pour fêter l'événement, Nick remarqua que Hébé tressaillit. Décidément, elle avait perdu ses talents de dissimulatrice...

— Ne vous en faites pas, dit-il alors tout en prenant la soucoupe et la tasse que lui tendait le vieil homme. De toute façon, Hébé ne peut pas boire de champagne en ce moment. Et elle ne le pourra pas pendant encore sept mois, jusqu'à la naissance du bébé.

Qu'elle se débrouille maintenant ! pensa-t-il avec colère.

Hébé lui jeta un regard interrogateur. Pourquoi avait-il fait cela ? Les yeux durs et intransigeants de Nick lui firent comprendre qu'il ne voulait lui laisser aucune porte de sortie : elle lui appartenait, et le bébé était le sien.

— Maman, papa, se lança alors la jeune femme en se tournant anxieusement vers ses parents. Je ne pensais pas vous l'annoncer d'une manière aussi abrupte, mais oui, Nick et moi attendons un enfant pour le début de l'année prochaine.

Elle lança à Nick un regard noir avant de traverser la pièce pour étreindre les mains de sa mère.

— Ce qui signifie que nous allons nous marier très bientôt, ajouta Nick. Mes avocats s'occupent déjà des formalités.

Ses *avocats* ?

Pour quelle raison faisait-il intervenir ses avocats dans les préparatifs du mariage ? Espérait-il lui faire signer un quelconque accord prénuptial, froid et calculé ?

Eh bien, il en serait pour ses frais !

Mais ce n'était pas le moment d'en discuter avec lui. Elle était trop occupée à tenter d'apaiser ses parents, encore sous le choc de la nouvelle, pour se soucier de Nick et de ses projets machiavéliques.

— Un petit cognac nous fera certainement du bien, proposa Henry d'une voix faible, en se levant pour aller chercher trois verres dans le placard.

La mère de Hébé fut la première à se remettre de ses émotions. Elle serra affectueusement les mains de sa fille dans les siennes.

— Eh bien, je suppose qu'il était temps que je devienne grand-mère…

— J'espère que vous n'allez pas emmener notre fille aux Etats-Unis ? s'inquiéta soudain Henry.

— Non, le rassura aussitôt Nick. Hébé souhaite rester en Angleterre, et cela me convient parfaitement. D'ailleurs, tous les souhaits de Hébé me conviennent.

Visiblement rassuré, Henry lui adressa un sourire bienveillant. S'il savait comme il se trompait…, pensa Hébé, le cœur serré. Nick ne souhaitait pas prendre soin d'elle, il ne voulait que le bébé qu'elle portait.

Mais elle ne pouvait afficher aucune de ses inquiétudes devant ses parents.

— Nick et moi tenons évidemment à ce que vous veniez à notre mariage à Londres. D'ailleurs, vous serez probablement nos seuls invités !

Elle n'avait aucune idée des arrangements pris par Nick avec ses avocats, mais elle savait une chose : il n'était pas question de faire une grande cérémonie.

— Pas du tout, Hébé, la corrigea Nick d'une voix douce. Vous pourrez inviter votre colocataire et tous les amis que vous souhaitez. Et j'ai décidé de fermer la galerie pour la journée, le personnel pourra donc venir. Il y aura aussi mes parents, bien sûr, ainsi que ma petite sœur et sa famille.

Hébé n'arrivait pas à le croire ! Elle s'était attendue à un mariage dans la plus stricte intimité, et voilà que Nick annonçait qu'il avait invité des tas de gens !

— Je voulais vous faire une surprise, chérie, murmura-t-il en se penchant pour déposer un léger baiser sur les lèvres de la jeune femme.

Puis il passa un bras autour de sa taille.

Un geste d'affection pour donner le change devant ses parents, bien sûr, songea Hébé. Tout comme ce mariage en grande pompe.

— La réception se déroulera dans l'un des plus grands hôtels de la ville, continua-t-il tout en maintenant la jeune femme contre lui. Je pense qu'il serait aussi simple que je vous y réserve une suite pour quelques nuits. Je suis sûr que Hébé sera ravie d'avoir sa mère auprès d'elle pour l'aider le jour J. N'est-ce pas, chérie ?

Il sourit à la jeune femme avant de reprendre :

— Il reste juste un petit problème à résoudre. Je sais bien sûr que Hébé a été adoptée… Nous nous demandions juste si vous aviez quelques informations sur ses parents biologiques ? Etant donné que nous attendons un enfant, cela me semble important, conclut-il avec un sourire parfaitement charmeur.

Un sourire qui fut loin de convaincre Hébé. Ni ses

parents… Son père avait froncé les sourcils et sa mère les regardait tout à tour d'un air inquiet.

— Que voulez-vous savoir exactement ? l'interrogea Henry d'une voix méfiante.

— J'aimerais par exemple avoir le dossier médical de Hébé. Les antécédents médicaux de ses parents biologiques, si vous les connaissez…

Nick pouvait sentir la tension qui régnait soudain dans la pièce. Hébé la ressentait-elle aussi ? Il lui semblait pourtant qu'il venait de formuler une demande parfaitement légitime…

— Peut-être connaissez-vous le nom de la mère de Hébé ? Ou celui de son père ?

— Non, répondit lentement Henry, je ne crois pas qu'il ait jamais été mentionné devant nous.

Etait-ce juste le fruit de son imagination, ou la réponse de Henry avait-elle été ambiguë ?

— Je vous l'avais dit, Nick. Papa et maman ne savent rien à ce sujet, intervint Hébé tout en adressant un sourire qui se voulait rassurant à ses parents. Nick se sent tellement concerné par le bébé… Je lui ai pourtant assuré que j'étais en parfaite santé, et qu'il n'y avait donc aucun souci à se faire.

Mais Nick ne comptait pas en rester là.

— Lorsque l'on adopte un enfant, il arrive que l'on recueille des informations sur l'état de santé des parents biologiques, n'est-ce pas ?

— Cela arrive, admit Henry avec réserve.

— Mais pas dans le cas de Hébé ?

— Non.

On pouvait lire du défi sur le visage de l'ancien professeur.

L'atmosphère, jusqu'à présent conviviale et chaleureuse, était maintenant tendue et chargée de méfiance.

Pourquoi ? Que cherchaient à cacher les parents de Hébé ?

— Bien, dit enfin Nick. De toute façon, les médecins sauront nous dire s'il y a le moindre problème.

Hébé toussota avec nervosité.

— Nick a découvert un tableau la semaine dernière, dit-elle, visiblement désireuse de changer de sujet. Un portrait d'Andrew Southern. Vous connaissez ce peintre ?

Nick se raidit. Pourquoi abordait-elle ce point ? Elle n'avait quand même pas l'intention de montrer ce portrait à ses parents ?

— Bien sûr, nous le connaissons, répondit son père. Ses œuvres valent une petite fortune, il me semble ?

— Oh, mais Nick a justement une fortune colossale, n'est-ce pas, chéri ?

Hébé lui lança un regard de défi. Il n'avait pas hésité à se servir de ses parents pour la manipuler, c'était maintenant son tour d'en faire autant !

Par ailleurs, elle n'était pas sûre de recevoir un jour une réponse d'Andrew Southern à sa lettre, et elle avait besoin de plus d'informations pour pouvoir continuer ses recherches sur l'origine du portrait. Il lui manquait un renseignement qu'il ne lui avait pas encore révélé...

Hébé se tourna vers ses parents.

— C'est un portrait qui a été peint il y a plus de vingt ans, et personne ne l'avait jamais vu jusqu'à aujourd'hui. Nick est ravi d'avoir mis la main dessus !

— Comment avez-vous fait pour le trouver ? interrogea Jeanne.

— Je l'ai déniché dans le nord de l'Angleterre, éluda Nick, visiblement peu désireux de prolonger cette conversation.

Mais Hébé ne comptait pas abandonner aussi facilement.

— Oui. Chez un homme qui s'appelle... Quel est son nom, déjà ?

— Je ne vous l'ai pas donné, répondit-il sèchement. Et d'ailleurs, je suis sûr que tout cela n'intéresse pas vos parents.

— Au contraire ! s'écria Jeanne. C'est très excitant !

— Pas tant que ça, vous savez. L'homme est mort, ses héritiers ont trouvé le tableau et l'ont vendu. Fin de l'histoire.

— Allez-vous l'exposer dans l'une de vos galeries ?

— Non ! s'exclama Nick avec force.

Hébé fronça les sourcils. S'il n'avait pas l'intention de l'exposer, qu'allait-il faire de ce portrait ?

— Non, répéta-t-il en réussissant à contrôler sa voix. Il se trouve que j'aime ce portrait et que je souhaite le garder.

— Comme c'est charmant ! J'espère que vous nous

laisserez le voir lorsque nous viendrons à Londres, s'enquit Jeanne en toute innocence.

Hébé s'amusait de plus en plus de l'embarras de Nick.

— Ce qui est encore plus étonnant au sujet de ce tableau, c'est qu'il n'apparaît dans aucun des catalogues de l'artiste, ajouta-t-elle.

Surpris, Nick se tourna vers la jeune femme. Comment savait-elle cela ? Avait-elle fait des recherches ? Et si oui, pourquoi ? Elle *savait* qu'Andrew Southern avait peint ce portrait d'elle, qu'il figure ou non dans les catalogues. Où voulait-elle en venir ?

— C'est peut-être un faux, suggéra Jeanne.

— Oh non ! assura Nick, ce tableau est absolument authentique !

— Dissimulé dans le grenier d'un vieil homme depuis plus de vingt ans, renchérit Hébé d'un ton malicieux.

Elle n'abandonnait pas, constata Nick avec agacement. Apparemment, elle cherchait quelque chose, mais quoi ? Et pourquoi ?

— Cet homme s'appelait Jacob Gardner et il…

Nick rattrapa de justesse la soucoupe et la tasse que Jeanne venait de laisser échapper.

— Tout va bien ? demanda-t-il avec une sollicitude inquiète.

— Je suis vraiment maladroite, s'excusa Jeanne en se levant précipitamment pour reprendre la tasse des mains de Nick. Je vais tout ramener dans la cuisine, cela évitera d'autres accidents !

Puis elle quitta la pièce, suivie quelques secondes plus tard par son mari.

Ce n'était plus une impression. Nick était maintenant persuadé que le couple cachait quelque chose… Mais il n'avait aucune idée de ce que ce pouvait être.

Et en voyant l'expression de Hébé, il comprit que celle-ci était aussi déconcertée que lui-même. L'information qu'elle venait de lui arracher, le nom de Jacob Gardner, allait peut-être avoir des répercussions qu'elle n'avait pas soupçonnées…

8

— Vos parents cachent quelque chose, déclara Nick sur le chemin du retour, un peu plus tard dans la soirée.

Hébé lui jeta un regard maussade. Il avait raison, bien sûr, même si elle avait du mal à l'admettre. Ses parents *lui* cachaient quelque chose.

Sauf qu'elle n'avait pas la moindre idée de ce que c'était. Une fois revenus dans le salon, ils avaient changé de sujet et la conversation avait tourné autour des préparatifs du mariage prochain — ce qui avait rendu Hébé quelque peu nerveuse.

— C'est faux, protesta-t-elle. C'est juste le fruit de votre imagination.

Mais, en même temps, elle songeait qu'elle aurait avec ses parents une conversation sérieuse sur ce qui venait de se passer, lors de leur visite à Londres.

— Parlez-moi plutôt de ces formalités sur lesquelles travaillent vos avocats, reprit-elle d'un ton cinglant. J'espère qu'il ne s'agit pas d'un contrat de mariage…

Nick leva les sourcils.

— Le signeriez-vous si c'était le cas ?

— Certainement pas !

— C'est bien ce que je pensais, ironisa-t-il. Puisque vous tenez à le savoir, mes avocats sont en train de s'occuper des formalités que nécessitent le fait que je sois un citoyen américain se mariant en Angleterre. Cette conversation ne me semble donc pas d'un très grand intérêt, ne pensez-vous pas ?

Il avait raison, se dit Hébé en tournant la tête afin que Nick ne puisse la voir rougir d'embarras. Cependant, elle se sentait mieux maintenant qu'elle savait que ses avocats ne travaillaient que sur les détails administratifs du mariage.

Elle pensa de nouveau à l'étrange attitude de ses parents. Bien sûr, elle avait tout fait pour que Nick lui révèle le nom de Jacob Gardner, mais elle ne s'attendait certainement pas à une telle réaction de ses parents.

— Je suppose que vous aviez une raison de faire ça ? demanda Nick avec froideur.

Hébé fronça les sourcils.

— Je ne sais absolument pas de quoi vous parlez, répliqua-t-elle sèchement.

— Vraiment ? Vos parents étaient évidemment au courant de vos fiançailles avec Jacob Gardner, et ils auraient préféré que je n'en sache rien.

— Je n'ai jamais été fiancée à un homme du nom de Jacob Gardner ! protesta-t-elle, indignée. Je ne connaissais même pas le nom de cet homme jusqu'à ce que vous le prononciez.

— Voyons, Hébé, vos parents, eux, le connaissaient, observa-t-il calmement. Vous avez donc dû leur en parler.

Oui, ses parents connaissaient ce nom, Hébé l'avait compris à leur réaction de panique. Mais elle ne savait absolument pas pourquoi ni comment. De même qu'elle ne pouvait saisir les raisons pour lesquelles Nick pensait qu'elle avait été fiancée à Jacob Gardner. Un homme plutôt âgé, comme il l'avait lui-même constaté.

Elle secoua la tête.

— J'avoue ne pas savoir ce qui vous fait penser que j'aie pu être un jour fiancée à cet homme !

— C'est plutôt simple, si l'on y réfléchit bien, répondit Nick en haussant les épaules. Andrew Southern a peint ce portrait, un portrait qui est resté en la possession de Jacob Gardner jusqu'à son décès. Sur ce portrait, vous portez une bague de fiançailles, faite de diamants et d'émeraudes, si mes souvenirs sont bons.

Bien entendu, Hébé avait remarqué la bague sur le tableau. Mais elle n'aurait jamais pu penser que Nick…

— Vous étiez fiancée à Jacob Gardner, et vous avez eu une liaison avec Andrew Southern, poursuivit-il. Admettez-le une fois pour toutes, et passons à autre chose.

Hébé eut un petit rire triste.

— Voyons si j'ai bien compris, dit-elle. Selon vous, j'ai été fiancée à Jacob Gardner, un homme suffisamment riche pour pouvoir commander un portrait de moi à Andrew Southern, et je l'ai quitté pour celui-ci, probablement après avoir découvert qu'il était le plus riche des deux. Et comme chacune de mes relations avec ces hommes s'est soldée par un échec, je me suis mise en tête de piéger le propriétaire de la *Cavendish Gallery* ! Dites-moi si je me trompe, Nick ?

Non, elle ne se trompait pas, pensa Nick avec rage. Il était furieux ! Il aurait tellement voulu n'éprouver pour cette femme que de la haine ! Mais, au lieu de cela, il ne désirait qu'une chose : lui faire l'amour.

— Où allons-nous ? l'interrogea Hébé en s'apercevant qu'ils ne prenaient pas la direction de son appartement.

— Chez moi.

Hébé déglutit avec difficulté. Elle n'aimait pas du tout l'humeur maussade de Nick et n'avait aucune envie de se retrouver dans l'intimité avec lui. Depuis cette conversation à propos de Jacob Gardner et Andrew Southern, elle avait l'impression d'avoir affaire à un étranger. Ce qu'il était, d'une certaine manière !

— Pourquoi ? demanda-t-elle.

Nick lui jeta un bref regard narquois.

— Peut-être ai-je envie de passer un moment avec ma fiancée ?

— Je ne crois pas que ce soit une bonne idée.

Nick prit une profonde inspiration.

— Je ne vais pas vous faire de mal, Hébé, finit-il par dire.

Peut-être pas physiquement, pensa-t-elle, mais, affectivement, cet homme allait la réduire en miettes si elle ne se protégeait pas.

— C'est même l'inverse, murmura-t-il. Je ne veux vous faire que du bien.

Malgré elle, Hébé sentit une vague de plaisir monter en elle.

— J'aimerais rentrer directement chez moi, déclara-t-elle d'un ton ferme.

— Ainsi, vous ne voulez pas passer un moment seule avec moi ? demanda-t-il d'une voix tendue.

— Mais nous sommes seuls en ce moment ! Il semble juste que nous ayons quelque difficulté à communiquer.

— Je suis d'accord, nous communiquons beaucoup mieux lorsque nous sommes dans un lit, ironisa-t-il.

Et il n'aspirait qu'à une chose : être dans un lit avec Hébé. Il voulait sentir son parfum, la toucher, la caresser.

Il ne se souvenait pas avoir désiré une femme avec tant de ferveur. Jamais.

La nuit précédente, il était resté éveillé à attendre le moment où il la retrouverait. A l'aube, il avait fini par s'avouer qu'il était amoureux de Hébé. Amoureux d'une femme dont il se méfiait.

C'était de la folie !

Mais c'était une folie contre laquelle il ne pouvait pas lutter. Il aimait Hébé. Et même si elle n'avait pas été enceinte, il aurait fait en sorte qu'elle devienne sienne.

Pourtant, il ne comprenait toujours pas pourquoi la jeune femme avait agi comme elle l'avait fait devant ses parents.

— Hébé ?

— Que voulez-vous ? répondit-elle avec lassitude, en laissant aller sa tête contre l'appuie-tête.

— Je ne veux pas… Oh, et puis oublions cela, je ne vais pas vous supplier !

Hébé lui lança un regard perplexe. Comment pouvait-il avoir envie de lui faire l'amour alors qu'il était persuadé qu'elle avait eu une liaison avec un homme suffisamment âgé pour être son père, et une autre avec un homme qui aurait pu être son grand-père ?

Elle soupira.

— Nous allons bientôt être mariés, Nick. Ne pouvez-vous attendre jusque-là ?

Il serra les dents.

— Et pourquoi le ferais-je ?

— Parce que je ne suis pas un objet dont vous pouvez disposer quand vous le souhaitez !

— Je ne vous ai jamais prise pour un objet !

— C'est pourtant bien ce que vous venez de faire à l'instant ! s'écria-t-elle.

Nick fit un effort surhumain pour reporter toute son attention sur la route. Si les choses se passaient comme il le voulait — et elles se passeraient ainsi ! —, dans quelques semaines ils seraient mariés. Et alors elle serait bien obligée de partager son lit.

— Par ici, indiqua sèchement Nick à Hébé, avant de la conduire dans la chambre voisine.

Il posa la valise sur le lit et se tourna vers la jeune femme. Elle n'avait pas l'air très en forme, observa-t-il.

Après avoir déposé Hébé chez elle la veille au soir, il avait appelé ses parents, puis sa sœur Natalie, afin de les informer de son mariage. Natalie avait été stupéfaite de la rapidité avec laquelle il se remariait, mais elle avait mieux compris lorsqu'il lui avait parlé du bébé… Une nouvelle qui avait fait pleurer sa mère de bonheur. Mais il n'avait pu répondre au flot de questions dont les deux femmes l'avaient submergé au sujet de sa future épouse. Il avait alors réalisé à quel point Hébé et lui avaient besoin, avant d'être mariés, de prendre un peu de temps et de recul pour apprendre à se connaître.

— Après notre conversation d'hier soir, commença-t-il, j'ai pensé que ce serait mieux pour tous les deux que vous ayez votre propre chambre.

Hébé ne savait pas vraiment comment réagir. Elle avait très mal dormi et ses pensées lui semblaient particulièrement confuses aujourd'hui.

Bien sûr, c'était ce qu'elle avait voulu… Faire chambre à

part jusqu'au mariage. Mais, en même temps, elle mourait d'envie de faire l'amour avec Nick. Les moments d'intimité physique n'étaient-ils pas les seuls où ils arrivaient à se comprendre ?

Pour ajouter à son désarroi, elle ne savait absolument pas comment se comporter avec ses parents. Bien sûr, elle n'avait pas l'intention d'aborder un sujet aussi délicat avec eux au téléphone. Elle allait donc devoir attendre qu'ils viennent à son mariage pour leur parler.

Plus elle y songeait, moins elle trouvait de réponses à leur étrange comportement.

Jacob Gardner avait vécu dans le nord de l'Angleterre, et, pour autant qu'elle le sache, ses parents n'avaient jamais quitté Cambridge où son père avait fait toute sa carrière.

De plus, en vingt-six ans, jamais Hébé ne les avait entendu dire qu'ils avaient rencontré ou fréquenté un homme du nom de Jacob Gardner.

Pourtant, leur réaction ne laissait aucun doute : ils avaient déjà entendu ce nom. Peut-être même connaissaient-ils cet homme. Alors, pourquoi ne s'étaient-ils pas amusés de la coïncidence plutôt que de réagir comme ils l'avaient fait ?

Elle avait retourné ces pensées dans sa tête toute la nuit, ce qui ne l'avait pas aidée à se détendre. Les sentiments ambigus qu'elle portait à Nick non plus !

Leur relation, déjà fragile, n'avait aucune chance s'il persistait à croire qu'elle avait eu une liaison avec deux hommes fortunés, des hommes qu'elle n'avait jamais rencontrés de toute sa vie !

— C'est très aimable à vous, merci, dit-elle en s'obligeant à se concentrer sur son nouvel environnement.

C'était vraiment une belle chambre. De style Louis XV, elle disposait d'un lit à baldaquin aux tentures rouges et or, et d'un mobilier cossu. Rien à voir avec l'ameublement austère de la chambre de Nick.

Sally avait-elle déjà dormi ici ?

Elle n'était pas sûre de pouvoir le supporter…

— J'ai acheté ma galerie londonienne il y a seulement

deux ans, déclara Nick, comme s'il avait le pouvoir de lire dans ses pensées.

Puis, ouvrant une porte qui séparait leurs deux chambres, il ajouta d'un ton gentiment moqueur :

— Je pense que vous vous souvenez de la salle de bains ?

C'était une pièce aussi grande que les chambres, avec une spacieuse cabine de douche vitrée dans un coin, un large miroir et deux lavabos le long d'un mur noir, tandis que l'autre mur était occupé par la plus grande baignoire que Hébé ait jamais vue.

— Vous pouvez prendre un bain, si vous le désirez, lui proposa Nick en surprenant son regard. J'ai des papiers à remplir, de toute façon.

« Il semblerait que l'on n'ait plus besoin de tes services, Hébé », songea la jeune femme en se retrouvant seule dans la salle de bains, quelques secondes plus tard. Aujourd'hui, Nick lui semblait plus lointain qu'il ne l'avait jamais été.

Hébé soupira. Sans compter que les adieux avec Gina, sa colocataire, avaient été particulièrement bouleversants, les deux jeunes femmes ayant partagé le même appartement pendant plus d'un an.

Allons, un bon bain chaud l'aiderait sûrement à se détendre.

Quel bonheur, pensa-t-elle quelques instants plus tard après s'être glissée dans la mousse chaude et parfumée, la tête reposant sur l'un des moelleux oreillers de bain qui se trouvaient sur le rebord.

Elle aurait presque pu s'endormir si elle s'était laissée aller…

Une heure plus tard, Nick ouvrit doucement la porte de la salle de bains. Cela faisait un certain temps que Hébé s'y trouvait et il commençait à s'inquiéter.

La jeune femme s'était assoupie.

Il s'approcha doucement et s'assit sur le bord de la baignoire.

Hébé se raidit quand les lèvres de Nick frôlèrent les siennes, puis elle se détendit quand elle sentit ses mains caresser ses seins. Ses longs doigts frôlaient délicatement les tétons durcis, puis les pressaient plus fortement… Cette douce torture déclencha un véritable feu entre ses cuisses. Instinctivement, Hébé ouvrit les jambes. Le mouvement des mains de Nick et la tiédeur de l'eau l'amenaient presque au plaisir.

Qu'était-il en train de lui faire ?

La main de Nick abandonna la poitrine de la jeune femme pour descendre le long de son ventre, jusqu'en haut de ses cuisses, où il caressa avec une extrême douceur le cœur de sa féminité.

Hébé, au comble de l'excitation, rejeta la tête en arrière.

— Demande-le-moi, Hébé, dit-il d'une voix rauque. Demande-moi de continuer à te caresser.

A ce moment, elle aurait pu le supplier s'il lui avait demandé de le faire, tant elle avait besoin du contact de ses mains et du soulagement que lui seul pouvait lui offrir.

— S'il te plaît, Nick, murmura-t-elle d'un ton pressant. S'il te plaît !

Les lèvres de Nick capturèrent avec fougue celles de la jeune femme, qui se cambra. Le rythme de ses caresses s'accéléra et elle s'abandonna au plaisir qui s'empara brusquement de tout son corps.

Elle se sentait comblée comme elle ne l'avait jamais été.

Nick continuait de la caresser. Il voulait lui donner du plaisir encore et encore, jusqu'à ce qu'il soit sûr qu'elle était pleinement, entièrement sienne.

Rapidement, Hébé ne put plus contrôler son excitation et son deuxième orgasme fut si intense que tout son corps fut parcouru de tremblements.

— Arrête, Nick, murmura-t-elle. Je n'en peux plus.

— Oh si, tu peux, affirma-t-il doucement en pénétrant tout habillé dans le bain.

Il prit alors possession de la bouche de la jeune femme, cherchant sa langue de la sienne, tout en ne cessant de caresser sa poitrine et ses mamelons durcis par le désir.

— Je te veux, Nick, soupira-t-elle. Je te veux en moi, maintenant…

La violence de son plaisir lui arracha un sanglot de volupté.

— Viens en moi, le supplia-t-elle après avoir repris son souffle. S'il te plaît !

Mon Dieu, qu'elle était belle ainsi, songea Nick comme il se levait et la prenait dans ses bras, pour la porter dans la chambre. Il aurait voulu lui faire l'amour toute la journée. Toute la semaine ! Il aurait souhaité que cela ne s'arrête jamais !

Hébé, à genoux sur le lit, entreprit de le dévêtir. Ses lèvres parcoururent la peau frémissante de ses épaules tandis qu'elle lui ôtait sa chemise trempée. Elle regarda Nick de ses yeux d'or puis embrassa son torse jusqu'à son nombril où sa langue s'attarda sensuellement.

Mon Dieu… Il n'avait jamais connu cela avant.

Elle fit glisser son jean et caressa doucement son sexe tout en lui embrassant l'intérieur des cuisses, de sa bouche chaude et humide. Nick laissa échapper un gémissement.

— De quoi as-tu envie, Nick ? lui demanda-t-elle en continuant de l'embrasser, effleurant maintenant son sexe de la langue. Dis-moi ce que tu veux.

— Pour l'amour du ciel…

— Dis-le-moi, répéta-t-elle doucement.

— Hébé, dit-il dans un souffle. Je t'en prie…

Les lèvres de la jeune femme venaient à peine de le toucher qu'il se sentit sur le point d'exploser. Par peur de ne pouvoir se contrôler plus longtemps, il l'écarta avec douceur avant de s'allonger près d'elle sur le lit. Alors, avec une sensualité provocante, Hébé vint s'asseoir sur lui.

D'abord elle bougea lentement, soutenant le regard de Nick. Puis elle accéléra.

Soudain, elle se cambra d'extase au-dessus de lui, tandis qu'il la rejoignait dans le plaisir, un plaisir brûlant et intense. Puis elle se laissa retomber sur son torse.

C'était inimaginable… incroyable.

Faire l'amour avec Hébé était l'expérience la plus érotique de sa vie. Il entoura la jeune femme de ses bras, la longue chevelure dorée de celle-ci reposant sur son torse, et laissa se calmer les battements de son cœur.

Il savait, au plus profond de lui-même, que sa vie ne serait plus jamais comme avant.

Il avait été marié pendant cinq ans, il avait connu des femmes avant et après son mariage, mais jamais il n'avait connu une femme comme Hébé Johnson.

Elle était magnifique, enchanteresse.

Il la serra plus fort contre lui, effrayé à l'idée qu'il puisse un jour la perdre. Cela n'arriverait jamais… Il la voulait à son côté. Et quelles que soient les raisons pour lesquelles elle l'épousait, il voulait qu'elle reste auprès de lui. Toujours.

— Nous qui devions résister jusqu'au mariage…, murmura-t-elle d'un ton moqueur.

— Tu m'as dit que tu me voulais, et je ne peux pas m'empêcher de te toucher. Hébé… Oh, zut ! maugréa-t-il en entendant la sonnerie du téléphone posé sur la table de nuit.

— Ne décroche pas, dit Hébé.

Elle redoutait tant de voir se terminer cette merveilleuse intimité… Il lui semblait que plus ils resteraient ainsi, dans leur propre monde, sans aucune influence extérieure, plus ils pourraient apprendre à se connaître et à se comprendre.

Le téléphone continua de retentir. A la dixième sonnerie, Hébé sourit doucement.

— Vas-y, réponds. Ce doit être important.

— J'espère que ça l'est !

Il l'embrassa tendrement sur les lèvres avant de prendre le combiné.

— Oui ? Quoi ?

Nick se redressa brusquement, les traits du visage soudain tendus.

— Attendez une seconde, dit-il à son interlocuteur d'un ton brusque, avant de se tourner vers Hébé. Je prends l'appel dans l'autre pièce.

Puis il se leva et quitta la chambre.

Hébé le regarda s'éloigner tout en admirant la perfection de son corps fin et musclé. Quand il reviendrait, ils auraient une discussion. Ou plutôt *elle* parlerait, et Nick l'écouterait. Et, cette fois, il la croirait. Il le *fallait*.

*
* *

Dix minutes plus tard, Nick n'avait toujours pas reparu. Hébé sourit en réalisant qu'ils avaient eu tellement envie l'un de l'autre qu'ils s'étaient allongés sur le lit, encore ruisselants d'eau. Les draps étaient tout humides à présent.

Elle se leva, à la recherche de draps secs. Il devait y en avoir quelque part dans l'appartement. Et s'ils devaient dormir ensemble ce soir, il fallait qu'elle…

Soudain, elle entendit la voix de Nick dans le salon.

— C'est parfait, Sally.

Hébé s'immobilisa brusquement et comprit que ce devait être son ex-femme au téléphone. Un appel que Nick avait délibérément choisi de ne pas prendre devant elle…

Mais pourquoi son ex-femme, de qui il était divorcé depuis maintenant deux ans, l'appelait-elle ?

— Oui, bien sûr, je viens te voir dès que je rentre à New York. Je suis d'accord avec toi, ça fait trop longtemps. Il est temps d'oublier le passé et de parler. Je suis vraiment heureux que l'on essaie de nouveau. Et, Sally… tu ne peux pas savoir comme je suis content que tu m'aies appelé.

Hébé battit précipitamment en retraite — pas dans la chambre de Nick, mais dans la sienne. Ses yeux étaient embués de larmes lorsqu'elle claqua la porte derrière elle.

D'après la bribe de conversation qu'elle avait surprise, Sally voulait rencontrer Nick en vue d'une éventuelle réconciliation. Et, visiblement, il avait l'air d'accord.

Qu'en était-il de leur mariage imminent ?

Et du bébé qu'elle portait ?

9

Le lendemain matin, assise au bar de cuisine avec Nick, Hébé n'avait toujours pas de réponse à ses questions.

La veille, après son coup de téléphone, il était entré dans sa chambre, mais Hébé avait alors fait semblant de dormir. Il s'était penché vers elle et avait murmuré son nom, visiblement plus perplexe qu'ennuyé de la trouver endormie. Puis il avait quitté la pièce.

Mais comment aurait-elle pu dormir alors qu'elle n'avait aucune idée de ce que l'avenir lui réservait ?

Sally n'avait sûrement pas appelé Nick par hasard, alors que celui-ci s'apprêtait à se remarier. Peut-être ne supportait-elle pas l'idée qu'il puisse être avec une autre femme, même si elle ne vivait plus avec lui !

Comment Sally avait-elle appris que Nick était sur le point de se remarier, Hébé n'en savait rien. De toute façon, cela importait peu. Car la raison de son appel était en revanche évidente… La merveilleuse intimité qu'elle avait partagée avec Nick, quelques instants avant le coup de téléphone, s'en était trouvée balayée.

Hébé se leva après s'être forcée à avaler une gorgée de café.

— J'y vais. Je dois aller travailler, et…

— Ne sois pas stupide, la coupa Nick impatiemment.

Il n'avait pas l'air d'avoir beaucoup dormi lui non plus, se dit-elle.

— J'ai prévenu Jane que tu ne viendrais plus travailler à la galerie.

Hébé sentit l'indignation l'envahir.

— Alors, tu ferais mieux de la rappeler pour lui dire que tu t'es trompé !

— Et pourquoi le ferais-je ?

— Parce que j'ai bien l'intention de payer ma part de loyer tant que Gina n'aura pas trouvé quelqu'un pour me remplacer. Et que j'ai donc besoin d'un salaire pour pouvoir le faire. De plus, c'est *moi* qui déciderai de la date à laquelle j'arrêterai de travailler !

— Pas si je choisis de te renvoyer avant.

— Tu peux toujours essayer. Je suis sûre que cela intéressera les journaux : « Une femme poursuit son mari pour licenciement abusif ».

Nick prit une profonde inspiration.

— Hébé, étant ma femme, tu n'as plus besoin de travailler.

— Je ne suis pas encore ta femme. Et je dois payer ma part de loyer.

— Je paierai ton fichu loyer jusqu'à ce que Gina trouve quelqu'un d'autre !

Nick avait été étonné, la veille au soir, de ne pas retrouver Hébé dans son lit. Il avait d'abord regardé dans la salle de bains puis dans la cuisine, avant de se rendre dans la chambre de la jeune femme. Et c'était là qu'il l'avait trouvée, endormie.

Elle n'avait pas répondu lorsqu'il avait chuchoté son nom, et il n'avait pas eu d'autre choix que de retourner dans son propre lit. Aux draps mouillés !

Il s'était couché après les avoir changés, mais avait été incapable de s'endormir, contemplant le tableau qu'il avait ramené, la veille, de la galerie. Cette nouvelle nuit sans sommeil n'avait évidemment pas arrangé son humeur…

— Je n'ai pas besoin de toi pour payer mon loyer ! s'écria Hébé. Ni pour quoi que ce soit d'autre. S'il devait se passer quelque chose pendant ma grossesse…

— Comment ça ? l'interrompit brusquement Nick, les sourcils froncés.

— Si jamais il se passait quelque chose pendant ma grossesse, je suppose que tu n'aurais plus aucune raison de rester marié avec moi. Ce qui veut dire que j'ai besoin d'un travail !

Nick l'observa froidement pendant quelques secondes.

— Cela n'arrivera pas, finit-il par dire. Et s'il se passait quoi que ce soit, je te referai tout de suite un enfant !

— Et pourquoi referais-tu un enfant à une femme qui n'est intéressée que par ton argent ?

— Il est hors de question que nous divorcions !

Hébé sentit son cœur se serrer. Il pensait sans doute qu'un divorce lui coûterait trop cher !

— Très bien. Mais même en étant ta femme, c'est moi qui décide de ce que je fais, pas toi.

— Tu veux à tout prix te disputer ce matin, non ?

— Je n'en ai pas l'impression.

— Menteuse, répliqua-t-il en plongeant son regard dans celui de Hébé. Mais j'avoue que je ne suis pas spécialement de bonne humeur, moi non plus. Pourquoi as-tu disparu de ma chambre, hier soir ?

Hébé détourna les yeux. Elle ne voulait pas qu'il devine qu'elle avait entendu une partie de sa conversation avec son ex-femme. C'était trop embarrassant. De plus, vu l'opinion qu'il avait d'elle, Nick allait sûrement penser qu'elle l'avait fait délibérément.

Elle haussa les épaules d'un air détaché.

— J'étais fatiguée, donc je suis allée au lit.

— Tu y étais déjà.

— Mais pas dans le mien.

— Tu ne penses pas sérieusement que je vais te laisser dormir ailleurs que dans mon lit après ce qui s'est passé cette nuit ?

— Si, c'est exactement ce que je pense, lança-t-elle en s'éloignant.

Quand donc allait-il lui avouer que c'était Sally au téléphone, la veille au soir ? Probablement jamais, conclut-elle avec amertume. Après tout, Nick et Sally avaient fait un mariage d'amour, et un enfant était né de cette union. L'enfant que Hébé portait naîtrait au sein d'un mariage de convenance. S'il était toujours question de mariage, bien sûr…

— Comme je te l'ai dit, je vais travailler, déclara-t-elle sèchement.

— Seulement jusqu'à l'heure du déjeuner. Tu as rendez-vous à 14 heures avec un obstétricien, lui expliqua-t-il comme elle se retournait et le regardait avec étonnement.

— Je pensais t'avoir dit...

— Hébé, ce n'est pas le spécialiste que voyait Sally. J'ai demandé à sa secrétaire de me recommander un autre obstétricien.

— Tu as fait ça ?

— Oui, je l'ai fait.

— Je suppose qu'elle a dû apprécier, commenta-t-elle en souriant.

Nick haussa les épaules.

— Je ne suis pas là pour gagner quelque concours de popularité, comme tu as pu t'en apercevoir !

Le sourire de Hébé disparut instantanément.

— Oh oui, acquiesça-t-elle, je m'en suis aperçue !

— Bien.

Il se leva à son tour.

— Je vais passer la matinée à mon bureau. Retrouvons-nous ici pour déjeuner, vers midi et demi.

— Tu t'attends déjà à ce que je cuisine pour toi ? demanda-t-elle sur un ton de défi.

Les yeux de Nick s'assombrirent.

— En général, je mange un sandwich au déjeuner. Que je suis tout à fait capable d'acheter moi-même. Et d'ailleurs, je t'en prendrai un aussi. Je veux m'assurer que tu manges correctement à l'avenir.

— Tu es une vraie mère poule, remarqua-t-elle d'un ton cassant.

Nick fit un pas vers elle. Il avait l'air si furieux que Hébé eut un mouvement de recul. En percevant sa crainte, il fit un effort visible pour se calmer.

— Je crois qu'il vaudrait mieux que tu cesses de toujours vouloir avoir le dernier mot, Hébé.

— Sinon quoi ?

Il lui sourit froidement.

— Sinon, tu vas finir par trouver ce que tu cherches.

La jeune femme se mordit la lèvre inférieure, ce qui troubla instantanément Nick.

— Et qu'est-ce que je cherche ? murmura-t-elle.

Nick s'obligea à afficher un sourire moqueur alors qu'il n'avait qu'un désir, la prendre dans ses bras et tout oublier. Mais il savait que Hébé le détesterait d'agir ainsi. Ou plutôt, qu'elle le détesterait encore plus…

— Exactement la même chose qu'hier soir. Avec quelques variations… Je ne voudrais pas que tu finisses par t'ennuyer dans mon lit !

Incapable de répondre, Hébé sentit ses joues s'empourprer.

— Je vais travailler, annonça-t-elle brusquement.

— Nous partirons d'ici vers 13 h 30.

— *Nous* ? répéta-t-elle en se retournant lentement vers lui.

Nick la regarda avec froideur. Après avoir perdu Luke, il n'était pas question qu'il rate une seconde de ce qui se passait dans la vie de cet enfant.

— Tu ne pensais quand même pas que j'allais te laisser aller seule chez le médecin ?

A vrai dire, Hébé n'avait rien pensé du tout : il fallait juste qu'elle se fasse à l'idée qu'elle formait un couple, même étrange, avec Nick, et qu'elle aurait tout le temps quelqu'un avec elle.

— Je ne suis plus une enfant, je peux me débrouiller toute seule, protesta-t-elle.

— Je n'en doute pas un seul instant. Mais pourquoi prendre le métro ou un taxi, alors que je peux t'emmener ? De plus, je voudrais entendre le médecin.

— Pourquoi ça ?

— Parce que c'est aussi mon enfant ! Et plus vite tu l'accepteras, plus vite les choses deviendront simples.

Bien sûr, c'était *aussi* son enfant, dut reconnaître Hébé. Et si l'on y pensait, peu importaient les raisons de l'appel de Sally. Elle savait que Nick s'occuperait toujours de son enfant. C'était la seule et unique raison pour laquelle elle était dans sa vie…

Elle ne devait jamais l'oublier, comme elle avait failli le faire la veille.

Nick observait les différentes émotions qui passaient sur le visage de Hébé : l'incertitude, l'appréhension…

Pourtant, il ne voulait pas qu'elle ait peur de lui ! Il voulait l'impossible : que ce mariage réussisse, qu'ils parviennent tous deux à se comprendre.

— Hébé, faisons une trêve, d'accord ? Ces disputes perpétuelles ne sont agréables ni pour toi ni pour moi.

Elle le regarda d'un œil moqueur.

— N'essaie pas de me faire croire que tu te préoccupes de moi.

— Veux-tu arrêter, soupira-t-il en la prenant par les épaules. Je ne veux plus me disputer avec toi. Tu veux bien ?

Elle leva vers lui ses grands yeux d'or.

— Tu es si imprévisible…, murmura-t-elle.

— Qui a dit qu'un futur père devait être prévisible ? répondit-il en lui souriant.

— Personne, je suppose. Mais je pourrais peut-être mieux te comprendre si tu l'étais un peu plus.

— Tu veux vraiment me comprendre ?

Le regard de la jeune femme redevint méfiant.

— Pas spécialement, répondit-elle d'un ton sec.

Nick soupira. Eh bien, *lui* voulait la comprendre !

Jamais il n'avait vécu ce qu'il avait connu avec Hébé, la nuit dernière. Et il refusait de croire que la jeune femme aurait pu s'abandonner ainsi si elle n'avait aimé en lui que ses millions !

Il la relâcha brusquement et tourna les talons.

— Tu as raison, il est temps d'aller travailler.

— Oui, patron ! lança-t-elle d'un ton sarcastique.

Nick, exaspéré, ferma les yeux un instant avant de sortir de la pièce.

Le cœur lourd, Hébé le regarda partir, réalisant que l'intimité qu'ils avaient partagée la veille, avant le coup de téléphone de Sally, n'était qu'une illusion — la seule chose qu'ils avaient en commun était le bébé qu'elle portait.

Travailler. C'était la solution. Elle avait toujours adoré

ce qu'elle faisait à la galerie, et même la présence de Nick, dans son bureau deux étages plus haut, n'allait pas lui enlever ce plaisir.

Quand elle arriva à la galerie, elle expliqua à Jane, sa supérieure, que Nick s'était trompé et qu'elle avait l'intention de travailler encore quelques mois.

Ses collègues brûlaient de curiosité, bien sûr, et regardaient sa bague avec envie, ce qui rendait les choses un peu gênantes. Mais une fois qu'elles eurent compris que, bien que sur le point d'épouser le propriétaire de la galerie, Hébé était toujours la même, leurs relations redevinrent rapidement aussi détendues et chaleureuses qu'auparavant.

Soudain, Hébé se raidit lorsqu'elle vit Nick traverser la galerie et se diriger vers elle d'un pas rapide.

— Oui ? fit-elle froidement.

— Ne pourrais-tu accueillir ton fiancé avec un peu plus de chaleur ?

— Je pensais que tu préférais que l'on reste… discrets devant tes employés ?

— Peu importe. Je viens juste t'informer que mes avocats viennent d'appeler : le mariage aura lieu vendredi en quinze, à 14 h 30.

Nick vit Hébé pâlir. Il ne comprenait toujours pas pourquoi l'idée de l'épouser lui était si insupportable, alors qu'il lui offrait plus d'argent qu'elle ne pourrait jamais en dépenser en une vie entière ?

— Je me suis dit que tu voudrais prévenir tes parents de la date définitive du mariage, ajouta-t-il.

Tout à coup, Hébé eut l'air soucieux.

— J'ai essayé de les appeler tout à l'heure, mais ils n'étaient pas à la maison. D'habitude, ils sont là le lundi matin.

— Peut-être avaient-ils quelque chose à faire ?

— Peut-être, acquiesça-t-elle, visiblement peu convaincue.

— Je suis sûr qu'il n'y a aucune raison de s'inquiéter, Hébé, la rassura-t-il. Et…

Il s'arrêta en voyant Jane s'approcher.

— Nick… Hébé… Excusez-moi de vous interrompre, mais il y a des visiteurs pour vous.

— Faites-les patienter, j'arrive tout de suite, répondit Nick.

— En fait, ils demandent à voir Hébé.

— Moi ? s'étonna la jeune femme.

— Ils disent être vos parents et…

Hébé ne la laissa pas finir. Elle tourna brusquement les talons et sortit en toute hâte de la pièce, peu préoccupée de savoir si Nick la suivait ou pas.

Elle ne savait pas pourquoi ses parents étaient là, mais, au moins, elle savait où ils avaient passé la matinée !

10

Ils arrivèrent ensemble dans l'immense hall d'entrée de marbre où les attendaient Jeanne et Henry, visiblement tendus.

— J'espère qu'on ne vous dérange pas, Nick ? demanda Jeanne d'un ton anxieux tout en prenant les deux mains deHébé dans les siennes. Nous devons parler à Hébé. A vous deux, en fait.

— Pourrions-nous aller dans un endroit plus tranquille ? fit Henry.

— Maman, papa, que se passe-t-il ? demanda Hébé avec inquiétude.

— Nous avons juste besoin de te parler, ma chérie, la rassura sa mère. Il y a certaines choses que nous devons… t'expliquer.

Nick pouvait percevoir l'extrême trouble dans lequel se trouvait Jeanne. Ses yeux étaient rouges et son visage livide.

— Allons dans mon appartement, proposa-t-il avant de leur montrer le chemin.

Hébé se sentait de plus en plus tendue à mesure que s'élevait l'ascenseur. La venue si surprenante de ses parents avait-elle quelque chose à voir avec Jacob Gardner ?

De son côté, elle n'avait toujours pas de réponse d'Andrew Southern. Celui-ci avait pourtant dû avoir la lettre et la photographie, depuis le temps qu'elle les avait données à son agent… Elle était déçue, bien sûr, mais si ses parents pouvaient lui apprendre quelque chose sur Jacob Gardner, ce serait déjà un début. Même si l'état de tension dans lequel ils se trouvaient ne lui disait rien qui vaille…

— Nous y sommes, dit Nick, en ouvrant la porte de son appartement.

Leur appartement à présent, songea Hébé. Elle se demanda si ses parents avaient d'abord essayé de la joindre à son ancien domicile. Elle ne leur avait pas encore annoncé son déménagement, préférant attendre son mariage pour le faire. Elle ne pouvait prévoir qu'ils lui feraient la surprise d'une visite avant cette date !

Nick se dirigea vers le bar du salon.

— J'ai l'impression qu'un petit remontant vous ferait du bien.

— Je veux bien un cognac, le remercia Henry.

— Que se passe-t-il ? demanda de nouveau Hébé, comme ils étaient tous installés dans le salon.

Sa mère poussa un profond soupir.

— Nous aurions dû t'en parler ce week-end. C'est ce que voulait faire ton père.

Elle eut un sourire désabusé.

— Mais je l'ai supplié d'attendre. Je sais qu'il avait raison… et aussi que nous aurions dû t'en parler depuis des années.

— Me parler de quoi ? la pressa Hébé, de plus en plus inquiète.

— De ta mère, répondit doucement son père.

— Ma… mère ?

Sa mère ? s'interrogea Nick, surpris. Il était persuadé, après la réaction qu'ils avaient eue le week-end dernier, qu'Henry et Jeanne étaient venus pour leur parler de Jacob Gardner. Qu'est-ce que la mère de Hébé avait à voir avec Jacob Gardner ? De plus, n'avaient-ils pas prétendu qu'ils ne la connaissaient pas ?

Non, réalisa-t-il soudain. C'était le nom du *père* d'Hébé qu'Henry avait dit ne pas connaître…

Nick se rappela qu'il avait trouvé la réponse du vieil homme ambiguë sur le moment. Il comprenait mieux pourquoi !

Il vint se placer derrière la jeune femme.

— Que savez-vous sur la mère de Hébé ? leur demanda-t-il d'un ton plus brusque qu'il ne l'aurait voulu.

— Nick, s'il te plaît…

Hébé avait le sentiment qu'elle connaissait au moins une partie de ce qu'allaient lui révéler ses parents. De même qu'elle était maintenant persuadée qu'ils avaient toujours été au courant du lien existant entre sa mère et Jacob Gardner — et peut-être même avec Andrew Southern.

Et qu'ils connaissaient probablement le nom de sa mère biologique.

Cependant, elle n'avait aucune idée du motif pour lequel ils lui avaient caché une telle information. Ils avaient toujours été ouverts et attentifs, et l'avaient élevée dans une atmosphère de confiance. Ils devaient donc avoir une bonne raison pour ne jamais lui avoir parlé de sa mère…

— Samedi dernier, vous nous avez demandé des précisions sur le dossier médical des parents biologiques de Hébé, et je vous ai dit que je ne pouvais vous en donner aucune, commença Henry en se tournant vers Nick. Ce n'était pas tout à fait vrai. Ce qui est vrai, en revanche, c'est que nous ne savons rien du père biologique de Hébé. Mais maintenant que nous savons que vous attendez un enfant, nous…

— Ta mère est morte en te mettant au monde, Hébé, annonça Jeanne, la voix remplie d'émotion. Elle était si frêle, si délicate, ils n'ont rien pu faire. L'accouchement s'est très mal passé et… elle est morte. Mais toi, tu as vécu.

Les larmes coulaient sur les joues de la vieille dame.

Hébé était bouleversée.

Sa mère était *morte*…

Lorsqu'elle avait appris qu'elle avait été adoptée, elle s'était souvent demandé pourquoi sa mère l'avait abandonnée. Peut-être parce qu'elle était trop jeune, ou trop pauvre ? Mais qu'elle soit morte… Jamais Hébé n'avait envisagé une chose pareille.

Cela ne semblait pas réel. C'était une injustice qui n'aurait jamais dû arriver.

Comme la mort de Luke, le fils de Nick…

Elle tourna la tête vers ce dernier. Il lui pressa fortement les épaules.

— Nick, je… je n'arrive pas à le croire.

Il adressa un regard inquiet vers les parents de la jeune femme.

— Etes-vous en train de dire que Hébé pourrait rencontrer elle aussi des difficultés en donnant naissance à notre enfant ?

— C'est une possibilité, répondit Henry. Vous comprenez maintenant pourquoi nous devions vous le dire ?

— Je comprends surtout que vous auriez dû nous le dire samedi, et ne pas attendre jusqu'à aujourd'hui pour…

— Nick, je t'en prie !

— Excuse-moi, Hébé, mais tes parents ont toujours su que ta mère était morte en te mettant au monde, ils savaient que la même chose pouvait t'arriver, et ce n'est que maintenant…

Il se tourna brusquement vers le couple.

— Comment pouvez-vous savoir, Jeanne, que la mère de Hébé était si « frêle et délicate » ? demanda-t-il d'un ton soudain soupçonneux.

Henry leva vers lui un regard plein de douleur.

— Nous le savons car Claudia, la mère de Hébé, était notre fille.

Nick en resta sans voix. Mais s'il était abasourdi par cette nouvelle, dans quel état devait être Hébé ?

Sauf qu'elle n'avait pas l'air bouleversé… Au contraire, ses yeux d'or scintillaient d'excitation lorsqu'elle se tourna vers lui.

— Tu veux bien aller chercher le portrait, s'il te plaît ? demanda-t-elle.

— Le portrait ? fit Nick, surpris.

— Oui, le portrait, répéta-t-elle avec fermeté.

Nick hocha la tête en signe d'assentiment et quitta la pièce. La vérité — l'incroyable vérité — venait de lui sauter au visage.

Une vérité qu'il avait niée.

Une vérité sur laquelle il avait accusé Hébé de mentir.

La femme du portrait *était* sa mère.

*
* *

— Est-ce que ça va, ma chérie ? s'inquiéta Jeanne, une fois Nick sorti. Nous n'aurions pas dû te décevoir, je sais…

— Tout va bien, la rassura la jeune femme avec chaleur.

— Tu n'es pas bouleversée, ou en colère ? Tu ne te sens pas trahie parce que nous t'avons caché que nous étions tes grands-parents, et non tes parents adoptifs ?

C'était un peu étrange, en effet, devait admettre Hébé, mais, en même temps, tout cela était logique. Sa mère — Claudia — était morte en la mettant au monde, et les parents de la jeune femme s'étaient occupés d'elle.

Elle se leva pour aller étreindre les seuls parents qu'elle avait connus. Attentionnés et généreux, qui l'avaient aimée et protégée toute sa vie. Comment aurait-elle pu leur en vouloir ?

Elle se releva et les regarda, souriant à travers ses larmes.

— Je sais que vous avez fait ce que vous pensiez être le mieux.

— Nous aurions quand même dû te le dire, mais Claudia était morte et tu… tu lui ressemblais tellement quand elle était petite.

La voix de son père se brisa d'émotion.

— Une toute petite fille blonde. Nous t'avons aimée au premier regard. Nous semblions avoir fait tellement d'erreurs avec Claudia… Tu nous permettais d'avoir une deuxième chance.

— Une deuxième chance ? demanda Hébé avec curiosité, au moment où Nick revenait avec le tableau.

Elle traversa la pièce pour le rejoindre.

— Tu veux bien le poser sur le canapé ? lui demanda-t-elle d'une voix douce.

Il plaça le tableau comme elle le lui avait demandé, en le tournant vers les parents de la jeune femme.

Soudain, Jeanne étouffa un cri. Nick se tourna et vit Henry, hébété, s'approcher d'un pas chancelant pour observer le tableau de plus près. Le vieil homme tendit la main, et, sans toucher la toile, dessina avec tendresse les contours du visage de la jeune femme.

— Papa, demanda doucement Hébé, derrière lui, Claudia avait-elle une marque de naissance ?

— Oui, répondit Jeanne en se levant à son tour. Une marque en forme de rose, juste… là ! Mais comment… ?

— C'est le portrait dont je vous ai parlé samedi, celui que Nick a trouvé dans la maison de cet homme.

— Jacob Gardner, précisa sèchement Nick.

Celui-ci n'en revenait pas. Ce portrait était incontestablement celui de Claudia Johnson, la mère de Hébé. La réaction d'Henry et de Jeanne était trop sincère pour qu'il en soit autrement. Et si c'était vrai, cela signifiait que les accusations qu'il avait portées contre la jeune femme étaient complètement fausses. Il l'avait traitée de menteuse. De menteuse et de femme vénale !

— C'est le portrait d'Andrew Southern dont vous nous avez parlé ?

— Oui, confirma Nick.

Jeanne soupira et prit la parole :

— Il y a vingt-sept ans, Claudia était fiancée à un homme du nom de Jacob Gardner. C'était un homme plus âgé qu'elle, mais il était très riche et elle a accepté lorsqu'il lui a demandé de l'épouser.

— Puis elle a rencontré Andrew Southern et en est tombée amoureuse, acheva Nick en grimaçant.

Tout ce dont il avait accusé Hébé, songea Nick avec horreur. Mon Dieu, comme elle devait le haïr !

— Je n'arrive pas à croire que c'est notre Claudia, dit sa mère, les yeux pleins de larmes. Elle était si belle, n'est-ce pas ? C'était aussi une adorable petite fille. Ce n'est qu'à l'âge de seize ans que… que…

Elle s'interrompit et chercha de l'aide dans le regard de son mari.

— Que les choses ont changé, continua celui-ci en secouant la tête. Elle a commencé à beaucoup sortir, parfois elle ne rentrait pas de la nuit. Et chaque fois que nous essayions de lui parler, elle haussait les épaules et continuait comme si de rien n'était. Et puis finalement… elle a quitté la maison lorsqu'elle avait dix-sept ans.

Il se laissa tomber dans l'un des fauteuils.

— Elle aimait tellement la vie, renchérit Jeanne d'une voix étranglée. Mais nous ne savions plus quoi faire avec elle… Rien de ce que nous disions ne semblait avoir de prise sur elle. Elle est partie et nous a laissés sans nouvelles pendant des mois, et puis, un jour, nous avons reçu une lettre. Nous ne savions même pas qu'elle était enceinte lorsque l'hôpital nous a appelés. Nous sommes arrivés trop tard. Claudia était déjà morte.

Elle se mit à sangloter.

— Mais Hébé était là, dit-elle en souriant à travers ses larmes. Et nous avons pensé que c'était une seconde chance… Qu'avec elle nous ne referions pas les mêmes erreurs.

— Vous n'avez fait aucune erreur, dit Hébé en serrant fortement les mains de Jeanne dans les siennes. Ni avec Claudia ni avec moi. Vous êtes les meilleurs parents que l'on puisse rêver d'avoir. Et si elle en avait eu le temps, je suis sûre que Claudia aurait fini par s'assagir, peut-être même par se marier, et vous donner des tas de petits-enfants.

— Nous avons eu le cœur brisé lorsqu'elle est partie, reprit Henry. Nous ne savions ni où elle était, ni ce qu'elle faisait. Puis, au bout de six mois, comme l'a dit Jeanne, nous avons reçu une lettre. Elle n'avait pas mis son adresse, mais nous indiquait qu'elle travaillait comme chanteuse dans un hôtel, quelque part dans le nord de l'Angleterre…

— A Leeds, précisa Nick.

— Oui, c'est cela. C'est là qu'elle a rencontré Jacob Gardner, un soir où il était venu dîner avec des amis. Apparemment, il est tombé amoureux d'elle au premier regard. Elle était tellement excitée à l'idée de se fiancer ! Dans sa lettre, elle nous promettait de nous le présenter avant le mariage. Tout cela semblait si incroyable, si… Elle n'avait que dix-huit ans…

Hébé regarda le portrait. Sur celui-ci, Claudia avait dix-huit ans, elle était pétillante de vie. Un an plus tard, elle disparaissait.

Nick n'avait jamais été aussi tendu. A présent, il comprenait mieux la colère de Hébé… Il n'avait pas voulu la croire lorsqu'elle lui soutenait n'avoir jamais été ni la fiancée de Jacob Gardner, ni la maîtresse d'Andrew Southern.

Il caressa Hébé du regard. Bon sang, comme il était amoureux de cette femme ! Amoureux de ses yeux d'or, de la sensualité de son corps, de la vivacité de son esprit.

Elle n'en voulait pas à son argent… Il réalisait maintenant qu'elle n'avait accepté de l'épouser que parce qu'il l'avait menacée de lui enlever son enfant !

Il songea à Luke, au chagrin qu'il avait éprouvé lorsque celui-ci était mort, à la manière dont Sally en avait eu le cœur brisé.

Comme elle devait le haïr !

Comment avait-il pu espérer faire fonctionner leur mariage sur des menaces ?

Quel genre d'homme cynique était-il devenu ?

Pire, comment pouvait-il espérer que Hébé pourrait un jour l'aimer après la manière dont il l'avait traitée ?

Jeanne fut la première à rompre le silence.

— Tu penses qu'Andrew Southern est ton père ? demanda-t-elle doucement.

Hébé eut un sourire gêné.

— Regarde le tableau, maman. Qu'en penses-tu ?

— Je pense… je pense qu'Andrew Southern était amoureux de Claudia.

— Mais Claudia était-elle amoureuse de lui ? C'est ce que nous ne savons pas.

— Je crois que oui, répondit son père avec tendresse. Regardez son visage. Regardez cet éclat. C'est l'éclat d'une femme qui vient d'être passionnément aimée. Qu'en pensez-vous, Nick ?

— C'est vrai, reconnut celui-ci.

Intriguée par le ton de sa voix, Hébé se tourna vers lui. Son visage était fermé, sa colère évidente.

Qu'est-ce qui n'allait pas ?

Elle avait essayé de lui faire admettre, la première fois

qu'il le lui avait montré, que le portrait n'était pas le sien mais celui de sa mère.

Alors, pourquoi cette colère ?

Hébé lui lança un coup d'œil interrogateur. Il lui rendit un regard si chargé de fureur qu'elle dut se retenir pour ne pas reculer d'un pas.

Visiblement, il n'aimait pas avoir tort !

— Je pense, dit enfin Nick d'un ton ferme, que Claudia et Jacob Gardner étant tous deux décédés, il ne reste qu'une seule personne capable de nous expliquer ce qui s'est réellement passé. Il faut que nous parlions à Andrew Southern.

— J'ai déjà essayé de le contacter… sans succès, lui annonça Hébé.

— Comment cela ?

— Vendredi dernier, j'ai donné une lettre et une photographie à son agent pour qu'il les lui transmette. Mais je n'ai pas eu de réponse.

— Une photographie ? l'interrogea Nick, étonné.

— De moi. Ma ressemblance avec la femme du portrait était trop troublante pour n'être qu'une simple coïncidence… J'espérais qu'Andrew Southern penserait la même chose, qu'il comprendrait que j'étais la fille de Claudia, et peut-être aussi la sienne. Mais je n'ai eu aucune nouvelle, donc je suppose que je me suis trompée.

— Pas forcément, répliqua Nick. Nous ne sommes que lundi, et nous ne savons pas quand a été transmise la lettre. Peut-être ne l'a-t-il pas même encore reçue.

— Tu crois qu'il y a encore une chance qu'il me réponde ?

— On ne sait jamais. Et s'il ne le fait pas, j'irai moi-même voir son agent. Il faut que tu connaisses le fin mot de l'histoire, déclara-t-il. En attendant, Hébé a un rendez-vous avec un spécialiste cet après-midi : nous lui parlerons de Claudia, et nous lui demanderons de vérifier si elle risque ou non d'avoir les mêmes complications.

Hébé retint une exclamation. Elle avait complètement oublié ce rendez-vous ! Mais pas Nick, apparemment…

Il ne pouvait pas sérieusement croire que, parce que

sa mère était morte en la mettant au monde, elle courait le même danger ? Et s'il le pensait, ne réalisait-il pas que cela règlerait tous ses problèmes : il aurait le bébé et serait débarrassé d'elle une fois pour toutes !

11

— Tu peux sourire, Nick ! dit Hébé d'un ton léger, comme ils revenaient de chez le spécialiste, deux heures plus tard. Il n'y a aucune raison que cela m'arrive !

Pourtant, c'était déjà arrivé, songea Nick.

Le pronostic de Neil Adam, l'obstétricien, avait été excellent. Pour lui, il y avait très peu de chances pour que Hébé rencontre les mêmes problèmes que sa mère au moment de l'accouchement. Il avait aussi ajouté que, de toute façon, ils auraient parfaitement le temps de réagir en cas de complications.

Puis ils avaient pris rendez-vous pour le mois suivant, et Neil Adam leur avait conseillé de goûter chaque moment de cette grossesse.

C'était quelque chose qu'il n'avait pas vraiment laissé à Hébé le temps de faire jusqu'à présent, pensa Nick. Il était toujours un peu déstabilisé par la découverte de l'identité de la femme du portrait. Claudia — la mère de Hébé.

Comme celle-ci avait dû être stupéfaite la première fois qu'il lui avait montré le tableau, en affirmant si catégoriquement que c'était elle !

Il avait honte en repensant aux horreurs qu'il lui avait dites.

Pour s'être ainsi conduit, il lui devait des excuses. Il lui devait même plus que cela. Il devait lui rendre sa liberté tout en lui assurant son soutien moral et financier pendant sa grossesse, et même après...

Seigneur, qu'avait-il fait ? Certain qu'elle avait été fiancée à Jacob Gardner puis liée à Andrew Southern, il l'avait accusée d'être tombée enceinte dans le seul but de mettre la main sur une partie de sa fortune. Alors qu'il aurait dû lui promettre que tout irait bien, qu'il prendrait soin d'elle pendant sa grossesse et même après, une fois que le bébé serait né.

Il regarda la jeune femme et, une fois de plus, fut saisi par sa beauté. Elle semblait rayonner, maintenant que le médecin avait confirmé que tout allait bien.

Hébé représentait tout, et même davantage, de ce qu'il pourrait jamais souhaiter chez une femme. Elle s'était montrée loyale et aimante avec ses parents, elle avait fait preuve de compréhension à l'égard de sa mère biologique, et, par-dessus tout, elle avait supporté son comportement grossier quand elle devait avoir envie de hurler son innocence.

Oui, elle était trop bien pour lui, pensa-t-il avec une immense amertume. Et il devait la laisser partir.

Hébé se demanda ce qui pouvait rendre Nick aussi sombre.

— Je pense que Claudia était juste une adolescente rebelle qui s'est retrouvée dans une situation qui la dépassait totalement, dit-elle timidement, pour engager la conversation.

— Hébé, ne pourrions-nous pas parler de cela plus tard ? Je préférerais que l'on attende d'être revenu à mon… à la maison, se reprit-il de justesse.

— Je voulais juste t'expliquer que j'ai dépassé depuis longtemps le stade de l'adolescence. Tu n'as donc pas à craindre que j'agisse comme ma mère.

— Claudia n'était qu'une enfant.

— Exactement, approuva Hébé. Mais je voulais juste te le préciser, au cas où tu penserais que ce genre de comportement était lui aussi héréditaire.

Le visage de Nick se ferma encore un peu plus.

Personnellement, Hébé se sentait délivrée d'un poids immense, maintenant que la lumière était enfin faite sur le mystère de sa naissance. Ou du moins sur une partie de ce mystère.

Après avoir pris un déjeuner léger tous ensemble, ses parents étaient retournés dans le Cambridgeshire. Hébé leur avait promis de les appeler une fois qu'elle aurait vu le médecin.

Curieusement, elle se sentait plus proche d'eux que jamais, maintenant qu'elle savait qu'ils étaient en fait ses grands-parents. Le peu de différence d'âge qu'elle avait avec Claudia lui donnait l'impression que celle-ci avait été une sœur plutôt qu'une mère. Et l'enfant qu'elle attendait allait lui permettre de dépasser ce qu'ils lui avaient révélé. Oui, cet enfant allait les lier plus encore, faire d'eux une vraie famille…

Même si, en regardant Nick, Hébé n'était plus très sûre qu'il souhaite encore faire partie de cette famille !

Quand ils furent à l'appartement, Nick ne prit même pas la peine de s'asseoir : il se mit à arpenter la pièce, comme un lion en cage.

— Qu'y a-t-il ? finit par demander Hébé en soupirant. Tu veux annuler le mariage, c'est cela ?

Il s'arrêta et l'observa attentivement.

— Est-ce que tu le veux ?

Hébé sentit son cœur se serrer. Elle n'avait posé la question que par principe, certaine que Nick voulait toujours l'épouser, ne serait-ce que pour être auprès de son enfant.

Puis elle se souvint du coup de téléphone de Sally.

— Je t'ai posé la question la première, répondit-elle, sur la défensive.

— S'il te plaît, ne jouons pas à ce petit jeu. Que veux-tu ?

Elle le voulait, lui ! Elle le voulait tout entier, elle voulait son cœur et son âme. Mais comment le lui avouer ?

De plus, elle savait qu'il ne pouvait lui donner tout ce qu'elle désirait ardemment. Elle savait qu'une part de lui appartenait toujours à Sally…

Elle soupira avec tristesse. A présent, il lui semblait plus lointain que jamais. Elle sentait que quelque chose avait changé, non seulement depuis la visite de ses parents et les révélations qu'ils leur avaient faites, mais depuis l'appel de Sally.

Nick fronça les sourcils. Mais enfin, pourquoi ne répondait-elle pas ? Pourquoi ne lui disait-elle pas clairement ce qu'elle pensait de lui, de la manière dont il l'avait traitée ? Pourquoi ne s'enfuyait-elle pas ? C'était là tout ce qu'il méritait.

Il se força à inspirer profondément avant de déclarer avec calme :

— J'accepterai ton choix, quel qu'il soit.

Elle mit quelques secondes avant de répondre.

— Me crois-tu maintenant, lorsque je te dis que je n'ai pas cherché à être enceinte, et que j'en ai été aussi surprise que toi ?

— Je te crois. Je suis désolé de t'avoir accusée à tort. Je te demande pardon. Je n'ai aucune excuse pour ce que j'ai pu dire et faire. Et tu as toutes les raisons de me haïr.

Nick passa une main sur ses yeux.

— Je ne te hais pas, dit-elle d'un ton songeur. Tu es le père de mon enfant, après tout.

Oui, il l'était. Et même s'il ne pouvait conquérir Hébé, il pourrait toujours continuer à la voir grâce à cet enfant.

Mais, pour lui, comprit-il avec effroi, ce ne serait pas assez. Ce ne serait *jamais* assez. Pourtant, si c'était tout ce qu'elle voulait lui donner, il devrait s'y soumettre.

Il était trop tard, bien trop tard, pour essayer de la conquérir. Il l'avait trop blessée, trop insultée pour que cela soit jamais possible.

— Je suis désolé, Hébé, murmura-t-il en remarquant qu'elle pâlissait.

— Tu n'as pas à l'être, dit-elle avec douceur. Mais… je… je vais y aller, maintenant.

Nick aurait voulu se jeter à ses genoux et la supplier de ne pas partir, la convaincre que les choses seraient différentes si elle restait auprès de lui. Mais cela n'aurait pas été honnête de sa part : il avait déjà suffisamment gâché la vie de la jeune femme en lui faisant cet enfant qu'elle n'avait pas désiré, il ne pouvait pas en plus l'obliger à rester.

— Pourras-tu un jour me pardonner ? demanda-t-il.

— On ne choisit pas, Nick. On aime ou on n'aime pas, c'est tout !

Nick sentit son sang se glacer dans ses veines. Ainsi, elle lui avouait froidement qu'elle ne l'aimait pas ! Peut-être était-ce sa punition pour l'avoir traitée comme il l'avait fait ? La vérité lui apparut soudain en pleine lumière : il aimait une femme qui ne l'aimerait jamais en retour.

Hébé baissa les yeux pour que Nick ne voie pas qu'elle était au bord des larmes. A présent, elle était persuadée qu'il allait rentrer à New York pour retrouver Sally. Il s'occuperait financièrement de l'enfant, mais rien d'autre.

Après tout, c'était aussi bien que cela arrive maintenant, avant qu'ils n'aient fait l'erreur de se marier. Elle se demandait juste comment elle allait pouvoir supporter le chagrin de perdre Nick…

Elle se leva.

— Je vais y aller, dit-elle. Je vais préparer mes affaires. Dieu merci, Gina n'a pas encore eu le temps de trouver une autre locataire !

Elle avait voulu plaisanter, mais elle n'arrivait même pas à sourire.

— Je vais te reconduire à ton appartement, déclara Nick.

— Ce n'est pas nécessaire.

— Si, ça l'est ! insista-t-il avec fermeté. C'est le moins que je puisse faire.

— Très bien.

Hébé frissonna. Dans cinq minutes, elle serait sortie de cet appartement.

Et sortie pour de bon de la vie de Nick.

Elle pria pour être capable de retenir ses larmes jusqu'à ce qu'elle soit chez elle. Ce serait trop humiliant de s'effondrer devant lui.

— Laisse-moi t'aider, dit Nick.

Il prit la valise des mains de Hébé qui sortait de sa chambre.

— Je… je t'ai préparé le portrait, ajouta-t-il.

Du menton, il désigna le canapé sur lequel se trouvait le tableau emballé.

Il avait d'abord pensé l'offrir aux Johnson, mais cela ne lui avait finalement pas semblé judicieux. C'était le seul souvenir que Hébé avait de sa mère. C'était donc à elle que le tableau devait revenir.

La jeune femme eut l'air gêné.

— Non, je ne peux pas. Je… C'est un authentique Andrew Southern, d'une très grande valeur. Tu devrais l'exposer dans ta galerie.

— Il t'appartient, répliqua Nick avec fermeté.

Hébé refoula ses larmes à grand-peine en comprenant que Nick ne voulait même pas du portrait, qui risquait de lui rappeler l'erreur qu'il avait failli commettre en lui demandant de l'épouser.

— Je veux que tu l'aies chez toi, reprit-il. Il t'appartient, à toi et à ta famille.

— Bien. Je suppose que je pourrais toujours le vendre, et placer l'argent pour notre enfant.

Nick tressaillit.

— Je subviendrai à tes besoins. Et je subviendrai aussi à ceux du bébé.

— Jusqu'à ce que je retourne travailler et que j'ai un salaire, oui. Sinon, tu n'auras pas à payer pour l'erreur que tu as commise.

— Notre bébé n'est pas une erreur ! s'exclama-t-il, le visage livide de colère.

— Je parlais de moi, Nick, pas du bébé.

— Toi non plus, tu n'étais pas une erreur, murmura-t-il.

Elle détourna les yeux.

— Je te laisse le soin d'annuler les préparatifs du mariage, dit-elle.

— Oui, je m'en occuperai. Pouvons-nous y aller maintenant ? Je n'ai jamais aimé les adieux, et celui-ci est… Allons-y !

Il passa une main nerveuse dans ses cheveux.

— Je te rends cela aussi, dit Hébé en commençant de retirer la bague en saphir de son annulaire.

Nick serra les poings.

— Arrête ! s'écria-t-il. Cette bague est à toi. Ce portrait est à toi. Comme t'appartiennent toutes les choses que tu voudras bien accepter de moi.

Hébé savait qu'elle allait avoir financièrement besoin de Nick dans les mois à venir. Elle aurait voulu être capable de refuser son aide, mais elle ne le pouvait pas, à moins de devenir un fardeau pour ses parents.

— Bien, finit-elle par dire. Je suis prête, maintenant.

L'idée que la jeune femme allait quitter sa vie mettait Nick hors de lui. Mais il n'avait pas le choix. C'était lui qui avait provoqué cette situation.

Si seulement il n'avait pas vu ce maudit portrait ! Si seulement il avait écouté Hébé lorsqu'elle lui avait affirmé qu'elle n'était pas la femme du tableau ! Si seulement il ne s'était pas persuadé qu'elle avait déjà tenté de piéger deux hommes fortunés avant lui… Alors, il aurait peut-être été capable de demander à Hébé de lui donner une seconde chance.

Et maintenant, elle s'en allait.

Sur tout le chemin du retour, Hébé réussit à retenir ses larmes. Elle ne voulait pas que Nick voie combien cette séparation la bouleversait. Dire qu'elle ne savait même pas quand elle allait le revoir ! Si elle le revoyait un jour… Car il pouvait très bien décider de laisser ses avocats s'occuper de tout.

Une fois qu'il se fut garé devant chez elle, Nick porta la valise de Hébé et le tableau jusqu'à la porte de l'appartement.

— Est-ce que je peux continuer de travailler à la galerie jusqu'à… jusqu'à… ? commença-t-elle sans oser le regarder dans les yeux.

— Tu peux rester à la galerie aussi longtemps que tu le voudras, ajouta-t-il d'un ton cassant. Tu fais ce que tu veux. Je donnerai les instructions nécessaires à Jane.

— Je voudrais juste…

— Hébé, pouvons-nous entrer ? Ce tableau pèse une tonne !

La jeune femme esquissa un sourire.

— Tu…

— Excusez-moi, les interrompit une voix masculine derrière eux. Je cherche l'appartement de…

Hébé se retourna et l'inconnu s'arrêta brusquement de parler. Elle le vit pâlir.

— Claudia ?… murmura-t-il, abasourdi.

Elle ne connaissait qu'un homme capable de la confondre avec sa mère.

12

— Andrew Southern ? demanda Nick.

— Oui, confirma l'homme d'une voix étranglée, en ne quittant pas Hébé des yeux.

Nick avait reconnu l'artiste grâce à des photographies qu'il avait vues de lui. L'homme était plus âgé maintenant, ses cheveux étaient poivre et sel, et ses yeux, d'un gris profond, brillaient dans son visage marqué par le temps.

Hébé semblait incapable de bouger et ne cessait d'observer Andrew Southern. Celui-ci fut le premier à recouvrer ses esprits.

— Bien sûr, vous n'êtes pas Claudia, murmura-t-il en secouant la tête. Vous êtes bien trop jeune. Mais la ressemblance est… est…

Sa voix se brisa.

— Surprenante, n'est-ce pas ? acheva Nick.

Hébé frissonna en pensant que cette ressemblance était la source de l'erreur de Nick à son sujet.

— Je m'appelle Hébé, dit-elle à l'homme d'une voix sourde. Avez-vous reçu ma lettre ?

— Oui, dit-il dans un souffle.

Hébé l'observa de nouveau. Il devait avoir une cinquantaine d'années. Grand et séduisant, il avait des yeux perçants qui semblaient pénétrer l'âme des gens.

Des yeux d'artiste, songea-t-elle.

— Voulez-vous entrer ? demanda-t-elle timidement, en poussant la porte de l'appartement.

Nick attendit que l'homme passe devant lui, puis il lui emboîta le pas, le portrait dans les bras.

Le portrait…

Sans attendre que Hébé le lui demande, il posa l'œuvre sur la table et en défit l'emballage. Puis il la posa contre le mur et se tourna vers l'artiste.

Andrew Southern pâlit davantage, saisi de la même stupeur que celle de Hébé la première fois qu'elle avait vu le tableau.

— Je n'aurais jamais pensé le revoir un jour, murmura-t-il en l'observant d'un air incrédule. Comment l'avez-vous eu ?

— Je l'ai acheté aux petits-neveux de Jacob Gardner, à la mort de celui-ci, répondit Nick.

— Claudia ! répéta Andrew Southern, la voix vibrante d'émotion. J'ai essayé de le racheter à Jacob Gardner après… après que Claudia nous a quittés. Mais il a toujours refusé de me le vendre.

— Il ne s'est jamais marié, l'informa Nick d'une voix douce.

— Comment un homme aurait-il pu se marier après avoir connu Claudia ? Ma chère Claudia…

Soudain, il se prit la tête dans les mains et se mit à sangloter.

— Je suis désolée…, murmura Hébé, qui s'approcha et lui posa une main sur l'épaule.

Le peintre leva vers elle un visage empli de larmes.

— Vous êtes désolée ? J'ai laissé partir cette merveilleuse femme, et vous êtes désolée ? J'aurais dû agir plus tôt que je ne l'ai fait. Je n'aurais jamais dû… J'ai passé les vingt-six dernières années de ma vie à me consumer pour une chose impossible : l'entrevoir encore une fois, revoir cette façon unique qu'elle avait de sourire, la tenir dans mes bras…

Soudain, tout sembla vaciller autour de Nick. Non ! Il ne laisserait pas les choses se passer de cette façon : il ne laisserait pas partir Hébé sans lui avoir avoué ce qu'il ressentait pour elle. Et alors peut-être — peut-être ! — pourra-t-il la convaincre d'essayer de l'aimer, ne serait-ce qu'un tout petit peu.

— Est-ce la raison pour laquelle vous avez cessé de paraître en public ? Que vous avez aussi cessé de peindre des portraits ? demanda Hébé d'une voix émue.

— Oui, confirma Andrew Southern. J'ai radicalement changé de vie après ce que j'ai fait.

Hébé le regarda d'un air interrogateur.

— Qu'avez-vous fait ?

— Claudia était fiancée à Jacob Gardner lorsque celui-ci me fit la commande de son portrait. J'étais moi-même marié… Ce n'était pas un mariage heureux, mais… cela ne fait aucune différence. Nos… nos regards se sont croisés, et soudain rien ni personne n'ont plus eu d'importance.

— Mais pourquoi ? demanda Hébé en secouant la tête. Si vous vous aimiez, pourquoi l'avez-vous laissée partir et mettre son bébé au monde toute seule ? Vous ne l'aimiez pas assez pour quitter votre femme ?

— Bien sûr que si, je l'aimais ! protesta Andrew Southern avec flamme, les yeux brillants de larmes. Mais Claudia… Elle ne me croyait pas lorsque je lui disais que c'était avec elle que je voulais vivre. Et puis, j'ai quitté ma femme… Je suis allée voir Claudia pour le lui annoncer, lui dire que je voulais vivre avec elle. Mais elle… elle avait disparu. Je ne l'ai plus jamais revue.

Il ferma les yeux comme pour tenter d'effacer sa souffrance.

Sauf que Nick savait que le peintre n'y parviendrait pas. Tout comme Jacob Gardner, épris de Claudia jusqu'à sa mort, malgré la trahison. Le portrait, encore dans sa chambre après toutes ces années, en était la preuve.

Or Nick savait qu'il aimait Hébé d'un amour aussi fervent que celui d'Andrew et de Jacob Gardner pour Claudia.

— Vous réalisez que je suis la fille de Claudia ? demanda Hébé d'une voix hésitante.

— Qui pourrait en douter ! s'exclama Andrew Southern avec un rire triste. Vous lui ressemblez tellement. Tellement !

— Suis-je… votre fille ou celle de Jacob Gardner ?

— La mienne, bien sûr ! s'écria l'artiste. Claudia n'avait pas ce genre de relation avec Jacob Gardner ! D'ailleurs, elle n'avait jamais eu ce genre de relation avec quiconque avant moi.

— Mais…

— Il n'y a eu personne avant moi, Hébé. Claudia donnait l'impression d'être libre et indomptable. Mais, en fait, c'était une femme douce et délicieuse, qui n'avait connu aucun homme avant moi. Je me suis senti très coupable lorsque je m'en suis rendu compte, la première fois que nous avons fait l'amour. Je n'étais pas heureux en mariage, mais ce n'était pas une excuse pour séduire une jeune fille innocente !

Hébé se sentait soulagée d'apprendre que l'amour de ses parents pour Claudia n'avait pas été vain, et que celle-ci n'avait rien été d'autre qu'une adolescente rebelle, comme elle l'avait suggéré à Nick.

— J'ai essayé de la retrouver, j'ai vraiment essayé ! continua l'artiste d'une voix voilée. Mais elle avait tout simplement disparu.

La jeune femme le regarda avec un sourire triste.

— Je ne crois pas qu'elle souhaitait que vous la retrouviez… Je ne le savais pas, lorsque je vous ai écrit cette lettre vendredi, mais… mais les parents de Claudia n'ont appris où elle se trouvait que le jour où l'hôpital les a appelés. Elle est morte en me mettant au monde. Ils m'ont élevée, et ils sont les seuls parents que je connaisse.

Andrew étouffa un sanglot.

— Après toutes ces années… Jamais je n'ai compris pourquoi elle était partie si vite. Je ne savais pas, jusqu'à ce que je reçoive votre lettre, qu'elle avait eu un enfant de moi. Et en aucun cas qu'elle pouvait être morte.

— Ainsi je suis votre fille ? murmura Hébé.

Le visage d'Andrew s'éclaira d'un sourire plein de tendresse, même si le chagrin se lisait toujours dans ses yeux.

— Oui…

— Et cette jeune femme va vous faire grand-père dans sept mois, dit soudain Nick, en passant son bras autour des épaules de Hébé.

Elle le regarda, surprise. Que faisait-il ? Andrew Southern n'était pas au courant de sa grossesse, et cela ne servait à rien de le lui dire maintenant. Au contraire, cela rendait les choses plus compliquées.

— Hébé et moi allons nous marier, continua Nick. Si elle le veut bien…

Hébé secoua la tête, de plus en plus déconcertée.

— Je crois que vous allez devoir user de persuasion, fit remarquer Andrew avec un petit sourire. Allez donc tous les deux discuter tranquillement. Je serais très heureux de rester ici, à contempler le portrait de Claudia.

Et, sans plus leur accorder la moindre attention, il s'assit dans le fauteuil près du tableau. Ses yeux s'emplirent de larmes, qui roulèrent le long de sa joue, au souvenir de cette femme qu'il avait tant aimée et qu'il ne reverrait plus jamais.

Nick entraîna Hébé dans la chambre.

— Penses-tu qu'il va s'en remettre ? demanda la jeune femme, l'air préoccupé.

— Tu sais, il a eu vingt-six ans pour se faire à l'idée de la perte de Claudia. Je ne pense pas que le fait qu'elle soit morte change grand-chose, répondit prudemment Nick. Si tu es d'accord, je voudrais lui offrir le portrait. Il lui appartient, tu ne crois pas ?

— Si, répondit-elle, touchée par le geste de Nick. Mais je pensais… je croyais que nous étions d'accord pour annuler le mariage.

— Hébé ! s'écria Nick en plongeant son regard dans celui de la jeune femme. Je n'ai pas l'intention de finir comme Andrew : amoureux d'une femme pour le restant de mes jours, mais séparé d'elle.

— Je comprends, approuva-t-elle doucement. C'est pourquoi je suis d'accord pour annuler notre mariage. Je sais que Sally et toi avez envie de vous réconcilier et…

— Sally ? l'interrompit-il brusquement. Qu'est-ce que Sally vient faire ici ?

Hébé eut l'air gênée.

— Eh bien, malgré moi… quand tu as reçu ce coup de fil… j'ai entendu une partie de ta conversation avec elle. Je sais que vous avez envie de vous retrouver, que tu vas te rendre à New York pour en discuter et que c'est la raison pour laquelle tu ne veux plus d'un mariage de convenance avec moi.

Nick la regarda d'un air incrédule. C'était donc pour cela que Hébé, alors qu'ils venaient de faire l'amour d'une manière si délicieuse, si complice, était retournée dans sa chambre la nuit dernière ! Pour cela qu'elle avait été si impatiente de faire annuler le mariage… Parce qu'elle le croyait toujours amoureux de Sally !

Il prit une profonde inspiration.

— Sally s'est remariée il y a un an, et elle est très heureuse, expliqua-t-il. Elle m'a appelé hier pour m'annoncer qu'elle venait de donner naissance à une petite fille. Et elle a eu envie de partager cela avec moi. Je voulais t'en parler, mais tu n'étais plus là quand je suis retourné dans la chambre, et ensuite… je crois bien que nous n'avons pas cessé de nous disputer !

Hébé le regarda, les yeux agrandis de surprise.

— Sally a eu un bébé ?

Nick lui sourit avec tendresse.

— Je sais que tu vas avoir du mal à me croire après la façon dont je t'ai traitée, mais tu es la seule femme avec qui j'ai envie d'être, la seule femme que j'aime, et que j'aimerai toujours.

— Vraiment ? demanda-t-elle, bouleversée.

— Oui. Je suis tombé amoureux de toi il y a six semaines. Ces deux dernières années, je n'ai eu que des aventures avec des femmes que j'oubliais immédiatement. Mais avec toi… cela a tout de suite été différent. Je n'ai pensé qu'à toi pendant ces six semaines passées à New York.

Hébé avait du mal à réaliser que Nick s'adressait à elle.

— Et quand tu as découvert le portrait, tout a changé ? eut-elle la force de demander.

— Parce que je suis un imbécile ! Parce que je ne t'ai pas crue ! La femme du portrait te ressemblait tellement ! C'était toi, telle que je t'avais vue la nuit que nous avions passée ensemble. Toi qui avais été comme un feu ardent dans mes bras. Toi qui avais hanté mes jours et mes nuits… Lorsque j'ai vu ce portrait, je me suis imaginé que l'homme qui l'avait peint t'avait vue comme je t'avais vue, qu'il t'avait touchée comme je t'avais touchée. J'étais tellement en colère que j'étais aveuglé.

— Et maintenant que tu connais la vérité ? l'interrogea la jeune femme.

— Après avoir entendu Andrew Southern, après avoir réalisé à quel point il aimait Claudia et l'enfer qu'était devenue sa vie lorsqu'il l'a perdue, j'ai décidé que je ne voulais pas faire comme lui. Je ne veux pas de la même vie que lui parce que j'aurais eu la bêtise de laisser partir la femme que j'aime… sans même essayer de lui exprimer la profondeur de mes sentiments. Cela pourra prendre des mois ou des années, mais je vais tout faire pour te conquérir, Hébé Johnson.

Il s'approcha et lui saisit les mains.

— Je vais tout faire pour cela et je vais y parvenir. Je t'aime trop, j'ai trop besoin de toi pour te laisser sortir de ma vie. Tu veux bien, Hébé ? M'autorises-tu à te faire la cour, à te séduire, à te chérir ?

— Non, je ne crois pas, dit Hébé.

Nick devint livide.

— Je veux juste dire que je t'aime déjà ! se hâta-t-elle d'ajouter pour le rassurer. Je t'aime depuis des mois. En fait, avant même que tu ne m'adresses la parole. Et si tu es d'accord, j'aimerais que nous nous occupions des préparatifs de notre mariage !

— Hébé ?…

— Je t'aime, Nick.

C'était si agréable de pouvoir enfin prononcer ces mots, pensa Hébé avec ravissement. C'était si délicieux de laisser son amour exploser au grand jour !

— Je t'aime et je veux passer le restant de ma vie avec toi, ajouta-t-elle.

Nick la regarda et prit une profonde inspiration.

— Tu veux dire pour l'éternité ! s'écria-t-il. Je n'accepterais rien de moins !

Hébé éclata de rire.

— Pour l'éternité, c'est d'accord !

— Je te promets que nous allons être heureux ensemble, déclara-t-il avec ferveur. Vraiment très, très heureux.

Hébé le crut.

Et lorsque leur superbe petite fille Claudia naquit sept mois plus tard, en parfaite santé, Hébé sut qu'elle avait eu raison de croire en Nick, et que leur amour deviendrait plus fort chaque jour qu'ils passeraient ensemble.

Et ce pour l'éternité…

JANICE LYNN

Ce secret désir…

Traduction française de
NICOLE MENAGE

HARLEQUIN

Titre original :
THE DOCTOR'S PREGNANCY BOMBSHELL

Ce roman a déjà été publié en 2014

1

Un trait : négatif.

Deux traits : positif.

Deux traits…

Appuyée contre le mur de sa salle de bains privée, le Dr Melissa Connors fixait avec incrédulité le test de grossesse qu'elle tenait d'une main tremblante.

Deux traits ! Il y avait certainement une erreur.

Elle ne pouvait pas être enceinte. Non. Même si elle mourait d'envie d'avoir un bébé, elle prenait consciencieusement ses pilules roses censées empêcher les petits traits bleus de se multiplier. Et elle n'en avait jamais oublié une seule.

Réprimant une joie qu'elle n'avait pas le droit d'éprouver étant donné les circonstances, elle reprit le mode d'emploi. Peut-être avait-elle mal lu. Deux traits bleus devaient signifier que le test était négatif.

Par égard pour James, il le fallait.

Mais non, elle ne s'était pas trompée.

Elle se laissa glisser le long du mur et se retrouva assise sur le carrelage froid. Pourquoi s'étonnait-elle ? Il y avait trois mois qu'elle n'avait pas ses règles, et elle aurait dû s'en douter au lieu de mettre bêtement cette aménorrhée sur le compte du stress.

Au fond, elle n'était pas vraiment surprise, mais elle s'était caché la vérité. Elle attendait un bébé.

Le bébé de James.

Elle posa une main sur son ventre plat. L'idée de porter

en elle l'enfant du Dr James Stanley la ravissait tout en la terrorisant.

Oh, Seigneur ! Qu'allait-il penser ? Dès le début de leur relation, James avait insisté sur la nécessité absolue d'utiliser une contraception rigoureuse et infaillible, car il ne voulait pas d'enfants et n'en voudrait jamais.

N'y tenant pas plus que lui, Melissa avait accepté. Puis elle s'était mise à rêver qu'ils se marieraient un jour et fonderaient une famille.

Il l'avait vite fait redescendre sur terre, lui expliquant avec force détails pourquoi il n'envisageait pas de devenir père et insistant sur l'irrévocabilité de sa décision.

Etant donné que James comptait plus que tout pour elle, elle avait abandonné ses désirs de maternité pour vivre avec l'homme merveilleux qu'il était. Et pour oublier son renoncement, elle s'était consacrée à un autre de ses rêves : la médecine.

Ils s'étaient installés ensemble un an et demi plus tôt et James n'avait cessé d'utiliser un préservatif que depuis quelques mois.

Peut-être cette décision était-elle prématurée ?

A moins que ses prières pour qu'il change d'avis aient finalement été entendues…

— Melissa ? Tout va bien ?

Il y avait un bon moment qu'elle était enfermée dans la salle de bains et Debbie, son infirmière et amie, commençait à s'inquiéter.

Melissa regarda sa montre. Il était à peine 8 heures, mais la salle d'attente était sans doute déjà pleine.

— Oui, répondit-elle. Je me dégourdis les jambes.

Se dégourdir les jambes ? Dans la salle de bains ? Elle aurait pu trouver une excuse plus plausible !

Mais comment pourrait-elle avoir les idées claires quand deux traits bleus se dessinaient distinctement dans la petite fenêtre blanche ?

Se redressant d'un mouvement brusque, elle rangea le test avec son mode d'emploi dans la boîte et mit le tout dans le grand sac noir qui lui servait de sacoche médicale.

Elle s'en occuperait plus tard. Pour l'instant, elle avait des patients à voir.

Avant de sortir, elle prit le temps de poser une main sur son ventre, et sourit.

Un bébé. Elle allait avoir un bébé, finalement...

Avec un soupir, elle arbora son masque professionnel, ouvrit la porte et traversa la pièce comme une fusée afin de ne pas laisser à Debbie le temps de lui poser une question. Tant qu'elle n'aurait pas parlé à James, elle ne dirait rien à personne.

Un peu plus tard dans la matinée, seule dans son bureau, Melissa jeta machinalement un coup d'œil par la fenêtre de son bureau et elle aperçut les voitures alignées sur le parking, leurs carrosseries étincelantes sous le soleil radieux. Par contraste avec cette journée lumineuse, elle eut l'impression que son humeur s'assombrissait davantage.

La grosseur dans le sein de Jamie Moss n'était pas un simple kyste, comme elle l'espérait. La jeune et fragile diabétique de trente-six ans souffrait d'un carcinome invasif du sein gauche.

Consciente qu'elle ne pouvait différer davantage le moment tant redouté, Melissa se détourna et prit le dossier posé sur son bureau en se promettant d'aider Jamie à traverser les jours difficiles qui s'annonçaient. Si elle n'avait été elle-même aussi bouleversée, elle n'aurait pas eu à ce point envie d'être à mille lieues d'ici plutôt que d'avoir à annoncer ce diagnostic à la jeune femme.

Quand elle entra dans la salle d'examens, ses yeux croisèrent aussitôt ceux, un peu bouffis, de la jolie blonde qui se leva.

— J'ai un cancer, c'est cela ? demanda-t-elle avant que Melissa puisse prononcer un mot.

Jamie essayait de tenir le coup depuis que son mari était mort brutalement d'un infarctus massif, un an plus tôt. Melissa n'avait jamais éprouvé beaucoup de sympathie pour cet homme, mais il ne méritait pas pour autant de mourir à quarante-trois ans.

— Je suis désolée, mais le radiologue a décelé un cancer, oui, et les résultats des examens le confirment. J'ai parlé au chirurgien, et il veut vous voir demain matin. Je pense qu'il vous recommandera une chimiothérapie pour faire diminuer la tumeur, puis une mastectomie, c'est-à-dire l'ablation d'un sein.

Jamie croisa instinctivement ses bras sur sa poitrine.

— Je ne peux pas, demain matin, dit-elle en secouant la tête. Je n'ai personne pour garder les filles et l'école ne reprend pas avant quinze jours.

Des larmes se mirent à couler sur ses joues et le cœur de Melissa se serra. Il se passait rarement une semaine sans qu'elle ne voie soit la mère, soit les petites, et au fil des ans, une relation d'amitié s'était nouée entre elles.

Jamie était dans une situation difficile. Seule avec deux fillettes de quatre et douze ans, elle avait eu du mal à surmonter son deuil et Melissa l'avait aidée à ne pas sombrer dans la dépression.

A présent, une nouvelle épreuve la frappait. Une épreuve redoutable. La vie pouvait être très cruelle…

— Et votre sœur ?

C'était l'avantage d'exercer dans un petit cabinet rural : elle connaissait tout le monde.

— Elle ne peut plus se libérer. A la mort de Roger, elle a tellement manqué à son travail pour m'aider qu'ils la mettront à la porte si elle s'absente de nouveau.

Melissa comprenait d'autant mieux ce que ressentait Jamie qu'elle-même n'avait pas de famille et ne s'était jamais liée vraiment à quelqu'un avant James.

Sans lui, elle serait aussi seule et désemparée que la jeune femme, dans un cas de figure certes totalement différent.

Que ferait-elle s'il ne voulait pas du bébé ?

— Je pourrais la mettre en congé maladie lié à une exigence familiale, proposa Melissa, s'efforçant de chasser ses propres préoccupations.

Bien sûr que James accepterait le bébé, quand il se serait habitué à l'idée.

— Je ne pense pas qu'elle accepte, mais je lui en parlerai, répondit Jamie, paraissant abattue.

— Je vais prévenir le Dr Arnold que vous viendrez avec vos filles, reprit Melissa en lui pressant les mains dans un geste de réconfort. De toute façon, vous avez besoin d'être accompagnée. Vous ne pouvez pas affronter cela toute seule.

— Je n'ai personne d'autre que ma sœur.

C'était la triste vérité, hélas. Le caractère tyrannique de Roger avait fait le vide autour d'eux. Depuis sa disparition, Jamie, qui luttait pour joindre les deux bouts et s'occuper de ses filles, n'avait pas eu le temps de se faire des amis. Ses visites à Melissa, à l'école, au bureau d'assistance sociale et à l'épicerie constituaient ses seules distractions.

— Je vais appeler le frère Howard. Peut-être une dame de la paroisse pourra-t-elle vous accompagner ?

Par le passé, elle avait plusieurs fois eu recours à lui pour des patients en situation précaire, et il ne lui avait jamais fait défaut.

— Il trouvera quelqu'un de confiance qui restera avec Amanda et Cindy dans la salle d'attente pendant que vous verrez le Dr Arnold. Qu'en pensez-vous ?

Jamie acquiesça, les lèvres tremblantes. Puis, durant le quart d'heure qui suivit, Melissa la rassura de son mieux en répondant à ses questions sur sa maladie.

Tout au long de la matinée, des cas heureusement moins graves se succédèrent : rhumes, démangeaisons, conjonctivites, éternuements. Dans cette région du centre de Tennessee, un pollen abondant et volatil provoquait de nombreuses allergies et sinusites.

— Tu as l'air épuisée, commenta Debbie en apportant à Melissa deux messages provenant de la petite pharmacie locale, peu avant midi. Jamie semblait à peu près paisible quand elle a récupéré ses filles.

Etant au courant de la nouvelle qui attendait la mère, Debbie s'était occupée des fillettes pendant la consultation.

— Je lui ai proposé Ramona pour s'occuper d'elles, si elle a besoin d'aide, ajouta-t-elle.

— Ramona est libre, demain ?

Pendant les vacances scolaires, la fille de Debbie travaillait dans l'unique épicerie du village, le *Piggly Wiggly*, appelée *The Pig*.

— Non, mais Jamie me téléphonera si le frère Howard n'avait personne à proposer, et elle se libérera.

Melissa hocha la tête. Elle appréciait beaucoup la façon dont les gens s'entraidaient, à Sawtooth. Ayant grandi dans une grande ville, elle n'avait pas connu cette solidarité ni la chaleur des rapports humains, et elle avait compris en arrivant ici ce qui lui avait manqué.

— Alors, que se passe-t-il ? demanda soudain Debbie en plongeant son regard dans le sien. En dehors de Jamie, je veux dire… Quelque chose te préoccupe, c'est clair.

Evidemment, il y avait le revers de la médaille. Dans un petit village, les gens s'arrogeaient le *droit* de connaître votre vie et vos faits et gestes en détail.

— Rien ne me préoccupe, répondit-elle. Un peu de fatigue, c'est tout.

— Le beau Dr James t'aurait-il tenue éveillée jusqu'à l'aube ?

Il aurait eu du mal.

Ces derniers temps, James travaillait de plus en plus, mais elle ne s'en était pas plainte. Elle avait ainsi pu lui cacher plus facilement son état nauséeux, ces fameux symptômes qu'elle s'était acharnée à ignorer elle-même car les reconnaître l'aurait placée face à des décisions qu'elle ne voulait pas prendre.

Que ferait-elle, par exemple, si l'être qui comptait le plus au monde pour elle ne revenait pas sur sa décision de ne jamais avoir d'enfants ?

— Non. Il était de service aux urgences de nuit du Vanderbilt Hospital, hier, et avant-hier, en réunion toute la soirée. Je ne l'ai pas vu depuis deux jours.

Estimant qu'elle s'était suffisamment expliquée, Melissa prit connaissance de ses messages. L'un concernait une demande de renouvellement de médicaments, l'autre un nouveau patient qu'elle soupçonnait d'être un drogué.

Mais elle avait conscience que Debbie l'observait, les yeux plissés.

— Mais tout va bien entre vous deux, non ?

— Très bien.

Sauf que James ne voulait pas d'enfants et que, d'après les deux traits bleus, il allait être père. Melissa ferma brièvement les paupières, se représentant un petit garçon avec les fossettes de James ou une petite fille avec ses cheveux noirs et ses yeux bleus. Un bébé.

Son cœur chavira.

Puis lui revint le souvenir de leur dernier Noël au service pédiatrique du Vanderbilt. James avait captivé les petits malades avec ses plaisanteries et ses tours de magie et elle avait ri aux larmes avec eux.

Des larmes auxquelles, avec le recul, elle donnait une tout autre signification : c'était avec leurs enfants à eux qu'elle l'avait imaginé, qu'elle avait rêvé de le voir faire le clown.

Le soir même, elle était revenue sur le sujet et une âpre discussion s'en était suivie où il était farouchement resté sur ses positions. Une fois de plus, elle avait abdiqué, par crainte de le perdre.

A présent, si James continuait de s'obstiner, elle devrait l'accepter. Mais jamais elle ne tolérerait que son bébé puisse ne pas se sentir désiré, comme elle dans son enfance.

— Tu te dégourdis les jambes, de nouveau ?

Melissa cligna des yeux.

— Pardon ?

Glissant une mèche de cheveux châtains derrière l'une de ses oreilles, Debbie appuya une hanche contre le bureau, la tête inclinée sur le côté.

— Oui, là, sous ton bureau, comme ce matin dans ta petite salle de bains…

Evitant le regard de son amie, Melissa se mit à fourrager dans les papiers étalés devant elle.

— Ce n'est qu'un peu de fatigue, je te l'ai déjà dit.

Debbie soupira.

— D'accord… Mais quand tu auras envie de parler, je serai là.

La Mustang du Dr James Stanley remonta l'allée de la maison qu'il partageait avec Melissa. Bon sang, cette longue route l'avait épuisé.

Entre ses vingt-quatre heures de service hebdomadaires aux urgences du Vanderbilt Hospital, à Nashville, ses recherches et les cours qu'il donnait à la faculté, il était occupé à cent pour cent. En outre, mettre une heure pour rentrer chez lui lui pesait vraiment, mais il ne parvenait pas à convaincre Melissa de quitter son petit cabinet de village.

La vie serait pourtant plus simple si elle acceptait de prendre un poste à la faculté, comme il le lui conseillait.

Parfois, il se demandait s'il n'avait pas eu tort de venir s'installer ici avec elle. S'il était resté à Nashville, elle se serait peut-être rendu compte des avantages que présentait la ville.

En fait, elle aurait préféré qu'il s'installe ici avec elle… Comme s'il voulait passer l'essentiel de ses journées à faire des frottis vaginaux ou à examiner des amygdales…

Non, il était fait pour les grands services de trauma ou d'urgences où l'on était constamment confronté au pire. Il aimait les défis tels que sauver des vies et réparer des corps disloqués.

Ne serait-ce qu'aujourd'hui, il avait ranimé deux victimes d'un arrêt cardiaque. Il vivait pour se battre contre la mort et arracher des êtres humains à ses griffes avides, et ce n'était pas le petit cabinet familial de Sawtooth, qui absorbait toute l'énergie et tout le temps de Melissa, qui lui apporterait cela.

Elle lui manquait. Sa façon de le regarder quand elle voulait capter son attention, de chanter sous la douche quand elle croyait qu'il ne pouvait l'entendre, l'éclat de ses yeux quand il lui adressait un clin d'œil pour lui dire combien il la trouvait à son goût, sa manière de s'abandonner dans ses bras… Tout d'elle lui manquait.

Ces derniers temps, ils avaient rarement passé une soirée ensemble sans être interrompus. Le téléphone sonnait et, toujours prête à voler au secours de quelqu'un, Melissa décrochait à chaque fois. Certaines nuits, il ne la voyait même pas et il regrettait d'avoir fait cette longue route pour rien.

Alors, de plus en plus fréquemment, il restait dormir chez un ami les soirs où il terminait trop tard. En revanche, à la différence de Melissa, quand il était à la maison, il y était vraiment.

C'était ce qui lui plaisait aux urgences : il traitait un patient puis le laissait pour s'occuper d'un autre. Contrairement à lui, Melissa se croyait au service de ses malades vingt-quatre heures sur vingt-quatre.

Les mains de James se contractèrent sur le volant. Pourquoi s'énervait-il ainsi ? La fatigue, sans doute. Trente-six heures sans dormir ne disposaient pas un homme à se détendre.

Une douche chaude, un bon repas et Melissa, voilà ce qu'il lui fallait.

Mais quand il actionna la porte du garage, il s'aperçut que la Cherokee n'était pas là. Il soupira, s'efforçant de nouveau d'attribuer sa contrariété à l'épuisement.

En tout cas, s'il avait su qu'il trouverait la maison vide, il aurait pris le temps d'aider Kristen à préparer son programme du semestre prochain, concernant les cours de cardiologie qu'elle devait donner. Il sourit en pensant à la jeune et jolie praticienne si anxieuse à l'idée d'affronter ses étudiants. Lui-même l'était tout autant, à ses débuts.

Il aimait bien Kristen. Passionnée de médecine, elle trouvait néanmoins le temps de vivre, comme lui. Sur ce point, ils se ressemblaient.

Il fut un temps où Melissa réservait elle aussi une place à sa vie personnelle. Il se souvint d'un pique-nique à Centennial Park où ils avaient été surpris par une averse. Ils avaient remballé leurs affaires en riant avant de courir sous la pluie jusque chez lui où ils avaient fait l'amour pour la première fois. Il l'avait ensuite gardée longtemps dans ses bras, comprenant qu'elle n'était pas comme les autres. Et il en était toujours persuadé.

Mais à force de se consacrer presque exclusivement à son travail, elle était devenue l'ombre de celle dont il était tombé amoureux.

Peut-être leur relation ne la rendait-elle pas heureuse ? Etait-ce pour cela que la jeune femme dévouée à son métier, certes, mais vibrante et pleine d'entrain qu'il avait connue deux ans plus tôt s'était adonnée à son métier comme une droguée à son poison ?

Après avoir pris une douche, il dîna d'une salade et d'un steak grillé. Puis il s'installa dans un transat avec une bière, sur la terrasse en teck derrière la maison, appréciant la brise rafraîchissante qui soulevait légèrement ses cheveux.

Le soleil se couchait derrière les collines boisées, parant le ciel d'un camaïeu de roses et d'orangés, et des oiseaux chantaient au loin. Plus près, deux écureuils se poursuivaient dans un arbre. Il comprenait pourquoi Melissa appréciait cet endroit où les collines du Tennessee venaient s'appuyer contre les monts des Appalaches, mais il préférait la rumeur sourde de la ville.

Ce fut alors qu'il mesura combien leur relation s'était détériorée. Il lui semblait être le seul à faire des concessions. Quand il parvenait à se libérer pour venir passer un week-end avec elle, elle ne se gênait pas pour le planter là afin d'aller voir un patient.

Il admirait son dévouement, mais il attendait davantage d'une femme.

Le moment était-il venu de mettre un terme à leur histoire ?

Il n'imaginait pas sa vie sans elle, mais elle n'était plus vraiment dans sa vie depuis quelque temps. Même le feu de leurs étreintes s'était éteint, ces deux derniers mois, pour laisser place à quelques ébats rapides au milieu de la nuit.

Pourtant, il préférait ces ébats à n'importe quelle partie de sexe effréné avec une autre.

Voilà pourquoi sa relation avec Melissa avait duré plus longtemps que les autres. Ces deux années qu'ils avaient passées ensemble comptaient parmi les plus belles de sa vie, particulièrement au début, quand ils n'en avaient jamais assez l'un de l'autre.

Mais il était las d'être la dernière roue de la charrue, et si les choses ne changeaient pas, il partirait.

Le bruit de la porte du garage automatique le tira de ses pensées. Elle rentrait enfin. Il regarda sa montre. 20 h 30 passées.

Quelques minutes plus tard, la baie vitrée coulissa, mais il ne se tourna pas, continuant d'observer le jeu des écureuils.

L'odeur vanillée de sa peau lui parvint avant qu'elle n'entre dans son champ de vision. Elle se pencha pour l'embrasser sur le front.

— Salut, dit-elle en se laissant tomber dans le transat près du sien.

N'était-il pas normal qu'il ait envie de passer du temps avec elle et que ce soit réciproque ? Mais elle le traitait comme quantité négligeable.

Si c'était le cas, il n'avait plus qu'à rentrer à Nashville.

— James ?

Il se mordit la langue pour ne pas répondre.

— Quelque chose ne va pas ?

Il soupira, songeant que la mauvaise humeur n'était jamais bonne conseillère. Elle était en retard parce qu'elle travaillait, bon sang, pas parce qu'elle prenait du bon temps ailleurs !

— Je suis fatigué, c'est tout.

Il se tourna vers elle et fronça les sourcils. Elle avait une mine épouvantable !

Tout au moins si le terme « épouvantable » pouvait affecter vraiment la beauté de Melissa. Des cernes sombres soulignaient ses beaux yeux en amande et des petites mèches blondes éparses s'échappaient de l'élastique qui retenait sa queue-de-cheval habituelle.

— Il y a un steak et de la salade dans la cuisine.

Elle semblait au bord du malaise d'hypoglycémie. Autant qu'elle prenne des forces avant qu'il lui annonce qu'il avait envie de partir. Que cette vie ne lui convenait plus.

— Je n'ai pas faim, dit-elle en fronçant le nez.

— Tu devrais manger. Tu as maigri.

Ses pommettes étaient plus saillantes et ses courbes avaient perdu de leurs rondeurs sensuelles. Travaillait-elle au point d'en oublier de manger ?

— Dure journée ? demanda-t-elle en évitant son regard qui la scrutait avec une attention soutenue.

Il la laissa changer de sujet car elle avait vraiment l'air épuisée.

— Pas particulièrement. Je n'ai perdu aucun patient.

Ce qui, dans le secteur de la médecine où il exerçait, était toujours une victoire.

— Tant mieux…, dit-elle, momentanément distraite par le passage d'un cerf à l'orée du bois, un peu plus loin.

Il la sentait très nerveuse, ce qui ne lui ressemblait pas.

— Quelque chose est arrivé ? demanda-t-il.

Elle poussa un long soupir.

— Ray Barnes s'est fait coincer sous sa moissonneuse-batteuse.

James grimaça. Pour avoir traité pas mal de cas d'accidents agricoles, il savait combien ils pouvaient être meurtriers. Soigner un tel patient aurait fait monter son adrénaline mais Melissa préférait une médecine plus routinière.

— Je n'ai rien pu faire. Il est mort avant d'avoir pu être transporté par avion à l'hôpital. Je suis restée avec Wilma et ses filles toute la soirée, ajouta-t-elle d'une voix tremblante.

Seul le chant des grillons troublait le silence, à présent. Pendant que Melissa pleurait sans bruit, James revit la vieille dame rondelette aux cheveux blancs et les deux quadragénaires célibataires.

Il chercha des mots de réconfort. En vain. Lui qui savait apaiser une mourante qu'il ramenait à la vie se sentait impuissant à alléger la peine de Melissa.

— Est-ce qu'elle tient le coup ? demanda-t-il finalement.

— Pas vraiment. Je lui ai prescrit un anxiolytique.

James ressentit un bref pincement au cœur. Comment pouvait-il lui tenir rigueur de la tournure qu'avait prise leur relation quand elle devait affronter pareille épreuve ?

— J'ai promis à Lila et Faye de passer voir leur mère demain matin, avant d'aller au cabinet, ajouta-t-elle.

C'était la réponse à sa question.

Il y aurait toujours un patient de Melissa qui viendrait se mettre entre eux et serait prioritaire. Toujours.

Et sans doute ferait-elle aussi quelques visites à domicile, par la même occasion.

— Tu ne peux pas continuer à chouchouter ces gens comme tu le fais, Melissa.

— Prendre soin de mes patients, tu appelles ça les « chouchouter » ? Ceci dit, tu peux parler, toi, car je t'ai vu à l'œuvre ! ajouta-t-elle avec un sourire fatigué. Peu de médecins peuvent rivaliser avec toi quand il s'agit de s'occuper des malades.

— Mes patients ne trouveraient pas normal d'empiéter sur ma vie personnelle.

Il lui avait fait ce reproche des centaines de fois, mais ce soir, il lui sembla que les mots touchaient plus particulièrement Melissa.

— Que voulais-tu que je fasse ? demanda-t-elle d'un ton où perçait la colère. Que je dise à Wilma de mûrir ? Que la mort fait partie de la vie et qu'il faut l'admettre ? Elle a trouvé son mari déchiqueté sous la machine et il est mort dans ses bras. Elle était folle de chagrin, au bord de l'hystérie… Comment aurais-je pu la laisser dans cet état ?

James était mieux placé que quiconque pour savoir que la vie ne tenait qu'à un fil. Il passait ses journées à se battre pour elle et le souvenir de celles qu'il n'avait pu sauver le hantait toujours. Cailee, sa petite sœur, en particulier. Depuis, il ne pouvait voir un bébé de trois mois sans penser à elle.

Chassant les images du passé, il avala une gorgée de bière tiède.

— Tu as raison, dit-il. Je suis seulement frustré qu'une fois de plus, nous n'ayons pu passer cette soirée ensemble.

Il tapota ses genoux pour l'inviter à le rejoindre et Melissa ne se fit pas prier. Elle se nicha aussitôt contre lui, toute colère semblant évaporée.

James l'enlaça et respira son odeur chaude, rêvant du temps où elle se hâtait de le retrouver tous les soirs, où il lui suffisait de la regarder d'une certaine façon pour la faire rougir.

Comme elle se blottissait plus étroitement dans son étreinte, il se rendit compte qu'elle avait perdu plus de poids qu'il ne le pensait. Pourtant, il n'avait passé que deux jours à Nashville. N'avait-elle rien mangé pendant son absence ?

Il enleva l'élastique qui retenait sa queue-de-cheval, et ses cheveux se déroulèrent sur ses épaules tel un rideau de soie. James respira leur parfum et se cambra légèrement pour qu'elle sente à quel point il la désirait.

Elle posa ses mains sur les siennes.

— Je regrette de n'avoir pas été là quand tu es rentré.

— Moi aussi je le regrette, répondit-il, parce que c'était son absence qui l'avait incité à prendre une dure décision.

S'il voulait retrouver la magie du début, il devait prendre des mesures pour la faire renaître.

Elle se détendit contre lui, et ses mains lui caressèrent les cuisses.

— C'est bon de te retrouver, murmura-t-elle.

Oui, c'était bon. Et trop rare. Un travail trop prenant ne facilitait aucune relation amoureuse, et la leur n'échappait pas à cette fatalité. Il aurait dû la persuader de trouver un job moins exigeant.

— Je pars demain.

2

Melissa tressaillit. Ce n'était pas possible. Elle avait sûrement mal entendu.

— Qu'est-ce que tu viens de dire ? demanda-t-elle en cherchant son regard dans la pénombre.

— Je m'installe à Nashville.

Les mots la martelèrent comme une pluie de grêlons lui transperçant la peau. Elle se dégagea de son étreinte et se leva. Comment pouvait-il la tenir contre lui et lui dire en même temps qu'il s'en allait ?

Il ne pouvait pas la laisser tomber.

— Tu veux rompre ?

— Nous avons besoin de prendre un peu de distance.

Prendre de la distance. L'expression pour le glas de toute relation…

— Tu as rencontré quelqu'un d'autre, c'est cela ?

Cette idée lui était insupportable, mais, sinon, pourquoi déciderait-il si soudainement de partir ?

— Non, ce n'est pas cela.

— Alors c'est quoi ?

— Nous. C'est nous.

— Nous ? Qu'est-ce qui ne va pas entre nous ?

— Rien ne va, Melissa. Rien.

Elle en resta sans voix. Comment avait-elle pu ne pas remarquer que James était si insatisfait ?

Etait-ce pour cela qu'il dormait de plus en plus souvent à Nashville ? Parce qu'il s'était lassé de l'attendre sans arrêt ? Elle n'avait rien vu venir…

— Comment s'appelle-t-elle ?

Maintenant qu'elle y pensait, elle devait admettre qu'ils ne faisaient plus rien ensemble, depuis… depuis des lustres.

— C'est ridicule, Melissa. Je te dis que je pars et tu en conclus automatiquement qu'il y a quelqu'un d'autre dans ma vie. Tu crois vraiment que j'entretiendrais une relation avec une autre femme tout en vivant avec toi ?

Peut-être partait-il justement pour retrouver sa liberté et s'engager avec une autre ? Elle se remémora les noms qu'il avait prononcés, dernièrement. Un seul émergea.

— C'est le Dr Weaver, n'est-ce pas ?

Elle ravala un sanglot en revoyant la jolie cardiologue que James lui avait présentée au dernier congrès où elle l'avait accompagné. La belle brune avait fait un exposé sur le rôle des récepteurs d'angiotensine dans l'hypertension. Sa façon de regarder James avait mis Melissa mal à l'aise et il avait ri quand elle lui avait avoué son souci…

— Kristen ?

Il semblait surpris qu'elle ait pu arriver si vite à cette déduction. Il ouvrit la bouche pour nier l'accusation puis il secoua la tête, pensant sans doute que la vérité était préférable.

— Kristen et moi travaillons ensemble sur un projet de recherche, à l'hôpital, en tant que collègues. C'est une femme intelligente et belle, mais…

Mais Kristen était tombée amoureuse de James à ce congrès.

Apparemment, elle avait vu juste, songea Melissa.

— J'espère que vous serez heureux ensemble.

Un pieux mensonge, car elle n'avait aucune envie qu'une autre qu'elle rende James heureux.

— Alors je t'explique que nous avons besoin de distance, et toi, tu me prêtes une liaison et tu me souhaites d'être heureux ?

— Que veux-tu que je te dise ?

— La vérité…

La vérité. Elle n'était pas sûre qu'il soit prêt à l'entendre.

Elle se mordit l'intérieur de la lèvre en réfléchissant à

toute vitesse. Il voulait partir, certes, mais avait-elle le droit pour autant de lui cacher qu'elle attendait un enfant de lui ?

— Je t'écoute, insista-t-il alors qu'elle hésitait encore.

Les yeux fermés, elle pria pour qu'il lise dans son cœur et prononce les mots qu'elle mourait d'envie d'entendre.

— Je suis enceinte, James.

Pour la première fois de sa vie, James se crut victime d'une crise de panique. Ou d'un infarctus.

Mais il préféra attribuer la douleur qui lui étreignait la poitrine à l'anxiété car il était un homme de trente-trois ans en pleine santé et il n'y avait pas de problèmes cardiaques dans sa famille.

— Qu'as-tu dit ? demanda-t-il en scrutant le visage de Melissa, certain qu'elle devait plaisanter, même s'il ne trouvait pas du tout la plaisanterie à son goût.

— Nous allons avoir un bébé, dit-elle en relevant la tête avec défi.

Une foule d'émotions se bousculèrent en lui.

— Tu es sûre ?

— Oui.

— Tu as oublié une pilule et tu ne m'as rien dit ?

— Non, jamais.

— Alors, comment est-ce possible ?

Elle le regarda avant de se détourner et de s'approcher de la balustrade pour contempler les collines qu'elle aimait tant.

— Tu es médecin. A toi de m'expliquer.

La contraception orale n'était pas efficace à cent pour cent. Des milliers de naissances l'attestaient chaque année.

Seigneur ! Il ne voulait pas compter dans les statistiques. Il ne voulait pas être père ! Revivre ce qu'il avait vécu avec Cailee, endurer ce que ses parents avaient traversé avant de divorcer était au-dessus de ses forces.

— Je n'aurais jamais dû arrêter de mettre des préservatifs.

Melissa se retourna d'un bond.

— C'est toi et toi seul qui as pris cette décision.

Elle avait raison. Elle prenait la pilule depuis un an et

demi quand, un matin, il s'était réveillé avec son corps chaud blotti contre le sien. Il avait oublié de racheter des préservatifs, mais il la désirait tellement qu'il n'avait pu résister à l'envie de venir en elle sans barrière, pour une fois, de sentir leur peau, leur chair se mélanger. L'expérience avait été inoubliable. Il avait eu l'impression de la retrouver, d'éprouver l'intensité de leurs premiers ébats. Ensuite, ils n'avaient plus utilisé de protection.

— Je ne blâme personne, dit-il.

Personne à part lui.

— Ce n'est pas l'impression que tu donnes, répondit-elle avec amertume.

— Ecoute, j'ai toujours été clair à ce sujet.

Clair, sans pour autant lui donner ni détails ni explications. Il passa les doigts dans ses cheveux.

— Je n'ai rien fait pour que cela arrive.

— Je ne t'accuse pas, répondit-il, se demandant comment la réconforter, la consoler sans accepter pour autant ce bébé. J'essaie seulement de savoir comment faire avec ça.

— *Ça ?* C'est de notre bébé que tu parles ? Nous ne ferons rien, tu m'entends ? ajouta-t-elle d'une voix altérée. Rien du tout !

— Melissa ! Je ne faisais pas allusion à un avortement, voyons ! Cela ne m'a même pas effleuré.

— Vraiment ? dit-elle, tremblante de la tête aux pieds.

Incapable de rester assis, James se leva et se mit à arpenter la terrasse. Un bébé. Melissa et lui allaient devenir parents. Une nausée le gagna, et à tout moment, il s'attendait à ce qu'un abîme s'ouvre devant lui et l'aspire.

— C'est pour quand ?

— Je ne sais pas exactement. J'ai fait le test ce matin.

— Pourquoi ce matin ?

— Je n'avais pas mes règles depuis... depuis trois mois, ajouta-t-elle en baissant la tête.

Dieu du ciel ! Elle était enceinte de plus de trois mois !

— Pourquoi as-tu autant attendu ?

— Eh bien... j'ai d'abord cru que j'avais une gastro. Il

n'est pas rare de ne plus avoir ses règles quand on perd du poids. Je pense maintenant que j'ai voulu fuir la réalité.

En dehors de son amaigrissement, il n'avait pas remarqué de symptômes lui non plus. Il est vrai qu'ils passaient de moins en moins de temps ensemble, depuis quelques semaines.

Il se prit la tête entre les mains et, comme sa vision se brouillait, des images de Cailee se formèrent devant ses yeux. Elle aurait dix-sept ans, aujourd'hui. L'âge qu'il avait quand elle était morte.

— Je ne peux pas faire ça.

Elle le dévisagea sans comprendre.

— Faire quoi ?

— Avoir un bébé.

Melissa émit une sorte de sanglot étranglé.

— Tu n'as pas à faire quoi que ce soit.

Il l'avait blessée et mise en colère, mais les émotions qui le submergeaient l'empêchaient de réagir normalement.

— Nous n'allons tout de même pas avoir un enfant !

— Voilà ce que toute femme rêve d'entendre quand elle annonce à son compagnon qu'il va être père.

— Je ne veux pas être père, Melissa. Je ne te l'ai jamais caché et tu l'avais accepté.

— Je ne t'obligerai pas à l'être.

— Mais tu disais que tu ne…

— Non, je n'avorterai jamais. J'ai l'intention de me débrouiller toute seule. Je n'ai pas besoin de toi.

Peut-être pas, songea-t-il. Mais à en juger par l'expression angoissée de son visage, il en doutait.

Ce qui amplifia la douleur dans sa poitrine.

— Je ne te laisserai pas, Melissa.

Seigneur, il n'avait jamais eu l'intention de la quitter, mais seulement de lui faire prendre conscience de ce qu'était devenue leur relation, à cause d'elle. En s'éloignant, il voulait l'obliger à faire un effort. A changer.

— Pas dans cet état, ajouta-t-il.

— Je ne veux pas que tu restes avec moi à cause de

mon *état*. Va retrouver ta Kristen ou ce qui t'attire tant à Nashville.

Il la considéra avec stupeur. Le connaissait-elle si peu pour le croire capable de l'abandonner alors qu'elle était enceinte de lui ? Comment la convaincrait-il qu'il n'avait voulu partir que pour qu'elle le prenne davantage en considération, et pas pour une autre femme ?

Bien sûr, sa réaction à la nouvelle qu'elle venait de lui annoncer lui faisait de la peine et comment l'en blâmer ?

Avant elle, il n'avait jamais voulu se lancer dans une relation à cause de son rythme de vie. Mais au premier regard, Melissa lui avait volé son cœur et il avait tout de suite eu envie de passer tout son temps libre avec elle.

Un léger gémissement attira son attention. Elle s'était de nouveau détournée, mais son dos était raide. Trop raide. Il comprit qu'elle pleurait et qu'elle essayait de le cacher.

Il se dirigeait vers elle dans l'intention de la prendre dans ses bras, de lui dire qu'il l'aimait et qu'ils trouveraient une solution quand le portable de Melissa sonna.

— Ne réponds pas, dit-il comme elle s'apprêtait à prendre l'appareil accroché à sa ceinture.

Elle s'essuya rapidement les yeux.

— C'est peut-être un patient.

— Raison de plus pour ne pas répondre. Fais-moi passer en priorité, pour une fois.

— Et si c'était une urgence ? répliqua-t-elle.

Ignorant sa requête elle ouvrit le clapet de son portable.

— Docteur Connors, j'écoute.

James fulminait intérieurement. Comment osait-elle répondre au téléphone au milieu d'une conversation aussi personnelle et aussi décisive ? Accorderait-elle toujours la première place à ses malades ?

Et comment pourrait-elle prendre soin d'un bébé si les exigences de Sawtooth lui paraissaient toujours plus importantes que tout ?

Plus pâle que jamais, elle raccrocha.

— Je dois y aller.

Quelle surprise ! songea-t-il, désabusé.

— Mme Barnes a fait une overdose avec l'anxiolytique que je lui ai donné. Une ambulance l'emmène au Dekald General.

Il la rattrapa par le bras comme elle se dirigeait déjà vers la porte.

— Les urgentistes s'occupent d'elle. Reste ici.

— Elle est ma patiente.

— Tu n'es pas de service. Elle est prise en charge.

Elle l'observa un instant puis se dégagea d'une secousse.

— C'est là que tu te trompes. Quand il s'agit de personnes qui comptent pour moi, je suis toujours de service.

Cette remarque le frappa de plein fouet. Quelle place lui accordait-elle exactement, à lui ?

— Ne t'en va pas.

Elle posa la main sur la poignée de la baie vitrée.

— J'ai besoin que tu restes, que nous finissions notre conversation, ajouta-t-il.

Melissa poussa un lent soupir.

— Je n'en ai que pour quelques heures. Nous discuterons à mon retour.

Puis elle disparut.

La rage le submergea.

Puis il comprit soudain que, pour Melissa, l'avenir était ici. A Sawtooth. Dans ce village où tout le monde se connaissait et où vous ne pouviez pas faire un pas sans que cela se sache.

Tout à coup, la vue ne lui parut pas aussi grandiose. Seul l'aspect sinistre de l'obscurité le frappa. Pas question pour lui de rester seul dans cette maison, cette nuit.

En prenant sa sacoche qu'elle avait posée sur le comptoir de la cuisine, en arrivant, Melissa remarqua le steak et la salade que James lui avait gardés. Son coeur se serra.

Il la quittait.

Savait-elle inconsciemment qu'elle était en train de le perdre, durant toutes ces semaines où elle avait ignoré ses symptômes ?

Espérait-elle, sans vouloir se l'avouer, qu'il serait heureux d'apprendre qu'il allait être père, finalement ?

Mais il lui avait annoncé qu'il partait *avant* d'apprendre la nouvelle.

Ce n'était pas le bébé qui le faisait fuir. C'était elle.

Les jambes tremblantes, elle l'imagina occupé à faire ses valises. Finies les nuits où elle dormirait dans ses bras, finis les réveils à son côté. Elle ne s'enivrerait plus à respirer son odeur. Il ne serait plus là.

Elle s'appuya contre le réfrigérateur, puis se ressaisit, songeant qu'elle n'avait pas le temps de penser à tout cela pour l'instant.

Wilma Barnes et ses filles avaient besoin d'elle.

Elle prit ses clés et se dirigea vers le garage en actionnant l'ouverture automatique de la porte.

Le devoir l'appelait. Pourtant, son corps et son cœur protestaient. Elle avait besoin de repos. Et de James.

Mais aurait-elle trouvé le repos après ce qu'il lui avait dit ? Attendrait-il demain, pour partir, ou ne serait-il plus là quand elle rentrerait ?

Luttant contre les larmes, elle mit la clé dans le démarreur et la tourna.

A cet instant, sa portière s'ouvrit, la faisant sursauter.

— Pousse-toi, je conduis.

Elle fixa James d'un air ébahi.

— Tu es trop fatiguée pour conduire jusqu'à Dekalb et affronter une femme suicidaire et sa famille. Pousse-toi, insista-t-il d'un ton sans réplique.

Elle fut tentée un instant d'appuyer sur l'accélérateur et de partir sans lui, au risque de le renverser, mais il avait raison. Elle était fatiguée. Tellement fatiguée que la perspective de se laisser conduire eut raison de ses résistances.

Se glissant sur le siège du passager, elle ferma les yeux. Quelques minutes de détente s'imposaient pour qu'elle trouve la force de l'affronter.

Melissa se réveilla en sursaut.

Son regard chercha immédiatement la pendule du tableau de bord, mais tout était éteint. Garée sur le petit parking réservé aux médecins du Dekalb Hospital, la voiture ne roulait pas parce que le siège du chauffeur était vide.

Où était James ? Et pourquoi ne l'avait-il pas réveillée en arrivant ?

Elle ouvrit la portière pour déclencher l'éclairage intérieur et voir l'heure à sa montre. Presque 11 heures. Elle devait être plus fatiguée qu'elle ne le pensait.

Elle descendit de voiture et s'étirait quand elle fut prise de vertige et dut se retenir au véhicule.

Une crampe d'estomac lui rappela alors qu'en raison des nausées, elle n'avait grignoté que quelques crackers, aujourd'hui. Et pas beaucoup plus la veille.

A défaut d'autre chose, elle prit une pastille à la menthe dans sa sacoche, verrouilla la voiture puis se dirigea vers l'hôpital.

Ce qu'elle vit dans la salle d'attente la surprit.

James tenait la main de Lila Barnes qui, le nez rouge à force d'avoir pleuré, le contemplait avec adoration. Pas étonnant, il était séduisant en diable.

Lila ne le connaissait pas assez bien pour remarquer la façon dont il crispait les mâchoires, le pied qui battait lentement le sol, ou le regard déterminé. Elle ne voyait en lui qu'un médecin attentif.

Mais Melissa voyait un homme qui refusait de s'attacher. De se laisser émouvoir. Il réconfortait, mais seulement en surface, quand il n'était pas obligé de s'impliquer personnellement.

Pourquoi son attention à maintenir une distance entre lui et les autres ne l'avait-elle frappée plus tôt ? Il ne considérait pas ses patients comme des êtres humains, mais comme des cas. L'infarctus de la 1, l'accident de la route de la 2…

Et avec elle, il se protégeait de la même manière, s'entourant d'un mur invisible qu'il ne l'avait jamais laissée franchir. Etait-elle à ce point sous l'empire de son charme qu'elle ne s'en était pas avisée jusqu'ici ? A ce point éblouie par le plaisir sexuel qu'il lui prodiguait si savamment ?

Elle parvint à sourire quand Lila et James s'aperçurent de sa présence.

— Tu aurais dû me réveiller quand nous sommes arrivés, dit-elle.

— Je me suis débrouillé, répondit-il.

Il se leva et épousseta distraitement son jean. Il était magnifique. Pas étonnant qu'elle se soit laissé distraire au point de ne pas remarquer qu'il ne lui avait jamais donné son cœur.

Submergée par la peine, elle se tourna vers la fille de Wilma.

— Comment va votre mère ?

Lila abandonna à regret l'objet de sa contemplation.

— Le Dr Stanley vient de l'ausculter. Elle va bien.

— L'ausculter ? Ce ne sont donc pas les urgentistes qui s'en s'ont chargés ?

James demeura impassible.

— C'est le Dr Kirby qui est de service ce soir. Comme j'étais là, il a pensé que je pouvais l'examiner. Elle est totalement rétablie.

Pourquoi James s'intéressait-il soudain à ses patients ? A quoi jouait-il ?

Elle se laissa tomber sur la chaise la plus proche.

— Pauvre petite… Elle ne tient pas debout, remarqua Lila sur un ton maternel alors qu'elle n'avait que quelques années de plus que Melissa.

— C'est vrai, dit James sans quitter Melissa des yeux, comme s'il avait deviné qu'elle avait percé son secret : les murs protecteurs derrière lesquels il se cachait. Le Dr Kirby est d'accord pour que votre sœur et vous passiez la nuit avec votre mère. Il va vous faire installer un lit dans sa chambre.

Le regard adorateur que lui lança Lila aggrava la nausée de Melissa.

— Merci, docteur. Vous pouvez raccompagner le Dr Connors car il faut qu'elle se repose à présent.

*
* *

C'était ce que James avait l'intention de faire.

Il comprenait maintenant pourquoi Melissa était aussi fatiguée. Comment ces symptômes avaient-ils pu lui échapper ?

A présent, ils allaient être parents…

Il lui prit la main, ignorant le trouble qui le submergeait à chaque fois qu'il la touchait, et l'aida à se lever.

— Je peux marcher ! protesta-t-elle.

S'il avait su, jamais il ne lui aurait dit qu'il partait simplement pour qu'elle fasse attention à lui. Mais il se sentait tellement frustré qu'il avait tenté d'agir, de trouver une solution.

Frustré, il l'était toujours. Quelle place aurait son bébé dans un monde où Melissa lui accordait, à lui, James, si peu d'importance ? Quand un bébé était la dernière chose au monde qu'il souhaitait et la seule qui le terrorisait ?

Le voyage de retour se déroula d'abord en silence. Enfin, au bout de dix minutes, il se tourna vers elle. Elle avait les yeux fermés, mais il était certain qu'elle ne dormait pas.

Comme elle semblait vulnérable ! Cela lui donnait envie d'apaiser toutes ses craintes, d'aplanir toutes les difficultés devant elle, mais c'était ridicule car Melissa voulait tenir toute seule les rênes de sa vie.

— Nous allons nous marier, dit-il.

Ces paroles les stupéfièrent autant l'un que l'autre.

Elle ouvrit les yeux et tourna la tête vers lui.

— Nous marier ?

— Dès que possible. Mes parents viendront de Boston.

Qu'il ait eu ou non l'intention d'être père, Melissa était enceinte et il prenait ses responsabilités au sérieux. Un bébé changeait tout. Elle serait obligée de faire des concessions, qu'elle le veuille ou non.

— Tu peux commencer à chercher quelqu'un pour acheter ton cabinet.

— Mais… je ne veux pas le vendre !

Il lui jeta un bref regard avant de fixer de nouveau son attention sur la route.

— Tu voudras certainement rester à la maison quand le bébé sera là.

— Non !

Dans sa hâte soudaine à planifier l'avenir, il avait oublié qu'elle avait la médecine dans le sang.

— Ecoute, je te trouverai un poste à l'hôpital, et nous engagerons une nounou. En attendant, je m'occupe des papiers du mariage.

— Tout à l'heure, tu voulais me quitter pour vivre avec une autre femme et, maintenant, tu me demandes en mariage ?

3

Le lendemain, ses consultations de la matinée achevées, Melissa prit le temps de penser à James, se demandant comment elle pouvait lui reprocher d'être distant alors qu'elle-même était tellement accaparée.

Accaparée ? Non, ce n'était pas le terme qui convenait. Elle était plutôt… accablée.

— Si tu ne me dis pas ce qui se passe, je crie ! déclara Debbie en faisant irruption dans son bureau.

Puis elle referma la porte et s'y appuya.

— J'ai essayé d'ignorer ta mine de déterrée dans l'espoir que tu m'expliquerais. Peine perdue. Et si tu t'imagines que je ne t'ai pas entendue vomir, ce matin…

Melissa toucha sa joue. Son visage la trahissait-il à ce point ? Elle n'avait pas pris le temps de se maquiller, car elle avait tenu à passer au Dekalb General avant de venir au cabinet.

James, qui lui avait préparé du jus d'orange, avait veillé à ce qu'elle termine son verre et à ce qu'elle mange au moins un morceau de toast.

— Tu seras là, ce soir ? lui avait-elle demandé.

— Oui. Nous devons parler.

La veille, il avait insisté pour qu'elle aille se coucher dès leur retour et, pour la première fois, il avait dormi dans la chambre d'amis.

— Si notre relation représente quelque chose pour toi, prouve-le-moi en rentrant assez tôt pour que nous ayons le temps de discuter. Pourrais-tu être là à 18 heures ?

Mesurant l'importance de cette discussion, elle avait accepté.

— Hé ! dit Debbie en agitant sa main devant les yeux de Melissa. Reviens sur terre.

Melissa cligna des paupières.

— Désolée.

— Je ne te laisserai pas sortir de ce bureau tant que tu n'auras pas répondu à ma question, dit Debbie en croisant les bras.

— D'accord. Je suis enceinte.

Un lent sourire se dessina sur les lèvres de l'infirmière et elle croisa les mains, toute excitée.

— J'en étais sûre ! C'est fabuleux ! Qu'a dit James ?

— Juste avant que je lui annonce la nouvelle, il m'annonçait qu'il partait vivre à Nashville, dit Melissa, sachant qu'elle ne pouvait taire la vérité à sa meilleure amie plus longtemps.

— Ce n'est pas possible ! s'exclama Debbie, d'abord stupéfaite puis outrée.

— Il ne savait pas encore que j'étais enceinte.

— Et maintenant qu'il sait ?

— Il a parlé de mariage, mais je ne sais pas.

Si elle acceptait, elle aurait l'impression de le forcer à faire quelque chose qu'il ne désirait pas vraiment. Elle ne voulait pas vivre avec un homme qui se cacherait toujours derrière une façade et qu'elle ne connaîtrait jamais vraiment. Un homme qui la forcerait à abandonner un métier qu'elle adorait, tout comme il avait jadis insisté pour qu'elle renonce à avoir un enfant avec lui.

Debbie se laissa tomber sur la chaise près du bureau de Melissa.

— Je comprends que tu hésites, dit-elle.

— Je crois qu'il a rencontré quelqu'un d'autre.

— Tu plaisantes !

— J'aimerais bien, dit Melissa en inclinant la tête d'un côté puis de l'autre pour essayer de détendre sa nuque. Je l'ai déjà vue. Grande, brune, superbe… Le genre mannequin avec un stéthoscope autour du cou.

— James ne se laisserait pas séduire par un physique.

— Elle est cardiologue au Vanderbilt. Elle et James travaillent ensemble sur un projet de recherche sur le rôle de certains médicaments dans la prévention des séquelles dues aux infarctus du myocarde. Il la trouve brillante.

Debbie grimaça.

— Que vas-tu faire ?

— Je ne sais pas.

— Bats-toi ! Il en vaut la peine. J'ai vu comment il te regarde. Quels que soient les problèmes que vous traversez, cet homme t'aime, tu portes son bébé et, pour l'instant, c'est avec toi qu'il vit. Tu as l'avantage, Melissa.

— Il ne m'a jamais dit qu'il m'aimait.

— Et alors ? Tu le lui as dit, toi ?

— Non.

Elle ne s'était même jamais posé la question. James faisait partie de sa vie, voilà tout, même s'il ne se livrait pas totalement. Il comptait beaucoup pour elle, certes, mais aimer… c'était accepter de souffrir.

— Mais tu l'aimes, n'est-ce pas ? demanda Debbie, comme en écho à ses pensées.

Melissa n'avait jamais été aussi proche de quelqu'un, elle n'imaginait pas sa vie sans lui. Etait-ce cela l'amour ?

— Je lui suis très attachée, répliqua-t-elle, ne voulant pas que son amie devine combien l'idée que James puisse la quitter lui était insupportable.

— Réponse de Normand, commenta Debbie. J'étais désolée pour toi, mais c'est peut-être James qui mérite ma sympathie. Tu es avec lui depuis deux ans et tu ne sais pas si tu l'aimes ?

Pour toute réponse, Melissa grimaça.

— Bon, la vérité c'est que tu es folle de lui, reprit Debbie. Si tu le perds parce que tu as trop peur de l'admettre, tu n'as qu'à t'en prendre qu'à toi-même.

— C'est lui qui ne livre jamais ses émotions, pas moi.

— Oh, vraiment ? Ecoute-moi bien : si tu veux récupérer James, tu as intérêt à ouvrir la porte de la forteresse dont tu as entouré ton cœur.

— Tu fais fausse route. C'est lui qui se protège derrière des murailles.

— Bon, admettons que vous êtes tous les deux atteints du même symptôme… Il va bien falloir que l'un ou l'autre se décide à prendre des risques. Vous allez avoir un bébé. Que lui direz-vous ? Que cela n'a pas marché entre vous parce que vous ne faisiez pas confiance à vos sentiments ?

Debbie avait raison, mais Melissa ne voyait pas comment s'y prendre.

— Tu n'as rien de très important, cet après-midi, continua Debbie. Je vais réorganiser tes rendez-vous et toi, tu rentreras plus tôt. Coiffe-toi et maquille-toi un peu, tu en as grand besoin. Et achète-toi des nouveaux sous-vêtements.

Pour Debbie, renouveler ses sous-vêtements constituait un remède magique contre les problèmes conjugaux.

— Ensuite, dis à James ce que tu ressens pour lui, et tu verras. Si tu es décidée à faire de lui ta priorité, la cardiologue n'aura aucune chance.

La priorité… Ne lui avait-il pas exprimé son désir de devenir sa priorité ? Serait-elle plus responsable qu'elle le croyait des problèmes qu'ils traversaient ?

Ne savait-elle pas, au fond, que quelque chose n'allait pas dans leur relation ? Cela expliquerait-il qu'elle ait négligé de faire ce test ? N'avait-elle pas ainsi tenté de fuir une réalité qui l'effrayait ?

Après tout, elle voyait James chaque fois qu'elle rentrait à la maison. Seulement, de plus en plus souvent, il restait à Nashville. Pour y retrouver le Dr Kristen Weaver, peut-être ?

Et s'il s'était lassé de la voir courir vers ses patients à la moindre occasion, sans se soucier qu'il soit là ou pas ?

Melissa grimaça. Elle lui avait accordé bien peu de place, dans sa vie. Pas étonnant qu'il se soit entouré de murs épais…

Mais elle ne voulait pas le perdre.

Pas sans lui avoir dit combien elle tenait à lui, en tout cas.

— D'accord, dit-elle. Vois ce que tu peux faire et appelle Peggy Williams.

Peggy Williams, l'une de ses patientes, tenait un institut de beauté.

Ensuite, Melissa se consacra à ses malades. Elle vit tout d'abord Erma Johnson pour un renouvellement d'ordonnance, puis Darla Qualls, pour une allergie à son antibiotique. Vint ensuite Samantha Cantor, une jolie adolescente qui allait bientôt entrer à l'université.

— Bonjour, Sam, dit-elle en pénétrant dans la salle d'examens.

Elle jeta un coup d'œil sur les notes que Debbie avait portées sur le dossier. Douleurs à la miction depuis deux semaines.

— Ressentez-vous des brûlures quand vous allez aux toilettes ?

— Parfois, mais j'ai toujours mal au bas-ventre.

— Avez-vous remarqué une odeur forte, ou du sang dans vos urines ?

— Oui. C'est un peu embarrassant, mais j'ai mal quand j'ai des rapports. Et j'ai… des pertes… nauséabondes.

Trichomonas pallidium.

— Combien de partenaires avez-vous eus ?

Samantha s'empourpra.

— Un seul, Bobby. Et nous sortons ensemble depuis trois ans. Rien de tel ne s'était jamais produit jusqu'ici.

— Bobby a-t-il des troubles lui aussi ?

— Pas à ma connaissance.

Melissa consigna les réponses sans commentaire. Inutile de l'alarmer avant d'être sûre d'avoir vu juste.

— Je vais vous prescrire quelques examens. D'abord, une analyse d'urine pour rechercher une infection et un prélèvement vaginal destiné à détecter la présence de bactéries, de trichomonas qui se transmettent par voie sexuelle, et de champignons.

— C'est douloureux ? demanda la jeune fille avec inquiétude.

— Non. Pour l'urine, il te suffira de remplir un petit

récipient que je vais te donner. Pour le reste, c'est comme un frottis.

Vingt minutes plus tard, les soupçons de Melissa étaient confirmés.

— Sam, ton infection est due à des *trichomonas*.

— Mon Dieu ! Une MST, c'est cela ?

— Oui, mais traitable, heureusement. Il s'agit d'un parasite dont on se débarrasse facilement. Nous devons toutefois vérifier que tu n'as pas contracté une autre MST. Il faut faire des prises de sang pour nous assurer que tu n'as pas un herpès génital, une hépatite B ou… le SIDA.

La jeune fille se mit à pleurer à gros sanglots.

— Je ne peux pas avoir ces maladies parce que je n'ai fait l'amour qu'avec Bobby, et j'étais la première pour lui aussi. J'ai dû attraper ça… je ne sais pas, moi, sur une cuvette de toilettes, par exemple…

— C'est impossible, Sam.

— Mais Bobby n'a aucun symptôme.

— Les signes de MST ne se voient pas toujours chez les hommes.

— Comment puis-je avoir été contaminée ?

— Tu dois en discuter avec Bobby, mais de toute évidence, il a eu des rapports avec quelqu'un d'autre et il t'a infectée.

— Non ! Il m'aime. Jamais il ne ferait une chose pareille !

C'était toujours un choc d'apprendre que celui que l'on croyait fidèle vous mentait. Surtout chez une toute jeune fille. Etait-ce pour ne pas être prise de court qu'elle-même avait si vite soupçonné James d'avoir une relation avec le Dr Weaver ? Au fond, elle savait bien qu'il était incapable d'une telle duplicité.

Une fois les prises de sang terminées, Melissa regagna son bureau où Debbie la rejoignit.

— J'ai bien peur d'avoir raté mon rendez-vous chez Peggie.

— Je l'ai prévenue de ton retard. Elle t'attend.

Melissa regarda sa montre. En se dépêchant, elle pouvait encore être chez elle à 18 heures.

Elle se leva.

— Merci, Debbie. Souhaite-moi bonne chance.

— Le Dr James appréciera, commenta Peggy, satisfaite.

En se contemplant dans le miroir, Melissa se rendit compte à quel point elle s'était laissée aller, ces derniers temps. Sans parvenir toutefois à masquer complètement ses cernes, un léger maquillage rehaussait son teint et donnait de l'éclat à ses yeux.

— J'ai une robe, dans ma boutique, qui devrait vous aller à ravir, déclara Rhonda Peterson tandis que la coiffeuse donnait la dernière touche à la coiffure de Melissa. Je l'ai trouvée à Nashville, la semaine dernière.

Rhonda tenait une friperie, à Sawtooth.

La tête hérissée de rouleaux, Gloria Stevens en leva les yeux de son magazine.

— Vous parlez de cette petite merveille couleur crème ? demanda-t-elle.

— Exactement.

— Elle est faite pour vous…, commenta Gloria après avoir examiné Melissa de la tête aux pieds.

Leur enthousiasme convainquit Melissa de jeter un œil à la « petite merveille » en question. Ce soir, elle voulait être belle à coupèr le souffle.

Quelques minutes plus tard, elle enfilait une ravissante robe de soie dans la boutique de Rhonda. Grâce au maquillage subtil de Peggy, la couleur neutre ne l'affadissait pas, au contraire, et ses yeux paraissaient plus grands. La robe était la touche finale parfaite.

— Je savais qu'elle n'attendait que vous, dit Rhonda d'un air satisfait. Mais ces chaussures… mon Dieu !

Melissa baissa les yeux vers ses ballerines si confortables.

— Vous auriez autre chose ?

— Bien sûr !

Il lui fallut essayer trois paires d'escarpins à talons hauts avant de trouver ceux dans lesquels elle se tenait en équilibre à peu près stable.

— Pour marcher, ce n'est pas l'idéal…

— Ma chère, je ne pense pas que ce soit un marathon que le Dr James ait prévu de faire avec vous ce soir, et encore moins quand il vous verra dans cette tenue.

De toute évidence, Rhonda, et sans doute toutes les femmes du salon, s'imaginaient qu'elle préparait une soirée spéciale avec James.

— Il va vous demander en mariage, n'est-ce pas ? Comme c'est romantique ! dit Rhonda en soupirant.

Si elle savait qu'en fait, Melissa s'apprêtait à reconquérir un homme qui voulait partir…

Elle comprit alors que si James s'était déclaré en d'autres circonstances, elle aussi aurait trouvé cela très romantique, et elle aurait dit oui. Oui à la réalisation de ses rêves. James, un bébé, un foyer heureux…

— Rhonda, ne commencez pas à répandre des rumeurs. Il s'agit seulement d'une soirée en tête à tête. Il y a longtemps que cela ne nous était pas arrivé.

Rhonda acquiesça sans avoir l'air convaincu pour autant.

— A voir comment vous travaillez, je me demande même comment vous parvenez à vous retrouver, tous les deux. Enfin, je suis heureuse que vous soyez disposée à vous consacrer un peu à lui. Vous en faites trop pour les autres, alors pensez un peu à vous !

Melissa sourit à Rhonda, songeant avec émotion qu'elle s'était fait des amies à Sawtooth.

Jamais elle n'avait pu en avoir, dans son enfance. D'une famille d'accueil à une autre, elle n'avait pas eu le temps de nouer des amitiés.

Aujourd'hui, elle avait tissé des liens solides autour d'elle, mais sans vraiment s'en rendre compte parce qu'elle travaillait trop.

N'était-il pas plus facile de se consacrer à son métier plutôt qu'à sa vie personnelle ?

Elle posa une main sur son ventre qui abritait leur bébé, à elle et à James. Leur bébé qu'elle voulait.

Se souvenant soudain de la présence de Rhonda, elle

se sentit rougir et s'empressa de la payer avant de gagner sa voiture en toute hâte.

Elle venait à peine de jeter ses vêtements usagés et ses ballerines sur le siège arrière que son téléphone portable sonnait. Voyant le numéro de son cabinet s'afficher sur le cadran, elle prit la communication.

— Oui, Debbie ?

— Tu es toujours en ville ? demanda cette dernière d'une voix où perçait l'inquiétude.

— Oui. Je sors de chez Rhonda Peterson. Pourquoi ?

— J'allais fermer quand Jamie Moss est arrivée. Sa plus jeune fille est tombée de vélo, et elle est en sang. Au moins deux de ses entailles nécessitent des points de suture. J'ai posé un pansement compressif sur un genou, mais je ne parviens pas à arrêter le saignement. Quant à Jamie, elle est dans tous ses états, car sa voiture ne démarrait pas et c'est un voisin qui l'a accompagnée, mais il ne peut pas la ramener chez elle. Qu'est-ce que je fais ?

Melissa ferma les yeux. Elle entendait les cris de la petite Amanda en arrière-plan et sa mère qui essayait de la consoler. Elle percevait la frustration de Debbie, obligée de l'appeler alors qu'elle savait l'importance de sa soirée avec James.

Que faire ? Envoyer Amanda aux urgences, sachant que sa mère n'avait pas de voiture pour la ramener ?

— Je suis là dans deux minutes.

Il lui en fallut trois, à cause des feux de circulation.

Quand elle arriva, Debbie s'efforçait de calmer la fillette qui hurlait dans les bras de sa mère en pleurs.

— C'est ma faute ! Si je l'avais surveillée correctement, elle ne serait pas tombée !

— Vous n'y êtes pour rien, dit Melissa en la serrant brièvement contre elle. C'est un accident. Quelques points de suture et tout rentrera dans l'ordre.

— Je veux mon papa ! cria Amanda.

— Mon Dieu ! s'écria Jamie, horrifiée. J'ai mis plein de sang sur votre jolie robe.

La gorge serrée, Melissa contempla l'ampleur des

dégâts, mais elle n'avait pas pensé à sa robe quand elle avait étreint Jamie.

— Ce n'est rien. Un peu d'eau et il n'y paraîtra plus.

Mais elle calcula mentalement le temps qu'il lui faudrait pour recoudre les blessures et nettoyer sa robe. Aucune chance d'arriver chez elle à 18 heures, maintenant. Ni même à 19.

— Je vais me changer. Jamie, maintenez la pression sur le genou d'Amanda. Debbie, prépare le plateau de suture et cinq milligrammes d'anxiolytique pour la calmer un peu.

L'anxiolytique lui rappela qu'elle n'avait pas appelé Wilma pour prendre de ses nouvelles, comme elle l'avait promis. Elle devrait penser à lui téléphoner de la voiture.

Alors qu'elle ôtait sa robe pour enfiler une blouse, elle surprit son reflet dans le miroir, et vit que toute l'excitation qui illuminait son regard chez Peggy Williams avait disparu.

Elle avait prévu de surprendre James, de le subjuguer pour le reconquérir… C'était raté.

Il lui en voudrait et il aurait raison. Pourquoi un homme comme lui s'obstinerait-il à attendre une femme qui n'avait pas de temps à lui consacrer ? Il méritait mieux. Quelqu'un de disponible comme le Dr Kristen, par exemple.

Sachant que ce n'était pas le moment de s'appesantir sur ces considérations quand une petite fille en sang réclamait ses soins, elle sortit de la salle de bains et prit son téléphone pour prévenir James qu'elle serait en retard.

James jeta un dernier coup d'œil au décor qu'il avait conçu et fut satisfait du résultat.

La veille, il avait tout fait de travers et l'avait compris aujourd'hui.

C'était Kristen qui l'avait aidé à s'en rendre compte en lui faisant remarquer qu'aucune femme n'accepterait de se marier avec un homme qui venait de lui dire qu'il voulait la quitter. Que c'était inconcevable.

En fait, il n'avait même pas demandé Melissa en mariage. Il lui avait annoncé qu'ils se mariaient, point, et elle était beaucoup trop indépendante pour admettre une telle attitude. De plus, elle méritait un peu de romantisme, en pareille circonstance.

Il n'avait prévu ni de se marier ni d'avoir un enfant, mais il n'avait pas le choix.

Il vérifia une fois de plus que tout était en place, sur la terrasse. On entendait le CD préféré de Melissa en fond sonore, des bougies à la citronnelle brûlaient à divers endroits, et au centre de la table, il avait placé une grosse chandelle à la cire d'abeille, dont le parfum neutre ne dénaturerait pas le dîner.

Il avait dressé le couvert sur une nappe blanche, disposant le tout avec goût, comme sa mère le lui avait appris. Des blancs de poulet mijotaient lentement dans le four, et les légumes à la vapeur achevaient de cuire. Une bouteille de cidre sans alcool attendait au frais dans une brique isotherme.

Chaque détail se prêtait à la soirée de séduction qu'il avait préparée. Ce soir, il comptait faire la cour à Melissa.

Il tâta l'écrin de joaillier, dans sa poche. Ne manquait plus que celle pour qui il avait soigneusement tout organisé.

Le téléphone sonna à ce moment-là.

James regarda sa montre. 17 h 55.

Non, ce n'était pas possible. Elle n'oserait pas. Elle semblait sincère, ce matin, quand elle avait accepté de rentrer à 18 heures.

Au lieu de décrocher, il laissa le répondeur se déclencher, comme si cela pouvait empêcher Melissa de se décommander. Sa voix s'éleva dans la pièce.

— James, je ne vais pas pouvoir rentrer tout de suite. Une urgence de dernière minute, désolée. Je serai à la maison dès que possible.

Mais si. Elle avait osé. Une fois de plus.

Combien de fois devrait-il subir le même scénario avant d'admettre qu'il ne comptait pas pour elle ? Ou si peu…

Il imagina brièvement leur enfant maussade et triste à cause de l'absence de sa mère lors d'une rencontre sportive ou d'un spectacle, parce qu'elle était retenue par un patient, comme d'habitude.

D'un pas résolu, James revint sur la terrasse et souffla les bougies.

Cette fois, il en avait assez. Il sortit l'écrin de sa poche et le jeta à la place que Melissa avait l'habitude d'occuper pour qu'elle voie bien, quand elle rentrerait dans la maison vide, ce qu'elle avait perdu.

Il avait suffisamment joué les seconds violons.

Après avoir pris quelques sacs-poubelles dans la cuisine, il monta dans leur chambre et entreprit de vider ses tiroirs.

Peut-être était-il trop tard pour sauver leur couple. Ils se contenteraient de veiller à l'éducation de leur enfant, mais séparément. Mais il faudrait qu'il parvienne à lui ouvrir les yeux, avant qu'elle ne fasse subir le même sort à un innocent…

4

— Alors ? demanda Debbie en entrant dans le bureau de Melissa, le lendemain matin, un petit sourire malicieux aux lèvres. Tu n'as pas l'air d'avoir beaucoup dormi…, ajouta-t-elle en posant ses dossiers sur le coin de la table.

Melissa ouvrit la bouche, mais aucun son n'en sortit à cause de ses efforts pour retenir ses larmes.

L'examinant de plus près, Debbie posa une main sur son épaule.

— Oh, chérie… je suis désolée. Que s'est-il passé ?

Non, elle ne s'apitoierait pas sur son sort. Sa triste enfance lui avait appris que cela ne servait à rien. Elle poussa un profond soupir et parvint à esquisser un sourire.

— Il était parti quand je suis arrivée. C'est tout.

— C'est tout ? Tu me parles bien de l'homme que tu aimes, de celui pour lequel tu voulais te battre ?

— Oui, mais apparemment, il sait ce qu'il veut et ce n'est pas moi.

Debbie secoua la tête, l'air affligée.

— Je n'aurais pas dû t'appeler, hier soir, mais je ne pouvais pas emmener moi-même Amanda aux urgences.

— Ce n'est pas ton travail.

— Non, et ce n'est pas le tien non plus d'être disponible vingt-quatre heures sur vingt-quatre. Je me sens tellement responsable.

— Tu n'as rien à te reprocher. Si tu ne m'avais pas appelée, je t'en aurais voulu. Tu as fait ce qu'il fallait.

— Tu es sûre ?

— Oui, dit Melissa.

Amanda avait besoin d'elle et Jamie avait eu une journée suffisamment dure comme cela.

— Le Dr Arnold fera sa biopsie à Jamie cet après-midi, ajouta-t-elle. La pauvre…

Debbie l'observait d'un air perplexe.

— Tu es sûre que ça va ?

Son cœur en lambeaux lui criait le contraire mais elle n'avait aucune envie de susciter la pitié de Debbie. Elle n'aurait qu'à se concentrer sur son travail, comme toujours.

— Cela me fait mal que James soit parti, mais la vie continue, répondit-elle en prenant les dossiers pour se donner une contenance.

Pas question de se laisser aller au chagrin, ici, dans son cabinet. Elle aurait tout le temps de pleurer, ce soir, quand elle serait seule dans son grand lit vide.

Ce soir, et tous les autres soirs.

— Qu'avons-nous, ce matin ? demanda-t-elle, pressée de se changer les idées et d'échapper au regard perspicace de son amie.

Celle-ci soupira.

— Tu es un peu surchargée, car j'avais déplacé plusieurs rendez-vous d'hier après-midi. Riley Stokes t'attend dans la salle 1 : maux de tête et indigestion. Mamie Thomas est dans la 2 avec un engourdissement bilatéral au niveau des pieds, et dans la 3, Delilah Evans présente des troubles respiratoires.

— Je n'ai pas de temps à perdre, si je comprends bien, commenta Melissa en prenant son stéthoscope, heureuse d'avoir de quoi s'occuper l'esprit.

Dix minutes plus tard, elle rédigeait sa première ordonnance.

— Vous souffrez d'un reflux gastrique qui a entraîné une œsophagite. Je vous prescris un médicament qui réduira l'acidité de votre estomac et l'inflammation se guérira d'elle-même. Bannissez les épices de votre alimentation et ne vous allongez pas avant au moins une heure après les repas. Debbie va vous donner la liste des mesures à observer.

Le cas de Mamie Thomas était plus sérieux. Diabétique du type 2 depuis au moins trente ans, elle prenait ses médicaments de manière sporadique et ne respectait pas son régime.

Après examen, Melissa découvrit une macération de la peau entre les orteils, des formations calleuses importantes et une perte des sensations.

— Madame Thomas, vous avez une neuropathie périphérique causée par votre diabète. L'augmentation brutale de votre taux de sucre dans le sang provoque des dommages au niveau des terminaisons nerveuses. Votre engourdissement vient de là.

— Pouvez-vous le soigner ?

— Non, mais si vous prenez sérieusement votre traitement, cela empêchera les choses d'empirer. Je vous prends rendez-vous avec un pédicure, ajouta Melissa en lui tapotant la main. Comme il y en a un à Dekalb, votre fille n'aura pas à vous accompagner à Nashville.

A la fin de la journée, peu désireuse de rentrer chez elle, Melissa alla rendre visite à Wilma. Rétablie, la veuve était sortie de l'hôpital et elle devait s'occuper de l'enterrement de son mari prévu le lendemain.

Enfin, pour la première fois depuis des semaines, aucune urgence de dernière minute ne vint différer le moment tant redouté de retrouver une maison vide.

Décidant alors de faire quelques courses, elle fit un détour par le rayon puériculture avant de passer à la caisse et rentra à Sawtooth avec un lapin en peluche.

Lorsqu'elle pénétra dans sa maison obscure, elle regretta de ne pas avoir laissé une lumière allumée en partant. Cela aurait au moins donné l'illusion d'un semblant de vie…

— Nous ne serons que tous les deux, ce soir, dit-elle au lapin en rangeant ses provisions.

Après s'être servie un verre d'eau, elle alluma les lumières extérieures puis sortit sur la terrasse.

Où elle s'arrêta net.

Une nappe blanche recouvrait la table dressée, avec une bougie, au centre. Mais son attention se focalisa sur l'écrin posé sur une assiette. Un écrin de joaillier en velours et couvert de rosée.

Elle le prit d'une main tremblante. Mais ses jambes se dérobèrent car elle savait ce qu'il contenait et elle se laissa tomber dans le fauteuil le plus proche avant d'ouvrir l'écrin.

Ce qui ne l'empêcha pas de pousser un cri étranglé en découvrant une magnifique bague sertie d'un diamant.

Une bague de fiançailles.

Son regard éperdu parcourut les bougies disposées aux quatre coins de la terrasse sur le plancher. Elle n'avait pas été la seule à se préparer pour cette soirée de la veille. James comptait la demander en mariage.

Puis il était parti.

En emportant ses affaires.

Parti parce qu'elle l'avait ignoré quand il lui avait dit qu'il avait besoin d'elle.

Parti en laissant la bague qu'il ne voulait plus lui passer au doigt.

James ferma la porte de la salle des médecins, soulagé de trouver la pièce vide. Il se sentait trop mal pour être d'humeur à bavarder ou à échanger des plaisanteries.

Un nouveau-né atteint d'une infection respiratoire virale était arrivé aux urgences avant d'être transféré en pédiatrie, et l'enfant lui avait rappelé un terrible échec. Un échec qui évoquait la femme qui allait donner la vie à son enfant.

La grossesse de Melissa avait réveillé les souvenirs de Cailee. De ce jour funeste où il s'était approché de son berceau, pensant qu'elle dormait, et avait découvert une chose si horrible que le cours de sa vie s'en était trouvé bouleversé. Pas question de revivre ça. Le rôle qu'il avait joué dans la mort de Cailee avait transformé son avenir : il s'était lancé dans la médecine pour ne plus jamais se retrouver impuissant face à la mort.

Pourtant, sauver des vies ne lui avait pas permis de

surmonter la perte de sa petite sœur. Il craignait d'ailleurs de ne jamais y parvenir et évitait les bébés pour cette raison.

Mais le temps finirait par faire son œuvre. Qu'il le veuille ou non, il était le père de l'enfant de Melissa et il assumerait ses responsabilités.

Il s'appuya contre le mur.

Trois semaines s'étaient écoulées, et elle n'avait pas appelé. Malgré la bague. Malgré son départ. Rien. Attendait-elle qu'il fasse le premier pas ? Qu'il rentre à la maison et la supplie de lui ouvrir les bras ?

Le pire, c'était qu'il mourait d'envie de le faire.

Mais comment pouvait-elle tolérer qu'il soit parti alors qu'elle était enceinte ? Pire, comment pouvait-elle imaginer qu'il avait une relation avec une autre femme et l'accepter ?

Il serra les poings.

Elle aurait aussi bien pu lui dire qu'elle se moquait totalement de ce qu'il faisait ou ne faisait pas.

Tout en ayant conscience de se comporter comme un idiot, il prit son téléphone portable et appuya sur la touche d'un numéro préenregistré.

— Je croyais vous avoir demandé de ne plus m'appeler, dit une voix féminine sans prendre la peine de dire bonjour.

— Je veux seulement savoir si elle va bien.

Il y eut un bref silence.

— Je vous ai promis de vous prévenir, s'il y avait le moindre problème.

Debbie lui avait également demandé d'appeler directement Melissa, mais il ne pouvait s'y résoudre.

— Elle va bien ? insista-t-il.

Debbie soupira.

— Ecoutez, elle est ma patronne et ma meilleure amie. Je n'ai pas à m'entretenir avec vous derrière son dos.

— Je…

— Elle est enceinte et vous l'avez laissée tomber.

Etait-ce ainsi que Melissa lui avait présenté les choses ?

— Je ne l'ai pas laissée tomber.

— Ah ? Il me semble pourtant que vous n'étiez pas avec elle, ces dernières semaines.

Aurait-il eu tort ? Etait-ce égoïste de sa part de vouloir que Melissa s'occupe davantage de lui ? Non. Mais qu'il ait éprouvé le besoin de s'éloigner ne signifiait pas qu'il se moquait de ce qu'elle devenait.

— Est-ce qu'elle mange, au moins ?

— Pas beaucoup.

— Forcez-la.

— Vous la connaissez, non ?

Elle avait raison. Personne ne pouvait obliger Melissa à faire une chose dont elle n'avait pas envie.

— Si elle avait besoin de quoi que ce soit, vous m'appellerez ?

— Ce dont elle a besoin, c'est de vous.

Si seulement c'était vrai…

— Je ne peux pas rentrer pour l'instant.

— Non, je suppose que vous êtes trop occupé.

Le ton de Debbie devenait de plus en plus sarcastique, de plus en plus ironique. Son départ faisait de lui le coupable dans l'histoire, il le savait. Mais cela avait été la meilleure chose à faire, même s'il se posait la question au moins mille fois par jour.

— Donnez-moi votre parole que vous m'appellerez.

— Je vous l'ai déjà donnée, je n'ai pas changé d'avis.

Après un bref silence, elle ajouta :

— Personnellement, je vous trouve aussi stupide l'un que l'autre.

James referma son portable. Il n'avait pas envie de discuter de sa stupidité.

Mais ne fallait-il pas qu'il le soit, pour en être réduit à téléphoner à la meilleure amie de la femme qui partageait sa vie pour prendre de ses nouvelles ?

Ignorant la femme qui l'observait, James rédigeait un compte rendu sur un dossier.

Kristen s'accouda sur le comptoir.

— Cela fait un mois, James. Vas-tu enfin me dire ce qui se passe ?

Il continua d'écrire comme si de rien n'était.
— James ? Je t'ai posé une question.
— Je n'ai pas envie d'en parler, tu le sais.
Appeler Debbie tous les jours était déjà suffisamment éprouvant.
— Oui, mais il s'est passé quelque chose, et j'en ai assez de te voir te comporter comme un robot efficace et maîtrisé.
Comme il continuait de l'ignorer, elle lui arracha le stylo des mains et le jeta plus loin.
— Je veux retrouver mon ami.
James soupira en se passant une main dans les cheveux, puis il jeta un regard circulaire dans le laboratoire que Kristen et lui utilisaient pour leurs recherches. Trois ordinateurs high-tech et deux éviers doubles rompaient la monotonie des comptoirs qui longeaient les murs. Au-dessus, se trouvaient des placards, des planches d'anatomie recouvraient les murs et des cœurs en résine s'entassaient sur un présentoir.
— Ecoute, je viens de passer des semaines difficiles et je n'ai pas envie d'avoir cette conversation.
Il ramassa son stylo et reprit son travail, mais Kristen ne se découragea pas.
— Parler peut aider, c'est prouvé.
— Depuis quand es-tu diplômée en psychologie ?
— Ma spécialité, c'est le cœur. Tu crois que je ne vois pas que le tien est brisé ? Je ne t'ai pas questionné, au début parce que je pensais que tu avais besoin de tranquillité. Mais tu ne vas pas mieux, ajouta-t-elle en le scrutant de ses yeux verts. Parle-moi, James. Laisse-moi t'aider.
— Je n'ai rien à dire.
— Dois-je en conclure que Melissa a refusé ta demande en mariage ?
Pourquoi avait-il fallu qu'il parle à Kristen de ses projets, ce soir-là ? Sans doute parce qu'il ne doutait pas que Melissa accepterait.
— Pas exactement.
— Alors vous êtes fiancés ? dit-elle, étonnée. A voir comment tu te comportes, j'aurais juré que les choses ne s'étaient pas passées comme tu l'espérais.

La connaissant, elle ne le lâcherait pas maintenant qu'il avait abordé le sujet.

— Je suis parti avant qu'elle arrive…

— Quoi ? Tu lui apportes un gros diamant et tu t'en vas avant qu'elle soit rentrée ?

— Elle n'est pas rentrée. Elle a appelé pour annuler. Enfin… elle a parlé d'une urgence, avec un patient.

Kristen lui jeta un regard spéculatif.

— Tu en doutes ?

Repoussant son dossier, il se mit à marcher de long en large.

— Mais non. Elle a été retenue par une urgence de dernière minute.

Kristen le suivait.

— Alors où est le problème ?

— Là, justement, répliqua-t-il en lui faisant face. Il y a toujours un malade qui a besoin d'elle, toujours. Melissa est un grand médecin, elle se donne à cent pour cent à son métier et il ne reste pas de place pour moi.

Kristen posa une main sur son épaule.

— Lui as-tu dit ce que tu ressentais ? Lui as-tu dit que tu avais besoin d'elle ?

James se crispa. Il ne voulait pas de la compassion de Kristen. Il regretta d'avoir parlé.

— Comment l'aurais-je pu ? Elle travaille tout le temps.

— Prends rendez-vous avec elle.

— Très drôle !

— Je suis sérieuse. Je ne t'ai jamais vu renoncer aussi facilement.

— Renoncer ? Je n'ai pas renoncé. Je me suis éloigné.

— Renoncer, s'éloigner, appelle cela comme tu veux.

— Tu ne comprends pas.

— Non, en effet. Comment un homme capable de s'acharner pendant une demi-heure pour redonner vie à un cœur défaillant, peut-il se détourner de ce que le sien désire ?

Elle posa un doigt sur ses lèvres quand il voulut nier.

— Ne dis rien car nous savons tous les deux que c'est

elle que tu veux, James. J'ai espéré, pendant un moment, mais je ne suis pas aveugle. Tu appartiens à Melissa, ajouta-t-elle en laissant coulisser le doigt le long de son menton avant de laisser retomber sa main.

— Je suis désolé, dit-il, songeant qu'il avait une grande amitié pour elle, qu'il la considérait comme une collègue de confiance, mais rien d'autre.

— Inutile..., répondit-elle avec un sourire triste. Ce n'est pas ta faute.

Pourquoi n'était-il pas amoureux d'elle ? Ils avaient tant de choses en commun. L'espace d'un instant, il se demanda s'il ne pourrait pas tenter d'oublier Melissa en se focalisant sur Kristen. Qu'éprouverait-il s'il l'embrassait ?

Mais qui essayait-il de leurrer ? Elle avait raison, son cœur appartenait à Melissa, et ce depuis l'instant où il avait posé les yeux sur elle, à ce congrès sur l'asthme.

Il lui avait dit tout net qu'elle lui coupait le souffle et elle lui avait proposé de lui faire du bouche-à-bouche. Ils s'étaient souri, puis ils avaient ri avant que leurs regards ne se rivent l'un à l'autre avec une intensité incroyable...

Hélas, leur histoire avait pris la mauvaise direction.

Comme elle lui manquait ! Il aimait tant sa façon d'ouvrir lentement les yeux, le matin, de s'étirer, de prononcer son nom quand ils faisaient l'amour.

— James...

Allons, bon. Voilà qu'il entendait des voix, à présent.

Si c'était le cas, il n'était pas le seul car Kristen fixait un point, derrière lui. Là où se tenait Melissa, devina-t-il instinctivement. Personne d'autre n'avait le pouvoir de lui faire battre le cœur à ce point.

Il se retourna.

Sur le seuil de la porte, Melissa les regardait alternativement d'un air blessé et accusateur.

Dieu merci, elle s'était décidée à venir.

Kristen se détourna pour aller prendre son sac dans le placard.

— Ça, c'est une soirée, dit-elle. Pense à ce que je t'ai dit, James. Je te parlerai demain.

Il hocha la tête sans quitter Melissa des yeux. Comment quelqu'un pouvait-il avoir l'air d'aller à la fois aussi bien et aussi mal ?

— Ravie de vous revoir, ajouta Kristen en passant devant elle. Et félicitations pour votre grossesse.

Le regard de Melissa se fit encore plus accusateur. Lui reprochait-elle d'avoir ébruité ce qu'elle considérait comme un secret ? S'imaginait-elle que l'on ne remarquait pas la rondeur naissante de son ventre, et les formes plus pleines de ses seins, malgré sa perte de poids ?

Une fois Kristen sortie, Melissa ferma la porte. Cette porte qu'il avait laissée ouverte par inadvertance.

Un silence tomba. Elle semblait hésitante.

— Je passe une échographie demain matin, ici, au Vanderbilt, dit-elle enfin. Le Dr McGowan aimerait confirmer la date de début de ma grossesse. Il pense que je suis enceinte de cinq mois, et non de quatre.

Cinq mois ? James se sentit pâlir. Il examina son ventre plus attentivement. Cela lui laisserait encore moins de temps pour se préparer à être père.

— Je… j'ai pensé que… tu aimerais peut-être être là, reprit-elle. Pour l'écographie, je veux dire.

— D'accord, répondit-il aussitôt.

Il ne savait pas encore comment il assumerait un bébé, mais si Melissa voulait qu'il soit là, il serait là.

La rapidité de sa réponse sembla la surprendre. Mais il ne dit rien et attendit.

— Je suis vraiment désolée pour cette soirée, reprit-elle, l'air plus fragile et vulnérable que jamais. Je voulais être à la maison.

— Ce n'est pas grave.

— Si cela ne l'était pas, tu ne serais pas parti.

— C'est vrai…

Il se demanda pourquoi il avait dit que ce n'était pas grave, car c'était grave d'être le dernier sur la liste des priorités de Melissa.

5

James réprima l'envie de lui expliquer ce qu'il avait ressenti, ce soir-là, quand elle s'était décommandée une fois de plus. Mais à quoi bon ? Elle avait fait son choix, non ?

— Tu as emporté tes vêtements, dit-elle en l'observant attentivement.

— Oui.

Ses vêtements qui se trouvaient maintenant chez un ami, toujours dans les sacs-poubelles où il les avait entassés.

— Tu ne reviendras pas, n'est-ce pas ?

Sa voix avait flanché, mais elle soutenait toujours son regard.

Il serait si facile de céder, de la supplier de le laisser revenir. Ils s'embrasseraient, se réconcilieraient et tout irait bien. Voilà ce dont il avait envie. Particulièrement des baisers et de la réconciliation.

Mais rien ne serait résolu. Elle continuerait de le traiter avec la même désinvolture.

Pourtant, il faillit la prendre dans ses bras quand il perçut l'ombre du chagrin dans ses yeux.

— Non, je ne reviendrai pas...

Car le meilleur service qu'il pouvait rendre à Melissa était de lui ouvrir les yeux. Il voulait s'assurer qu'elle accorderait à leur enfant la première place dans sa vie.

Baissant les yeux, elle tendit une main pour prendre un appui comme si elle perdait l'équilibre, et il fit un pas vers elle, mais s'arrêta quand elle se retint au comptoir.

La revoir rouvrait toutes ses blessures. Il souffrait comme

un damné, mais elle ne lui donnait pas ce qu'il attendait, et il ne pouvait plus le tolérer.

Il devait rester sur ses positions.

Elle fouilla dans ses poches et en sortit l'écrin.

— Alors reprends-la, dit-elle en le posant sur le comptoir.

Elle remit les mains dans ses poches dans une vaine tentative de lui cacher qu'elles tremblaient, et le regarda d'un air tellement malheureux qu'il ne put s'empêcher d'aller jusqu'à elle pour lui effleurer la joue du bout des doigts.

— Pourquoi es-tu ici, Melissa ?

Il la vit frissonner sous la légère caresse et elle ferma brièvement les paupières.

— Je te l'ai dit.

— Répète.

— Je veux que tu sois près de moi quand je passerai l'échographie.

Elle exprimait une volonté, pas une vague invitation à l'accompagner s'il en avait envie. Il y avait du progrès.

— Je serai là.

Si toutefois il parvenait à survivre à une telle épreuve…

— Quoi d'autre ?

Elle cligna des yeux.

— Que veux-tu dire ?

— Tu aurais pu me téléphoner au lieu de faire toute cette route. Je suppose qu'il y a autre chose.

— J'avais rendez-vous avec le Dr McGowan, mais… je voulais te voir.

Il sentit son cœur faire un bond dans sa poitrine.

— Pourquoi ?

Il connaissait la réponse, mais il avait besoin qu'elle le lui dise à haute voix.

— Tu me manques.

Parfait…

— Nous nous voyions à peine, je te le rappelle, répondit-il peu désireux de la ménager. Entre les nuits où je suis resté à Nashville et ton emploi du temps, je suis surpris que tu aies remarqué que j'étais parti.

Elle se laissa aller contre lui et posa les mains sur son torse.

— Je l'ai remarqué, crois-moi.

Son sang battait follement à ses tempes. A chaque fois qu'elle le touchait, même s'il y avait la blouse, il avait l'impression d'être le maître du monde. Cela lui rappelait aussi ce qu'il avait perdu, mais il s'interdisait de céder car l'enjeu était trop important.

— Je veux que tu reviennes.

Son cœur disait oui, mais ses lèvres dirent :

— Non.

Elle devait deviner ce qui se jouait en lui car elle ouvrit de grands yeux étonnés et peinés.

— Tu ne m'as jamais donné de raisons de penser que tu étais malheureux, avant la nuit où tu es parti. Pourquoi ne veux-tu pas rentrer chez nous ?

— C'est à Nashville que je suis chez moi. Ça l'a toujours été.

Il s'écarta avant de se laisser griser par son parfum légèrement vanillé.

— Il n'a jamais été question que mon installation chez toi devienne permanente.

— Ah bon ?

— Non.

Il avait espéré la convaincre de déménager à Nashville, et de vivre chez lui. Avec lui. Mais il passait tellement de temps à Sawtooth que de plus en plus d'affaires à lui s'étaient retrouvés chez Melissa, jusqu'au jour où il avait laissé son appartement de Nashville pour réduire le nombre de va-et-vient.

Parce qu'elle avait refusé de quitter Sawtooth.

— Je vois, dit-elle en se mettant à arpenter la pièce.

James en doutait. Elle ne comprenait pas que leur relation était trop précieuse à ses yeux pour qu'il risque de la laisser sombrer sans agir.

Elle fit brusquement volte-face.

— Alors j'avais raison ? dit-elle, les joues roses et le regard furibond.

En colère, elle ressemblait davantage à celle qu'il avait connue il y a des mois, cette jeune femme vibrante de vie pour laquelle il avait eu le sentiment d'exister, qui était sensible à sa présence.

Et c'était le cas. Il le sentait à l'espèce de ferveur qui émanait d'elle, au désir qui couvait dans son regard et semblait lui dire qu'elle était prête à se donner à lui. Ici même. Tout de suite.

Dieu qu'il avait envie de l'embrasser, de la toucher ! Mais si jamais il posait la main sur elle, il la renverserait aussitôt sur le comptoir, lui arracherait ses vêtements et lui ferait l'amour. Un seul geste et il ne pourrait plus s'arrêter.

Il enfonça ses mains dans les poches de sa blouse.

— A propos de quoi ?

— De toi et du Dr Weaver.

Elle était jalouse.

— Vous aviez l'air… plutôt proches quand je suis arrivée.

Elle le fixait avec une expression possessive, mais il refusa d'écouter ses impulsions, son corps qui protestait.

— Nous sommes proches, c'est vrai, dit-il froidement.

Il ne mentait pas. Kristen et lui étaient de bons amis. Jusqu'à tout à l'heure, il ignorait qu'elle espérait davantage, mais cela ne changeait rien à leur amitié. Il ne crut pas bon, pour autant, d'avouer à Melissa qu'il n'y aurait jamais rien d'autre entre eux.

— Tu vis avec elle ?

— Non, j'habite chez un ami.

— Une femme ?

Il réprima un sourire.

— Non. Il s'agit de Ted Jefferson. C'est chez lui que je dormais quand je finissais trop tard pour rentrer.

La tension de Melissa était visible, à présent.

— T'a-t-elle… proposé de t'installer chez elle ?

— En quoi cela a-t-il un rapport avec le reste ?

— Ta réponse, ou plutôt ton « absence de réponse » prouve qu'il y en a un.

Il devait trouver la force de jouer serré s'il ne voulait pas perdre la partie, et perdre Melissa, par la même occasion.

— Quand tu as choisi de ne pas rentrer, l'autre nuit, tu as mis un terme à notre relation. L'endroit où j'habite ne te regarde plus.

Elle pâlit. Mais pourquoi se sentait-il coupable ? Ne l'avait-elle pas obstinément tenu à l'écart de sa vie ? Ne l'avait-elle pas traité avec une désinvolture incroyable ? Il était libre, après tout. Libre d'aller où il voulait.

Il se demanda alors si ce n'était pas à cause du bébé qu'il s'était sauvé si vite. Avait-il peur à ce point ? Non, Melissa était la seule responsable.

Il avait choisi une tactique, il devait s'y tenir.

— Je n'ai rien décidé, pour l'instant, mais ne te méprends pas : je n'ai pas la moindre intention de rester célibataire. Il y aura d'autres femmes dans ma vie.

Melissa recula et s'appuya contre le comptoir.

— Je n'aurais pas dû venir.

— A quoi t'attendais-tu ? A me voir ramper comme un petit chien sous prétexte que tu étais désolée, et continuer d'être à ta disposition chaque fois que tu aurais un trou dans ton emploi du temps ?

Au regard qu'elle posa sur lui, il comprit que c'était bien ce qu'elle avait espéré. Seigneur !

— En tant que mère de mon enfant, tu feras toujours partie de ma vie, Melissa, mais tu as volontairement renoncé au droit d'avoir ton mot à dire sur ce que je fais.

Elle dut s'accrocher au comptoir. Lui qui n'avait jamais voulu lui faire le moindre mal, il essayait de la rendre jalouse parce que cela signifiait qu'il comptait pour elle. C'était ce qu'il voulait, mais son expression dévastée le bouleversait.

Pourquoi n'avait-elle pas fait un effort avant, si elle tenait tant à lui ?

— Ecoute, tu dois te ménager dans l'intérêt du bébé. Que veux-tu de moi, Melissa ?

— Que tu rentres à la maison, répondit-elle sans hésiter.

— Je n'ai jamais été chez moi, à Sawtooth.

Ce n'était pas tout à fait vrai. Au début, il y avait été heureux.

— Parce que tu ne l'as jamais voulu. Combien de fois t'ai-je demandé de rencontrer mes patients pour que tu comprennes pourquoi je leur étais aussi attachée ?

— Tout le problème est là, justement, tes patients ! Voilà pourquoi je suis revenu à Nashville. Tes patients ont besoin de toi, mais plus encore, tu tiens tellement à ce qu'ils aient besoin de toi.

— C'est de *toi* que j'ai besoin.

— Alors je suis désolé pour toi.

S'il l'avait crue, les choses auraient été différentes, mais ce n'était pas le cas. Les actes avaient plus de valeur que les paroles.

— Et pour le bébé ?

Là était le problème. Il ne l'avait pas prévu quand il avait décidé d'employer les grands moyens pour relancer leur relation.

— Le bébé ? répéta-t-il pour se donner le temps de rester rationnel et ne pas se laisser emporter par son cœur. Nous verrons un avocat et nous nous mettrons d'accord sur un mode de garde. Dans notre intérêt et dans celui de l'enfant, nous devons rester en bons termes.

Elle écarquilla les yeux sous l'effet du choc et de l'indignation.

— Un avocat ?

Bien sûr, elle ignorait qu'il prenait de ses nouvelles tous les jours. Elle croyait sans doute qu'il lui avait tourné le dos une fois pour toutes.

— Il vaut mieux convenir légalement du mode de garde. Tu comprends ça, n'est-ce pas ?

Et ce bébé porterait son nom, il y tenait.

— Est-ce que tu… songerais à m'enlever mon bébé ?

— Notre bébé, rectifia-t-il. Non, je n'ai rien insinué de tel. Jamais je n'essaierai d'éloigner notre enfant de sa mère.

— Mais tu penses que moi, je pourrais tenter de le séparer de son père ? C'est pour cela que tu veux un avocat ?

— Non. Pas du tout. Tu as été honnête en m'avouant que tu étais enceinte alors que je venais de te dire que je te quittais. Cela n'a pas dû être facile.

— Non, répondit-elle en détournant les yeux. Pas vraiment.

Avait-elle espéré qu'il resterait ? Que la vie continuerait ainsi ? Qu'il resterait là, à attendre qu'elle ait un peu de temps à lui consacrer, à lui et au bébé ?

— Mais tu avais le droit de savoir, non ? ajouta-t-elle.

Certes, mais qu'avait-elle pensé, à ce moment-là ?

— Ecoute, il est tard et je n'ai pas dîné. Tu veux manger quelque chose avec moi ? proposa-t-il en se demandant ce qui lui passait par la tête.

— Je ne suis pas sûre que ce soit une bonne idée.

— Nous avons besoin de parler, de nous mettre d'accord sur certaines choses.

— D'accord, dit-elle, mais il comprit que c'était avec réticence.

— Parfait. Tu as besoin de te remplumer un peu.

— Oh, non pas toi ! dit-elle d'un ton écœuré.

— Debbie te mène la vie dure ? demanda-t-il en souriant, s'efforçant de détendre l'atmosphère.

D'un côté, il ne supportait pas de la faire souffrir et, de l'autre, il se disait que cette soirée en tête à tête lui ferait peut-être prendre conscience de ce qu'elle perdait.

Paraissant déconcertée par le rameau d'olivier qu'il lui tendait, elle acquiesça.

— Tant que j'aurai des nausées, je suis condamnée à entendre ses réflexions sur mon poids, j'en ai peur.

— Elle a raison, tu es trop maigre.

— Merci !

— Je veux dire que tu as perdu du poids alors que tu es censée en prendre.

— Ce n'est pas rare, en début de grossesse.

— Mais tu en es à plus de quatre mois.

Son regard balaya sa frêle silhouette. A part la légère proéminence, au niveau du ventre, elle flottait dans ses vêtements.

— Qu'en pense le Dr McGowan ? insista-t-il.

— Que je dois manger davantage, mais que je vais bien.

— Sait-il que je suis le père ?

— Il m'a demandé de tes nouvelles, alors j'en ai conclu qu'il savait. J'ai indiqué ton nom sur la liste des personnes à prévenir, en cas d'urgence. Je n'ai pas réfléchi. Je n'aurais pas dû, puisque tu es parti…

Comment avaient-ils pu en arriver là ? se demanda-t-il, consterné.

— Tu as eu raison. Je suis le premier concerné, non ?

Il referma son ordinateur et le rangea dans un placard avec celui de Kristen.

Melissa semblait tellement mal à l'aise qu'il se jura qu'avant la fin de la soirée, il aurait effacé ces rides verticales qui lui barraient le front.

De son bien-être dépendait celui de leur bébé.

Aller dîner avec James avait été une erreur. Une grave erreur.

La soirée entière avait été une erreur.

En sortant de chez le Dr McGowan, elle aurait dû rentrer directement chez elle. Mais pourquoi avait-elle choisi un obstétricien à Nashville plutôt qu'à proximité de Dekalb ?

Parce qu'il la suivait depuis longtemps, il n'y avait pas d'autre raison, tenta-t-elle de se persuader.

Elle coula un regard vers James. Il fixait la route. Ses longs cils jetaient une ombre sur ses yeux et ses cheveux avaient poussé. Elle eut envie de toucher les boucles qu'ils formaient dans sa nuque. De le toucher, lui.

Quand elle avait posé ses mains sur son torse, dans le labo, elle avait frissonné de tout son être.

Bien sûr, elle avait aussi frissonné, mais très différemment, quand elle les avait surpris quasiment dans les bras l'un de l'autre, Kristen et lui. Il la contemplait d'un regard ému qui l'avait anéantie.

Quelque chose se bloqua dans sa poitrine et Melissa s'efforça de respirer calmement. James était un homme séduisant et il avait plein de qualités. Le Dr Weaver n'était sûrement pas la seule à avoir des vues sur lui. Qu'il se livre facilement ou pas, qu'il veuille des enfants ou non, plus d'une femme tenterait d'attirer son attention.

C'était elle qui avait attiré son attention, mais son désir d'enfant l'avait égarée. Elle n'avait pas mesuré à leur juste valeur les sentiments qu'ils partageaient et elle avait perdu l'homme qui avait le plus compté dans toute sa vie.

Comme une idiote, elle avait refusé sa demande en mariage. Mais comment aurait-elle pu l'accepter alors que cette demande, il ne la lui aurait jamais faite si elle n'avait pas été enceinte…

Mais alors, lui avait-elle avoué son état dans le secret espoir de le retenir ?

C'était raté, et elle ne pouvait s'en prendre qu'à elle-même.

— Ça va ?

Il avait brièvement quitté la route des yeux pour la regarder.

— Je n'aurais peut-être pas dû dîner, dit-elle.

En réalité, elle avait l'impression que quelque chose était mort en elle. Il lui manquait cruellement. Si seulement il pouvait revenir ! Si seulement elle n'avait pas tout gâché !

Un sanglot s'étrangla dans sa gorge et elle se détourna pour feindre de s'intéresser au paysage de la 25e Avenue.

— Tu n'as pas mangé suffisamment pour être incommodée.

Elle se retourna et remarqua ses mains tellement crispées sur le volant que les jointures avaient blanchi.

— Pourquoi ? demanda-t-elle avant d'avoir pu s'en empêcher. Pourquoi faut-il que tu me quittes ?

A son grand désarroi, sa voix se brisa, trahissant son désespoir. Elle avait l'impression d'être la petite fille abandonnée d'autrefois, recherchant éperdument quelqu'un susceptible de l'aimer.

Elle s'en était sortie, elle avait appris à ne compter que sur elle-même, se lançant dans des études puis dans un métier où elle avait excellé. Cela lui avait suffi jusqu'à ce qu'elle rencontre James et qu'elle se mette à réclamer ardemment ce qu'il ne pouvait lui donner. Elle s'était alors consacrée avec frénésie à son travail, pour tenter d'oublier les déficits sentimentaux de sa vie.

Et maintenant, quoi ? Elle n'allait tout de même pas se mettre à pleurnicher, à le supplier de rester, de l'aimer !

— Oublie ce que je viens de dire. Nous avons déjà parlé des raisons de ton départ. Il nous reste à envisager la façon dont nous allons être parents en vivant séparément, un sujet que, bizarrement, nous n'avons pas évoqué pendant le dîner.

Ils avaient discuté de Wilma Barnes, des nouveaux étudiants de James, de sa consultation avec le Dr McGowan, du raton laveur qui avait élu domicile dans la poubelle, mais pas de leur avenir.

— Nous devrions trouver un arrangement, ajouta-t-elle.

Sans répondre, il se contenta de se garer près de sa voiture sur le parking du Vanderbilt.

— Comment vois-tu les choses ? demanda-t-il d'un ton distant.

Elle se mordit la lèvre et posa une main sur son ventre arrondi.

— Je ne sais pas, mais il doit exister un moyen pour que nous soyons heureux tous les deux. Parce que, contrairement à ce que tu crois, j'aimerais vraiment que tu sois heureux, James.

Mais quand elle le vit fixer le tableau de bord, si différent de l'homme joyeux et tendre qu'elle avait connu, qui l'avait tenue dans ses bras, auprès duquel elle s'était réveillée chaque matin, elle se demanda si elle-même pourrait jamais être heureuse, désormais…

6

Comme il le lui avait promis la veille, James retrouva Melissa à l'hôpital et l'accompagna à l'écographie. Ayant des sueurs froides à l'idée de voir l'image de son bébé sur l'écran, le lendemain, il avait mal dormi, et au cours de ses insomnies, il avait envisagé de se désister. Car cette image se mêlait à celle de Cailee…

Mais il avait tenu parole. Il était là, près de Melissa, s'efforçant de garder son sang-froid pendant que le radiologue étendait le gel sur le ventre rond.

Au bord du malaise, il ne se rappelait pas s'être jamais senti aussi mal, sinon ce jour terrible où Cailee était morte.

Il remarqua que Melissa avait la chair de poule. Comment pouvait-elle avoir froid alors qu'il suffoquait ?

Elle fixait l'écran, et il lisait sur son visage qu'elle était impressionnée, admirative, un peu effrayée aussi. L'émergence de son instinct maternel le rassura parce que, durant sa nuit blanche, il s'était promis de veiller à ce qu'elle prenne suffisamment soin d'elle et de leur bébé, à ce qu'elle cesse d'accorder la première place à son métier. Il était impératif qu'elle soit une bonne mère car lui-même ne serait pas à la hauteur. Un homme qui avait peur de s'attacher à un bébé ne saurait être un bon père.

— Incroyable…, murmura Melissa d'une voix rauque d'émotion.

Il ne voulait pas regarder. Non ! Mais il se laissa piéger par l'éclat des yeux de la jeune femme. L'éclat incomparable de l'amour pur.

Alors il se tourna vers l'écran.

Il s'attendait à être submergé par le sentiment de culpabilité qui ne le quittait pas, à ce que le visage de Cailee se superpose à celui du bébé.

A la place, il découvrit avec stupeur un minuscule petit être qui s'agitait avec énergie dans l'espace exigu du ventre de sa mère.

Sans s'en rendre compte, il avança les doigts pour toucher l'écran, comme pour nouer un contact avec lui. Son enfant. Celui que Melissa et lui avaient fait ensemble.

Un enfant dont il ne voulait pas. Dont la seule pensée lui glaçait le sang.

Et voilà que, devant le spectacle de la vie qu'il avait conçue, il s'apercevait avec stupeur qu'il avait désiré cet enfant inconsciemment, et de tout son être, et qu'il lui souhaitait tout le bonheur du monde.

Au lieu de penser aux visions de cauchemar liées à Cailee, il s'absorba avec émerveillement dans la contemplation du minuscule petit cœur qui battait. C'était le plus beau cadeau qu'il eût jamais reçu.

Bien sûr, la crainte de souffrir comme ses parents anéantis par le chagrin était là, couvant en arrière-plan. Il n'osait pas songer une seconde que Melissa puisse connaître un tel calvaire à cause de lui.

Il brûlait de la prendre dans ses bras et de lui confier les sentiments contradictoires qui le traversaient.

Il avait failli lui parler de Cailee, au début de leur relation, un jour où ils étaient allongés l'un contre l'autre, après avoir fait l'amour.

— James, tu nous imagines avec des enfants, vieillissant ensemble ? lui avait-elle demandé en laissant courir paresseusement les doigts sur son torse.

Bien qu'alanguie, elle le fixait avec acuité et il avait brusquement eu peur de la perdre, car elle désirait des choses qu'il ne serait jamais capable de lui donner.

— Je ne peux envisager la vie sans toi, Melissa, mais nous n'avons pas besoin d'enfants pour être heureux.

Elle s'était appuyée sur un coude pour l'observer d'un air perplexe.

— Tu ne veux vraiment pas d'enfants ?

— Non. Et autant te prévenir tout de suite, je n'en voudrai jamais.

— Jamais ? Mais enfin... pourquoi ? Tu ferais un père merveilleux !

C'est à ce moment-là qu'il avait été tenté de la détromper en lui parlant de Cailee. Comment serait-il un père merveilleux s'il n'avait même pas été capable de surveiller un bébé de trois mois pendant quelques heures ?

Ce soir-là, des amis étaient passés pendant que leurs parents étaient sortis. Il avait bavardé un bon moment avec eux, dans la véranda. La porte étant restée ouverte, il ne s'était pas inquiété, certain qu'il entendrait sa petite sœur, si jamais elle pleurait.

Elle ne s'était pas réveillée, mais quand il était allé la voir, après le départ de ses amis, elle ne respirait plus. Malgré ses efforts désespérés, et maladroits, il avait été incapable de la ranimer.

Les secours, arrivés trop tard, avaient diagnostiqué une mort subite du nourrison, mais James était persuadé qu'il était le seul responsable de cette tragédie. S'il l'avait surveillée, il aurait pu intervenir. Et si ses parents, inconsolables, avaient divorcé six mois plus tard, c'était sa faute aussi.

Il s'était assis et avait aidé Melissa à se redresser pour la regarder droit dans les yeux.

— Que les choses soient bien claires : si nous décidons de vivre ensemble, nous n'aurons jamais d'enfants. Je ne reviendrai pas sur ma décision, et si tu ne peux l'accepter, autant nous séparer tout de suite.

Il avait attendu sa réponse en retenant son souffle.

— Mais... pourquoi ce refus ?

De nouveau, il avait été sur le point de lui parler de Cailee. Craignant qu'elle ne puisse aimer un homme responsable de la mort d'un bébé, qu'elle le quitte en découvrant l'ampleur de sa négligence, il s'en était gardé.

— Quel monde lui proposer ? Un monde où domine la

haine, la maladie, la surpopulation, les guerres… Dois-je continuer ? Je n'ai pas besoin d'un enfant pour donner un sens à ma vie, Melissa.

Elle l'avait observé longuement.

— C'est toi que je veux, James, avait-elle dit enfin en se penchant pour l'embrasser sur les lèvres.

— Je suis sérieux, Melissa.

Il était capital pour lui qu'elle accepte en s'engageant à ne pas le harceler pour le faire changer d'avis.

— Moi aussi. Je veux rester avec toi. Toujours.

Toujours…

Et voilà où ils en étaient. Comme il s'était trompé !

— Voulez-vous connaître le sexe de votre enfant ? demanda le radiologue, le tirant des souvenirs qui lui avaient fait oublier où il se trouvait.

Un peu honteux, il croisa le regard de Melissa. L'avait-elle surpris à penser au passé ? Il pouvait lire la confusion dans ses yeux. La même confusion qu'il ressentait.

— Non, dit-elle en continuant de le scruter avec intensité.

— Oui, dit-il en même temps, surpris de se découvrir curieux de la dernière chose qu'il voulait au monde.

Il reporta son attention sur l'écran, tellement ému qu'il se sentait au bord des larmes.

A ce moment-là, le bébé bougea et tendit les jambes, répondant avec éloquence à la question qui n'avait pas été tranchée.

— Les couples sont toujours en désaccord sur ce point…, commenta la radiologue en actionnant sa souris pour prendre des mesures. Si vous voulez savoir, je descendrai plus tard vous le dire aux urgences, docteur Stanley.

— Je sais déjà…

Puis il eut l'impression que le bébé semblait le regarder, à présent. Impossible…

— Promettez-moi de garder cela pour vous. Je ne veux pas savoir, insista Melissa.

Si elle avait vu la même chose que lui, elle n'ignorait plus son sexe, mais c'était lui qu'elle observait à ce moment-là.

Avait-elle perçu à quel point il avait peur ? A quel point il se sentait désemparé ?

Il s'obstinait à fixer l'écran pour se soustraire à sa perspicacité. Comment se sentir autrement que désemparé devant un bébé, dans la mesure où sa vie dépendait de vous ? A la moindre défaillance, il mourrait.

Pourtant, l'image de Cailee semblait s'éloigner, s'effacer peu à peu tandis qu'il observait, fasciné, son enfant qui suçait son pouce, à présent.

— C'est tellement précieux…, murmura Melissa en posant ses mains sur les siennes.

— Oui, dit-il machinalement.

La radiologue tendit à Melissa des serviettes en papier, et pendant qu'elle essuyait le gel qui couvrait son abdomen, il se demanda si son absence apparente de réactions l'avait blessée ou si elle avait deviné à quel point il était bouleversé. A quel point il était fou de joie et de fierté en même temps que mort de peur.

A partir de ce jour, il prit l'habitude de l'appeler chaque soir pour savoir comment elle se sentait, si elle mangeait suffisamment, si le bébé bougeait. Melissa se contentait de répondre par l'affirmative alors qu'elle aurait voulu dire tant d'autres choses. Trouver les mots justes. Mais peut-être n'existaient-ils pas ?

Comment lui dire qu'elle appréciait qu'il s'informe de sa santé et de celle du bébé, mais qu'elle aurait aimé susciter en lui le même amour qu'elle avait lu dans son regard, lors de l'échographie ? Il l'aurait accusée d'être jalouse et il aurait eu raison.

Que lui arrivait-il ? Jamais elle n'avait réagi d'une manière aussi mesquine, jusqu'ici.

Elle avait également décelé autre chose en lui, ce jour-là, une sorte de désarroi mêlé de peur. Et si elle n'avait été tellement occupée à l'observer, elle aurait vu comme lui le sexe de leur bébé, sur l'écran, mais quelque chose lui disait qu'il s'agissait d'un garçon.

Un petit garçon qui ressemblerait à son père… Elle s'imaginait déjà, fondant devant lui, incapable de lui refuser quoi que ce soit…

Deux semaines s'écoulèrent durant lesquelles James ne se manifesta pas autrement que par ses appels téléphoniques.

Les nausées s'estompèrent et elle recommença à manger normalement, mais il lui devenait de plus en plus pénible de soutenir son rythme de travail habituel.

En cette fin d'après-midi, elle rêvait de rentrer chez elle suffisamment tôt pour prendre un long bain chaud. Mais avec l'épidémie de gastro-entérites qui sévissait à l'école locale, elle n'avait pas eu une minute à elle et il lui restait encore des consultations.

Elle regarda le nom du prochain patient, sur son carnet de rendez-vous. Amanda Moss. Seigneur ! Ses points auraient dû être enlevés plus tôt ! Elle se reprocha de ne pas s'être rendue au mobile home où vivait Jamie pour le faire.

— Bonjour, Amanda. Alors, comment va ce genou ? demanda-t-elle en entrant dans la salle d'examens.

Mais ses yeux s'arrêtèrent immédiatement sur la femme livide assise près de la petite fille.

Jamie avait une mine épouvantable. Ses yeux étaient gonflés, son visage bouffi, et elle avait déjà perdu ses sourcils à cause de la chimiothérapie. Un petit foulard bon marché cachait son crâne chauve, mais ce fut son regard dévasté qui fendit le cœur de Melissa.

— Il me fait mal, répondit Amanda.

— Elle ne veut pas qu'on y touche, dit Jamie. Je sais que j'aurais dû venir plus tôt, mais… entre les séances de chimio et les trajets à l'école, je n'ai plus de forces.

— Vous faites le maximum, Jamie.

Après s'être lavé les mains, Melissa s'installa sur un tabouret devant Amanda pour examiner la plaie résultant de sa chute de vélo.

Pas de rougeur suspecte ou de boursouflure trahissant la présence d'une infection. Une fine pellicule de peau recouvrait les points restés trop longtemps en place, mais en s'y prenant bien, elle parviendrait à les retirer sans trop faire souffrir la fillette.

— Il faut enlever ces fils pour que ton genou guérisse. Tu ne devrais pas sentir grand-chose, peut-être un léger picotement, sans plus.

— Je ne veux pas ! Maman ! s'écria Amanda en pleurant. Maman !

Melissa fronça les sourcils devant ce qui ressemblait davantage à une attitude capricieuse.

— Amanda, il faut les retirer. Sois gentille, laisse le docteur faire son travail, dit Jamie d'une voix lasse.

— Mon papa ne la laisserait pas, lui ! Il n'a jamais laissé personne me faire du mal !

Le visage de Jamie devint encore plus pâle qu'il ne l'était, prenant une couleur de cendre.

— Le Dr Connors ne te fera pas de mal.

Les deux femmes ayant tenté de calmer la petite sans succès, Melissa appela Debbie qui la prit sur ses genoux et lui tint les bras pendant qu'elle-même lui bloquait les jambes entre les siennes.

Puis, malgré les hurlements, elle parvint à retirer tous les fils. Un seul entraîna un léger épanchement de sang, ce qui était dérisoire, compte tenu de la peau qui avait déjà repoussé.

Quand ce fut terminé, elle lava la plaie et la recouvrit d'un épais pansement.

— Voilà, c'est fini ! Debbie, tu peux emmener Amanda au coffre aux trésors. Elle a bien mérité un cadeau pour avoir été si courageuse.

La fillette ne se fit pas prier pour suivre l'infirmière et Cindy, silencieuse jusqu'ici, leur emboîta le pas.

— Je suis désolée, dit Jamie à Melissa dès qu'elles furent seules. Amanda est très difficile en ce moment. Je ne suis pas capable de la rendre heureuse, apparemment.

— Jamie, vous n'êtes pas obligée de la rendre heureuse vingt-quatre heures sur vingt-quatre. C'est normal qu'elle se montre un peu difficile, de temps en temps. Nous sommes tous passés par là. Ce sont des stades indispensables à la construction du caractère d'un enfant.

— Oui, mais j'ai l'impression de ne *jamais* la rendre heureuse, ni elle ni Cindy, d'ailleurs.

Des larmes se mirent à couler sur ses joues.

— Vous ne pouvez pas comprendre, Melissa... Amanda m'a dit qu'elle me haïssait, qu'elle regrettait que je ne sois pas morte à la place de son père !

— Elle ne le pensait pas, Jamie. Les enfants disent parfois des choses dont ils ne saisissent pas vraiment l'étendue.

— Cindy affirme la même chose. Pourquoi me battre pour vivre si mes enfants me haïssent ?

A treize ans, Cindy avait moins d'excuses que sa petite sœur de quatre ans. Comment pouvaient-elles être aussi cruelles ? Ne voyaient-elles pas à quel point leur maman qui, depuis la mort de son mari se battait sur tous les fronts, était malade ?

— Elles sont un peu perdues, et elles souffrent. Je pense qu'elles ont peur de vous perdre aussi et qu'elles réagissent contre cette peur par la colère.

Jamie opina sans conviction.

— Vous avez peut-être raison, mais je suis tellement fatiguée... J'ai demandé à Cindy de m'aider mais elle a refusé et comme je n'ai pas l'énergie de m'imposer, elle en profite et fait ce qu'elle veut.

— Elle teste vos limites, comme tous les enfants, dit Melissa d'une voix douce. Je sais que ce n'est pas facile, mais essayez d'être ferme. Si vos filles refusent de vous aider, privez-les de quelque chose qu'elles aiment. Si elles discutent, envoyez-les dans leur chambre.

— Mais elles me détestent déjà.

— Non. Elles ont seulement besoin de limites et de savoir que vous les aimez.

— Bien sûr que je les aime, répondit Jamie qui ne semblait pas convaincue qu'elles y attachent de l'importance.

— Je sais, Jamie. Vous êtes une mère merveilleuse !

— Oh, non ! Loin de là.

— Vous êtes simplement débordée par les événements,

et qui ne le serait pas, à votre place ? Cindy et Amanda sont confrontées à des émotions qu'elles sont trop jeunes pour affronter. Elles ont besoin d'un soutien, et vous aussi.

Jamie ouvrit la bouche pour répondre, mais Melissa l'interrompit d'un geste.

— Vous devez déjà résister à votre chimiothérapie. Vos filles pourraient peut-être aller voir le psychologue scolaire ?

— Vous voyez bien que je ne suis pas à la hauteur puisque je n'y arrive pas toute seule ! s'écria Jamie en pleurant à chaudes larmes.

— Ce n'est pas vrai ! Personne ne peut vous remplacer ni les aimer autant que vous ! Mais vous faire aider vous permettrait de terminer votre traitement plus sereinement.

— Et ensuite, le Dr Arnold m'enlèvera un sein. Je ne serai même plus une femme.

Melissa n'avait pas mesuré à quel point Jamie allait mal. L'attirant contre elle, elle la laissa pleurer. Les larmes apportaient parfois un soulagement que des semaines de thérapie ne parvenaient pas à apporter.

Jamie commençait à se calmer quand la tête de Debbie apparut dans l'entrebâillement.

— Melissa ? Désolée de vous interrompre, mais Cindy a vomi. Je l'ai emmenée dans la salle de bains et lui ai posé un gant frais sur le front.

— Vous voyez ? Je m'apitoie sur mon sort au lieu de m'occuper de ma fille.

— Restez ici, ordonna gentiment Melissa. Allongez-vous sur la table d'examens si vous voulez, pendant que je vais l'examiner.

Malheureusement, Cindy Moss, qui souffrait de diarrhées sans en avoir parlé à sa mère, avait attrapé le virus de la gastro-entérite. Outre que Jamie n'était pas en état de s'occuper d'une enfant malade, son système immunitaire étant affaibli par la chimiothérapie, elle devait se préserver de toute contamination.

Le cabinet n'était pas équipé comme un hôpital, mais

Melissa avait, à l'occasion, posé des perfusions et gardé des malades. Elle parvint à convaincre Jamie de lui laisser Cindy pour la nuit, car sa fille était complètement déshydratée.

Installée dans l'une des salles d'examens pourvue d'un lit, la petite patiente reçut du sérum physiologique additionné d'un peu de Phenergan, et Melissa s'installa près d'elle, dans un fauteuil.

Son bain chaud suivi d'une bonne nuit de sommeil, ce serait pour une autre fois. Quoi qu'elle n'eût probablement pas mieux dormi que durant le mois et demi qui venait de s'écouler.

Malgré la demi-pénombre, elle parvint à voir qu'il était plus de minuit, à sa montre.

Elle posa ses mains sur son ventre d'une manière protectrice et ferma les yeux pour se reposer pendant quelques instants.

— Mais qu'est-ce que tu fabriques, bon sang ! lança soudain une voix masculine courroucée.

Melissa se réveilla en sursaut, les yeux écarquillés par la peur.

— James ?

— Oui, mais cela aurait pu être n'importe qui d'autre. La porte d'entrée n'était pas fermée à clé, Melissa. Dieu sait qui aurait pu entrer et te surprendre dans ton sommeil !

— Je… je croyais l'avoir fermée.

Un nouveau coup d'œil à sa montre lui apprit qu'il était 2 heures du matin. Pourtant, elle aurait juré qu'elle venait de fermer les yeux…

— Te rends-tu compte combien il est imprudent de rester seule ici, en pleine nuit, la porte ouverte ?

— Je ne suis pas seule, répondit-elle en lui montrant Cindy, dans le petit lit.

Comme si elle les avait entendus, la fillette gémit dans son sommeil.

— Viens, allons dans mon bureau, sinon nous allons la réveiller.

Les dents serrées, James se contenta de l'observer sans répondre. Melissa était courbaturée d'être restée trop longtemps dans le fauteuil, mais elle se garda bien de grimacer. Après avoir vérifié la perfusion, elle gagna son bureau où elle s'étira pour tenter de soulager son corps douloureux.

Désireuse de chasser l'intimité créée par la pénombre et de s'assurer qu'il était vraiment là, qu'elle ne rêvait pas, elle alluma, bien qu'elle ne fût pas très sûre d'avoir envie qu'il la voie, elle.

— A quoi joues-tu, Melissa ? Cette petite devrait être à l'hôpital et non ici avec un médecin qui titube de fatigue.

— Ce n'était pas envisageable.

— Elle n'a pas d'assurance ? demanda-t-il d'un ton radouci tout en plissant les yeux.

— Si, elle est prise en charge. L'Etat de Tennessee a mis en place un système de soins gratuits pour les plus démunis.

— Alors pourquoi la gardes-tu ici ?

Melissa poussa un profond soupir en luttant contre l'envie de se masser la nuque. De quel droit se permettait-il de débarquer chez elle au beau milieu de la nuit et de l'asticoter de la sorte ?

— Ecoute, James, je n'ai pas à me justifier. Ma patiente avait besoin d'être réhydratée, je l'ai fait. Point final.

— Tu es donc déterminée à aller au-delà de tes limites, n'est-ce pas ? répliqua-t-il, furieux.

— Cindy avait besoin de moi.

James pesta dans sa barbe.

— Elle avait besoin que ses parents l'emmènent à l'hôpital de Dekalb ! Où sont-ils, d'ailleurs ? Ils devraient être là, non ?

— Son père est mort l'année dernière et sa mère est chez elle avec sa petite sœur de quatre ans, répliqua Melissa, les mains posées sur ses hanches, le défiant d'oser s'en prendre à Jamie.

De son côté, il semblait sur le point de l'étrangler.

— Tu aurais au moins dû demander à sa mère de rester pour t'aider.

Furieuse d'être épuisée, d'avoir été réveillée en sursaut, de souffrir de le voir là alors qu'elle ne s'y attendait pas et parce que le simple fait de le regarder la mettait au supplice, elle ne cilla pas sous son regard.

— Ce que je fais ne te concerne pas.

Il eut un mouvement de recul, comme si elle l'avait giflé. Il croyait peut-être qu'il allait gouverner sa vie alors qu'elle n'avait pas son mot à dire quant à la sienne ?

Mais elle détestait voir cette désillusion dans ses yeux. Elle ne voulait pas de dispute, elle n'en avait pas la force, de toute façon.

— James, je sais que tu essaies de m'aider, mais Cindy est ma patiente. J'agis dans ce que je crois être son intérêt et celui de sa famille.

— Et ton intérêt à toi et à ta famille ? C'est de travailler jusqu'à épuisement ? Tu crois que c'est bon pour notre bébé ?

— Je…

Elle ne put aller plus loin, se rendant compte que James avait raison.

Il sembla soudain se radoucir et passa une main dans ses cheveux qui ne semblaient pas aussi indisciplinés que d'habitude.

Il était 2 heures du matin et il était sexy en diable dans sa blouse bleue de médecin. Il ressemblait à ces héros de feuilletons télévisés ayant l'hôpital pour théâtre, ces tombeurs auxquels les femmes ne résistaient pas.

— Va t'allonger, reprit-il en désignant le canapé en cuir contre un mur de la pièce.

— Je ne peux pas laisser Cindy sans surveillance.

— Je m'en charge. Dors.

Elle voulut discuter, mais elle n'avait plus la force de lutter ni contre la fatigue ni contre le regard impérieux de James.

— Tu es sûr ?

— Absolument. Il faut bien que quelqu'un s'occupe du bien-être de notre enfant puisque tu es trop têtue pour le faire. Allons, repose-toi, ne serait-ce qu'un court moment.

L'idée de dormir quelques minutes était trop tentante. Quand elle serait un peu plus dispose, elle lui expliquerait qu'elle se souciait du bébé, contrairement à ce qu'il semblait croire. Elle prenait ses vitamines et se forçait à faire trois repas par jour.

— Je ne suis pas si fatiguée que ça, ajouta-t-elle encore, en bâillant.

— Couche-toi, sinon c'est moi qui t'y oblige.

En d'autres circonstances, elle se serait fait un plaisir de se soumettre à une telle menace. Mais il était trop distant, trop sérieux, et ils n'étaient plus ensemble.

Dormir. C'était tout ce dont elle avait besoin pour le moment.

S'allongeant sur le canapé, elle se couvrit avec le plaid en crochet que Norma Prater lui avait confectionné pour la remercier d'avoir diagnostiqué à temps l'appendicite de sa petite-fille. Après avoir pratiqué une appendicectomie en urgence, le Dr Arnold avait confié à Norma que la jeune fille serait morte sans l'intervention rapide de Melissa.

Prendre soin des autres était naturel pour elle. Elle adorait son métier, il donnait un sens à sa vie.

James avait raison : elle aimait se sentir utile. Peut-être était-ce pour compenser le sentiment d'avoir été traitée comme quantité négligeable durant son enfance ?

Quand il la borda, elle l'imagina accomplissant les mêmes gestes pour leur enfant. Il serait un bon père.

Elle se sentait bien sous la chaleur de la couverture… à moins que cette sensation douillette qu'elle n'avait pas éprouvée depuis des semaines ne soit due à la présence de James.

— Le dossier de Cindy est sur mon bureau, dit-elle d'une voix ensommeillée. Réveille-moi si tu as besoin de moi, d'accord ?

— Ne t'inquiète pas, tout ira bien. Bonne nuit, Melissa.

— Bonne nuit, James répondit-elle en fermant les yeux.

7

Melissa se réveilla avec un mal au dos inhabituel. Lorsqu'elle voulut s'étirer, elle s'aperçut qu'elle n'était pas dans son lit, ni chez elle, mais sur le canapé de son cabinet, et la mémoire lui revint d'un seul coup. James était resté s'occuper de Cindy.

Elle regarda sa montre. 10 heures.

Malgré ses courbatures, elle s'assit.

Pourquoi James l'avait-il laissée dormir aussi longtemps ?

La lumière du jour aurait dû la réveiller, mais elle remarqua que les stores avaient été baissés.

Le salon d'attente devait être plein à craquer ! songea-t-elle en se levant du canapé.

Mais dès qu'elle fut debout, la tête lui tourna. Seigneur ! Quand ces malaises matinaux allaient-ils passer ?

Quand elle eut soulagé sa nausée dans la salle de bains, elle se brossa les dents et se rafraîchit le visage à l'eau froide.

Elle avait merveilleusement bien dormi, mais ses patients devaient l'attendre depuis des heures et la perfusion de Cindy devait être changée.

James avait des cours, aujourd'hui. Il était sûrement parti depuis longtemps. Pourquoi était-il venu, dans la nuit ?

Ou était-elle tellement épuisée qu'elle avait rêvé toute la scène ?

Non, si elle avait rêvé, James l'aurait prise dans ses bras en la suppliant de lui pardonner d'être parti et en lui avouant qu'il désirait leur enfant.

Or, la nuit dernière, il était en colère.

Pourtant, il lui semblait se rappeler qu'il lui avait doucement écarté les cheveux de son visage, quand elle s'était endormie, et avait posé les lèvres sur son front en chuchotant quelque chose.

Non, elle avait rêvé, c'était clair. Depuis le début elle rêvait.

Ayant revêtu une blouse propre, elle attacha ses cheveux et s'apprêta à affronter l'affluence d'un jeudi matin avec deux heures de retard.

Elle tomba immédiatement sur Debbie qui, bizarrement, évita son regard tout en arborant un léger sourire au coin des lèvres.

— Pourquoi ne m'as-tu pas réveillée ?

— Oh, j'avais des ordres stricts.

— Des ordres stricts ? De qui ?

— A ton avis ?

— James ?

— James.

Elle n'avait donc pas rêvé. James était venu puis il avait dû attendre l'arrivée de Debbie pour partir… Il l'avait bien embrassée sur le front.

— Que signifie ce sourire ? demanda Debbie.

— Rien. Rien du tout !

— D'accord, d'accord ! Ne t'énerve pas.

« Je suis très calme », allait répondre Melissa quand elle se remémora tout à coup Cindy.

— Comment va Cindy, ce matin ? James a-t-il changé sa perfusion avant de partir ?

— Absolument, et elle va beaucoup mieux, répondit ce dernier derrière elle.

Melissa se retourna d'un bond si bien qu'elle faillit perdre l'équilibre. Elle se rétablit tant bien que mal en espérant que personne n'avait remarqué sa légère défaillance.

— Je pense que je vais la laisser sortir, continua James.

La laisser sortir ? Cela l'amusait-il tellement qu'elle considère son bureau comme un hôpital ?

Elle le regarda d'un air suspicieux.

— Je te croyais parti…

— J'ai entendu, répondit-il sèchement en la détaillant des pieds à la tête et cet examen la rendit nerveuse.

— J'ai le résultat les analyses d'urine de John Brown, intervint Debbie.

— Merci, Debbie, répondit Melissa machinalement, se demandant de quoi souffrait John Brown.

— C'est à moi qu'elle parlait, dit James.

Bouche bée, Melissa le regarda prendre le dossier contenant les feuillets du laboratoire que Debbie lui tendait avant de s'éloigner.

— Tu as vu mes patients ?

— Oui, répondit-il d'un ton si nonchalant qu'on pouvait penser qu'il n'y avait rien là de compliqué, ce qui n'était pas le cas.

— Je ne suis pas sûre que tu sois couvert par mon assurance professionnelle, répliqua-t-elle sans réfléchir.

— Tu devrais savoir que j'ai ma propre assurance.

Préférant se taire au risque de proférer une autre ânerie, elle détourna les yeux.

— Tu n'as pas de cours, aujourd'hui ? s'enquit-elle quand le silence devint trop lourd.

— J'ai demandé à un ami de me remplacer, ce matin.

— Pourquoi ?

Il haussa les épaules avec désinvolture.

— Parce qu'il y a des choses plus importantes que mon travail.

Malgré la confusion de son esprit, Melissa perçut tous les sous-entendus de sa réponse. Il était venu parce qu'elle avait besoin de lui. Comment l'avait-il su ? Mystère.

Bien sûr, elle s'en serait sortie, avec Cindy, mais la présence de James la soulageait. Elle ne s'était pas sentie aussi bien depuis des semaines.

— Ecoute, je m'occupe de tout, reprit-il. Rentre à la maison, prends une douche, un bouquin, je ne sais pas, mais repose-toi.

— Tu plaisantes ? Je ne peux pas, enfin.

— Je viens de te dire que je m'occupais de tout, alors rentre.

— Tu ne vas pas me remplacer ?

Il haussa les sourcils.

— Insinuerais-tu que je ne suis pas à la hauteur ?

Pour la seconde fois, Melissa resta bouche bée. Que lui répondre ? Qu'elle s'occuperait mieux de ses patients que lui ? Qu'il accordait moins d'importance à la personne qu'au cas clinique ? Qu'il ne s'investissait pas suffisamment pour leur donner tout ce dont ils avaient besoin ?

— Retourne à Nashville, James. Je n'abandonnerai pas mes patients.

Son juron furieux résonna si fort que Melissa fut étonnée de ne voir personne arriver pour demander ce qui se passait. Puis il plongea son regard où se lisait une détermination sans faille dans le sien.

— Je reste.

— Si cela t'amuse, répliqua-t-elle en lui prenant le dossier de John Brown des mains.

Les mâchoires crispées, il le lui subtilisa avant qu'elle ait fait deux pas.

— M. Brown m'attend, *moi*. Occupe-toi de quelqu'un d'autre.

La matinée s'écoula sans qu'elle parvienne à oublier la présence de James. A midi, elle avait vu deux fois moins de patients que d'habitude alors qu'il avait examiné les siens à une vitesse incroyable. Comment lui qui ne les connaissait pas pouvait-il les comprendre s'il leur consacrait aussi peu de temps ?

Par exemple, il ignorait qu'on avait diagnostiqué un cancer de la prostate chez le frère de John Brown et que, du coup, ce dernier s'inquiétait pour lui-même.

Plus le temps passait, plus sa colère contre lui montait. Une colère peut-être disproportionnée, irrationnelle, mais elle n'y pouvait rien.

— Melissa ? dit Debbie, l'interrompant dans ses pensées.

— Oui ?

— Excuse-moi de te déranger, mais James a demandé une ambulance pour Luke Robinson.

Ignorant les flammes meurtrières qui s'allumaient dans les yeux de Melissa, Debbie s'empressa d'enchaîner :

— Bob Wood est en salle 2 avec de fortes douleurs au ventre. Des analyses d'urine et de sang sont en cours. Veux-tu d'autres examens ?

— Je vais d'abord l'ausculter, répondit Melissa en mettant son stylo dans la poche de sa blouse. A moins que tu ne préfères que James s'en charge ?

— Eh bien... il débute, alors, à toi de prendre la relève, répliqua Debbie, avec l'ironie que seule une amie proche pouvait se permettre.

— Bonjour, Bob. Que se passe-t-il ? demanda Melissa l'instant d'après, en entrant dans la salle d'examens où l'homme de cinquante-neuf ans marchait de long en large.

— Ça ne va pas du tout, docteur. J'ai l'impression que la mule de Dana Higgins a piétiné mes viscères.

— Depuis quand souffrez-vous ?

— Cette nuit. Et ce matin, les douleurs ont amplifié.

— Avez-vous remarqué du sang dans vos urines ?

— Je n'ai pas fait attention.

— Des diarrhées ? De la constipation ?

— Non. J'ai des selles normales et régulières.

Melissa posa d'autres questions en prenant des notes.

— Asseyez-vous, Bob. Je vais vous examiner.

Il ôta sa chemise en gémissant, mais quand elle écouta son cœur et ses poumons, elle ne décela rien d'anormal. Elle lui demanda de s'allonger, ce qu'il fit avec difficulté.

— Montrez-moi où vous avez mal.

Il lui désigna une cicatrice, au bas-ventre.

— Vous avez été opéré d'une appendicite, n'est-ce pas ?

— Oui, quand j'avais quatorze ans.

— Avez-vous déjà eu des calculs rénaux ?

D'après l'intensité de la douleur, elle n'aurait pas été étonnée que ce soit le cas.

— Il y a quelques années, oui. Mais j'avais mal plus haut, et plus dans le dos.

Melissa continua de déplacer son stéthoscope sur l'abdomen, mais quand elle voulut le palper, il l'en empêcha.

— Laissez-moi faire. Je serai aussi douce que possible.

Bob fit un effort pour se détendre, en vain, et Melissa ne put aboutir à une conclusion fiable.

— Je préfère que vous passiez une radio de l'abdomen. C'est faisable ici, au cabinet. Selon le résultat, et celui des examens en cours, je vous enverrai peut-être à l'hôpital de Dekalb pour un scanner abdomino-pelvien.

Melissa sortit de la pièce et entra dans un petit laboratoire où se trouvaient Debbie et Stacey, la manipulatrice.

— Enumération normale, dit cette dernière, et pas de sang dans les urines.

— Nous verrons si la radio révèle quelque chose, dit Melissa. Prévenez-moi quand ce sera fait…

Elle regagna son bureau et s'occupa avec de la paperasserie en attendant.

Quelques minutes plus tard, Debbie passait la tête dans l'entrebâillement de la porte.

— La radio est prête. Il a un calcul à droite.

Melissa poussa un soupir de soulagement. Elle donnerait à Bob des médicaments contre la douleur, le ferait boire en quantité et l'enverrait au scanner dans l'après-midi, pour connaître l'emplacement précis du calcul.

Mais en examinant la radio, elle fronça les sourcils. La concrétion était située trop haut pour expliquer les douleurs.

— Je viens de voir mon dernier patient de la matinée, dit soudain la voix de James derrière elle. Debbie me dit que tu as besoin d'aide ? ajouta-t-il en regardant la radio par-dessus son épaule.

— Elle s'est trompée.

— Admets que ma présence t'a facilité la tâche, ce matin.

— Je m'en suis très bien sortie, comme d'habitude, dit-elle, en essayant d'oublier sa présence.

Ce qui n'était pas facile, quand tous ses sens étaient en émoi.

— Je n'en doute pas. Même si c'est au détriment de ta santé, ou de celle du bébé, n'est-ce pas ?

— Le bébé va bien.

— Pour le moment, mais tu sembles décidée à tout faire pour provoquer une fausse couche.

Elle se retourna pour le fusiller du regard.

— Comment peux-tu me prêter de telles intentions ? Je te rappelle que je n'ai pas fait exprès de tomber enceinte, mais je suis heureuse de l'être et je veux ce bébé. C'est toi qui souhaites que je mette sa vie en péril pour te débarrasser de cette responsabilité que tu refusais, et de moi par la même occasion.

Elle regretta aussitôt d'avoir proféré une accusation aussi injuste, mais c'était trop tard.

Très pâle, James lui saisit les bras et l'attira vers lui. Jamais elle ne l'avait vu en proie à une telle fureur.

— Bob te réclame, Melissa, dit Debbie. Sa douleur empire.

Seigneur ! Comment avait-elle pu oublier son patient ? Mais James ne desserra pas sa poigne.

— Nous n'en avons pas terminé, dit-il entre ses dents.

— Cela attendra.

— Je suis fatigué de t'attendre depuis des mois.

— Lâche-moi.

— O.K., dit-il en s'exécutant. Mais je ne bougerai pas d'ici tant que nous n'aurons pas terminé notre conversation.

Melissa se précipita auprès de Bob qu'elle trouva en sueur, les deux mains sur le bas-ventre.

— La douleur a augmenté ?

— Je vais mourir.

— J'appelle une ambulance pour vous emmener à Dekalb…

Son calcul était décidément situé trop haut pour expliquer les violentes douleurs de Bob.

En se retournant, elle se retrouva nez à nez avec James qui tenait les radios.

— Melissa, tu veux bien jeter un deuxième coup d'œil ?

Il y a une ombre, ajouta-t-il en levant le cliché vers le plafonnier. Là.

Une ombre ? Examinant la zone qu'il lui indiquait, elle détecta effectivement une très légère opacité, à peine perceptible, près de l'endroit où l'aorte abdominale et l'artère iliaque droite se rejoignaient.

— J'allais appeler une ambulance.

— C'est exactement ce que je pensais faire.

Lorsque Melissa le rejoignit, après avoir téléphoné, James parlait doucement à Bob qui avait une mine épouvantable.

— Ils arrivent, dit-elle.

Un bruit sourd arracha un cri à Bob. Melissa croisa le regard de James et un frisson la parcourut.

Anévrisme aortique… La faiblesse de la paroi vasculaire avait créé une cavité qui s'était remplie de sang et venait de se rompre.

— Il faut poser une perfusion, ordonna James, retrouvant immédiatement les gestes qui lui étaient coutumiers.

Il aida Bob à se rallonger et lui suréleva les jambes pendant que Melissa préparait le cathéter et appelait Debbie.

— Il nous faut l'hélicoptère, vite. Bob Woods vient de faire un anévrisme aortique.

— Est-ce mortel ? chuchota Debbie, les yeux écarquillés.

— Presque toujours, répondit Melissa, songeant que selon les statistiques, Bob n'avait quasiment aucune chance de survivre.

— Ouvre le débit à fond, dit James quand elle eut mis en place le sachet de sérum physiologique. Il doit rester suffisamment hydraté pour que ses organes ne souffrent pas.

Bob marmonna quelque chose, mais ses yeux restèrent fermés.

— Lui as-tu donné un sédatif ?

— Non. Il est en état de choc. Son corps a bloqué toutes ses fonctions secondaires pour conserver son énergie. Maintiens-lui les jambes surélevées.

Quand l'hélicoptère arriva, les signes vitaux de Bob avaient baissé, malgré leurs efforts. L'hémorragie interne s'aggravait inéluctablement. Melissa s'étonnait même que son pouls soit resté aussi perceptible.

— J'ai appelé l'équipage pour leur demander de l'emmener au Vanderbilt. Il sera conduit en salle d'opération dès son arrivée.

Savoir que tout était en place pour sauver la vie de Bob soulagea la jeune femme.

Quelques badauds s'étaient rassemblés sur l'aire de parking. Le transport d'un malade en hélicoptère était un événement, à Sawtooth.

Melissa s'efforçait de faire bonne figure pendant que Debbie tentait de disperser les curieux, mais ses jambes se dérobèrent. Tout à coup, sa vision s'obscurcit et une bouffée de chaleur lui donna la nausée. Il fallait qu'elle s'assoie, tout de suite.

Ce qu'elle fit, en plein milieu du parking, luttant pour ne pas s'évanouir.

— Melissa ? s'écrièrent James et Debbie d'une même voix qui lui parut très lointaine.

— Ça va, répondit-elle, alors que cela n'allait pas du tout.

L'épreuve de la soirée précédente avec James, ajoutée à l'idée qu'elle n'entendrait peut-être plus jamais le rire de Bob, avait eu raison de ses forces.

— Cela devait arriver, je le savais ! marmonna James en la soulevant dans ses bras pour la ramener à l'intérieur. Tu vas devoir changer certaines choses à ta vie, sinon, c'est moi qui t'y obligerai, quitte à te kidnapper, si nécessaire.

— Debbie est témoin de tes menaces, répondit-elle en regrettant que ses bras autour d'elle lui paraissent aussi réconfortants, que son odeur légèrement épicée attise ses sens à ce point.

Comment pouvait-elle éprouver du désir dans un moment pareil ?

— Debbie est tellement inquiète pour toi qu'elle a déjà emballé tes affaires et m'a souhaité bonne chance.

Incapable de réagir, Melissa ferma les yeux. Elle détestait cette faiblesse qui l'amenait à se sentir tout excitée à l'idée que James l'emmène loin d'ici, quelque part où ils se retrouveraient seuls, tous les deux.

— Comment ? Tu ne discutes pas ? demanda-t-il, étonné, tandis qu'il l'installait sur le canapé du cabinet.

Mais elle s'y assit aussitôt, et se frotta les bras, le contact de James lui manquant déjà.

— Je vais bien, maintenant. Ce n'était qu'un petit étourdissement.

— Non.

— Comment, non ?

— Tu vas arrêter d'ignorer les signaux d'alarme que ton corps t'envoie pour que tu ralentisses le rythme.

— James, beaucoup de femmes ont des étourdissements durant leur grossesse.

— Il ne s'agit pas des autres, mais de toi. De toi et de ton bébé.

Des étincelles de colère brillaient de nouveau dans ses yeux.

— Contrairement à ce que tu penses, la dernière chose que je veux, c'est que tu fasses une fausse couche. En revanche, on dirait que c'est ce que tu cherches, toi. Pourquoi ? Pour te déculpabiliser ?

— Quoi ? Mais… non !

— Alors cesse de te comporter comme si ce bébé ne comptait pas pour toi.

— Comment oses-tu me dire des choses pareilles !

— De plus, il faudrait que tu songes un peu à l'avenir, continua-t-il, ignorant sa réaction. Tu ne pourras plus travailler autant, quand le bébé sera là. Tout au moins, durant les premiers mois. Qui s'occupera de tes précieux patients, dis-moi ?

— Tu n'as pas entendu parler de ces femmes qui retournaient aux champs immédiatement après avoir accouché ? répliqua-t-elle avec désinvolture.

— Ces femmes dont l'espérance de vie était considérablement raccourcie ?

— Pfff… tu t'imagines avoir réponse à tout. Eh bien, tu te trompes ! Que suis-je censée faire ? Laisser mes patients mourir sous prétexte que je suis enceinte ? Ce n'est pas mon genre d'abandonner les gens comme ça, James.

— Tu m'as bien abandonné.

— C'est toi qui es parti quand tu as su que j'étais enceinte.

— Ce n'est pas à cause de cela que je suis parti. Il y a des mois que tu me négliges.

— Mais tu es parti, tu le reconnais, dit-elle en s'enroulant dans le plaid de Norma.

— Pour que tu prennes conscience que tu fais passer tout le monde avant moi. Tu as détruit notre relation et je veux savoir pourquoi, ajouta-t-il en se penchant jusqu'à ce que leurs visages se touchent presque.

Melissa se blottit aussitôt contre lui.

— Parce que j'avais envie d'un bébé chaque fois que je te regardais, et qu'en restant avec toi, je renonçais à fonder une famille.

8

James n'en croyait pas ses oreilles. Il avait pourtant été honnête dès le début en la prévenant qu'il ne voulait pas d'enfants. S'il ne la savait pas aussi honnête, il la suspecterait d'être tombée enceinte intentionnellement.

Elle le regardait d'un air coupable, comme si son aveu la surprenait elle-même. Mais si son désir d'enfant était si capital pour elle, pourquoi ne l'avait-elle pas dit ?

— Tu as eu ce que tu voulais, en tout cas, reprit-il en désignant son ventre rond.

— Non, ce n'est pas ce que je voulais.

— Quoi qu'il en soit, tu es enceinte et tu vas changer de mode de vie, que tu le veuilles ou non.

— En vendant mon cabinet, peut-être ? C'est ce que tu espères ?

— Je ne me fais pas d'illusions. Je sais qu'il occupe la première place dans tes priorités, répliqua-t-il, et cette évidence sonna comme une insulte à ses propres oreilles.

— Ce n'est pas juste.

— Non, mais la vie ne l'est pas, Melissa. J'ai décidé de demander un congé jusqu'à la naissance du bébé et de revenir à la maison.

— Tu… Un congé de l'hôpital ?

— Oui.

— Et tes cours ? Tes recherches ?

— Je continuerai, dit-il en haussant les épaules. Les cours me prennent deux matinées par semaine. Ces jours-là, je passerai l'après-midi au labo.

— Pourquoi as-tu changé d'avis ?

— Ne te méprends pas. J'obéis à des raisons très égoïstes. Je veux que mon bébé ait toutes les chances d'être en bonne santé, et sa santé dépend de la tienne. Tu es trop surmenée pour penser à dormir, à bien te nourrir, à éviter le stress, toutes ces choses susceptibles de nuire à notre enfant, bien malgré toi, bien sûr.

— Tu n'es qu'un… qu'un arrogant personnage !

— Sans doute. Tu vas devoir faire des concessions toi aussi, Melissa. En finissant tes journées plus tôt, pour commencer… Je m'occuperai des patients qui ne pourront être transférés à Dekalb, mais tu devras relâcher ces liens de dépendance que tu entretiens avec eux.

Elle ouvrit la bouche pour répondre, mais il ne lui en laissa pas le temps.

— Je continuerai à faire tourner ton cabinet, ainsi tu pourras le reprendre après la naissance du bébé, si c'est ce que tu veux. En échange, tu prends soin de toi en attendant, ajouta-t-il en la regardant bien au fond des yeux. Si ce bébé compte pour toi autant que tu le prétends, tu devrais admettre que j'ai raison. A présent, je vais chercher de quoi déjeuner. Ensuite, tu rentreras te reposer et tu réfléchiras à tout cela. J'assurerai les consultations de l'après-midi et je te rejoins ce soir, avec le dîner.

Allongée sur le canapé du salon, Melissa essayait en vain de lire. Incapable de se concentrer, elle ne cessait de surveiller la pendule.

Il était plus de 6 heures et James n'était toujours pas rentré.

Peut-être devrait-elle appeler Debbie pour s'assurer qu'il contrôlait la situation ?

Seigneur ! A quoi pensait-elle ? Il était un médecin hors pair.

Sa colère l'égarait. Elle n'avait pas le droit de lui en vouloir puisqu'elle savait depuis le début à quoi s'en tenir. Volontairement ou pas, elle lui imposait une chose contre son gré.

Et s'il avait raison, quand il l'accusait de négliger sa santé parce qu'elle se sentait coupable de sa duplicité envers lui ?

Les questions continuaient de tourner sans sa tête quand elle aperçut des phares sur le chemin, à travers les baies vitrées. Puis elle entendit l'ouverture électronique de la porte du garage. James rentrait à la maison.

Elle posa son livre, se leva… puis s'immobilisa. Elle n'allait tout de même pas se précipiter pour l'accueillir ! Ce n'était pas parce qu'elle avait accepté sa proposition que les choses avaient changé. Ils étaient un couple séparé seulement lié par un bébé.

Se rasseyant, elle reprit son livre, mais les mots se brouillaient et elle fit semblant de lire, le cœur battant à tout rompre tandis qu'elle écoutait les bruits signalant l'arrivée imminente de James.

Il entra et prit place à l'autre bout du canapé où elle était installée. Se laissant aller contre le dossier, il posa sur elle son regard bleu si troublant. Il était plus beau que jamais, malgré ses traits tirés.

Troublée au plus profond d'elle-même, elle s'agita, mal à l'aise.

— Comment cela s'est-il passé ? demanda-t-elle plutôt que d'avouer combien il l'attirait.

— Bien.

— Des nouvelles de Bob Woods ?

— J'ai appelé avant de partir, mais il était toujours en salle d'opération. Par chance, le sang s'est écoulé dans la cavité de l'abdomen et a comprimé l'anévrisme, ce qui a ralenti l'hémorragie. Autrement, il n'aurait pas survécu.

Elle hocha la tête, se demandant avec angoisse ce qui se serait passé si James n'avait pas été là.

— Et Cindy Moss ? s'enquit-elle, consciente qu'il ne la quittait pas des yeux.

Elle aurait dû aller voir Jamie aujourd'hui pour prendre de ses nouvelles, mais elle était rentrée, épuisée, et avait pris un bain, bien qu'elle sût que ce n'était pas recommandé pendant la grossesse.

— Tout est rentré dans l'ordre.

— Tant mieux.

Elle trouvait qu'ils avaient l'air pathétiques, à se comporter comme deux étrangers en train de bavarder.

— J'ai vu sa mère, quand elle est venue la chercher.

— Comment va-t-elle ?

— Pas aussi bien que sa fille. Nous avons parlé un long moment. Jamie m'a raconté tout ce que tu avais fait pour elle.

Melissa se sentit rougir.

— Je n'ai fait que mon travail.

— Non, dit-il, l'air pensif. Tu en as fait beaucoup plus que la plupart des médecins, nous le savons tous les deux.

Il semblait sincère, et plutôt fier que réprobateur.

— Tu voudrais me faire croire qu'il t'a suffi de me remplacer une seule journée pour changer d'avis au sujet de mes patients ?

— Pas du tout. Mais tu travailles trop, et trop dur.

— Tu ne t'es pas ennuyé à mourir dans mon petit cabinet de province ? demanda-t-elle, incapable de s'empêcher de le défier.

— Le cas Bob Woods était du genre à faire monter l'adrénaline, mais curieusement, les autres ne m'ont pas ennuyé, non, répondit-il en souriant.

Curieux, en effet.

— Pourquoi as-tu laissé tes cours à un suppléant, aujourd'hui ?

Le sourire de James s'évanouit et il la considéra un long moment.

— Parce que tu ne répondais pas à mes appels, hier soir, et que je me suis inquiété. Il était plus de minuit et je n'avais toujours pas de nouvelles, alors quelqu'un a pris ma place, aux urgences, et je suis venu.

— Tu étais de service hier soir ? s'étonna-t-elle.

Il hocha la tête.

— Pourquoi n'as-tu pas répondu sur ton portable ? Tu l'as toujours sur toi, il me semble.

Effectivement, mais depuis qu'elle était enceinte, elle évitait de s'en servir à cause des radiations éventuelles pour le bébé. Il y avait une controverse sur la question, et dans le doute, elle avait pris l'habitude de le laisser dans son bureau.

— Je l'avais mis en vibreur pour ne pas réveiller Cindy et je ne l'ai pas entendu, dit-elle, préférant éluder.

— J'ai eu peur.

Un silence suivit cet aveu.

— Je t'aurais prévenu s'il s'était passé quelque chose, James…

— Tu n'aurais peut-être pas été en mesure de le faire.

— Ne sois pas aussi mélodramatique ! Je vais bien.

— Hier soir, tu étais épuisée et tu mettais non seulement ta santé et celle du bébé en danger, mais celle de ta patiente.

— Elle va très bien, tu me l'as dit toi-même.

— Bien avant d'être enceinte, tu oubliais déjà de manger. Certains soirs, je suis sûr que nous n'aurions pas dîné si je n'avais pas préparé quelque chose.

— Mais depuis que j'ai fait le test, je m'impose trois repas par jour, même quand j'ai tellement de nausées que mon estomac supporte à peine quelques crackers, parfois.

— En tout cas, tu as toujours une mine de déterrée.

— Merci !

— La vérité n'est pas toujours facile à entendre.

— Comme lorsque tu me dis que tu me laisses tomber pour le Dr Weaver ?

Ce n'était pas vrai, elle le savait, mais la jalousie la poussait à des extrémités regrettables.

— Je ne t'ai pas laissée pour Kristen. Elle est mon amie, et il n'y aura jamais rien d'autre entre nous. Je suis parti parce que tu as délibérément négligé notre relation, parce que tu refusais de me donner ce dont j'avais besoin.

N'était-ce pas pour la même raison qu'elle s'était éloignée ? Parce qu'il refusait de lui donner ce dont elle avait besoin ? Mais à quoi faisait-il allusion, exactement ? A son refus de vendre le cabinet pour s'installer à Nashville ?

— Je tenais à notre relation, James.

— Ce n'est pas l'impression que tu donnais. Tu n'as même pas été capable de m'accorder cette soirée très spéciale que je t'avais demandée.

Il avait raison, et elle se remémora avec un serrement de cœur la façon dont elle s'était apprêtée pour le rejoindre. Pourtant, si elle était de nouveau placée devant le même dilemme, elle ferait le même choix.

— Moi aussi, je tenais à cette soirée, James. J'étais allée chez le coiffeur, chez l'esthéticienne, je m'étais acheté une nouvelle robe et… et une petite fille blessée est arrivée à mon cabinet, alors…

— Alors, tu as volé à son secours.

Elle hocha la tête en soupirant.

— Ce n'est pas que je n'admire pas ton dévouement, Melissa. Tu es un médecin formidable, mais c'est au détriment de tout le reste. J'aime la médecine, moi aussi, mais je veux avoir une vie.

— Tu exagères. J'ai une vie…

— Vraiment ? Que fais-tu en dehors de ton métier ?

— Un tas de choses, répondit-elle sans parvenir à en citer une seule.

— Au début de notre relation, tu m'accompagnais à des congrès, à des conférences. Nous faisions du canoë, du vélo, nous prenions le temps de regarder des films en mangeant du pop-corn. Ce temps-là me paraît si lointain… Te souviens-tu de cette journée entière que nous avions passée à jardiner, à planter des fleurs, à désherber ?

Elle se souvenait aussi de la nuit qui avait suivi, où ils avaient longuement fait l'amour. La dernière avant cette période où ils ne se retrouvaient plus que pour de brèves étreintes.

— C'était en avril. Nous sommes presque en octobre.

Il avait plus de mémoire qu'elle, sur ce point. Et s'il avait raison ?

Pourquoi avait-elle cessé de faire vraiment l'amour avec lui, quand ils étaient ensemble ? De l'embrasser et de lui dire combien elle trouvait merveilleux de se réveiller à son côté ?

— Nous ne passions pas assez de temps ensemble, je l'admets.

— C'est le moins que l'on puisse dire, Melissa.

C'était tellement plus facile de se voiler la face pour ne pas voir la vérité... Elle prit une profonde inspiration pour lui poser la question qui lui tenait à cœur, depuis qu'il était revenu en pleine nuit.

— Y a-t-il une chance pour que les choses redeviennent comme avant ?

Il l'observa un long moment, avec intensité, comme s'il voulait lire dans sa tête. Melissa sentit l'espoir renaître.

— Non, dit-il d'un ton ferme.

Elle tressaillit malgré elle, transpercée par ce « non » comme par une flèche empoisonnée. Elle s'était fait des illusions. Il n'était revenu que pour le bébé.

— Je ne veux plus de cette vie. Je ne veux plus connaître l'angoisse de la nuit dernière, quand je n'arrivais pas à te joindre. Plus jamais...

— Je suis désolée, James. J'étais tellement inquiète pour Cindy que j'ai oublié que tu devais m'appeler.

Elle vit ses lèvres se pincer et comprit qu'elle venait, sans le vouloir, de lui donner raison.

Pourtant, elle n'en avait jamais eu conscience. Pour elle, il avait toujours été la personne la plus importante dans sa vie.

Alors pourquoi l'avait-elle aussi facilement relégué au second plan ? Après ses patients ?

Elle l'ignorait, mais elle voulait qu'il revienne.

— J'accepte tes conditions, dit-elle. Tu as raison, j'étais épuisée, hier soir.

Il sembla surpris par cet aveu soudain.

— Je me fatigue si vite, ces temps-ci..., poursuivit-elle. J'ai essayé de m'occuper de Cindy, mais si tu n'étais pas arrivé, je... je n'aurais pas tenu le coup, je l'avoue.

— Mais si. Tu serais allée jusqu'au bout de tes limites, comme toujours.

Un long silence passa.

— Si tu es vraiment d'accord pour notre arrangement, je rapporterai mes affaires ce week-end, reprit-il.

Il n'avait emporté que ses vêtements alors que beaucoup de meubles et d'objets lui appartenaient. Elle tenait à ce qu'il revienne dans sa vie, dans son cœur, mais pas contre sa volonté.

— James, tu ne peux pas mettre ta vie en suspens comme cela.

— Ta grossesse a mis ta vie en suspens. J'en suis responsable pour moitié, certes, mais cela nous amène à faire des compromis de part et d'autre dans l'intérêt du bébé. J'ai l'intention de prendre une part active à son avenir.

Son visage s'était crispé, comme si cette perspective le mettait à la torture.

— Pourquoi ne veux-tu pas d'enfants ?

Il planta son regard d'azur dans le sien.

— Question hors de propos, étant donné les circonstances.

Elle décela de la peur dans ses yeux, une peur qui n'avait rien à voir avec les raisons qu'il avait évoquées jusqu'ici.

— Je ne pense pas. Si nous voulons que notre compromis ait une chance de succès, nous devons être honnêtes l'un envers l'autre. Je t'ai avoué t'avoir menti en prétendant ne pas désirer d'enfants.

Elle ferma les yeux un instant et posa ses mains sur son ventre.

— Pourquoi ne veux-tu pas que j'aie un enfant de toi, James ? insista-t-elle.

— Pourquoi l'avais-tu accepté, Melissa ?

— Pour ne pas te perdre. J'espérais que tu changerais d'avis, et quand j'ai vu que ce n'était pas le cas, j'ai commencé à t'en vouloir.

— Ce n'était pas personnel. Je ne voulais pas d'enfants du tout, ni avec toi ni avec personne. Je… je…

— Oui ? Continue ! Sois honnête. Je sais que quelque chose est arrivé, il y a longtemps. Qu'est-ce que c'est ? Tu as mis une jeune fille enceinte quand tu étais étudiant ?

Cette question la taraudait depuis longtemps sans qu'elle ait jamais eu le courage de la poser.

— Si seulement ce n'était que ça…

— Je t'en prie, James, dis-moi.

— Je ne peux pas.

— Tu ne peux pas ou tu ne veux pas ?

— N'insiste pas. Nous avons des points importants à régler en ce qui concerne la garde de l'enfant, l'école où il ira, les vacances... S'attarder sur le passé ne nous mènera à rien.

Melissa se mordit la lèvre en l'entendant prononcer le mot « garde ». De nouveau, il se repliait derrière des murs infranchissables.

Elle ne concevait pas une seconde que son bébé ne soit pas toujours avec elle, chaque jour, qu'ils ne passent pas leurs vacances ensemble...

— J'ai l'intention de le nourrir, annonça-t-elle pour le prévenir qu'elle ne pourrait pas se séparer de son enfant pendant des mois.

— A la bonne heure ! C'est ce qu'il y a de mieux pour lui, mais j'avoue que je suis surpris.

— Pourquoi ?

— Eh bien, parce que cela t'empêchera de trop te consacrer à ton travail. Tu devras garder le bébé auprès de toi.

— Tu reconnais donc qu'il vaut mieux qu'il reste avec moi jusqu'à ce qu'il soit sevré ?

Il mit un certain temps avant de répondre.

— Je reconnais seulement que nous devons évoquer la question de la garde. J'ai parlé à une avocate et elle a dit...

— Quoi ? Tu as vu une avocate ?

— Oui. La semaine dernière, dit-il, mal à l'aise.

— Et tu ne m'as rien dit ?

— Je préférais t'en parler de vive voix plutôt qu'au téléphone. Cela m'a semblé plus correct.

Certes, mais sa démarche signifiait qu'il allait peut-être se battre pour obtenir la garde de l'enfant.

De cet enfant dont il ne voulait pas, jusqu'à ce qu'il le voie à travers l'écographie...

— Quoi qu'il en soit, je comprends que le bébé aura davantage besoin de toi que de moi durant les premiers mois.

Comment avait-il pu aller voir une avocate sans lui en parler ?

— Je le nourrirai jusqu'à...

Ce qu'il soit en âge d'entrer au collège, eut-elle envie de dire.

— Jusqu'à ce que je l'estime nécessaire…

Il hocha la tête en la regardant d'un air circonspect. Lisait-il dans ses pensées ?

Une tension s'installa et Melissa s'en voulut d'être pour une grande part à l'origine de cette situation, car non seulement elle risquait de le perdre, mais elle risquait de perdre leur bébé.

— Et qu'a dit cette avocate ?

Il soupira, l'air soudain très las.

— Tu veux vraiment qu'on en parle ce soir ?

— Oui.

Elle aussi devrait se faire représenter, et ils ne communiqueraient plus que par personne interposée…

— Elle a dit que j'étais un homme sérieux, honnête, doté d'une bonne situation, capable d'élever un enfant et de subvenir à ses besoins. Si nous nous battons pour obtenir sa garde, j'ai de bonnes chances de gagner.

— Non ! s'écria Melissa d'une voix étranglée. Je ne te laisserai pas prendre mon bébé !

— *Notre* bébé, rectifia-t-il. Je te le répète, il aura besoin de sa mère et de son père. Un garde alternée me semblerait parfaite.

Il détourna les yeux puis les ramena brusquement dans les siens d'un air… menaçant.

— A moins, bien sûr, que tu ne négliges tes devoirs.

C'était donc ça… Voilà pourquoi il était revenu : parce qu'il ne lui faisait pas confiance pour s'occuper de leur bébé. Si elle ne se pliait pas à sa volonté, il le lui enlèverait.

— Si je comprends bien, tu es ici pour me surveiller. Pour m'espionner de façon à réunir des preuves qui pourraient te servir, plus tard.

Il se leva.

— Je veux seulement t'empêcher de nuire à notre bébé en continuant à négliger ta santé et tes devoirs de future mère.

9

James ne parvenait pas à croire qu'ils étaient de nouveau en train de se disputer. Il n'était pas revenu à Sawtooth pour la provoquer, mais pour lui rendre la vie plus facile. Pourquoi fallait-il qu'elle le fasse sans arrêt sortir de ses gonds ?

Il détestait les querelles. Quand ils vivaient ensemble, Melissa et lui ne s'étaient jamais affrontés. Le problème venait peut-être de là, d'ailleurs. A force de s'appliquer à observer le *statu quo*, on finissait par fuir la réalité.

— Va-t'en ! dit-elle rageusement en se levant. Sors de chez moi et ne remets jamais les pieds ici !

James ferma les yeux et, tandis qu'il comptait jusqu'à dix, un oreiller le heurta en pleine face. Il s'efforça de se maîtriser.

— Je t'ai demandé de partir ! Je ne veux plus de toi ici.

— Trop tard, tu as accepté mon offre. Je reste.

Tout au moins jusqu'à ce que leur bébé soit né.

— Quand je te demande de revenir, tu refuses, et maintenant que je te mets dehors, tu t'incrustes ! Tu as vraiment l'esprit de contradiction ! Faut-il que je te supplie de rester pour avoir une chance de te voir déguerpir ?

— Essaie, tu verras bien…

— James, s'il te plaît, tu veux bien rester ? dit-elle d'une voix sirupeuse et en battant des cils. Oh, je t'en prie… ne t'en va pas.

C'en était trop. Incapable de résister plus longtemps, il l'attira contre lui, se pressant contre son corps mince et son ventre arrondi. Il sentait sa chaleur à travers ses vêtements, son parfum incendiait ses sens, mais ce furent ses yeux qui le bouleversèrent. Ses yeux où brillait la lumière irrésistible qui l'avait ensorcelé au premier regard.

— Depuis quand manies-tu aussi bien la repartie ?

— Depuis toujours, mais tu ne l'avais pas remarqué, James.

— Rien ne m'a échappé, en ce qui te concerne. Rien, murmura-t-il en fixant ses lèvres entrouvertes.

Il vit un frisson la parcourir, ce qui mit le feu au désir qu'il contenait depuis trop longtemps.

S'emparant de sa bouche, il l'embrassa doucement au début, se délectant de retrouver son goût enivrant. Mais très vite, la passion l'emporta et son baiser se fit dévorant. Comme s'il voulait l'avaler tout entière. Corps et âme.

Avec un gémissement, elle glissa une main sur sa nuque pour le serrer plus fort, comme pour se fondre dans lui, et James comprit alors à quel point elle lui avait manqué, à quel point il avait été malheureux, ces derniers mois.

Cette prise de conscience tira la sonnette d'alarme et lui donna la force de quitter ses lèvres, mais il laissa glisser ses mains au creux de ses reins et plaqua son ventre rond contre lui.

Le désir voilait le regard de Melissa.

— Ne t'arrête pas, James. Je t'en prie, ne t'arrête pas, dit-elle dans un souffle en passant sa langue le long de son cou, allumant en lui un véritable brasier partout où elle le touchait.

Mais il essaya de donner un sens à ses paroles. Que voulait-elle ? Qu'il continue de l'embrasser ? Qu'il reste ? Qu'il lui fasse l'amour ?

Il brûlait d'envie de l'emmener dans la chambre où il venait de comprendre qu'il avait passé les plus beaux moments de sa vie. Mais elle se trompait si elle s'imaginait que tout allait recommencer comme avant, qu'ils allaient reprendre leurs vieilles habitudes. Cela ne lui suffisait plus.

Il lui caressa le visage, se demandant comment il avait

pu mettre tant de temps pour se rendre compte à quel point il tenait à elle. Jusqu'où il était prêt à aller pour elle.

Parce qu'il ne faisait pas tout cela seulement pour lui, ou pour le bébé. Il le faisait pour Melissa.

Pour l'empêcher de consacrer sa vie à sa carrière et de se rendre compte trop tard qu'il ne lui restait rien d'autre. Ni l'amour ni rien. Parce qu'elle avait laissé leur relation s'effriter.

— James…, murmura-t-elle dans son cou. Je veux que tu restes ici. Avec moi. Toujours.

Toujours…

Mon Dieu, pourvu qu'il ait la force d'aller jusqu'au bout…

Il lui prit les poignets et l'écarta de lui.

— Ça suffit, Melissa.

Elle se raidit en ouvrant de grands yeux.

— J'avais oublié que tu ne voulais plus de moi.

Ces mots le déchirèrent.

— Bien sûr que si, Melissa.

— Mais tu me repousses.

— Tu n'avais pas vraiment l'intention de te donner à moi.

Elle se dégagea d'une secousse.

— Ne me dis pas ce que j'avais l'intention de faire ou de ne pas faire. Tu ne me connais pas aussi bien que tu le crois.

— Je te connais mieux que tu ne te connais toi-même.

— Alors tu dois savoir que je veux que tu partes.

— Partir n'a pas résolu grand-chose, jusqu'ici, contrairement à ce que je pensais. Pour l'instant, une chose est sûre : je dois prendre soin de toi.

— C'est inutile.

Il garda le silence, mais ne bougea pas.

— Très Bien. Comme tu voudras, dit-elle.

Elle prit son livre et sortit d'un pas rageur.

L'instant d'après, il entendait la porte de la chambre se refermer. Melissa était blessée dans son orgueil. Inutile d'insister pour ce soir.

Décidant de prendre une douche et de manger avant de se coucher, il alla chercher son sac de couchage et ses provisions dans sa voiture.

*
* *

Une heure plus tard, allongée sur son lit, Melissa s'efforçait de lire, mais elle en était toujours à la même page. De plus, elle mourait de faim alors qu'elle avait perdu l'appétit depuis des semaines. Peut-être était-ce à cause des délicieux effluves qui montaient de la cuisine ? James avait toujours été un bon cuisinier.

Son attitude depuis la veille la plongeait dans une confusion totale.

Elle ne parvenait pas à croire qu'il ne soit là que dans l'intérêt du bébé et qu'il sortirait de sa vie quand il serait né.

S'il n'avait eu aucun sentiment pour elle, il ne l'aurait pas embrassée et serrée dans ses bras comme il l'avait fait. Le désir était toujours là, entre eux. Un désir puissant. Exigeant. Absolu.

Une attirance souveraine qu'il n'avait pas eu la force de renier.

Dès qu'il avait posé ses lèvres sur les siennes, elle s'était embrasée. Et lui aussi. Elle n'en doutait pas. Alors pourquoi l'avait-il repoussée ?

James croquait dans une carotte tout en contemplant le repas qu'il avait préparé. Du poulet grillé sur un lit de riz aux légumes, des petits pains et de la compote de pommes en dessert.

Il servit deux verres de lait et les posa sur la table.

Restait à savoir si Melissa allait passer la soirée à bouder dans sa chambre.

Il lui avait fait du mal, malgré lui, mais elle devait comprendre qu'il n'accepterait plus que les choses recommencent comme avant. Plus jamais.

Il voulait partager sa vie avec elle. Totalement. Pas avec un courant d'air.

Une chose était sûre : physiquement, elle le désirait toujours.

Ses sens s'enflammaient au souvenir de son corps pressé

contre le sien, de ses gémissements. Comment avait-il eu la force de résister ? En ce moment même, il devait lutter pour ne pas se précipiter dans leur chambre, dans leur lit. Il rêvait d'embrasser sa peau nue, de découvrir les changements subtils que la grossesse avait apportés à son corps.

Il lui ferait l'amour, il deviendrait son esclave. Le besoin de la posséder l'obsédait. Jamais il n'aurait la force de partir, quand leur bébé serait né…

La nécessité de lui parler de Cailee lui parut alors incontournable. Mais pas tout de suite. Il n'était pas prêt. Pas prêt à voir l'aversion dans ses yeux.

Avec un soupir, il alla frapper à la porte de la chambre.

— Melissa ? Le dîner est prêt.

Pas de réponse.

— Il faut que tu manges. Pour le bébé.

Il entendit du bruit, puis la porte s'ouvrit. Elle passa devant lui sans le regarder et se dirigea vers la cuisine.

Soulagé de constater qu'elle acceptait de se nourrir, il s'efforça d'entretenir une conversation légère pour ramener un peu de paix entre eux. C'est ce qu'il devrait faire, durant les prochains mois : faciliter la vie de Melissa.

James écoutait Caren Little, une sexagénaire volubile qui lui parlait des problèmes de valgus des gros orteils de son mari, de l'indifférence de ses filles, du penchant de sa voisine pour les cancans, du mari volage de sa cousine germaine, de la façon dont les pharmaciens profitaient des pauvres…

Il jeta discrètement un coup d'œil à sa montre.

— Bien, que puis-je faire pour vous, exactement ? l'interrompit-il finalement.

— Mais rien, mon petit ! répondit-elle, étonnée.

Mon petit ? Mieux valait ne pas relever. Pour le reste…

— Madame Little, vous n'ignorez pas que d'autres patients m'attendent et que, contrairement à vous, ils ont peut-être besoin de moi. Alors, pourquoi êtes-vous ici ?

Mme Little fronça les sourcils et croisa ses bras potelés sur sa poitrine en soutenant son regard sans ciller. Remarquant la présence de dépôts graisseux dans ses yeux, sans doute à l'origine de la formation de l'anneau opaque autour de ses pupilles, James décida de vérifier son taux de cholestérol.

— Pour voir le Dr Melissa, bien sûr, répliqua-t-elle, l'air de dire que si quelqu'un perdait la boule ici, ce n'était pas elle.

James s'efforça de rester diplomate.

— Elle n'est pas là cet après-midi, dit-il en souriant.

Melissa était allée voir le Dr McGowan. Il avait émis le souhait de l'accompagner, mais elle n'avait pas envisagé une seconde de fermer le cabinet. En échange, il avait obtenu son accord pour qu'il l'accompagne lors des prochaines visites.

Mme Little le considéra d'un air préoccupé.

— Mais elle sera là demain, n'est-ce pas ? J'ai vraiment besoin de la voir. C'est une question de vie ou de mort.

Ah, là, il était davantage dans son élément.

— Madame Little, si c'est aussi urgent, je peux m'occuper de vous tout de suite. Cela vous évitera de revenir demain.

— Mais vous ne savez pas de quoi je souffre.

— Si vous voulez bien me le dire, je suis tout ouïe.

— Oh, mais… vous n'êtes pas le Dr Melissa.

— Non, certes, mais je suis un médecin expérimenté. Particulièrement dans les cas d'urgence.

— Cela ne signifie pas que vous êtes capable de résoudre mon problème, répliqua-t-elle, nullement impressionnée.

— Quand vous m'en aurez exposé la nature, je saurai si je peux m'en charger ou bien vous adresser au Dr Connors demain.

Mme Little baissa les yeux sur ses doigts déformés par l'arthrose.

— Je n'arrive pas à dormir, avoua-t-elle.

Enfin !

— L'insomnie est un problème très répandu. Je vais vous donner un dépliant sur les mauvaises habitudes diététiques ou comportementales susceptibles de nuire au sommeil, et vous prescrire des médicaments.

— Aucun somnifère ne m'aidera à dormir ! répliqua Mme Little d'un air outragé.

— Qu'en savez-vous ? demanda-t-il en vérifiant dans son dossier qu'elle n'en avait jamais pris.

Cette patiente consultait en général pour des renouvellements d'ordonnances ou pour des infections respiratoires passagères.

— Je le sais parce que vous ne m'avez pas demandé pourquoi je ne dormais pas !

James dut reconnaître qu'elle avait raison. Impatient de savoir ce que le Dr McGowan avait dit à Melissa, et surtout de la revoir, elle, il était pressé de prendre le patient suivant pour terminer sa journée au plus vite.

— Pourquoi ne dormez-vous pas, madame Little ? s'enquit-il en espérant ne pas paraître trop condescendant.

— Parce que M. Little ne me laisse pas dormir.

James s'exhorta à rester de marbre.

— Il ronfle ?

Sa patiente haussa un sourcil.

— Il a toujours ronflé. Mais qu'est-ce que cela a à voir avec le fait que je ne puisse pas dormir ?

James reposa calmement le dossier.

— Madame Little, pouvez-vous me dire, s'il vous plaît, ce que M. Little fait pour vous empêcher de dormir ?

— Pas si vous prenez ce ton avec moi, jeune homme !

Sa patience commençait à s'effilocher sérieusement.

— J'aimerais vraiment vous aider, madame Little, mais si vous ne me donnez pas tous les éléments, je ne pourrai rien faire pour vous, ce qui me désolerait, croyez-le bien.

Elle lui jeta un regard suspicieux puis haussa les épaules.

— C'est à cause de cette prescription que le Dr Melissa a donnée à mon mari.

— Quelle prescription, madame Little ?

— Ces pilules bleues, jeta-t-elle avec hargne.

— Des pilules bleues ?

— Vous savez bien ! dit-elle, le toisant comme si, décidément, il ne connaissait pas son affaire. Le Viagra… Alors, que pouvez-vous faire pour moi ?

*
* *

Melissa se faisait l'effet d'être un pingouin quand elle se déplaçait. Elle se sentait énorme, avait l'impression que sa vessie avait diminué de moitié et souffrait du dos du matin au soir.

Mais malgré ces désagréments, elle gardait le sourire, la plupart du temps. Cet homme présentement occupé à lui masser les chevilles tout en lisant un article dans *Emergency Medecine,* avait contribué à rendre sa vie agréable. Si seulement il l'aimait, elle serait aux anges.

Parce qu'elle avait besoin de l'amour de James.

Avec lui, elle se sentait capable de conquérir le monde. Sans lui, la vie ne valait pas la peine d'être vécue.

Certes, elle aimait son métier, mais il ne comblait pas le vide qu'elle ressentait chaque soir, seule dans son lit.

Pas une seule fois James n'était venu la rejoindre dans leur chambre. « Leur » chambre…

Comme il lui effleurait les orteils, elle leva les yeux et surprit une lueur de désir dans les siens, si fugitive qu'elle se demanda si elle n'avait pas rêvé.

— Ça va ? s'enquit-il comme elle continuait de le regarder.

Bien sûr qu'elle allait bien, dès l'instant où il était là, près d'elle, qu'il la touchait… Elle s'efforçait d'engranger ces moments pour en faire des souvenirs susceptibles de meubler ses nuits solitaires, quand il repartirait à Nashville, après la naissance de l'enfant.

— Il bouge beaucoup, ces temps-ci, répondit-elle.

Il reporta son attention sur son ventre et écarquilla les yeux quand il vit sa robe de coton tressauter.

— Je peux ? demanda-t-il.

Bien sûr qu'il pouvait. Mais elle aurait tellement aimé qu'il ne s'arrête pas là…

Elle lui prit la main et la posa là où elle venait de ressentir ce qui ressemblait à un coup de pied. Leur petit débordait d'énergie. Quelques secondes s'écoulèrent avant un nouveau choc.

— Incroyable..., dit-il en plaçant son autre main sur son ventre.

Obéissant à une impulsion, Melissa ouvrit un bouton de la robe et lui posa les mains sur la peau nue de son ventre. Elles s'y placèrent en coupe comme sur la chose la plus précieuse au monde, et ils restèrent un long moment ainsi, dans cette communication à trois. Puis ses yeux bleus croisèrent les siens et elle y lut tant de tendresse que sa gorge se noua.

Elle l'aimait.

Et lui aussi, il l'aimait. Il ne le savait peut-être pas, mais elle n'en doutait pas.

Hélas, elle avait laissé cet amour lui filer entre les doigts...

A cet instant, il ôta ses mains et son regard se fit lointain.

— J'avais une sœur, dit-il.

Une sœur ? Il ne lui en avait jamais parlé...

Elle remarqua alors sa pâleur soudaine et une tristesse insondable qui lui chavira le coeur.

— Cailee fut une surprise pour mes parents. Ils avaient quarante ans et je venais d'avoir dix-sept ans quand elle naquit et, à l'époque, je voulais être programmeur en informatique... Ma mère souffrait d'une dépression postnatale et, un soir, mon père décida de sortir avec elle pour lui changer les idées. Ils me chargèrent de surveiller Cailee...

Et il lui raconta toute l'histoire.

— Mort subite du nouveau-né ? dit Melissa, les yeux pleins de larmes, comme il lui racontait comment il s'était rendu compte que sa petite sœur ne respirait plus.

— J'ai essayé de la ranimer, continua-t-il. Mais je ne savais pas comment m'y prendre et mes efforts n'ont servi à rien.

— Oh, James, quelle tragédie ! Je suis désolée.

— Une tragédie dont je suis responsable. Si je l'avais surveillée convenablement, ce ne serait pas arrivé.

— Mais tu étais si jeune ! Tu ne pouvais pas veiller sur elle sans relâche. Personne ne reste tout le temps à côté d'un bébé qui dort. Tu n'es pas responsable. Tes parents ne t'en ont tout de même pas tenu rigueur.

— Non… Ils se sont accusés mutuellement et ils ont divorcé six mois plus tard.

— C'est à cause de ce qui est arrivé à Cailee que tu ne voulais pas d'enfants ? demanda-t-elle doucement.

James ne voulait pas de sa pitié. Pourquoi lui avait-il raconté tout ça ?

Parce que sentir le bébé bouger en elle l'avait rendu encore plus réel. Il allait être père, et il aurait dû être effrayé par cette perspective, mais ce n'était pas le cas. Il désirait cet enfant sans l'ombre d'un doute.

— Tu sais tout, dit-il en se levant.

— Attends. Nous devons parler.

Elle essaya de le retenir, mais il se dégagea.

— Je t'ai dit ce que tu voulais savoir. Pour le reste, cela ne change rien.

Puis il sortit, pressé de fuir son regard compatissant.

10

Melissa avait l'impression d'être devenue énorme. A trente-cinq semaines de grossesse, elle avait du mal à respirer, un dos de plus en plus douloureux, les pieds et les mains gonflés. Malgré tout, elle travaillait toujours.

Ce matin, il était à peine 10 heures et elle avait déjà vu une demi-douzaine de patients.

Elle se massait les reins quand Debbie annonça le patient suivant : Jamie Moss, avant de poser ses mains sur le ventre de Melissa.

— Comment va Junior ? demanda-t-elle.

— Il donne des coups de pied avec entrain.

Elle avait pris l'habitude de parler de son bébé au masculin. James ne l'avait jamais détrompée, pas plus qu'il n'avait réagi en la voyant acheter de la layette bleu pâle.

— Et sa maman ?

— En pleine forme.

Au regard que lui lança Debbie, Melissa comprit qu'elle n'était pas dupe.

— James a appelé pour avoir des nouvelles. Il regrette de ne pas avoir annulé son semestre. Il tient tellement à toi ! reprit Debbie en soupirant. Cela se passe bien à la maison ?

Dans un sens, cela se passait à merveille. Ils se retrouvaient tous les soirs, comme un couple normal. Parfois, ils faisaient les visites à domicile ensemble, mais quand James connaissait le patient, il s'en chargeait seul. Melissa dirigeait un nombre croissant de malades vers l'hôpital de

Dekalb, et la plupart d'entre eux, respectueux de son état, évitaient de la déranger en dehors des heures de consultation.

Toutefois, James gardait toujours ses distances, aussi bien émotionnellement que physiquement. Et il évitait obstinément de parler de Cailee.

— Il se conduit comme un futur père attentionné, répondit-elle enfin.

— Je voulais dire, entre vous ?

— Rien n'a changé. Il a toujours l'intention de partir quand le bébé sera né.

— Et tu crois vraiment qu'il le fera ?

Bien sûr qu'elle le croyait. La semaine dernière, un agent immobilier avait appelé au sujet d'une maison que James avait vue à Nashville. Elle refusait d'y penser pour l'instant, mais elle s'inquiétait de la façon dont il assumerait sa paternité. Verrait-il Cailee chaque fois qu'il regarderait leur bébé ? Comment l'aider s'il refusait d'en parler ?

Elle s'efforça de chasser les sombres pensées qui la hantaient chaque nuit, celles où elle voyait James partir, où il s'attachait tellement au petit qu'il remuait ciel et terre pour en obtenir la garde…

— Jamie m'attend, dit-elle, pour couper court, en se dirigeant vers la salle d'examens.

Jamie avait beaucoup maigri. Sa chimio était terminée, mais ni ses cheveux ni ses sourcils n'avaient encore repoussé. Une fois de plus, ses yeux étaient rouges et gonflés, comme si elle passait son temps à pleurer.

— Alors, Jamie, comment ça va ?

— A quel point de vue ? Financièrement, cela ne s'arrange pas. Après tout ce que vous avez fait pour moi, je ne sais pas comment vous dire ça, mais… mais je suis à bout. Je n'ai plus la force de me battre.

— Les filles…

— Préféreraient que je sois morte. Et moi aussi.

— Oh, Jamie ! Vous savez qu'elles ne le pensent pas. Vous n'allez pas baisser les bras maintenant.

Jamie avait supporté la chimio, la mastectomie et devait maintenant subir une radiothérapie.

— Vous êtes en train de vaincre le cancer, reprit Melissa. Le Dr Arnold me l'a confirmé. Il est très optimiste et on fait de superbes reconstructions mammaires, aujourd'hui.

Jamie retint imperceptiblement son souffle, en entendant le nom du chirurgien.

— A quoi bon ? Mes filles seraient mieux sans moi. Cindy a des problèmes à l'école, et elle a fait deux fugues le mois dernier. Et tous les soirs, Amanda réclame son père en pleurant.

— La psychologue scolaire n'a pas arrangé les choses ?

Jamie baissa les yeux.

— Elle dit que c'est ma faute si mes filles ne surmontent pas la mort de leur père.

— Quoi ? Elle a dit ça ?

Furieuse, Melissa décida d'appeler l'école au plus vite.

— Ce n'est pas grave. Je voulais seulement que vous sachiez combien j'ai apprécié votre aide.

— Jamie, pourquoi parlez-vous au passé ?

La jeune femme se mit à observer ses ongles sans répondre.

— Jamie ? Vous n'avez pas des idées… suicidaires, j'espère ?

— Je… j'aimerais juste m'endormir et ne plus me réveiller.

— Et vous avez pensé à mettre ce souhait à exécution ?

— Il me suffirait de… d'augmenter ma dose d'insuline. J'entrerais dans le coma…

— Jamie, si vous m'en parlez, c'est que vous ne voulez pas vraiment mourir. J'aimerais vous aider, mais je pense que vous avez besoin d'un autre genre de soutien. Vous êtes profondément dépressive et la dépression se soigne. Je dois vous faire hospitaliser.

— Je n'irai nulle part. Comment feraient mes filles ?

— Et comment feraient-elles si vous disparaissiez ? Croyez-vous vraiment que votre sœur pourrait s'occuper d'elles convenablement ?

Jamie ferma les yeux en soupirant.

— Je ne suis pas qualifiée pour vous apporter l'assistance qu'il vous faut, Jamie. Je vais appeler votre sœur et lui demander de prendre les petites quelques jours.

— Elle ne voudra pas.

— Pourquoi ? s'étonna Melissa.

— Elle ne me parle plus.

— Vous vous êtes disputées ?

— Oui… mais je n'ai pas envie d'en parler.

— Si c'est pour cela que vous avez envie d'en finir, vous devriez.

— Ce n'est pas nécessaire.

Mais Melissa ne la croyait pas. Jamie avait traversé tellement d'épreuves, avec un tel courage, que Melissa refusait d'abandonner maintenant. Même le Dr Arnold avait développé un intérêt particulier pour elle, plus personnel que professionnel, avait-elle cru deviner.

Et si c'était le cas, Jamie le méritait. Le Dr Arnold était un homme bien.

— Je vais appeler l'assistance psychologique, reprit Melissa. Si votre sœur ne peut s'occuper de vos filles, je me chargerai d'elles.

Comme le regard de Jamie se posait sur son ventre, elle ajouta :

— L'accouchement n'est pas prévu avant la semaine prochaine.

— Non, je ne peux pas vous demander ça.

— N'est-ce pas à cela que servent les amies ? A être là dans les moments difficiles ? Vous ne m'avez rien demandé, de toute façon. C'est moi qui vous l'ai proposé.

Melissa participa à la discussion avec le psychologue de crise, ce qui fait qu'à l'heure du déjeuner, elle n'avait pas terminé ses consultations. Se souvenant de la promesse qu'elle avait faite à James, elle prit toutefois le temps de manger un yaourt et une pomme.

Depuis deux semaines, elle avait accepté de ne plus travailler à plein temps et il la remplaçait de plus en plus souvent.

Heureusement, la sœur de Jamie, très inquiète, accepta de s'occuper des filles. Il fallait seulement que quelqu'un aille récupérer Amanda et Cindy à la sortie de l'école, aujourd'hui.

— Comment s'est passée la journée ? demanda James en arrivant au cabinet.

Puis il revêtit sa blouse et entreprit, comme d'habitude, de lui masser le ventre. Il sourit lorsqu'il sentit le bébé bouger et Melissa se dit qu'il parviendrait à surmonter la mort de Cailee.

Elle commençait à lui raconter l'histoire de Jamie quand Debbie les interrompit.

— Désolée, mais Ben Brown vient d'arriver. Il s'est entaillé la main en coupant du bois et saigne énormément.

— J'arrive, dit James. Rentre à la maison, Melissa. Tu as l'air fatiguée.

Elle s'inclina sans protester. Depuis quelque temps, ils avaient pris l'habitude d'évoquer les cas qu'ils rencontraient, et elle savait qu'elle pourrait lui parler de Jamie un peu plus tard.

Il commençait à neiger quand Melissa arriva à l'école. Sortant de la voiture, elle s'emmitoufla dans son épais manteau et entra dans le bâtiment. Quand elle expliqua aux filles les raisons de sa présence, Amanda se mit à pleurer tandis que Cindy s'asseyait sur le plancher et se recroquevillait, la tête entre ses genoux repliés.

— Elle est morte, c'est ça ? gémit Amanda. Je l'ai voulu et maintenant… Elle est morte comme papa.

Melissa la prit contre elle en la rassurant de son mieux. L'instant d'après, elles se retrouvaient toutes les trois par terre, enlacées et pleurant à chaudes larmes. Car Melissa pleurait aussi pour Jamie, pour ses filles, pour ce qui aurait pu être entre James et elle.

Quelques instants plus tard, les deux filles se levaient pour aider la jeune femme à se mettre debout.

Alors qu'elle se redressait, une violente douleur dans le

dos lui coupa la respiration. Violente mais brève, heureusement. Elle n'avait pas dit à James qu'elle faisait un détour, avant de rentrer.

Quand les deux filles apprirent qu'elle comptait les emmener chez leur tante, elles parurent tellement tristes que Melissa décida de s'arrêter dans un fast-food et elle en profita pour leur expliquer avec des mots choisis l'état dépressif de leur maman. Amanda et Cindy l'écoutèrent avec attention, et Melissa espéra qu'elles seraient plus gentilles avec leur mère. Il y aurait aussi le Dr Arnold pour l'aider dans l'adversité. Avant de partir, Melissa l'avait appelé. Admettant qu'il éprouvait des sentiments pour Jamie, il avait aussitôt décidé de se rendre à Nashville où elle avait été transportée.

Les deux sœurs choisirent des glaces, malgré le froid. Elle donnait à Cindy de quoi payer quand son portable sonna. Le nom de son correspondant s'afficha.

— James ?

— Où es-tu ? J'ai terminé plus tôt et je croyais te trouver en train de te reposer.

— Je suis à Dekalb.

— Tout va bien ?

— Oui, dit-elle alors que les élancements de son dos s'amplifiaient.

— Debbie m'a raconté, pour Jamie. Je savais que tu serais bouleversée, c'est pourquoi je suis rentré plus tôt à la maison.

Pourquoi parlait-il de « la maison » ? Il n'y serait plus dès que le bébé serait né, ce qui ne saurait tarder, songea-t-elle, le cœur serré.

Elle s'aperçut soudain que les deux filles l'observaient avec curiosité. En songeant à tout ce qu'elles avaient enduré, elle songea combien la vie était courte. Et précieuse.

A cet instant, elle acquit la certitude qu'elle surmonterait les épreuves qui l'attendaient. Sans rien dire à James, elle avait préparé un sac avec ses affaires et celles du bébé. Car elle avait décidé de le suivre à Nashville, après la naissance. Elle n'accepterait pas de le perdre sans se battre.

Il l'avait aimée, et elle ferait tout son possible pour ranimer ses sentiments pour elle.

— Melissa ?

— Oui. Je serai là dans une heure, répondit-elle en raffermissant sa voix car elle sentait des larmes lui piquer les yeux. Je dois déposer Cindy et Amanda chez leur tante.

Il hésita, comme s'il avait perçu son émotion qu'il attribuait peut-être à Jamie.

— Sois prudente. Les routes sont glissantes.

Il avait raison. La neige s'était mise à tomber avec une intensité redoublée, et quand elle arriva enfin chez elle, deux heures s'étaient écoulées. Elle avait tellement mal au dos qu'elle ne put descendre tout de suite de voiture. Le front appuyé contre le volant, elle essaya d'imaginer comment elle allait annoncer ses nouvelles résolutions à James.

Sa portière s'ouvrit brutalement, ce qui la fit sursauter, et elle sentit une main sur son épaule.

— Ça va ? demanda James.

Il avait dû se précipiter dès qu'il avait entendu la porte du garage.

— Pas vraiment, dit-elle. J'ai très mal au dos.

— Je m'en doutais. Tu n'avais pas l'air dans ton assiette, au téléphone. Tu as des contractions ?

— Mon ventre est dur, mais je n'ai pas de contractions.

— Le bébé bouge normalement ?

— Il n'a cessé de jouer au foot depuis ce matin.

Il l'aida à descendre de voiture puis à entrer dans la maison où il l'installa dans un fauteuil. Elle s'y adossa aussitôt et le laissa lui enlever ses chaussures avant de poser ses pieds sur un petit tabouret.

Il l'observait avec une vive attention et sa sollicitude la réconforta un peu.

Elle voulait vivre avec lui, comme avant. S'endormir et se réveiller dans ses bras.

Et elle devait le lui dire. Tout de suite.

— J'aimerais que nous nous mariions dès que possible, James.

11

Les doigts magiques qui lui massaient les chevilles se figèrent.

Un long silence s'installa. Agenouillé à ses pieds, il l'observait fixement, le regard tellement assombri qu'il en était presque bleu marine.

Il reprit son massage, mais ses gestes étaient moins doux.

— C'est faisable.

Le cœur de Melissa manqua un battement.

— Tu veux bien m'épouser ?

— Cela résoudrait le problème de la garde.

L'espace d'un instant, elle avait cru que c'était elle qu'il voulait et oublié que seul le bébé lui importait.

Elle espérait faire sa vie avec James, mais pas s'il devait renoncer à être heureux.

— Et Nashville ?

— Quoi, Nashville ? demanda-t-il en fronçant les sourcils.

Elle se pencha vers lui et posa une main sur la sienne, prête à lui avouer qu'elle était prête à aller au bout du monde, dès l'instant où c'était avec lui. Mais une violente douleur lui contracta le ventre et se diffusa jusqu'à ses reins.

Etouffant un cri, elle s'agrippa aux accoudoirs en respirant plus vite, s'efforçant de rester calme et de contrôler son souffle.

Une nouvelle vague de douleur lui donna des sueurs froides. Jamais elle n'avait rien enduré d'aussi intense. C'était comme si elle se déchirait à l'intérieur.

— Melissa ? Tu as des contractions, n'est-ce pas ?

Elle rouvrit les yeux puis grimaça.

— J'ai très mal au bas du dos, au ventre, je… je ne sais plus où. Oui, ce doit être… une contraction.

Seigneur ! Il était médecin. Il avait déjà vu des bébés naître, il en avait même mis au monde lui-même, mais cette fois, il s'agissait de Melissa. De leur bébé.

L'image de Cailee passa devant ses yeux et le passé le submergea : le petit corps sans vie dans le berceau, la détresse de sa mère, la dépression de son père, les disputes de ses parents, le poids de sa culpabilité de n'avoir pu la sauver…

— James ?

Il sursauta.

— J'appelle le Dr McGowan. Il nous retrouvera à l'hôpital, dit-il, espérant que l'angoisse qui l'assaillait n'était pas visible. Cela va aller.

— On voit bien que ce n'est pas toi qui souffres.

— Combien de temps, entre deux contractions ? demanda-t-il, soulagé que le médecin en lui reprenne le dessus. Quand ont-elles commencé ? Sont-elles très douloureuses ?

— Je ne sais pas… mais j'ai très mal.

Elle semblait affolée, à présent.

— Tout va bien se passer. Le Dr McGowan est un excellent obstétricien. Le meilleur…

Mais elle n'en parut pas réconfortée pour autant. Au contraire, elle écarquilla les yeux en s'accrochant à sa main.

— James… je perds les eaux, haleta-t-elle.

Il se leva.

— Je vais chercher des serviettes et prévenir McGowan. En attendant, essaie de mesurer le temps entre les contractions, Melissa, d'accord ?

— Ne me parle pas comme si j'étais une gamine incapable de comprendre un discours d'adulte. James !

Une nouvelle grimace déforma son visage.

Bonté divine ! Si c'était une nouvelle contraction, cela signifiait qu'elles étaient très rapprochées.

— Il faut que je t'examine.

— Non !

— Je suis médecin.

— Pas mon médecin.

— D'accord, d'accord, marmonna-t-il en s'éloignant vers la salle de bains.

Il revint avec des serviettes qu'il plaça sous elle, dans le fauteuil trempé de liquide amniotique.

L'instant d'après, il prenait son portable et expliquait la situation au Dr McGowan.

— La dilatation est de combien ?

— Je ne sais pas, répondit James en jetant un coup d'œil à Melissa. Les contractions surviennent toutes les minutes.

— Toutes les minutes ? Depuis combien de temps ont-elles commencé ?

— Elle vient de perdre les eaux, mais elle a souffert du dos toute la journée, apparemment.

— Il est trop tard pour l'emmener à Nashville. Examinez-la et conduisez-la à Dekalb. Allons, dépêchez-vous et rappelez-moi.

James raccrocha puis il expliqua à Melissa ce que venait de lui dire l'obstétricien.

A sa grande surprise, il la vit s'empourprer.

— D'accord, dit-elle d'une toute petite voix.

— Cela va aller. Je vais chercher un stéthoscope et des gants.

L'instant d'après, il revenait avec le nécessaire et se lavait les mains et les avant-bras. Au cri qu'elle poussa, il comprit que les contractions s'intensifiaient.

Il se sentait impuissant, un sentiment qu'il s'était juré de ne plus jamais éprouver, après la mort de Cailee. Et si le bébé se présentait pas le siège ? La vie de Melissa serait alors en danger. Elle serait entre ses mains. Et celle du bébé aussi.

Quels mots Kristen avait-elle employés, en parlant de ce que Melissa représentait pour lui ? « Ce que son cœur désirait le plus au monde »… Oui, c'était exactement cela. Et plus encore !

— J'arrive, dit-il d'un ton ferme pour qu'elle comprenne bien qu'elle n'était pas seule.

Et qu'il serait toujours là, à ses côtés, si c'était ce qu'elle voulait.

— J'ai envie de pousser. James…

— Non, il ne faut pas ! dit-il en se précipitant auprès d'elle, jetant au passage ce qu'il avait apporté.

— Mon corps me dit le contraire.

Il l'aida à se mettre debout et, s'efforçant d'ignorer ses gémissements, il la déshabilla.

Malgré l'urgence de la situation, il admira la beauté de son corps de mère, la beauté de la peau crémeuse de son ventre distendu. Il sentit ses jambes se dérober sous lui. Allait-il flancher maintenant, au moment où elle allait lui donner le cadeau le plus précieux qui soit ? Un cadeau dont il s'était cru à jamais indigne, après Cailee ?

Tout comme il s'était imaginé qu'il pourrait vivre sans Melissa. Quel imbécile !

Il comprit alors, avec une lucidité sans faille, qu'une vie sans amour ne valait pas la peine d'être vécue. Durant ces derniers mois, il l'avait aidée, entourée, choyée, préparant la naissance de leur enfant avec une excitation, une impatience qu'il avait voulu ignorer. Il savait maintenant qu'elle serait une bonne mère et que son métier et ses patients ne constitueraient plus la place essentielle dans sa vie.

Grâce à elle, il savait qu'il parviendrait à surmonter le passé.

Dieu de ciel ! Pourquoi ne s'était-il pas jeté à ses pieds quand elle lui avait dit qu'elle voulait l'épouser ? Qu'elle voulait fonder une famille avec lui ?

Il n'attendait rien de plus beau…

Il aurait dû la demander en mariage la première fois où ils avaient fait l'amour ensemble, et où il avait compris qu'ils étaient faits l'un pour l'autre.

Il pensa à la bague restée dans la chambre d'amis. Il

était toujours aussi amoureux que le jour où il avait voulu la lui donner.

Pourquoi avait-il renoncé ? Par peur de souffrir ? Par bêtise, oui ! Dès l'instant où ils s'étaient rencontrés, il aurait dû lui crier son amour. Lui parler de Cailee, de ses parents, et de la peur terrible que cette tragédie avait laissée en lui.

Sans se soucier qu'elle le prenne pour un fou, il se mit à lui palper le ventre et à délimiter les contours de leur bébé avant de poser ses lèvres sur sa peau tendue.

Elle rougit et lui parut plus belle que jamais.

En même temps, une nouvelle contraction lui arracha une plainte.

— Il faut vraiment que je pousse, James. J'ai l'impression qu'il… qu'il vient !

— Laisse-moi t'examiner.

— James… je…

— Imagine que je suis le Dr McGowan, d'accord ?

Sans lui laisser le choix, il l'installa le plus confortablement possible, lui écarta les jambes et… crut que son cœur allait s'arrêter. Il comprit pourquoi Melissa avait tant envie de pousser. Ils n'avaient pas le temps d'aller à Dekalb. Elle était complètement dilatée !

— Que se passe-t-il ? James ?

— Rien… nous…

— Tu vas appeler une ambulance ?

— Melissa, tu vas accoucher. C'est imminent.

— Oh ! s'écria-t-elle comme une nouvelle contraction l'incitait à pousser sans réserve.

Sans s'écarter d'elle, il eut la présence d'esprit de composer le numéro de l'hôpital et de demander une ambulance.

Puis il rassembla son courage. Il n'était plus le jeune homme impuissant qui n'avait pas su ramener Cailee à la vie, mais un médecin qualifié.

Ses mains expertes vérifièrent la position du bébé. Ce n'était pas un siège, Dieu merci.

— Pousse ! Mais sers-toi de tes contractions. Attends que ton corps te le dise.

Elle s'accrocha au fauteuil, le visage cramoisi par l'effort, mais elle suivit ses instructions à la lettre, reprenant son souffle après deux vagues de douleur.

— Pousse ! Encore ! Oui ! Courage ! Encore une fois, et notre bébé va naître. Plus fort ! Plus fort !

12

Plus fort ? Mais elle n'en pouvait plus ! Pourtant, la pression pelvienne était tellement puissante qu'elle n'avait pas le choix.

Comment des femmes avaient-elles pu, ou pouvaient-elles encore accoucher et retourner aussitôt après travailler aux champs ? C'était impossible…

Il lui fallait des médicaments ! Des antalgiques ! N'importe quoi pourvu que cette douleur insupportable cesse !

Malgré tout, les cours d'accouchement « sans douleur » lui revinrent à la mémoire et elle retrouva les automatismes, le rythme de la respiration susceptible d'alléger naturellement la pression.

Le moment était venu pour son bébé d'entrer dans le monde et elle devait l'y aider. En poussant, encore et encore.

Mais elle n'en pouvait plus. Elle était à bout de forces…

— Pousse, ma chérie, pousse, dit James, accroupi entre ses jambes. Tu peux le faire ! Je vois sa tête !

Mais elle souffrait tellement qu'elle avait l'impression de ne plus rien maîtriser du tout.

— Pousse ! Une dernière fois. Respire… voilà Vas-y, maintenant ! Maintenant !

Dieu sait où elle trouva l'énergie de prendre suffisamment d'air et de contracter des muscles qu'elle ne sentait même plus.

— Oui ! Voilà ! Je vois ses cheveux, Melissa !

Oh, si seulement elle pouvait les voir aussi !

— Respire, chérie. Respire. Nous allons y arriver. Allez !

Nous ? Sûrement pas « nous » ! C'était elle qui faisait tout le travail. Lui, il se contentait de lui donner des instructions. C'était facile !

Elle s'apprêtait à lui dire le fond de sa pensée, quand leurs yeux se rencontrèrent, et elle en oublia de respirer, mais nullement à cause de la douleur ou de la suffocation, cette fois.

A cause de l'amour.

Il la suppliait du regard avec une telle intensité, une telle émotion, qu'elle sut que les murs dont il s'était entouré jusqu'ici s'étaient écroulés à jamais.

Pourtant, elle craignait encore d'espérer en vain, de rêver. Elle ne supporterait pas une nouvelle déconvenue.

— Dis-le-moi encore, Melissa, demanda-t-il alors d'une voix rauque.

— Que je te dise quoi ? murmura-t-elle tout en haletant.

— Que tu veux que l'on se marie.

Ignorant la douleur qui lui lacérait les reins, elle s'exécuta.

— Je regrette tellement de n'être pas rentrée à temps, ce soir-là, pour accepter la bague. Je ne voulais pas que tu partes, j'ai tellement besoin de toi ! Je veux être ta femme, James ! Pour toujours.

Voilà. Elle avait dit les mots qu'elle gardait pour elle depuis des mois. Quelle importance ? Elle allait mourir, alors autant qu'il sache la vérité.

— Je veux que tu sois mon mari ! ajouta-t-elle dans un souffle.

— Melissa.

L'intensité avec laquelle il prononça son prénom l'incita à ouvrir les yeux.

— Je t'appartiens depuis l'instant où nous nous sommes rencontrés, ma chérie.

Qu'avait-il dit ? Son cri l'avait empêchée de bien entendre.

— Oui, chérie. Bravo ! Mais ne pousse plus ! La tête est sortie. Magnifique... Absolument magnifique..., murmura-t-il. Un dernier effort, mon amour.

Elle se demanda si elle imaginait ce qu'elle entendait.

Docilement, elle tenta de lui obéir. Mais son corps était tellement endolori qu'elle ne le sentait plus.

— James, je ne peux plus.

— Mais si chérie. Une dernière poussée et ce sera fini. Maintenant !

Sans savoir comment, elle parvint à donner une ultime impulsion.

— Ça y est, Melissa. Ça y est, l'entendit-elle dire d'une voix méconnaissable.

Elle parvint à lever la tête et le vit dégager la gorge du bébé.

Un vagissement énergique déchira alors le silence et Melissa se laissa aller avec un immense soupir et une émotion qui lui arracha un torrent de larmes.

L'espace d'un instant, son regard croisa celui de James qui brillait comme un jour de printemps. Mais il continua à s'occuper du bébé.

— Apgar à 10. Parfait. Dis bonjour à ta fille, chérie, dit-il sans avoir encore coupé le cordon.

Sa fille ?

Comme dans un rêve, elle le vit continuer de s'activer puis envelopper le tout petit être dans une serviette propre.

Elle tendit la main.

— Une fille ?

— Bien sûr…

— Mais…

Il plaça le bébé dans les bras de sa mère.

— Tu as fait des suppositions sans avoir tous les éléments, ma chérie.

Melissa contemplait son œuvre avec une stupéfaction sans bornes. Une perfection. Dix doigts. Dix orteils. Une petite figure ronde et, sur le crâne, un léger duvet tout noir. Et puis de grands yeux bleus. Comme tous les bébés, certes, mais ceux-là resteraient bleus, elle le savait.

Une fille.

— J'ai acheté des habits de garçon.

Il se rassit entre ses jambes pour l'expulsion du placenta avant de procéder à la toilette.

— De mon côté, j'ai acheté du rose, dit-il en souriant.

— Du rose ? répéta-t-elle, tandis que des petits doigts s'agrippaient au sien avec une force surprenante.

— J'ai préparé un sac. Je savais que tu aimerais qu'elle soit habillée en rose.

— Pourquoi ne m'as-tu rien dit ?

— Parce que tu ne voulais pas connaître le sexe…

Puis il prit la main à laquelle le bébé s'était agrippé et la vision de leurs doigts réunis émut Melissa aux larmes.

— J'ai vraiment l'intention de t'apporter ce dont tu auras besoin, ajouta-t-il d'une voix tendre.

— C'est toi que je veux, James.

— Je te l'ai dit, je suis à toi depuis le premier instant.

— Ce n'était pas le cas, ces deniers temps. Tu ne me touchais plus, même quand je te le demandais.

— Je voulais que tu comprennes que ce n'était pas le sexe qui nous réunissait. Que bien que je te désire comme un fou, ce que j'éprouve pour toi va bien au-delà. Je voulais que tu fasses attention à moi, te manquer quand je n'étais pas là.

— Tu me manquais. Horriblement ! Si tu savais combien de nuits j'ai passées, seule dans notre lit, à me languir de toi alors que tu étais là, tout près, et en même temps si loin.

— Je n'étais pas loin. Jamais… J'ai toujours été là, avec toi, murmura-t-il en posant les lèvres sur sa main.

— J'ai cru que je t'avais perdu, murmura-t-elle, la gorge serrée par les sanglots.

— Et moi, dans la chambre d'amis, j'attendais que tu me rejoignes. J'avais peur d'aller vers toi et de t'entendre me dire que je devais partir. Je ne pouvais pas prendre ce risque car je ne m'en serais pas remis. Je t'aime, Melissa. Je t'aime depuis le premier jour, le premier regard, à ce congrès sur l'asthme où tu m'as coupé le souffle.

Il la contemplait avec une ferveur égale à sa sincérité.

— C'est exactement ce que j'ai ressenti, moi aussi, ce jour-là. Nous avions bien choisi l'endroit pour manquer de souffle…

Leurs doigts s'entrelacèrent et ils se sourirent.

— Moi aussi je t'aime, James. De tout mon être. J'irai avec toi à Nashville. Je vais vendre le cabinet et je resterai à la maison avec le bébé. Ensuite, je travaillerai à tes côtés. Je suis prête à tout pour te rendre heureux. Tout. La seule chose qui compte, c'est que nous soyons ensemble.

Il secoua la tête avec un petit rire.

— Tu ne seras jamais heureuse, à Nashville.

— Je ne serai jamais heureuse sans toi.

— Je serai toujours là.

— Tu veux que je reste ici ? Que j'exerce au cabinet et que tu continues à faire toutes ces allées et venues ?

— Je l'ai fait pendant des mois.

— Mais cela ne te rendait pas heureux, dit-elle en caressant la joue de son bébé.

— Je ne l'étais pas parce que je ne comprenais pas ce que tu ressentais. Nous nous éloignions parce que nous n'avions pas été honnêtes l'un envers l'autre. Toi, en ne me disant pas combien tu rêvais d'une famille, et moi, en te cachant les raisons de mon refus d'en fonder une.

— Tu n'es pas responsable de la mort de Cailee.

Il contempla sa fille endormie.

— J'aurais dû prendre ma sœur dans mes bras et ne pas la quitter une seconde, cette nuit-là, mais on ne peut modifier le passé. Je n'ai plus qu'à éviter de commettre les mêmes erreurs. Heureusement, nous en savons davantage sur les causes et la prévention de la mort subite du nouveau-né, aujourd'hui. Melissa… J'ai décidé de laisser tomber mon job aux urgences.

— Oh… non ! Tu ne peux pas !

— Je ne voulais pas te le dire, mais… c'est déjà fait.

— Je croyais que tu t'étais mis en disponibilité.

— La semaine dernière, ils m'ont demandé si je comptais revenir et j'ai répondu que j'avais décidé de me consacrer à la mère de mon enfant et la femme de ma vie.

— Et tes cours ? Tes recherches ?

— S'il le faut, j'y renoncerai aussi.

Melissa repositionna son précieux fardeau entre ses bras.

— Tu ferais cela pour moi ?

— Sans hésiter.

— James, je me suis trompée. Sur tellement de choses ! J'aurais dû te dire ce que je ressentais au lieu de me noyer dans le travail. Mais ce n'est pas de mon métier que j'ai besoin, c'est de toi et du bébé. Tu n'as pas besoin d'abandonner quoi que ce soit. Je serai heureuse n'importe où, y compris à Nashville, dès l'instant où tu es à mes côtés.

— Alors ce sera à Sawtooth, dans le Tennessee, parce que je me suis pris d'affection pour Caren Little et ses problèmes d'insomnie, dit-il, une lueur rieuse dans les yeux.

Melissa fronça les sourcils, se demandant de quoi il parlait. Elle se demanda aussi comment elle avait pu ignorer que son cœur lui appartenait alors qu'il battait si fort pour lui, en cet instant.

— James, que vais-je faire de tous ces habits de garçon ?

— Les garder pour la prochaine fois.

— La prochaine fois ?

— Tu ne veux pas qu'un seul enfant, n'est-ce pas ? Parce que d'ici un mois, je crains que tu ne rencontres les mêmes problèmes d'insomnie que Mme Little.

— Un mois ?

Il eut un petit sourire prometteur. Comprenant enfin de quoi il parlait, elle s'empourpra violemment, ce qui le fit éclater de rire.

— Epouse-moi, Melissa. Tu es ce qui manque à ma vie, toi, le bébé et nos futurs enfants. Je n'ai pas d'autre ambition que de passer mon temps à vous aimer.

Des larmes de bonheur brouillaient la vue de la jeune femme quand elle acquiesça.

Ils entendirent alors la sirène d'une ambulance, au loin. Bientôt, ils seraient en route pour Dekalb.

— Cela va marcher, n'est-ce pas ?

Mais elle n'avait pas besoin de poser la question car elle connaissait la réponse. Elle brillait dans les yeux de James quand il les regardait, elle et leur fille.

— Oh, oui, docteur Connors, dit-il en posant ses lèvres sur les siennes. Sans aucun doute. Cette fois, nous avons l'amour à nos côtés et c'est un remède infaillible pour assurer notre bonheur.

AMY J. FETZER

Un enfant à aimer

Traduction française de
FLORENCE MOREAU

HARLEQUIN

Titre original :
THE SEAL'S SURPRISE BABY

Ce roman a déjà été publié en 2015

1

« Félicitations ! C'est une fille ! »

Encore en uniforme, le lieutenant Jack Singer cligna des yeux et considéra la carte postale. Elle représentait une plantation d'autrefois, et l'écriture ronde et régulière, au dos, était celle de sa sœur.

— Hé ! s'écria-t-il. Je suis devenu oncle. Je viens d'avoir une nièce !

Reese Logan, l'ami et partenaire de Jack dans les missions top secret que menait leur unité de marines, lui sourit.

— Super ! Félicite Lisa et Brian de ma part.

Une fille... Jack fronça les sourcils. C'était tout ce que Lisa avait écrit. Sans préciser son poids, sa taille, ou encore la date et l'heure de la naissance. Curieux qu'elle n'ait pas non plus envoyé de photos. Et plus étrange encore qu'elle ne l'ait pas informé de sa grossesse. Encore qu'elle n'aurait pas pu le joindre d'une autre façon que par sa boîte postale.

Il avait été en mission spéciale pendant quinze mois et aucun contact avec le monde extérieur n'était autorisé. C'était ce qui était le plus difficile dans son métier : couper les liens, ou bien laisser les relations mourir d'elles-mêmes jusqu'à ce que les gens vous oublient.

Notamment les femmes. De toute évidence, c'était ce qui s'était passé avec Mélanie Patterson car, aujourd'hui non plus, il ne trouvait pas la lettre qu'il attendait de sa part.

Une lettre ou un message qui lui aurait prouvé que la femme avec qui il avait passé une folle nuit d'amour, juste après le mariage de sa sœur, ne l'avait pas complètement effacé de son existence.

Jack referma sa boîte postale et enfouit la clé dans sa poche, puis se rendit au poste de commandement, tout en tapotant la carte postale contre sa cuisse. Il avait devant lui deux mois de liberté et il savait ce qu'il allait en faire : il rendrait tout d'abord visite à sa sœur, à sa nouvelle nièce, puis tenterait de retrouver Mélanie afin de comprendre pourquoi elle n'avait pas donné le moindre signe de vie !

Et si elle l'avait oublié ? lui souffla soudain une mauvaise voix.

Elle était pourtant le principal souvenir qu'il conservait du mariage de sa sœur ! Ce jour-là, Mélanie avait été le témoin de Lisa. Il fallait dire qu'elle était aussi sa meilleure amie. Et le genre de femmes qui rendait un homme heureux de sa condition mâle.

Au poste de commandement, Jack se dirigea vers les téléphones mis à disposition des militaires et composa le numéro de sa sœur. Surtout, ne pas se mettre sa sœur à dos en l'interrogeant de manière inopportune sur Mélanie Patterson ! s'enjoignit-il.

Au fond, n'aurait-il pas dû se féliciter que cette aventure d'une nuit ne prenne pas plus d'importance ? N'était-ce pas ce qu'il recherchait avec les femmes, des liaisons éphémères ? Hélas ! Force était de constater que le silence de Mélanie le contrariait.

Quelques mois auparavant, alors que son bateau avait pu établir une liaison téléphonique avec la côte et qu'il avait obtenu l'autorisation de téléphoner, il avait découvert avec effroi que le numéro de Mélanie ne fonctionnait plus. Il avait alors appelé Lisa, pour lui demander son nouveau numéro, mais cette dernière avait affirmé ne pas avoir eu de nouvelles de son amie depuis des mois. Il en avait conçu à la fois de l'inquiétude et de l'irritation.

Etait-ce une conspiration ? Mais pourquoi Mélanie n'aurait-elle pas voulu lui parler ?

Ils s'étaient bien entendus tous les deux, et pas simplement au lit. Ne s'étaient-ils pas côtoyés en toute complicité durant les préparatifs du mariage, avant de tomber dans les bras l'un de l'autre au cours de cette nuit fatale ?

Tout en fixant le courrier qu'il tenait à la main, Jack se rappela leurs fabuleuses étreintes… Ce simple souvenir suffisait à le rendre fou.

— Pas de lettre d'elle ?

Jack secoua la tête. A l'autre bout du fil, le téléphone sonnait tandis qu'au poste de commandement, les autres militaires affluaient.

— Laisse tomber, va. Si tu n'as pas compris le message, moi si, insista Reese.

Jack redressa les épaules et croisa le regard de son ami.

— Non ! dit-il. Un marine n'abandonne jamais.

— Il faut livrer les batailles que l'on est en mesure de gagner, lui rappela son ami. Cette femme t'a clairement indiqué la nature de ses sentiments.

« Ferme-la ! » lui répondit Jack en silence… tout en se demandant pourquoi le fichu répondeur de sa sœur ne se mettait pas en marche !

— Mélanie Patterson vaut la peine qu'on lui court après pour obtenir une réponse directe, argua-t-il sèchement.

Un sourire se dessina sur les lèvres de Reese.

— Enfile une veste de sauvetage, lieutenant, car ton bateau est en train de couler.

Jack se renfrogna : jusqu'à présent, il n'avait pas envisagé la situation sous cet angle. Il avait beaucoup pensé à Mélanie durant ces longs mois et souhaitait, de retour au pays, renouer le fil de leur relation interrompue. Encore une fois, ils avaient été complices à bien des égards — outre au lit — et il voulait la revoir pour savoir si cette intimité était une réalité ou un embellissement de la réalité dû aux souvenirs.

Quinze mois plus tôt

Le mariage était terminé.

A la place de leur père défunt, Jack avait conduit sa

petite sœur à l'autel, en fin de matinée, pour la remettre à l'homme qu'elle aimait. Et, il y avait quelques minutes à peine, il venait de l'aider à monter dans la limousine qui emportait les heureux époux vers une destination connue du seul marié afin d'y passer leur lune de miel. Autrement dit, le moment était venu pour Jack de se concentrer sur l'objet de tous ses tourments, depuis deux semaines à présent, c'est-à-dire Mélanie Patterson, le témoin de Lisa.

Le seul fait de se trouver près d'elle lui brouillait les idées, c'était tout dire ! Cela faisait plus de trois cent trente-six heures — il les avait comptées — qu'il luttait contre le désir qu'elle lui inspirait, la lutte ayant commencé dès l'instant où il avait posé les yeux sur elle.

Les préparatifs du mariage avaient engendré de multiples petits tracas et imprévus de dernière minute, mais aucun ne lui avait paru insurmontable dans la mesure où Mélanie était là. Elle avait su calmer Lisa, avait montré une grande compétence en matière d'organisation… et rendu Jack fou à bien des égards.

Elle était toute en jambes, obstinée et surtout terriblement sexy ; il avait bien cru que le désir qu'elle suscitait en lui allait le consumer sur place !

Pendant ces deux semaines, quand il n'était pas parti régler un problème qui risquait de gâcher le mariage de sa petite sœur, il se trouvait en compagnie de Mélanie. Leurs discussions duraient tard dans la nuit. Il leur arrivait aussi de faire un tour en barque, lorsqu'ils pouvaient s'accorder un moment de tranquillité dans la fébrilité ambiante liée aux préparatifs du mariage. Quand elle n'était pas tout près de lui, il pensait à elle, impatient de se retrouver en tête à tête avec cette pétulante rousse. Pour tout dire, il mourait d'envie de découvrir si elle était aussi savoureuse qu'elle en avait l'air. Mais il aurait parié un mois de salaire que c'était bien le cas.

Il était par ailleurs certain qu'il n'était pas le seul, dans cette histoire, à nourrir de telles spéculations, sans quoi il aurait mis sa libido en sourdine et se serait tenu à distance.

Les allusions de Mélanie étaient certes subtiles, mais chacune avait fait battre son cœur plus fort et nourri son désir.

Lorsque la limousine s'éloigna du club des officiers, il fit au revoir de la main à sa sœur puis se tourna vers Mélanie. Elle tenait l'ourlet de sa robe, penchée en avant pour ramasser un petit sachet entouré d'un ruban rose et rempli de grains. Le club ne les avait pas autorisés à lancer du riz, mais Mélanie avait su persuader les autorités militaires que du grain pour oiseaux était tout à fait écologique. Aucune épouse ne pouvait s'envoler en voyage de noces sans avoir reçu une pluie de grains — riz ou autre — sur la tête et les épaules, en guise de prospérité de la part de ceux qui l'aimaient, avait-elle plaidé sous les yeux amusés de Jack.

Tout comme aucun homme n'aurait dû se trouver près d'une femme comme Mélanie et manquer d'esprit d'entreprise !

— Mélanie ?

Elle leva les yeux vers lui, et un sourire éclaira son visage.

— Salut, lieutenant ! T'ai-je dit que ton uniforme blanc te seyait à ravir ?

— Pas encore, mais je suis prêt à accepter tous les compliments qui viennent de ta bouche.

Elle se mit à rire et il lui tendit la main. Plutôt que de la prendre, elle y laissa tomber la petite bourse en mousseline, regorgeant de grains. Il considéra le sachet, puis le glissa dans sa poche.

— Sentimental ? fit-elle.

— Non. Les frais dont je vais devoir m'acquitter ne me permettent pas de l'être.

— Tiens, tiens, on devient cynique, observa-t-elle d'un air malicieux. Je savais bien que tu n'étais pas aussi patient et chevaleresque que tu en avais l'air.

Autour d'eux, les traiteurs commençaient à ranger. L'orchestre jouait un ultime morceau, et les invités, désormais clairsemés, étaient sur le départ. Sur une impulsion, il l'attira à lui et l'entraîna sur la piste de danse.

— Tu étais sublime, ce matin, dit-il.

— Et si je comprends bien, je ne le suis plus ?

Il lui sourit. Mélanie avait le sens de la repartie, il le

reconnaissait. Et, soit dit en passant, il aurait aimé allumer bien d'autres sens, en elle.

— Tu es la reine du bal, continua-t-il.

— Merci. Je te promets de ne pas répéter ces propos à ta sœur.

Elle laissa échapper un rire cristallin. Il la pressa alors plus fermement contre lui ; le simple contact de sa main dans la sienne, de son corps contre le sien, fit crépiter mille étincelles sur la peau de Jack.

Mélanie poussa un léger soupir.

— Jack, commença-t-elle en tentant de se dérober.

— Chut ! murmura-t-il tout en la faisant valser sur la piste avec la noblesse d'un comte. Tu ressens la même chose que moi, n'est-ce pas ?

— Oui, avoua-t-elle avant de laisser retomber sa tête sur la large épaule de son cavalier.

Leurs corps s'épousaient à merveille, pensa-t-il. Il était certain qu'ils pouvaient pousser l'intimité plus loin, sans être déçus.

— Quel soulagement de constater que je ne suis pas le seul à endurer ce tourment.

— Bienvenue à bord, capitaine ! plaisanta-t-elle.

D'un geste lascif, elle fit alors glisser ses mains fines le long de ses reins… Il aurait aimé être nu pour mieux sentir le contact de ses paumes. Nu et dans un lit, avec elle.

— Sais-tu que tu me rends fou ? lui chuchota-t-il à l'oreille.

Il la sentit frissonner.

— Est-ce nouveau ? questionna-t-elle avec une petite moue.

— Il n'aurait pas été correct de ma part de poursuivre le témoin de ma sœur de mes assiduités, alors que cette dernière était la vedette du jour, observa-t-il.

— Dans ta profession, tu te dois de faire preuve d'une maîtrise absolue, n'est-ce pas ?

— Exact… Mais avec les idées que j'ai en tête, j'encours la cour martiale !

Mélanie releva la tête de son épaule et observa le beau visage du lieutenant. Elle comprit tout de suite le message :

il se consumait de faim et de désir. De fait, cela faisait plus de quatorze jours qu'elle le recevait cinq sur cinq, ce message…

Lorsque Jack Singer avait fait irruption dans le salon de Lisa envahi de tulle et de satin, son premier regard l'avait frappée telle la foudre. Ce n'était pas tant sa beauté, pourtant bien tangible, ni son splendide uniforme de marine qui lui allait à ravir et aurait pu faire tourner la tête de n'importe quelle femme. Non, ce qui l'avait surtout subjuguée chez Jack, c'était la force de son regard. La puissance d'expression de ses yeux qui pouvaient aussi, d'un seul coup, devenir impénétrables.

Elle se rappelait la façon dont il avait jaugé sa sœur, ce matin-là. Lisa essayait sa robe de mariée et l'on aurait dit une princesse de conte de fées. Les yeux bleu profond de Jack s'étaient brouillés de larmes : il était manifeste que l'amour et la fierté qu'il éprouvait pour sa sœur l'avaient saisi sans crier gare. Qui aurait cru que ce parangon de virilité, qui exerçait une profession des plus dangereuses, puisse fondre à la vue d'une mariée ?

Elle se souvenait aussi fort bien de la façon dont il avait foudroyé du regard la fleuriste qui, par sa négligence, avait failli gâcher le grand jour.

— Et quelles sont ces idées ? demanda-t-elle alors.

— Attention, danger ! l'avertit-il en la dévorant des yeux.

— Je suis partante pour l'aventure, renchérit-elle.

— Avec moi ? Maintenant ?

Elle fit alors remonter ses mains le long de ses épaules avant de les nouer autour de son cou et de plonger son regard dans le sien. Il eut la subite et curieuse sensation qu'elle le connaissait depuis toujours.

— Je me demandais quand tu allais te décider à passer à l'action, murmura-t-elle.

Sur cette confession, elle se pressa contre lui et il recouvrit sa bouche de la sienne, la savourant avec ferveur tandis qu'il étreignait ardemment le bas de ses reins ceints dans du satin crissant.

La passion s'invita avec une telle impétuosité qu'il n'aurait pas été convenable de s'attarder sur la piste de danse.

— On y va ? proposa-t-il d'une voix essoufflée.

— N'est-on pas déjà partis ? répliqua-t-elle.

Un sourire entendu éclaira le visage de Jack et il l'entraîna sans un mot de plus hors du club. Elle eut à peine le temps de saisir au passage son sac à main.

Dans le taxi qui les conduisait à l'hôtel, il ne la toucha ni ne l'embrassa, se méfiant bien trop de lui-même. Il se contenta de lui tenir la main. Et ce geste à lui seul était déjà chargé d'un érotisme explosif ! Doigts enlacés, paumes serrées l'une contre l'autre, une sensation d'intimité totale.

Un sentiment qu'il n'avait jamais connu avec aucune autre.

Lorsque le taxi s'arrêta devant la porte de l'hôtel, Jack régla la course et, prenant la main de Mélanie, bondit hors du véhicule. Dans l'ascenseur, il se garda bien de lui adresser le moindre regard… Il portait encore l'empreinte toute chaude de son corps contre le sien quand, quelques minutes plus tôt, il la tenait dans ses bras, sur la piste de danse.

Il sentait aussi sa chaleur. Son odeur. Autant de sensations qui le dévoraient de l'intérieur.

L'ascenseur s'arrêta à tous les étages. Les gens leur souriaient et les saluaient. Comme dans un brouillard, Jack entendit un homme affirmer avoir été dans les marines, au moment de la guerre du Golfe, et il espéra lui avoir répondu de façon polie. Les gens entraient et sortaient avec une lenteur exaspérante. Et soudain, l'ascenseur se vida. Ils étaient les seuls à monter au dernier étage. Alors, n'y tenant plus, Jack se tourna vers Mélanie.

Elle lui sourit et ils se tendirent la main en même temps. S'adossant contre la paroi, Jack l'attira contre lui et l'embrassa avec l'urgence d'un naufragé.

Un baiser qu'elle lui rendit avec la même fougue, s'agrippant à lui comme si sa vie en dépendait. Sa bouche était chaude et sauvage.

Jack sentit sa carapace se fissurer en mille morceaux…

Ce fut alors que, lui saisissant la main, Mélanie le guida

vers la fente de sa jupe. Il sentit la dentelle de son bas, puis sa peau toute douce. Brûlante.

Enserrant ses fesses, il l'étreignit avec violence. Elle poussa un léger gémissement. Il voulait bien plus que cela, pensa-t-il alors. Oui, ce qu'il souhaitait par-dessus tout, c'était l'entendre hurler de désir.

Alors il plongea la main entre ses cuisses.

Elle retint un cri, enfonçant ses ongles dans ses épaules, tandis qu'il la caressait avec adresse. Soudain, elle détacha ses lèvres des siennes pour murmurer d'un ton haletant :

— C'est très vilain, monsieur, ce que vous me faites là.

— Je sais, répondit-il d'un ton pince-sans-rire. Et je ne l'oublierai jamais.

Sur ces mots, il fit glisser ses doigts sous la dentelle de son string.

— Oh, Jack… ! dit-elle dans un soupir, inclinant la tête en arrière.

Elle s'abandonna alors aux savantes caresses qu'il lui prodiguait, s'en délecta… Jusqu'à ce qu'un signal sonore les fasse tous deux sursauter. Ils étaient arrivés à destination. Marmonnant un juron, Jack lui prit la main et ils sortirent de l'ascenseur.

Par chance, le corridor était vide.

Mains fébriles, Jack tenta en vain d'introduire la carte dans la serrure. Un sourire aux lèvres, Mélanie s'en empara et la porte s'ouvrit. Alors il l'attira à l'intérieur puis, avec son pied, referma la porte contre laquelle il la plaqua.

Son impétuosité la fit éclater de rire, mais il bâillonna sans attendre son adorable bouche. Il lui donna un baiser profond, aussi lourd qu'une nuit d'orage. Elle défit les boutons de sa veste blanche de marine tout en se déchaussant. Il fit alors glisser la fermeture Eclair de sa robe en satin qui tomba à ses pieds, révélant des sous-vêtements assortis, couleur lavande.

— Wouah ! fit-il, le regard brillant.

Elle fronça les sourcils… et dégrafa tranquillement son soutien-gorge.

Le souffle de Jack se fit plus court. Le regard fixé sur la

superbe poitrine de Mélanie, il retira à son tour son T-shirt. S'emparant des poignets de Jack, elle guida ses mains vers ses seins. Oh, il n'avait nul besoin d'un tel encouragement ! Prêt, il l'était depuis deux semaines.

Chaque fois qu'il l'avait effleurée, frôlée, il avait ressenti une véritable décharge électrique.

Chaque fois qu'elle lui avait souri, ou qu'il l'avait entendue rire, il s'était senti revivre.

Il se mit à caresser ses seins, en en titillant les bouts du creux de sa paume. Ils se durcirent instantanément… Incapable d'attendre plus longtemps, il en prit un dans sa bouche et entreprit de le tourmenter avec précision…

Mélanie sentit le monde chavirer.

Des premières ondes de plaisir irradièrent son être, et elle se mit à vibrer au rythme des caresses de Jack. Qui abandonna bientôt ses seins pour embrasser son ventre…

D'un geste habile des pouces, il fit rouler son string le long de ses hanches, puis se mit à genoux devant elle, sans cesser de la palper, de la tâter.

Soudain, il releva les yeux vers Mélanie…

Elle lui adressa un sourire aussi confiant que lascif.

Ce fut alors qu'il enfouit la tête entre ses jambes. Et tout ce qu'elle connaissait vola en éclats.

— Jack, murmura-t-elle, déjà dans une autre dimension.

Ses caresses se firent de plus en plus osées, de plus en plus déchaînées. Il la rendait folle, avide de bien plus encore. Et pourtant, elle savait que bientôt il repartirait et disparaîtrait dans le brouillard. C'était un guerrier. Il ne s'appartenait pas.

Mais, pour le moment, il était à elle. A quoi bon chercher midi à quatorze heures ?

Elle se consumait littéralement de désir pour lui, il avait su allumer en elle les feux les plus fous, réveiller les parcelles de son corps les plus enfouies. Bien sûr, il en était conscient et…

Une décharge de plaisir la saisit au dépourvu, au détour d'un soupir.

— Jack ! hurla-t-elle soudain.

A cet instant, un sentiment inouï de possessivité s'empara de lui. Il voulait désormais être le seul à l'étreindre, à la voir se tordre de plaisir, à entendre ses gémissements… même s'il savait que de telles pensées lui étaient interdites !

Dans quelques heures, il serait peut-être à des milliers de kilomètres d'elle. Il devait savourer les instants magiques qu'il passait en sa compagnie, sans les assombrir d'impossibles anticipations. C'était ainsi qu'il s'était toujours comporté, et c'était ce qui l'attendait encore pour les dix prochaines années.

Elle resta pelotonnée contre lui un long moment. Et soudain, sans prévenir, elle se redressa, lui adressa un regard direct et effronté avant de lui donner un baiser de même nature et de déboucler son ceinturon.

— A mon tour ! lui dit-elle.

— Attends…

— On se dégonfle, lieutenant ?

— Je ne voudrais pas partir au combat sans munition.

Elle éclata de rire et se mit à le palper à travers le tissu de son pantalon… Et bientôt, ce fut lui qui se déshabilla… Quand ils se retrouvèrent nus dans les bras l'un de l'autre, peau contre peau, ils ressentirent une étrange vulnérabilité…

Petite faiblesse qu'ils surmontèrent bien vite.

Ils se remirent à se tâter, se titiller, à jouer un concert sensuel — à quatre mains, cette fois. Mélanie avait des doigts de fée, des doigts irrésistibles… La soulevant tout à coup de terre, il la déposa sur le lit.

Offerte à lui, elle lui sourit. Cet homme était décidément son alter ego érotique, pensa-t-elle, savourant d'avance ce qui l'attendait.

Il tendit la main vers le tiroir du chevet… Elle lui arracha littéralement le préservatif des mains. Il releva un sourcil. Riante, elle le fit chavirer sur le lit avant de venir se jucher sur lui.

— Mélanie, un peu de calme, par pitié…

— Non, lieutenant ! Ne compte pas sur ma magnanimité, le prévint-elle, les yeux étincelants.

Il sourit et prit ses seins en coupe entre ses mains, puis dans sa bouche.

— Oh, Jack, tu sais si bien t'y prendre !

— Ravi que tu le reconnaisses.

— Tu es mon héros, murmura-t-elle d'un air songeur.

Sans plus attendre, il la pénétra.

Quand elle se referma autour de lui, un sentiment inconnu s'empara de Jack. Une sensation qu'il n'avait jamais ressentie avec aucune autre partenaire. Un vertige à la limite du soutenable…

— Mélanie, commença-t-il en se redressant.

— Non, pas maintenant…

Elle aussi avait perçu qu'il s'agissait de bien autre chose que des étreintes torrides entre un homme et une femme. L'urgence avait disparu pour laisser place à une atmosphère poignante… Elle avait la sensation d'avoir enfin trouvé l'être qu'elle recherchait. Le sentiment que le puzzle était reconstitué.

Avec lenteur, elle se mit à onduler au-dessus de lui, consciente qu'elle voulait dompter un homme qui ne lui appartiendrait jamais.

Jack était un mustang. Il en possédait la noblesse et la liberté, et jamais elle n'oserait l'attacher en lui demandant de rester, même si la pensée de le perdre alors qu'elle venait à peine de le trouver la désespérait.

Et pourtant, dans ses yeux qui pouvaient être tour à tour durs comme des diamants ou aussi suaves qu'un ciel de printemps, elle percevait bien plus que du désir. Plus qu'il ne pouvait donner.

Jack agrippa les hanches de Mélanie, son regard rivé au sien. Puis il se mit à chalouper de façon lascive avant de la faire brusquement rouler sous lui. De ses jambes, elle le sangla, et il se sentit tomber de son plein gré dans le piège de la passion.

Ils se mouvaient à présent au rythme fou de leurs cœurs. Il allait et venait en elle, et elle l'accueillait au plus profond de son être et de son âme avec un bonheur reconnaissant. Jack savait déjà que, lors de ses futures nuits solitaires en mer, il revivrait cet instant féerique des milliers et des milliers de fois.

Comme il accélérait ses va-et-vient, des petits cris échappèrent à Mélanie. Des cris de plus en plus aigus… A présent, ils s'étreignaient à une cadence folle, animale, le regard rivé l'un à l'autre…

De légers picotements parcoururent bientôt leurs corps pour se transformer peu à peu en volcans qui les arrachèrent à la réalité temporelle et à eux-mêmes…

La nuit venait juste de commencer.

Le téléphone sonna à 6 heures tapantes ; Jack se précipita sur le combiné.

— J'espère que ce sont de bonnes nouvelles, Reese, sinon tu vas avoir affaire à moi, s'écria-t-il alors.

— Lieutenant Singer ? Colonel Walsh à l'appareil.

Une réponse qui réveilla d'un coup Jack.

— Mon colonel ?

— Les plans ont changé. Vous devez revenir à la base le plus vite possible.

— Oui, mon colonel.

— A propos, ce mariage, comment était-ce ?

Jack laissa glisser les yeux sur les jolis reins nus pressés contre sa cuisse.

— Mémorable, mon colonel. Parfait.

— La fête est terminée, Singer. Rendez-vous dans quelques heures.

Et le colonel Walsh raccrocha.

A cet instant, Mélanie tourna la tête.

— Tu dois partir, n'est-ce pas ?

Il hocha la tête et ouvrit les bras pour qu'elle vienne s'y réfugier.

— Je savais que cela finirait ainsi, poursuivit-elle.

Ses yeux se remplirent de larmes : comme il allait lui manquer !

— J'espérais cependant que nous aurions deux ou trois jours devant nous, ajouta-t-elle.

— Moi aussi, dit-il en lui caressant le dos.

— Ne me demande pas de t'attendre, Jack. Je ne crois pas que je pourrais supporter l'idée de ne pas savoir où tu es, ni celle que tu puisses ne jamais revenir.

— Je reviendrai, lui assura-t-il. Et alors, je veux que…

— Non ! le coupa-t-elle en secouant la tête. Ne me fais pas de promesses que tu ne pourras pas tenir. Et moi non plus, du reste… Je ne peux pas placer mes espoirs en un homme.

Jack fronça les sourcils, se rendant compte qu'il connaissait bien peu son passé. En revanche, il possédait une certitude : elle portait en elle des blessures d'amour. De mauvaises blessures.

Il était hors de question qu'elle s'accroche à Jack, songea Mélanie. A aucun autre homme d'ailleurs. Elle avait assez souffert d'aventures malheureuses. Elle devait reprendre le cours de son existence comme si cette nuit n'avait jamais eu lieu. Comme s'il n'avait pas touché son être de façon intime et profonde.

Au fond, n'était-ce pas une bénédiction qu'il doive repartir si vite ? Quelques jours de plus en la compagnie de Jack Singer, et elle aurait été irrémédiablement amoureuse de lui. Ce qui aurait été dangereux et insensé.

La faisant rouler sous lui, il lui assura alors :

— Mélanie, je ne suis pas le genre d'homme à…

— Chut ! dit-elle. Prends-moi une dernière fois avant de repartir vers des contrées inconnues pour Dieu sait combien de temps. Donne-moi tout ce que tu caches au reste du monde.

— Pourquoi ? dit-il en laissant courir ses yeux sur son doux visage.

— Parce que je le préserverai farouchement. Viens !

Sur ces mots, il s'exécuta et plongea en elle pour se perdre dans ses profondeurs et lui donner ce qu'elle exigeait.

C'est-à-dire tout.

Allant jusqu'à laisser un peu de lui-même derrière lui, sans que ni l'un ni l'autre ne s'en rendent compte…

2

La porte d'entrée s'ouvrit et Jack se heurta au regard furieux de sa sœur.

— Ce n'était pas exactement le genre d'accueil que j'attendais de la part de mon unique sœur, commença-t-il.

— Je me demande si je peux encore te considérer comme mon frère, riposta-t-elle.

Le visage sombre, elle pivota sur ses talons et se dirigea vers le salon. Jack la rattrapa et la saisit par le bras.

— Peux-tu m'expliquer ce qu'il y a ? Le bébé t'a-t-il fait passer une mauvaise nuit ? Je suis d'ailleurs fort impatient de faire sa connaissance.

— Vraiment ?

— Bien sûr ! Oncle Jack veut lui aussi changer la couche de sa petite princesse. C'est mon droit, non ?

Sur ces mots, il brandit un koala en peluche blanc.

L'expression de Lisa se détendit un peu, encore que de façon toute relative. Puis elle pointa la pièce autour d'elle.

— Vois-tu quelque part des affaires d'enfant ?

Jack balaya la pièce d'un regard circulaire. Rien dans la petite maison bien proprette de Lisa et Brian ne révélait la présence d'un bébé. Il fronça les sourcils.

— Je ne comprends pas.

— Je n'ai pas eu de bébé, Jack.

Ce dernier recula d'un pas et prit un air renfrogné.

— Pourquoi m'as-tu envoyé cette carte, alors ?

A cette question, Lisa détourna les yeux.

Pourquoi fuyait-elle son regard ? se demanda Jack. Voilà qui était inhabituel et suffisant pour l'inquiéter.

— Que se passe-t-il au juste, sœurette ? insista-t-il d'un ton plus doux, presque enjôleur.

Un ton auquel il la savait incapable de résister.

Elle tourna de nouveau son regard vers lui.

— Je t'ai envoyé cette carte pour que tu rentres à la maison et que tu assumes tes responsabilités, déclara-t-elle.

Jack releva brusquement les sourcils.

— Quelles responsabilités ?

— Celles que tu dois à ta fille, Jack.

— Ma fille ? Mais je n'ai pas d'enfant, je ne suis pas père, protesta-t-il en pâlissant.

— Tu seras sans doute ravi d'apprendre qu'elle a six mois et qu'elle s'appelle Juliana. Elle a tes cheveux et tes yeux…

Jack manqua s'étrangler.

Un bébé ?

Il y avait sur cette terre un bébé qui était le sien… ?

Et soudain, il comprit tout !

— Mélanie ! s'écria-t-il avant d'ajouter sur un ton haletant : Où est-elle ? J'ai tenté plusieurs fois de l'appeler.

— Oh, vraiment ? fit Lisa d'un ton ironique.

Jack lui décocha un regard froid.

— Merci pour ta marque de confiance ! observa-t-il avec amertume. Oui, je l'ai appelée, figure-toi, mais en vain ! Chaque fois que notre bateau a pu obtenir une liaison téléphonique avec la côte. Qui plus est, je lui ai envoyé des lettres. Je croyais trouver ses réponses en rentrant aux Etats-Unis. Mais rien, rien du tout.

Lisa le regarda d'un air pensif.

— Tu as donc cherché à entrer en contact avec elle… Quand elle affirmait ne pas souhaiter te mettre au courant, je pensais que… enfin, qu'elle cachait ses sentiments.

— Et selon toi, n'avais-je pas le droit de savoir ?

— Bien sûr que si ! C'est pourquoi je t'ai envoyé cette carte. Je suis désolée, Jack, je pensais que tu avais souhaité couper les ponts avec elle. C'est du moins l'impression qu'elle me donnait.

— Comment as-tu découvert sa grossesse ?

— Elle a d'abord tenté de me la cacher en se faisant subitement muter à Charleston. Trouvant ce comportement des plus curieux, je me suis rendue sur place, et là, elle m'a tout avoué. Depuis, elle a réintégré sa maison ainsi que le poste qu'elle occupe à la banque, mais elle m'a bien précisé qu'elle ne souhaitait pas que tu fasses partie de sa vie.

— C'est pourtant ce qui va se passer ! marmonna-t-il en se dirigeant vers la porte.

— Jack, attends… Mélanie ne va pas du tout apprécier ta démarche, le prévint Lisa. Que comptes-tu faire, au juste ?

— Discuter avec elle, l'épouser et donner mon nom à ma fille. Cette enfant ne va pas grandir sans père, comme moi. Je ne le tolérerai pas.

Jack remonta l'allée bien entretenue qui menait à la villa de Mélanie. Elle se trouvait à la lisière de la forêt, à l'abri de la pollution de la rue. La clôture qui l'entourait permettait à un enfant en bas âge de jouer seul dans la cour.

A cette pensée, il s'immobilisa. Un enfant. Son enfant…

Bon sang ! Mélanie avait donné le jour à *son* bébé, seule, sans qu'il ne soit à ses côtés pour la soutenir. Sans même qu'il ne sache qu'il était père. Et sa fille avait déjà six mois ! Il avait tout manqué. Il n'avait pas vu Mélanie enceinte, pas assisté à l'accouchement, ce moment qui permet aux pères de s'impliquer dans le processus de la naissance. Il avait manqué les premiers sourires de son bébé, les regards fiers de la mère…

Nom d'un chien ! Une colère aussi grande que le Mississipi montait en lui — colère teintée, de curieuse manière, d'un sentiment de joie absolue.

Désormais, il était père. Il y avait dans ce cottage un bébé qui était pour moitié le sien. Une vie toute nouvelle que Mélanie et lui avaient créée lors de cette fameuse nuit. Et dire qu'elle avait tenté de lui cacher la nouvelle…

Submergé par un nouvel accès de rage, il se mit à frapper à grands coups à la porte.

Quand elle s'ouvrit, Jack sentit le souffle lui manquer.

Mélanie était d'une beauté époustouflante. Plus belle encore que durant les deux semaines qu'ils avaient passées ensemble, pensa-t-il, le cœur tambourinant. Il laissa glisser son regard sur son corps… Son jean et son T-shirt lui dessinaient une silhouette de rêve. Sa chevelure aussi rousse que flamboyante tombait en cascade sur ses épaules et complétait son allure résolument sensuelle. Son visage, en revanche, était figé par la colère et la surprise, constata-t-il en redressant la tête.

Quelle audace ! N'était-ce pas elle la menteuse ? N'était-ce pas elle qui lui avait dénié ses droits de père ?

— J'ai entendu dire que tu avais quelque chose à me montrer, commença-t-il.

— Et moi, c'est ta sœur qui va m'entendre ! répliqua-t-elle sur un ton furieux.

Le jour où Lisa l'avait retrouvée, à Charleston, elle s'était effondrée devant sa meilleure amie — en dépit de toutes ses bonnes résolutions. Jack lui avait tant manqué ! Cette sensation qu'elle avait refoulée avec soin lui était revenue en plein cœur, par effet de boomerang, en voyant sa sœur.

— Ce n'est rien comparé à ce que tu vas entendre de moi ! répliqua-t-il, glaçant.

— Je te suggère de revenir quand tu te seras calmé, dit-elle alors.

— Je suis tout à fait calme, rétorqua-t-il.

Elle fronça les sourcils, affectant le détachement. Elle ne pouvait se permettre d'afficher le trouble qui l'avait gagnée lorsqu'elle l'avait découvert sur le seuil de sa porte.

— Et de toute évidence sur le pied de guerre ! complétat-elle entre ses dents.

— Je le suis toujours, Mélanie, c'est mon métier. A moins que tu n'aies tout oublié à mon sujet ?

Elle n'avait rien oublié.

Ni l'éclat qui brillait dans son regard quand il la désirait, ni la colère qui s'y reflétait lorsqu'il était contrarié. Ce qui était aujourd'hui le cas.

— Vas-tu m'inviter à entrer ou dois-je forcer la porte ? demanda-t-il.

Sans répondre, elle s'écarta pour qu'il puisse entrer puis referma la porte derrière lui.

Il se tenait à quelques centimètres d'elle, la dominant de son imposante silhouette… Elle eut alors la subite envie qu'il la prenne dans ses bras et l'embrasse, l'embrasse à perdre haleine…

Attention, danger ! lui cria soudain la voix de la raison. Se ressaisissant, elle releva la tête.

— Je n'ai rien essayé de te cacher, Jack.

Son ton adouci et ses beaux yeux clairs l'émurent sensiblement.

— Comment se fait-il que je sois le dernier informé ? s'enquit-il.

— Je ne pouvais pas entrer en contact avec toi, tu le sais bien, répondit-elle en entrant dans le salon. Tu fais partie de missions top secret, non ? J'ai appelé ton unité, mais je suis tombée sur un officier qui a dit s'appeler Hiver et…

— Hiver ? fit-il.

— Tout à fait, je ne sais pas si c'était un nom de code, mais toujours est-il qu'il était si glacial que j'en étais presque paralysée de froid en raccrochant.

Jack s'efforça de ne pas sourire. C'était bien le nom de cet officier. Et il était effectivement… réfrigérant ! Mais le plus important n'était-ce pas d'apprendre qu'elle avait tenté de prendre contact avec lui ? Sa colère diminua d'un coup.

— Bref, poursuivit Mélanie, il m'a répondu que je ne pouvais pas te parler dans la mesure où je n'étais ni ta femme ni un membre de ta famille. Lisa a alors tenté de te joindre, mais comme personne dans l'entourage familial n'était en danger, elle n'a pas eu plus de succès.

Haussant les épaules, elle ajouta :

— Difficile de demander à un inconnu, au téléphone, d'annoncer à un homme qu'il est l'heureux père d'une fillette de quatre kilos.

Sur ces mots, elle se mit à redonner du gonflant aux coussins du canapé afin de prendre une contenance. Et soudain, il la vit enceinte, accrochée au téléphone, s'efforçant en vain d'amadouer un officier qui observait le règlement à la lettre…

Rompant le silence, Mélanie conclut alors :

— J'ai donc décidé d'attendre.

— Je t'ai appelée plusieurs fois, et je t'ai même écrit, dit-il à son tour. Mes lettres me sont revenues non décachetées.

Au fond d'elle-même, Mélanie sentit ses blessures se rouvrir : elle avait vécu des moments si difficiles, alors.

— J'avais déménagé pour être près de mes parents. Mais comme ma maison me manquait, j'y suis revenue après la naissance de Juliana.

Il était hors de question qu'elle lui avoue qu'elle était revenue à cause de lui. N'avait-elle pas survécu sans lui jusqu'à présent ? Néanmoins, elle avait réintégré son domicile pour qu'il sache où la trouver au cas où…

Jack balaya la pièce du regard.

Le mobilier en cerisier était à la fois sobre et élégant. Des tons de vert clair et de crème dominaient la pièce. Des coussins ornés de pompons étaient éparpillés sur le sofa et deux plus gros se trouvaient par terre. Il se dégageait une impression de décontraction ordonnée qui lui plaisait beaucoup.

Ce fut alors qu'il remarqua les jouets. Le rythme de son cœur s'accéléra lorsqu'il se pencha pour ramasser une poupée. Il effleura de la main sa joue en caoutchouc et imagina son enfant en train de jouer avec…

— Où est-elle ?

— Elle dort.

Jack croisa le regard de Lisa.

— Je veux la voir.

— Je ne peux pas la réveiller parce qu'un inconnu veut la voir.

— Je ne suis pas un inconnu, je suis son père, se révolta-t-il.

— Pour l'instant, tu es un inconnu pour elle, rétorqua-t-elle.

— Je ne la réveillerai pas, je veux simplement la voir.

— Elle vient juste de s'endormir, attendons un peu.

Elle avait beau chercher un prétexte, elle savait pourtant bien qu'il ne partirait pas sans avoir vu Juliana.

— Qu'as-tu dit à tes parents ? questionna-t-il.

— Pas plus que ce qu'ils devaient savoir.

D'abord contrariés, ils ne s'étaient plus posé de questions et avaient été sous le charme dès la naissance de leur petite-fille.

— Bon sang ! s'écria Jack. Ils doivent me prendre pour un sale individu qui a abandonné leur fille alors qu'elle était enceinte.

— Pas du tout ! protesta Mélanie. Ils ont été très compréhensifs.

C'était avec son père qu'elle avait eu le plus de difficultés. Il était prêt à remuer ciel et terre pour retrouver Jack afin qu'il l'épouse sur-le-champ. Ce qui était le dernier souhait de Mélanie.

Elle ne voulait que Jack l'épouse à cause de l'enfant.

Et pourtant, maintenant qu'il était revenu, elle sentait bien qu'en tant qu'homme d'honneur, il allait aborder le sujet. Mentalement, elle se préparait d'avance à la bataille qu'il n'allait pas manquer d'engager.

— Comment se fait-il que tu sois tombée enceinte ? demanda soudain Jack en croisant les bras.

— Il faut croire qu'à un moment ou un autre, nous avons oublié de mettre des préservatifs, répondit-elle d'un ton presque agacé. Vas-tu à présent me dresser un procès ?

— C'est bon, je ne te mets pas en cause. J'étais aussi consentant que toi et je ne regrette rien.

La chaleur de cette nuit-là enveloppa soudain Mélanie des pieds à la tête. Elle se serait presque jetée dans ses bras… s'il ne l'avait pas fixée comme une cible à atteindre.

— Moi non plus, Jack, marmonna-t-elle.

A ces mots, il parut se détendre.

— Dans ces conditions, pourquoi ne pas m'avoir informé par courrier de la naissance ?

— Quelle différence ? Tu n'aurais pas lu ma lettre avant ton retour. De toute façon, je m'en suis bien sortie sans toi.

Sur ces mots, elle se dirigea vers la cuisine où elle entreprit de préparer du café.

Il était vrai qu'elle avait bien vite baissé les bras. Mais un homme comme lui, en mission dangereuse, était bien trop affairé à rester en vie, pour se préoccuper d'une femme et d'un enfant. La pensée que la nouvelle aurait pu être fatale à Jack — en ce sens qu'il ne pouvait se permettre une minute de distraction et que l'annonce de sa future paternité l'aurait forcément perturbé — l'avait dissuadée de prendre contact avec ses supérieurs pour qu'ils l'en informent.

Elle s'était faite à l'idée de tout gérer seule même si, durant sa grossesse, la voix et l'épaule réconfortantes de Jack lui avaient manqué.

— As-tu pensé à ce que je pourrais ressentir en découvrant, quinze mois plus tard, que j'étais père ? demanda-t-il en la rejoignant dans la cuisine.

— Ne me dis pas que tu as bondi de joie, je ne te croirais pas, rétorqua-t-elle.

— La meilleure façon de se défendre est d'attaquer, n'est-ce pas ? Je constate que, sans Lisa, je ne saurai toujours rien de ma paternité.

Au lieu de répliquer, Mélanie tendit soudain l'oreille…

— Moins fort ! lui ordonna-t-elle d'un ton plus bas. Tu vas réveiller Juliana.

Comme elle mettait en marche la cafetière, il la saisit par le bras.

— Regarde-moi, Mel…

Elle leva les yeux vers lui. Il avait le visage d'un homme blessé.

— Tu m'as caché la naissance de mon enfant, poursuivit-il. Ce n'est pas facile à pardonner.

— J'ai fait ce que j'ai pu avec les moyens du bord ! Tu étais injoignable. On n'a même pas voulu me dire si tu étais aux Etats-Unis.

Il était à l'étranger, mais en raison du secret professionnel auquel il était tenu, il ne pouvait le lui confier.

— As-tu parfois pensé à moi ? questionna-t-il tout à trac.

Se dégageant de son étreinte, elle recula de quelques pas…

— Comment peux-tu me poser une telle question ? s'écria-t-elle. Ton bébé grandissait en moi, Jack ! Toutes mes pensées étaient tournées vers toi. Quand je criais de douleur en accouchant, c'était encore à toi que je pensais, même si alors j'avais envie de te gifler !

Elle baissa les yeux, gorge serrée.

Elle avait été furieuse contre lui, se rappela-t-elle. Furieuse qu'il n'ait pas assisté à la naissance de Juliana, qu'il n'ait pas partagé toute la responsabilité que la venue de l'enfant avait fait peser sur ses épaules.

Dieu seul savait où il était alors, en train de jouer les héros, de lutter pour une cause plus impérieuse encore que la naissance d'un enfant. Elle avait fini par se raisonner… et accepter la situation. Oh ! Elle savait que jamais elle n'aurait dû laisser cet homme poser la main sur elle. Non à cause des conséquences, c'est-à-dire Juliana, mais parce qu'il avait marqué son âme en lettres de feu.

— Si j'avais été là, je t'aurais laissée faire, murmura-t-il.

— Jamais l'armée ne t'aurait averti, même si j'en avais informé tes supérieurs, enchaîna-t-elle sans l'entendre. Avoir un enfant, ce n'est pas un grand événement, chez les militaires. Leurs femmes accouchent seules, en général. Mais je savais aussi que dès que tu rentrerais, Lisa te dirait tout.

Il la fixa quelques secondes avant de déclarer à brûle-pourpoint :

— Maintenant que je t'ai retrouvée, nous allons nous marier.

— Oh, voici le lieutenant Singer qui vole à présent au secours de la veuve et de l'orphelin ! ironisa-t-elle pour accuser le choc. Soyons sérieux, Jack : ai-je l'air d'une âme en peine ?

— Tu es la mère de mon enfant, et cet enfant a besoin de mon nom, point !

— Le mien me convient depuis vingt-neuf ans, et ce sera la même chose pour Juliana.

— Pourquoi es-tu aussi entêtée, Mélanie ?

— Je ne veux pas d'un mari qui m'épouserait pour le prétendu salut de mon enfant.

— Pourquoi ? Est-ce trop conservateur pour toi ?

— Oui, trancha-t-elle.

Et surtout, bien trop insécurisant ! Elle ne voulait pas lier son sort à un homme qu'elle connaissait à peine. Et elle ne pourrait pas vivre avec, chaque jour, la même incertitude nouée au ventre : la désirait-il pour elle-même ou parce qu'elle était la mère de son enfant et qu'il n'avait pas voulu se dérober à son devoir, c'est-à-dire l'épouser ? Jack n'avait-il pas un sens aigu de l'honneur ?

Ce dernier passa sa main dans ses cheveux et poussa un soupir.

— Tu es la femme la plus étrange que je connaisse, dit-il.

— N'est-ce pas ce qui t'a attiré chez moi ? N'est-ce pas pour cette raison que Juliana existe ?

— Je ne comprends pas, je ne te comprends pas.

— C'est pourtant simple. Un homme et une femme s'épousent quand ils s'aiment. Or, tu ne m'aimes pas, Jack.

— Peut-être, mais toujours est-il que j'éprouve des sentiments pour toi, des sentiments assez honorables pour que je veuille faire de toi ma femme.

Le cœur de Mélanie se brisa…

Il ne l'aimait pas, il venait de le lui confirmer. Seul le devoir le guidait. Bon, il fallait au moins lui reconnaître le mérite de l'honnêteté.

— Quelle que soit la nature de ces sentiments, continua-t-il, ils étaient assez forts pour que je ne parvienne pas à te sortir de mes pensées pendant les longs mois que j'ai passés en mer.

Ce fut alors que, sortant de la cuisine, il se dirigea vers le fond du couloir. Elle bondit dans son sillage.

— Je peux savoir où tu vas ?

— J'ai besoin de voir mon enfant.

— Jack, attends…

Il s'immobilisa et se tourna vers elle, le visage dur.

— Cela fait trop longtemps que j'attends. J'ai manqué six mois de sa vie. Je ne compte pas manquer une minute de plus.

Un petit cri résonna alors dans le corridor. Jack se figea.

— Bravo, tu l'as réveillée ! s'exclama Mélanie sur un ton agacé.

Passant devant lui, elle se précipita vers la chambre.

Sa colère retombant comme un soufflé, Jack lui emboîta le pas… mais elle avait déjà disparu. Se laissant guider par le bruit de sa voix, il pénétra alors dans une chambre rose et lavande semblable à celle d'une princesse, dans un conte de fées. Toutefois, ce n'était pas la décoration et les mobiles qui retinrent son attention, mais la jeune mère, près du berceau.

Un calme, une réserve nouvelle semblait avoir pris possession de Mélanie. Il percevait le mur qu'elle avait érigé entre eux ainsi que les efforts qu'elle fournissait pour maîtriser ses émotions. Etait-ce pour se préserver de lui, ou protéger sa fille de son père ?

Il avait conscience qu'il ne devait pas la brusquer sous peine d'aller droit dans le mur. Dans son unité, n'était-il pas réputé pour sa patience ? La situation exigeait qu'il convoque cette qualité, à commencer quand Mélanie dardait sur lui ses grands yeux qui enflammaient tous ses sens. Comme il lui était difficile de ne pas la prendre dans ses bras et l'embrasser à en perdre haleine…

Leur nuit d'amour était encore si présente en lui. Et son désir immense, après plus d'une année passée à fantasmer sur elle. Néanmoins, l'heure était à la patience.

Compris, lieutenant ?

Il cessa presque de respirer quand Mélanie souleva l'enfant du berceau. Deux petites jambes bien dodues s'agitèrent alors dans l'air. Le nourrisson hurlait et sa mère le blottit contre elle, pour l'apaiser.

A la vue de son enfant, Jack crut bien que son cœur allait exploser.

— Juliana, murmura-t-il.

Mélanie tourna la tête vers lui et il s'approcha de la mère et la fille, dévorant du regard ce bébé qui était le sien. Elle avait un visage rond et paraissait en excellente santé. Ses cheveux étaient noir de jais, comme les siens, et elle avait les mêmes yeux que lui, Lisa avait dit vrai. Néanmoins, elle tenait sa beauté de sa mère.

Tête appuyée contre la poitrine de sa mère, elle le fixait avec ses prunelles de la couleur des bleuets. Jack n'avait jamais rien vu de si beau, si touchant. Il l'aima instantanément.

— Bonjour, princesse, dit-il.

Les hésitations de Jack, sa soudaine timidité face à son enfant — et ce de la part d'un homme qui tous les jours affrontait les balles comme d'autres le soleil du matin — émurent Mélanie.

— Elle est très belle, ajouta-t-il.

Il avança alors la main pour lui caresser le bras. L'enfant se contentait de le dévisager, comme si elle cherchait à se familiariser avec son visage.

Il se rapprocha encore, le bébé faisant écran entre la mère et lui.

— Regarde ce que nous avons fait, Mélanie, dit-il d'une voix empreinte de fierté.

Puis il se pencha vers Juliana pour déposer un délicat baiser sur son front. Juliana qui sentait le talc et l'innocence…

Mélanie sentit son cœur fondre. Il y avait si longtemps qu'elle était seule avec sa fille que la partager avec Jack était à la fois étrange et doux. Elle ignorait comment allait se comporter le lieutenant Singer, mais elle était loin de se douter qu'il tomberait amoureux de sa fille au premier regard.

— Je voudrais la tenir dans mes bras, mais je crains de l'effrayer.

— Elle est encore tout endormie.

— Je suis désolé si je l'ai réveillée.

— Ce n'est rien.

Tandis qu'il frictionnait toujours le petit bras de Juliana, il regardait sa mère, comme s'il cherchait à la convaincre de l'accepter dans sa vie. Et quand, par inadvertance, il frôla le bras et la poitrine de Mélanie, cette dernière sentit son souffle devenir court.

Un regard pénétrant rivé sur elle, Jack déclara :

— Maintenant que je suis ici, je vais faire partie de sa vie, que tu le veuilles ou non.

L'air buté, elle baissa les yeux.

D'autorité, il lui saisit le menton pour la forcer à soutenir son regard.

— Est-ce donc la guerre, entre nous ? As-tu oublié ce qui nous avait attirés l'un vers l'autre ?

— L'envie, dit-elle d'un air absent.

Lentement, il esquissa un curieux sourire qui la fit frissonner. A cet instant, Jack Singer avait l'air bien plus dangereux que s'il avait eu un fusil d'assaut à la main, vêtu d'une tenue de camouflage.

— Cela, nul ne peut le nier, confirma-t-il.

Sa bouche effleura la sienne, elle voulut se reculer, mais il l'enlaça et la retint serrée contre lui. Leur fille s'agita soudain et attrapa l'une de ses médailles. Une émotion inconnue et forte s'empara alors de Jack qui pressa avec plus de ferveur encore ses lèvres contre celles de Mélanie. Quand elle répondit à son baiser, il sentit que la partie n'était pas tout à fait perdue…

Pour ne pas la brusquer, il détacha sa bouche de la sienne au bout de quelques secondes. Elle respirait plus lourdement, et ses yeux étaient brillants. Pas de triomphalisme prématuré ! se dit-il toutefois. Il ne doutait pas qu'un long bras de fer venait de s'engager entre eux.

— Tu vas devoir compter avec moi, Mélanie, dit-il avant de se tourner vers Juliana pour ajouter : Papa est de retour à la maison.

Son enfant leva les yeux vers lui. Il comprit alors qu'elle était sa plus grande réussite, la merveille de sa vie. Bien conscient que Mélanie était comme une mère louve cherchant à protéger son petit, il ne fit pas un geste pour prendre Juliana dans ses bras, même s'il mourait d'envie de sentir son petit corps contre lui, d'entendre battre son cœur tout contre le sien…

Au lieu de quoi, il déclara :

— Je reviendrai d'ici peu.

Puis il sortit de la chambre.

Mélanie s'agrippa au berceau, sentant ses jambes se

dérober sous elle. Elle baissa les yeux vers sa fille. L'enfant était en train d'émettre de drôles de bruits avec sa bouche.

— C'était papa. Comment le trouves-tu ?

Juliana lui sourit.

— Mouais… En général, il fait cet effet aux femmes, c'est un vrai séducteur, et il ne va pas nous lâcher. Qu'allons-nous faire, ma chérie ?

Sa fille ne lui offrit aucune solution et Mélanie n'en avait pas non plus. Tout ce qu'elle savait, c'était que Jack Singer pouvait la bouleverser d'un regard. Et quand il l'embrassait, elle perdait toute volonté.

Cependant, il était hors de question qu'elle l'épouse. Dans ces conditions, n'aurait-il pas été plus raisonnable de ne plus lui ouvrir sa porte ? De le tenir à distance de sa vie ? Plus facile à dire qu'à faire !

En tout état de cause, elle ne devait pas l'autoriser à l'embrasser de nouveau, ni lui donner un quelconque espoir concernant un éventuel mariage. Une union sous la contrainte, non merci. Elle avait d'autres rêves d'avenir.

Comme elle redoutait la prochaine visite de Jack !

En tant que guerrier, il allait établir une stratégie et attaquer à la première occasion, elle n'en doutait pas. Mais parce que le lieutenant Singer était aussi un gentleman, il attaquerait de façon subtile. Une chose était certaine : il ne reculerait devant rien pour arriver à ses fins.

3

Jack roula pendant une heure au volant de son coupé sport sans destination précise en tête. Il pensa appeler son meilleur ami, Reese, mais se ravisa : il ne voulait pas que celui-ci se forge une opinion erronée de Mélanie ou de l'enfant. Son dernier souhait était que ces dernières subissent ce que lui avait enduré, durant l'enfance.

Doigts crispés sur le volant, il prit la direction de son hôtel. Une fois sur place, il se gara, mais ne sortit pas immédiatement de sa voiture, son esprit échafaudant mille plans, mille façons pour faire partie de la vie de sa fille.

Et de celle de sa mère.

Bon sang ! pensa-t-il en se frottant le visage. Mélanie Patterson ne portait pas le moindre stigmate de sa grossesse. Bien au contraire. Le soir du mariage, il avait pensé qu'elle ne pourrait jamais être plus belle. Et pourtant, sa beauté était encore plus éclatante, et ses baisers étaient toujours aussi ardents.

Il essaya de l'imaginer enceinte, le ventre arrondi par son enfant. Un curieux sentiment s'alluma en lui. Etait-ce la frustration de ne pas avoir vécu ce moment avec elle ? Une autre question l'assaillit alors : voulait-il partager sa vie à cause du bébé ?

Sans hésiter, il raya cette pensée de la liste. Depuis des mois, il ne pensait qu'à elle. Quinze mois pour être exact. Une véritable torture. Sans compter que ce temps perdu qui ne reviendrait pas le désespérait.

Jack soupira. Au fond, qu'est-ce que cela aurait changé,

s'il avait pu entrer en contact avec elle ? Il serait devenu fou à l'idée qu'elle portait son enfant et que lui se trouvait à des milliers de kilomètres, sur les mers, dans l'incapacité totale de la rejoindre car son devoir envers l'armée et son pays représentait un impératif catégorique auquel il ne pouvait contrevenir.

Ce qui ne l'empêchait pas aujourd'hui de nourrir d'amers regrets !

Dans un nouveau soupir de résignation, Jack descendit de son coupé sport pour regagner sa chambre d'hôtel. Il ne prêta pas attention aux sourires que lui adressèrent les jeunes femmes qui prenaient un verre au bar lorsqu'il passa devant elles. La seule image qu'il avait en tête, c'était celle de Mélanie tenant son enfant contre sa poitrine, telle une madone. Comme il avait eu envie de prendre lui aussi le bébé dans ses bras, de se sentir impliqué dans la vie de ce petit être ! Mais il n'avait pas besoin de toucher Juliana pour comprendre qu'elle faisait déjà partie de lui.

C'était sa fille, la chair de sa chair. Et il allait lui donner tout ce qu'il possédait. A commencer par son nom.

Mélanie regarda Lisa.

— Je sais que tu es désolée, n'en parlons plus, lui dit-elle.

— Tu aurais dû faire plus d'efforts pour le joindre lors de sa mission, observa Lisa. La situation aurait été bien plus simple s'il avait été au courant dès le début.

— Vraiment ? Crois-tu qu'il aurait été moins... déterminé ?

— Mon grand frère a un sacré tempérament, n'est-ce pas ? fit Lisa d'un air amusé.

Mélanie leva les yeux au plafond.

Son amie était une romantique invétérée ! Elle avait même l'impression que, depuis le temps de l'université — époque où elles s'étaient connues —, son état avait encore empiré. Ce qui n'était pas son cas. Elle avait cessé de croire aux belles histoires d'amour lorsque son premier fiancé avait rompu son engagement. Et avait été confortée dans sa position lorsque le deuxième avait agi de façon similaire.

N'avait-elle pas le chic pour attirer des hommes qui trouvaient leur idéal de femme juste *après* l'avoir demandée en mariage ? s'était-elle alors interrogée.

Depuis lors, elle refusait que les hommes lui fassent des promesses puisqu'ils ne pouvaient pas les tenir. Jack n'était pas différent… Allons, n'était-elle pas injuste ? Lui au moins connaissait la signification du mot honneur.

Durant les deux semaines qu'ils avaient passées ensemble, elle avait pu constater qu'il attirait les femmes comme un papillon la lumière. A son corps défendant, elle devait néanmoins admettre qu'il n'y avait pas pris garde mais n'avait eu d'yeux que pour elle. Il n'empêche… Il avait eu des liaisons avant elle : il aurait fallu être bien naïve pour penser qu'un bloc de muscles drapés dans le prestigieux uniforme blanc d'un marine ne possédait pas l'aura d'un grand séducteur.

Bon, elle le reconnaissait, elle aussi avait été séduite.

De façon irrémédiable.

Elle l'avait dans la peau, dans le sang, bref, il était en elle, indélogeable désormais. Pendant quinze mois, elle avait tenté en vain de l'oublier. Et force était de constater qu'elle le désirait encore. Oui, elle avait envie de l'inviter dans son lit — mais pas pour autant dans sa vie.

Le téléphone retentit soudain et Mélanie se leva pour répondre. Un sourire se dessina sur ses lèvres lorsqu'elle entendit la voix familière de sa mère.

— Bonjour, maman ! Comment vas-tu ?

— Bien, répondit cette dernière. Et comment se porte ma petite-fille ?

Mélanie gratifia sa fille, assise dans sa chaise haute, d'un sourire affectueux.

— Elle est en train de jouer avec ses céréales et en a jusque dans les cheveux… Quoi de nouveau depuis hier ?

— Nous avons eu un appel de Jack.

— Pardon ?

— Il vient juste de s'entretenir avec à ton père.

Mélanie serra les dents et s'appuya contre le mur.

— Et qu'est-ce que papa lui a dit ?

— Je ne sais pas exactement. Mais il semble que le courant soit tout de suite passé entre Jack et lui. Savais-tu que le père de Juliana fabriquait des meubles, à ses moments perdus ?

Génial ! ironisa Mélanie en son for intérieur. C'était aussi le violon d'Ingres de son père. Il possédait tous les outils imaginables pour travailler le bois et, depuis qu'il était à la retraite, sa production dépassait largement les besoins de ses proches, de sorte qu'il avait fini par accepter des commandes. Et voilà que ce hobby le rapprochait de Jack ! Rien ne lui serait-il donc épargné ?

— Je l'ignorais, répondit-elle.

Elle lança alors un regard sombre à Lisa, comme si cette dernière était responsable de leur passion commune. Puis elle pria sa mère de lui passer son père, mais ce dernier était sorti.

— Demande-lui de me rappeler dès qu'il rentrera, maman, dit-elle alors.

— Je doute qu'il te rapporte la teneur exacte de sa conversation avec Jack, étant donné qu'à moi, il n'a rien voulu dire.

Qu'est-ce que c'était que cette conspiration ? pensa Mélanie, furieuse.

— Jack va vous passer de la pommade pour que vous intercédiez en sa faveur auprès de moi, la prévint-elle d'un ton morne.

— Je t'assure que non, ma chérie ! s'indigna sa mère. Il s'est juste présenté et nous a rappelé que nous nous étions rencontrés au mariage de Lisa. Il a alors précisé qu'il ignorait l'existence de Juliana jusqu'à son retour.

— Quoi d'autre ?

Il était manifeste que son père avait en partie rapporté la conversation à sa mère, en dépit de ce qu'elle prétendait.

— Il affirme vouloir prendre soin de toi et de Juliana.

— J'en suis ravie, mais je peux tout à fait me passer du soutien financier de Jack Singer.

Elle entendit un sourire dans la voix de sa mère lorsque cette dernière répondit :

— Oh, je ne pense pas qu'il parlait d'argent, ma chérie !

Cette phrase la glaça.

Qu'avait Jack en tête ? De quoi était-il capable ?

Mélanie prit congé de sa mère et se rassit, tout en serrant sa tasse de thé entre ses mains. Elle avait la désagréable sensation d'avoir été trahie par ses parents.

— Il a appelé ton père, n'est-ce pas ? questionna Lisa.

Mélanie hocha la tête.

— Il ne manque pas d'air, celui-là ! ajouta-t-elle alors.

— A qui le dis-tu !

— Bah, au fond, Jack est un chic type, ne trouves-tu pas ?

— Je donne mon joker ! éluda Mélanie.

— Admets au moins qu'il n'est pas mal intentionné.

Mélanie releva un sourcil.

— Peut-être, sauf qu'il m'a menacée.

— C'est-à-dire ?

— Il m'a dit que désormais il voulait faire partie de ma vie et je ne pourrai pas l'en empêcher.

— Ce n'est pas à proprement parler une menace, répondit Lisa tout en faisant une grimace à Juliana, qui l'imita aussitôt. Que vas-tu faire ?

Mélanie haussa les épaules. Avec Jack Singer, elle se sentait si désarmée. Ce fut alors que Lisa poursuivit :

— Brian m'a proposé de l'accompagner lors de son prochain déplacement professionnel. Je serai absente un mois environ.

— Cela s'appelle de la haute trahison !

— Non, reprit Lisa d'un air sérieux, c'est de la stratégie. Je tiens à conserver mes acquis : une merveilleuse amie et un frère aimant. Je refuse d'avoir à choisir.

— Qui te demande de choisir ? se récria Mélanie en toute mauvaise foi.

Devant le silence de son amie, elle capitula : force était de reconnaître que celle-ci se trouvait dans une situation des plus délicates.

— Entendu, je me débrouillerai seule avec Jack, marmonna-t-elle.

Lisa se leva et prit son sac à main. Puis elle embrassa Juliana et adressa un sourire chaleureux à sa mère.

— Bonne chance, ma chérie, dit-elle en se dirigeant vers la porte.

— Pourquoi lui as-tu écrit pour lui annoncer la nouvelle ? demanda Mélanie à brûle-pourpoint.

— Parce que c'est mon frère et que je ne pouvais le laisser dans l'ignorance de sa paternité.

Ah, elle était bien la sœur de Jack ! pensa Mélanie, agacée par l'implacable logique. Tous les deux étaient mus par ce fameux sens du devoir.

— Et si la nuit que nous avons passée ensemble était tout ce que nous pouvions partager, lui et moi ? renchérit Mélanie en emboîtant le pas à Lisa.

Cette dernière s'immobilisa sur le seuil de la porte et considéra son amie avec sympathie.

— Il faut que tu donnes une chance à cette relation. Après, si ça ne marche pas, vous aviserez… Ne crois-tu pas, Mel ?

Et, avant que cette dernière n'argue qu'elle ne tenait pas du tout à avoir de nouveau le cœur brisé, Lisa s'éclipsa. Se tournant vers sa fille, Mélanie lui essuya la bouche. Elle aussi était bien l'enfant de Jack, pensa-t-elle. Elle avait ce même regard bleu, intelligent et perçant.

— Je t'aime, ma Julia, dit-elle en lui souriant. Si tu savais comme je t'aime.

L'enfant lui rendit un beau sourire, comme si elle comprenait ses paroles. Alors Mélanie cligna des yeux pour retenir ses larmes.

Qu'allaient-elles devenir, sa fille et elle ?

Avant la réapparition de Jack, tout était simple. Et là… Ah, ce qu'elle pouvait détester les situations confuses ! Elle supportait mal son impuissance à anticiper les événements. D'ailleurs, n'était-ce pas pour cette raison qu'elle travaillait dans une banque ? Les chiffres ne mentaient pas, eux. Ils ne vous trompaient pas au moment où vous choisissiez la liste de mariage et le nom de vos témoins. Ils ne vous abandonnaient pas au regard empli de commisération d'autrui, lorsque vous leur annonciez que votre fiancé s'était fait la belle. Et ce, à deux reprises.

Pourquoi faisait-elle fuir les hommes ? se demanda-t-elle de nouveau. Elle était assez jolie de sa personne et dotée d'une bonne dose d'humour…

Le visage de Jack s'imposa à elle alors qu'elle sortait Juliana de sa chaise haute. Intérieurement, elle se mit à prier pour qu'il abandonne la partie. Elle avait survécu à la trahison de Craig avec son idiote de secrétaire. A celle d'Andy avec une illustre inconnue.

Mais qu'en serait-il avec Jack ? S'il lui donnait de faux espoirs pour mieux la laisser tomber après, elle ne s'en remettrait pas. De cela, elle était certaine. Or, elle devait être en bonne forme psychologique pour s'occuper de sa fille. Par conséquent, il était préférable de ne laisser aucune chance à leur relation, de sorte à ne pas prendre le moindre risque.

Ce soir-là, Juliana attendait son biberon avec impatience tandis que Mélanie triait son linge pour mettre en route une lessive. Ce fut alors que l'on frappa à la porte. L'enfant cessa provisoirement de gémir et regarda sa mère.

— Sûrement de la vente au porte-à-porte, déclara Mélanie à sa fille.

Et elle alla ouvrir, son panier à linge contre la hanche.

— Jack…

— Ravi de constater que tu n'as pas oublié mon nom.

Si seulement ! pensa Mélanie tout en sachant que c'était un vœu pieux, eu égard aux effets que sa seule vue produisait sur ses sens.

— Que viens-tu faire ici ? demanda-t-elle d'une voix qu'elle espérait normale.

— Lisa et Brian sont partis. Je me sentais seul et, qui plus est, je suis affamé.

— J'imagine que Lisa t'a laissé un réfrigérateur rempli de nourriture, sans compter les petits plats qu'elle a dû te concocter et mettre au congélateur. C'est un vrai cordon-bleu, elle.

Jack laissa son regard glisser sur le corps de Mélanie.

Le jean lui seyait comme à nulle autre, même si ce soir, elle paraissait fatiguée. Toutefois, son allusion au cordon-bleu tombait à pic.

— Que dirais-tu d'un plat cuisiné qui viendrait tout droit de chez le traiteur ? proposa-t-il en brandissant un sac à l'enseigne du chinois du coin.

Décidément, cet homme était doué pour la prendre par les sentiments. Elle était certaine que son sachet contenait des nems aux crevettes — elle en reconnaissait l'odeur — et elle en raffolait. Ce n'était pas du tout fair-play.

— Non, merci, j'ai ce qu'il faut.

Ce fut le moment que choisit Juliana pour exercer ses poumons, lassée d'attendre son repas.

— Un peu de patience, c'est en train de chauffer, l'informa sa mère.

— Qu'est-ce qui chauffe ? demanda Jack.

— Son biberon. Qui sera suivi d'un bain, d'un câlin et d'un gros dodo.

— Et que feras-tu ensuite ? Tu mangeras seule devant ta télé ?

— Pas exactement ! rétorqua-t-elle agacée. Je devrai m'occuper de mon linge, et repasser mes vêtements pour demain. Ensuite, j'irai me coucher.

— C'est dur de s'en sortir seule, n'est-ce pas ?

Elle se raidit ! Et zut, elle avait perdu une occasion de se taire.

— J'y arrive. Et je continuerai ainsi sans ton aide.

— Du calme, ma belle ! Ce n'est pas une prise de pouvoir, j'apporte juste un peu de nourriture.

Elle fronça les sourcils tandis qu'un beau sourire barrait le visage de Jack.

— Bon, continua-t-il, si tu ne me laisses pas entrer, les voisins vont commencer à se poser des questions, ne crois-tu pas ?

Elle le vit soudain agiter les mains.

— C'est brûlant et je meurs de faim, plaida-t-il encore.

La tentation était grande. Jack et le dîner… Comment résister à un tel lot ?

Attention ! lui cria la voix de la raison. Si elle le laissait entrer cette fois-ci, il se sentirait en droit de revenir aussi souvent qu'il le désirerait.

— Pourquoi ne rentres-tu pas chez Lisa pour déguster ton repas ? fit-elle d'un ton las.

Elle savait que depuis le départ de celle-ci et son mari, Jack s'était installé chez eux.

— Ecoute, Mélanie : Juliana est aussi *ma* fille et, tout à l'heure, je l'ai à peine aperçue, elle était tout endormie.

Un sentiment de culpabilité pinça le cœur de Mélanie, qui répondit néanmoins :

— Elle a dix doigts et dix orteils, est en parfaite santé, et plus tu me retiens, plus elle va être mécontente que son repas soit retardé.

Jack fit un pas en avant, prêt à forcer le seuil de sa maison.

— Qu'attends-tu pour lui donner ?

— Jack..., voulut-elle protester.

— Dînons ensemble, Mélanie. Il faut que nous discutions, toi et moi.

Ce fut l'odeur des nems aux crevettes qui la fit céder, et non le sourire craquant de Jack, pensa-t-elle pour se rassurer. Pas ce regard implorant qu'elle ne lui connaissait pas. Qui plus est, il avait raison : ils avaient besoin de parler. Mettre les choses à plat pour y voir plus clair et pour qu'il comprenne qu'elle n'allait pas l'épouser.

Hochant la tête, elle s'effaça pour le laisser passer ; un sourire aux lèvres, il se dirigea vers la cuisine où il posa ses sachets. Il s'empara alors du panier à linge de Mélanie.

— Je m'en occupe ! déclara-t-il.

— Je suis tout à fait capable de le faire moi-même.

— Je n'en doute pas, mais je ne voudrais pas que notre petite princesse ait une extinction de voix à force de crier.

Mélanie se tourna vers sa fille. Elle essaya de faire avancer son trotteur alors que ses jambes étaient encore trop courtes, et n'arrivait qu'à les agiter avec frustration. Quand elle tendit ses petits bras vers sa mère, Mélanie sentit son cœur fondre. Elle la sortit du trotteur en murmurant :

— Viens, ma chérie, maman va te donner ton biberon.

Jack observa pendant quelques secondes la mère et la fille. Mélanie consola Juliana contre son cœur, puis la plaça dans sa chaise haute avant d'entamer une conversation avec elle, comme si elles étaient seules dans la pièce. Se sentant rejeté, il fila dans le garage s'occuper du linge, supposant que le lave-linge se trouvait à cet endroit. Evitant de s'attarder sur les soutiens-gorge et autres culottes de Mélanie, il s'efforça de se concentrer sur les vêtements de son enfant. Une fois le lave-linge rempli, il le mit en marche — après avoir pris soin d'utiliser la lessive spéciale bébé dont il connaissait l'existence par la publicité — puis revint dans la cuisine.

Le calme y était lui aussi revenu, et Mélanie nourrissait Juliana. Encore une fois, ce spectacle pourtant bien ordinaire subjugua Jack. Et quand Juliana se pencha de côté pour le regarder, il sentit son cœur fondre et lui envoya un baiser. La fillette lui sourit et se mit à babiller tout en recrachant sa purée.

— Je crois que nous parvenons à communiquer, déclara Jack à Mélanie.

— Les petits esprits se comprennent, ironisa Mélanie.

— C'est très méchant, dit-il en plissant les yeux. Pour notre fille comme pour moi.

— Désolée, depuis que je suis devenue mère, le soir, j'ai besoin de me défouler sur les autres.

— Alors cela tombe bien que je sois venu, observa-t-il d'un ton pince-sans-rire. A propos, quand mange-t-on ?

— Pas tout de suite ! Ne vois-tu pas que je suis occupée ? Mais tu peux tout à fait commencer sans moi.

— Non, je t'attendrai. Néanmoins…

A cet instant, il sortit un sachet qui contenait des chips aux crevettes.

— Une petite mise en bouche ? proposa-t-il en lui tendant une chips.

D'un geste agacé, elle la lui arracha des mains et la fourra dans sa bouche. Jack s'assit à la table tandis qu'elle finissait de donner sa purée à Juliana.

— C'est l'heure du bain, déclara soudain Mélanie. Nous serons absentes pendant une petite demi-heure.

Une façon directe de lui faire comprendre qu'elle se réservait ce moment d'intimité en tête à tête avec sa fille ! Il le lui concédait volontiers : il désirait faire partie de leur vie, non jouer les importuns.

— Je n'irai nulle part, promit-il.

— L'espoir fait vivre, marmonna-t-elle.

Jack secoua la tête et la regarda sortir de la cuisine, sa fille dans les bras. Elle était aussi résolue à garder ses distances que lui à se rapprocher d'elle. Elle ne le connaissait pas encore, mais n'allait pas tarder à comprendre la détermination dont il était capable.

Une demi-heure plus tard, Mélanie referma doucement la porte de la chambre de Juliana avant de se diriger vers la salle de bains où régnait le plus grand chaos. Elle était rompue et n'avait aucune envie d'affronter Jack par-dessus le marché. Tout en ramassant les serviettes mouillées par terre, elle croisa son reflet dans le miroir. Sa queue-de-cheval était défaite, elle n'avait plus la moindre trace de maquillage et son T-shirt était maculé de purée.

En résumé, elle avait l'air d'une mère au bout du rouleau, et non d'une femme active qui menait tout de front — image qu'elle souhaitait lui renvoyer ! Sans attendre, elle courut dans sa chambre se recoiffer et changer de haut.

Quand elle en ressortit, l'odeur des fameux nems lui mit l'eau à la bouche. Cependant, un murmure en provenance de la chambre de Juliana attira son attention. Sans bruit, elle poussa la porte.

Jack était penché sur le berceau qu'il remuait doucement.

— Je te jure, princesse, que rien ni personne ne te fera de mal. Je serai toujours là pour toi, même si ta maman ne le veut pas. Je ne m'en irai pas. Je te protégerai, tu peux compter sur moi.

Mélanie sentit sa gorge se serrer.

— Je tuerai tous les dragons pour toi, princesse. Je t'en donne ma parole d'honneur.

Cette fois, des larmes lui picotèrent les yeux.

Jack se pencha ensuite pour déposer un baiser sur les

boucles fines de Juliana. La veilleuse illumina son beau visage, aussi noble qu'aimant.

Sa fille avait déjà un héros, pensa Mélanie en sortant de la chambre. Que cela lui plaise ou non ! Mais cela ne signifiait pas pour autant qu'elle devait épouser Jack. Elle et Juliana ne s'étaient-elles pas passées de lui, jusque-là ?

Dans le salon, elle s'effondra sur le sofa. Elle ne devait surtout pas douter d'elle-même, de sa capacité à gérer la situation, s'enjoignit-elle.

Quand Jack réapparut, il s'appuya contre le chambranle de la porte, l'air songeur. Sans doute méditait-il sur ce qu'impliquait la responsabilité d'être parent. Un sentiment qu'elle comprenait tout à fait.

— Salut, dit-il.

Elle lui sourit.

Qu'il était séduisant dans ce jean moulant et ce T-shirt blanc qui redessinait sa musculature dans le moindre détail. Elle aurait aimé palper ce beau corps vigoureux. Une nuit n'avait pas suffi à bien le connaître.

Il fit un pas dans sa direction et elle sentit le battement de son cœur s'accélérer. Avait-il la moindre idée de l'effet qu'il produisait sur elle ? Peut-être bien, conclut-elle, suspicieuse, alors qu'il se laissait choir à son tour sur le canapé.

Son visage était à quelques centimètres d'elle. Il la dévisagea avec une attention soutenue avant de laisser glisser ses yeux vers son décolleté. Elle sentit immédiatement ses seins se durcir.

— Si tu continues à me regarder comme ça, dit-il par bravade, nous n'allons pas pouvoir dîner.

— Ce serait dommage, je meurs de faim.

— Moi aussi, mais c'est toi que j'ai envie de dévorer.

— Jack, arrête…

— Quoi ? Ne préfères-tu pas que je sois honnête avec toi ? Ne puis-je pas te dire à quel point j'ai pensé à toi ?

— Cela ne nous aide pas.

— C'est le déni qui nous dessert, répliqua-t-il, approchant sa bouche tout près de la sienne.

Elle sentit son souffle sur ses lèvres. Eut presque la

sensation de le goûter… A son tour, elle se pencha vers lui… Au moment où leurs bouches allaient s'unir, le téléphone sonna. Mélanie se précipita sur le combiné avant que la sonnerie ne réveille Juliana.

— Allô ? dit-elle d'une voix étranglée. Oh, Michael ! Bonsoir…

Jack lui fit les gros yeux d'un air menaçant.

— Oui, je suis occupée, répondit-elle à son correspondant sans regarder Jack.

Au bout de quelques secondes, elle reprit :

— Entendu. Au revoir.

Et elle raccrocha.

La question fusa sans attendre.

— Qui était-ce ?

— Un ami.

— Un ami proche ?

La tension dans la voix de Jack ne lui échappa pas.

— Un collègue de travail.

— T'invitait-il à sortir ?

— Je suppose que telle était son intention.

— Es-tu déjà sortie avec lui ?

Ce n'était pas le cas, mais son inquisition l'irrita.

— Y a-t-il une raison qui m'en empêcherait ? riposta-t-elle.

— Pour moi, tu n'as pas une minute de libre, alors que nous avons un enfant ensemble, rétorqua-t-il.

« Parce que tu es bien plus dangereux que Michael », compléta-t-elle en silence. D'ailleurs, elle ne se rappelait même plus la couleur des yeux de son collègue alors qu'il n'y avait pas un détail au sujet de Jack qu'elle ait oublié.

— Ne veux-tu pas réfléchir au moins à ma proposition ? reprit Jack.

— Non ! Mais merci quand même pour l'offre.

— Crois-tu que je n'y ai pas mûrement réfléchi ?

Mélanie plaça ses jambes sous elle, sur le canapé.

— Jack, ta réaction était honorable ; toutefois, je ne tiens pas à enchaîner un homme contre sa volonté.

— Et pourquoi ne serais-je pas consentant ?

— En toute honnêteté, Jack, si Juliana n'existait pas,

serais-tu ici ce soir ? Je comprends ton attitude, mais je n'ai pas besoin de toi. Pas plus que je ne souhaite épouser un homme à cause d'un enfant. Le mariage est une aventure trop périlleuse pour qu'on s'y engage avec si peu d'ambitions.

— Parle pour toi ! Des ambitions, j'en ai, et notamment celle d'être un bon père.

— Tu n'as pas besoin de m'épouser pour jouer ce rôle à la perfection.

Jack pensa alors à son père biologique. Il n'avait pas épousé sa mère, n'était pas présent quand Jack était jeune et impressionnable. Plus tard, sa mère était tombée amoureuse d'un homme formidable, David, qui l'avait épousée. Lisa était le fruit de cet amour, et l'homme que Jack appelait papa avait toujours été remarquable avec lui.

Néanmoins, il tenait rigueur à son géniteur de n'avoir pas eu le courage d'épouser sa mère, lui conférant de fait un statut d'enfant naturel. De bâtard. Jamais il n'infligerait un tel affront à Juliana. Même si la relation avec Mélanie tournait court, il ferait pour toujours partie de la vie de leur fille.

Il fut tenté d'informer Mélanie de cette partie de son existence qu'elle ignorait. Puis y renonça : Juliana n'était pas la seule à peser dans la balance, et sa mère se méprendrait à coup sûr sur l'aveu. Qui plus est, elle ne manquerait pas d'arguer qu'il était inutile de vouloir racheter les fautes de son propre père.

Il n'empêche : Jack ne voulait pas les répéter. Et certainement pas aux dépens de son enfant.

4

Mélanie poussa la porte, ravie de rentrer à la maison.

Elle avait mal aux pieds, et souffrait surtout d'une terrible migraine. Durant sa journée de travail, elle n'avait cessé d'être tourmentée par la pensée de Jack et ce qui s'était passé la veille…

Elle s'était endormie devant lui, durant une conversation à laquelle elle aurait pourtant dû prêter une stricte attention. Ce matin, elle s'était réveillée seule dans son lit. Seule chez elle. Dans la cuisine, elle avait découvert que tout avait été rangé et nettoyé.

Jack, le soir, était difficile à gérer.

Qu'en aurait-il été du matin ? Sa présence aurait été encore plus délicate à gérer, se dit-elle. Elle aurait forcément ravivé la douceur d'un autre souvenir : celui de s'être réveillée dans ses bras, d'avoir senti sa force l'entourer après leur nuit d'amour, quelque quinze mois plus tôt.

A peine eut-elle déposé son attaché-case dans l'entrée qu'une bonne odeur de cuisine lui monta au nez. Mm… Comme il était gentil de la part de Diana, la nounou, de s'être mise aux fourneaux ! Et fort inhabituel aussi, dans la mesure où sa seule tâche consistait à s'occuper de Juliana.

— Diana, vous n'auriez pas dû ! commença Mélanie en se dirigeant vers la cuisine.

— Je n'ai rien fait, ma chère, s'empressa de répondre la vieille dame. C'est Monsieur qui est aux commandes.

Une bouffée de colère envahit Mélanie.

— Jack !

— Présent ! dit-il.

Il lui tournait le dos, affairé à remuer le contenu d'une casserole, sur le feu.

— Que fais-tu ici ?

— Et dire que j'espérais que notre fille avait ton intelligence ! répliqua-t-il d'un ton ironique sans lui faire face.

Tout en assaisonnant ce qui mijotait dans la casserole, il jeta un bref regard par-dessus son épaule, et en profita pour lui adresser un sourire ravageur, qui l'enveloppa d'une onde de chaleur.

D'où venait ce pouvoir qu'il exerçait sur elle ? se questionna-t-elle, agacée. Elle se pencha pour embrasser sa fille qui, à la vue de sa mère, s'était mise à pousser des petits cris de joie. Puis elle interrogea Diana du regard : la nourrice parut alors embarrassée.

— M. Singer est venu plus tôt pour passer du temps avec Juliana, expliqua-t-elle brièvement.

— Ce n'est rien, Diana, je suis sûre que Jack n'a pas hésité à vous intimider pour s'imposer chez moi.

— Au contraire. Il ne voulait pas entrer avant votre retour. J'ai appelé la banque, mais on m'a dit que vous étiez déjà partie.

— J'ai passé le plus clair de mon temps en réunion, au siège.

— Et puis, c'est le père de l'enfant, compléta Diana.

Ces propos avaient été prononcés d'une voix peu assurée, sur un ton qui attendait une confirmation. Jack jeta un regard à Mélanie : allait-elle nier ? semblait-il demander.

— Tout à fait, acquiesça cette dernière, avant d'ajouter à l'adresse de l'importun : Mais ici, c'est ma maison, Jack.

— Et Juliana est ma fille, riposta-t-il.

— Je ne t'ai pas invité chez moi, que je sache.

— Si, mais elle ne s'en souvient plus, fit alors Jack d'un ton détaché à l'adresse de Juliana. N'est-ce pas, princesse ?

A cet instant, il se pencha vers l'enfant, qui attrapa son visage et frotta son front contre le sien.

Le cœur de Mélanie fondit comme neige au soleil…

Jack la gratifia d'un nouveau sourire qui, bien malgré

elle, illumina son être telles des lumières une nuit de Noël. Puis il reprit ses occupations culinaires.

Quel scoop ! pensa alors Mélanie en luttant contre une soudaine envie de rire. Un marine spécialisé dans les missions ultra-confidentielles se trouvait derrière ses fourneaux, un tablier noué autour de la taille et de toute évidence aussi à l'aise une spatule à la main qu'avec une mitraillette à l'épaule. D'un coup d'œil rapide, elle remarqua que la table était dressée pour deux. Diana sirotait du café tandis que Juliana était dans sa chaise haute, les yeux rivés sur son père et s'appliquait à mordiller dans une cuillère en plastique.

La nourrice se leva et déposa sa tasse dans l'évier.

— Je vais prendre congé de vous, annonça-t-elle.

— Oh, rien ne presse ! Vous pouvez rester encore un peu, si vous le souhaitez, fit Mélanie.

Jack lui lança un regard moqueur, peu dupe.

— Je ne veux pas vous déranger, répondit Diana en désignant les deux couverts du menton.

Mélanie leva les yeux au plafond tandis que la vieille dame, un large sourire plein de sous-entendus aux lèvres, se dirigeait vers la sortie.

— Essaierais-tu de me séduire par ta cuisine ? demanda-t-elle à Jack, une fois Diana partie.

Délaissant le contenu de sa casserole, il l'observa.

— Pas spécialement. Néanmoins, si c'est nécessaire pour que tu te détendes en ma présence, je veux bien…

— Je suis tout à fait détendue ! coupa-t-elle.

— Dans ces conditions, pourquoi tes poings sont-ils crispés ?

— Parce que j'ai envie de te bourrer de coups pour t'être introduit chez moi sans ma permission !

— Diana et moi avons tenté de l'obtenir en t'appelant au travail, mais tu étais injoignable. Il faudrait t'acheter un portable, tu sais.

— J'en ai un ! Seulement, j'avais oublié de recharger les batteries.

Enlevant ses chaussures, Mélanie se pencha vers sa fille pour la prendre dans ses bras, et la câliner tendrement.

— Je suis en congé, reprit Jack. Je n'ai rien à faire de la journée, alors qu'une nourrice s'occupe de ma fille, n'est-ce pas un comble ? Je veux apprendre à connaître Juliana !

L'argument était imparable, pensa Mélanie. Inclinant la tête de côté, elle se mit à l'observer. Curieux qu'il sache si bien cuisiner ! Les odeurs qui émanaient des casseroles étaient aussi divines que subtiles.

— J'ignorais que tu possédais des talents culinaires, dit-elle.

— Il y a tant de choses que tu ignores à mon sujet, dit-il d'un ton qui exprimait de façon univoque son désir d'y remédier.

Il versa des pâtes fumantes dans une passoire, et poursuivit :

— Quand je ne suis pas en action, j'ai beaucoup de temps pour lire.

— Des livres de cuisine ?

— Entre autres. Comme j'ai peu souvent le loisir de m'exercer dans ce domaine, j'ai sauté sur l'occasion.

Elle était appuyée contre le comptoir, Juliana dans les bras. Jack hachait à présent des herbes aromatiques tout en surveillant le roux qui épaississait progressivement dans la casserole. Les odeurs qui flottaient dans la cuisine étaient divines.

Mélanie avait repéré des blancs de poulet enduits d'une préparation onctueuse au paprika qui refroidissaient dans une assiette. Elle en chipa un morceau qu'elle mit dans sa bouche.

— Mm…

— C'est bon ?

— Exquis.

— Pourquoi ne vas-tu pas te changer et mettre une tenue plus confortable ? suggéra-t-il. J'ai déjà donné son dîner à Juliana.

Mélanie plissa les yeux, ne sachant trop quoi penser.

Jack se déplaçait dans sa cuisine, comme s'il la connaissait depuis toujours, et y travaillait avec application. Il goûtait, assaisonnait, remuait les sauces. Il avait pris possession d'un endroit stratégique, songea-t-elle, et donnait l'impression de ne plus vouloir en partir. En d'autres termes, il s'était invité dans sa vie. Bien sûr, elle ne pouvait pas lui refuser le droit de voir Juliana. Hélas, il nourrissait d'autres projets qu'elle aurait des difficultés à contrer !

Mais pour l'heure elle mourait de faim et n'avait aucune envie de rouvrir les hostilités.

— Je vais passer une tenue d'intérieur et mettre Juliana en pyjama, dit-elle.

Une Juliana qui se mit à gazouiller avec vivacité à l'adresse de Jack quand sa mère sortit de la pièce en l'emportant dans ses bras.

Jack était bien conscient d'avoir agi de façon sournoise, mais il avait aussi compris, la veille, que Mélanie ferait tout ce qui était en son pouvoir pour le maintenir à distance. Or, ce qu'il désirait le plus, c'était de réunir ce qu'il considérait désormais comme sa famille. Il cherchait à se persuader que c'était en raison de sa fille, qu'il avait déjà manqué six mois de sa vie et qu'il voulait rattraper le temps perdu.

Néanmoins, un autre motif dictait sa conduite.

La maman de Juliana…

Ajoutant un filet d'eau dans sa sauce, il repensa à Mélanie, au moment où elle était entrée dans la cuisine, tout à l'heure : elle avait l'air d'une femme d'affaires confiante et sexy dans son tailleur rose bien ajusté. Il aurait aimé vérifier si ses dessous étaient assortis.

Réprimant ses instincts, il se concentra sur la cuisine.

Il doutait que ses talents culinaires infléchissent la position de Mélanie. Toutefois, le fait que son réfrigérateur ne contienne pas de produits frais lui prouvait qu'elle devait faire un usage abusif de son micro-ondes et de plats surgelés.

Une demi-heure plus tard, comme il était en train d'ouvrir une bouteille de vin, il entendit ses pas dans le couloir. Elle entra dans la cuisine, Juliana sur la hanche.

— Où as-tu pris cette bouteille ? questionna-t-elle aussitôt.

— Julia et moi sommes allés faire des courses. Sans quoi, je n'aurais d'ailleurs pas pu cuisiner.

— Comment ? Tu es sortie avec Juliana ?

— Oui. J'ai installé son siège auto dans ma voiture et

Diana nous a accompagnés. Quel événement, franchement ! fit-il, vexé.

— Désolée. Je n'ai pas l'habitude de la confier à une autre personne que Diana.

— Je sais.

Sur ces mots, il lui offrit un verre de vin… et un sourire.

Elle le remercia avant d'avaler une gorgée de vin.

Elle était ravissante, dans ses leggings de coton noir et sa blouse turquoise vif, songea Jack. Le soleil du soir qui filtrait par la fenêtre allumait mille feux dans sa luxuriante chevelure rousse. Juliana qui tombait de sommeil avait posé la tête sur l'épaule de sa mère, son petit poing fiché dans les cheveux de cette dernière.

Jack sentit son cœur se gonfler de fierté en les regardant.

Mélanie murmurait des mots tendres à l'oreille de sa fille, tout en lui massant le dos. Celle-ci était baignée et en pyjama, prête à aller au lit. Jack aurait aimé qu'elle reste encore éveillée. Il avait manqué six mois de sa vie, que diable !

— Je vais la mettre au lit et nous pourrons dîner, déclara soudain Mélanie.

— S'il te plaît, non ! Attends encore un peu…

— As-tu déjà essayé de te sustenter avec une enfant endormie sur ton épaule ? demanda Mélanie d'un ton ironique.

— Je vais apprendre, lui assura-t-il.

Et il s'empara du bébé.

Mélanie sentit son cœur se serrer d'émotion lorsque Juliana se pelotonna contre l'épaule de son père en laissant échapper un petit soupir de satisfaction.

— Commence à manger, Mélanie, lui dit Jack.

Elle ne se fit pas prier et Mm…, c'était divin !

— Tu es engagé ! plaisanta-t-elle.

Il se mit à rire : Juliana redressa soudain la tête et riva ses beaux yeux sur son père. De grands yeux qui devaient s'interroger sur la raison de cette présence masculine chez sa mère. Il sourit, déposa un baiser sur son front et elle posa de nouveau la tête sur son épaule.

Quoi de plus émouvant que tenir un enfant dans ses bras

— un enfant qui de toute évidence l'acceptait comme père ? se demanda-t-il alors.

— Et toi, tu ne manges pas ? interrogea Mélanie.

— La politesse du cuisinier est de ne pas montrer qu'il est affamé, répondit-il. Je le tiens de ma mère. Et puis, je n'ai pas envie de me séparer d'elle…

Elle, c'était un petit paquet rose et plein de douceur contre son torse musclé. La grande main de Jack recouvrait presque tout son dos. Son pyjama laissait d'ailleurs des peluches sur le polo bleu marine de son père qui s'en contrefichait.

Croisant le regard de Mélanie, il déclara à voix basse :

— Je l'aime déjà, Mel.

— Je sais, répondit-elle d'une voix étranglée. Cela se voit.

En toute sincérité, elle s'en réjouissait. Il aurait tout à fait pu l'ignorer et ne jamais venir la voir. Et plus tard, qu'aurait-elle raconté à sa fille ? Quant à elle, elle l'aurait détesté pour son absence.

Jack coinça son enfant dans le creux d'un de ses bras, et s'empara de sa fourchette. Juliana ouvrit les yeux de façon fort brève et, se sentant en sécurité, les referma. Décidément, elle était sous le sortilège de Jack car il était rare qu'elle s'endorme hors de son lit, songea Mélanie. De toute évidence, avec son papa, elle se comportait de façon différente.

Cette constatation aurait dû la contrarier : depuis le début, n'était-ce tout de même pas elle qui avait fait tout le travail ? Cependant, elle ne ressentait pas la moindre jalousie à l'endroit de Jack. Combien de fois n'avait-elle pas imaginé Juliana dans les bras de son père ? N'avait-elle pas souhaité qu'il partage ses progrès quotidiens ?

Sentant les larmes lui monter aux yeux, Mélanie se concentra sur sa nourriture. Elle n'aimait pas la confusion qui régnait en elle. Le sentiment de dépendance qu'elle sentait sourdre. Elle voulait conserver sa liberté et le contrôle de sa vie.

*
* *

Qu'avait donc Mélanie ? se demandait Jack de son côté, tout en se restaurant. Pourquoi ce silence ? Pourquoi évitait-elle aussi son regard ?

— Comme je suis tenu au secret professionnel, parle-moi de ton travail, suggéra-t-il tout à trac.

Elle releva la tête, et ce fut alors qu'il aperçut une trace de larmes sur sa joue.

— Je gère des comptes en banque et je fais aussi office de médiateur en cas de conflits, répondit-elle, docile. Je n'ai pas une minute de répit de la journée.

— Et ce type, ce dénommé Michael, que fait-il, lui ?

— Il occupe un poste similaire au mien.

— Vas-tu accepter son invitation ?

— Non, Jack, je n'accepterai d'ailleurs d'invitation de personne.

— Vas-tu rester cloîtrée chez toi sous prétexte que tu as un enfant ?

— Non, pas pour toujours, mais en ce moment, elle est toute petite et elle a besoin de moi.

Mélanie couva sa fille endormie d'un regard tendre et ajouta :

— Je préfère passer mes soirées avec ma fille, plutôt qu'à l'extérieur.

Comme Jack la comprenait ! La compagnie de Juliana valait tous les plaisirs. Enfin presque, pensa-t-il en regardant Mélanie à la dérobée. Puis il tenta de couper son poulet au marsala d'une seule main.

— Veux-tu que je coupe ta viande ou préfères-tu que je mette Juliana au lit ? interrogea Mélanie.

Pour toute réponse, Jack lui tendit son couteau et Mélanie se souleva un peu de son siège pour œuvrer avec davantage d'aise.

— J'ai l'impression d'avoir deux enfants, déclara-t-elle en riant.

A son tour, il se mit à rire avant de s'apercevoir que le visage de Mélanie était redevenu grave.

— Puis-je te poser une question ? reprit cette dernière. Qu'aurais-tu fait si tu avais appris que j'étais enceinte ?

— Je serais rentré immédiatement pour t'épouser !

— Allons, tu sais bien que c'est de l'ordre du fantasme, étant donné tes obligations. En réalité, nous en aurions été au même point qu'aujourd'hui.

— Non, car je t'aurais déjà convaincue de m'épouser.

— J'en doute, fit-elle. Cela n'a rien à voir avec toi, Jack, mais avec moi.

Elle se rassit, la viande étant coupée en petits cubes.

— C'est-à-dire ?

— Je ne veux pas me marier à cause de notre enfant.

— Oui, je sais, c'est renoncer à ses ambitions, soupira-t-il d'un air blasé. Sais-tu que c'est une théorie à laquelle je n'adhère pas du tout ? Toi et moi, nous nous entendons bien, non ?

— Au lit, oui.

— Pas seulement, Mel, et tu le sais…

Elle ne répondit pas. Elle refusait de se laisser convaincre ou de croire qu'elle serait désemparée sans lui, même si elle avait déjà le sentiment d'avoir besoin de lui.

— Je ne sais pas…, murmura-t-elle.

Elle ne souhaitait pas répéter ses erreurs passées. Elle devait désormais penser à sa fille, ses décisions la concernaient elle aussi.

— Dois-je considérer que tu me rejettes ?

Mélanie exhala un soupir, puis se mit à jouer avec le pied de son verre.

— Ne me fais pas de promesses que tu ne seras pas en mesure de tenir, Jack.

— Pourquoi dis-tu cela ? A cause de mon métier et de mes absences régulières ?

— Cela n'a rien à voir.

— Ma fille a besoin du nom de son père.

— Elle a celui de sa mère.

Jack ne put retenir un juron.

A cet instant, Juliana s'agita et il se leva.

— Je vais la mettre au lit, déclara-t-il alors que Mélanie voulait la lui prendre. Accorde-moi au moins ce modeste privilège…

Mélanie hocha la tête.

Il s'absenta quelques minutes pendant lesquelles elle sirota son vin. Elle fut tentée de les rejoindre dans la chambre, pour vérifier qu'il bordait Juliana aussi bien qu'elle… Bah, au fond d'elle-même, elle savait qu'elle pouvait lui faire confiance : Jack n'était pas un dilettante.

Quand il revint, ils reprirent la discussion là où ils l'avaient laissée. Jack était conscient de la harceler, mais c'était plus fort que lui : il ne voulait pas que Juliana souffre de son illégitimité, même si sa mère n'y accordait aucune importance.

Car elle en souffrirait forcément, plaida-t-il. Elle serait jugée, à commencer par ses petits camarades de classe. Il se rappelait qu'enfant, c'était un voisin qui l'emmenait aux cours de base-ball alors que tous les autres s'y faisaient conduire par leur père. Et sa différence l'accablait. Bien sûr, certains enfants étaient élevés par un seul parent, pour cause de décès ou de divorce, mais c'était le fait d'être un enfant naturel qui le tourmentait.

Aussi refusait-il de faire subir une pression si douloureuse à sa fille. Mélanie ne pouvait-elle le comprendre ?

Jack se leva pour mettre un CD, puis revint s'asseoir. Les notes de piano opérèrent des miracles et apaisèrent la tension qui régnait entre eux.

— Je suis prêt au compromis, déclara-t-il soudain.

Mélanie releva brusquement la tête.

— Je ne vais plus te parler de mariage, poursuivit-il. Néanmoins, je veux que Juliana fasse partie de ma vie, et là-dessus, je ne transigerai pas.

Elle riva son regard au sien.

— Entendu, répondit-elle. Tu peux venir dans la journée quand…

— Quand tu n'es pas là, n'est-ce pas ? Ne peux-tu donc pas gérer ma présence à tes côtés ? As-tu peur d'y prendre goût ?

— Que vas-tu chercher là ? Je peux tout à fait gérer la situation.

— Parfait. Parce que je dispose de deux mois de permission et que je compte les passer ici.

Deux mois ? Par pitié ! pensa-t-elle, accablée.

Sur ces mots, il se remit à manger avec le plus grand calme. Il la sentait nerveuse et, au fond, cela l'amusait. Les mois à venir allaient être fort intéressants, conclut-il en lui resservant du vin.

Jack tint parole. Il n'évoqua plus le mariage..., mais se transforma en véritable fléau. Elle ne pouvait faire un pas sans le trouver sur son chemin. Aujourd'hui, il dépassait les bornes : il était déjà dans la salle d'attente, chez le pédiatre, quand elle arriva à son tour avec Juliana ! Elle serra les dents. Bon, il était son père, c'était son droit, après tout.

Juliana devait être vaccinée et quand elle criait et pleurait à cause de l'injection, sa mère pleurait elle aussi. Assistant à la scène, dans le cabinet du pédiatre où il les avait bien sûr suivies, Jack les enlaça toutes deux.

— Elle est si petite, et je le laisse lui faire mal, chuchota-t-elle entre deux sanglots.

— Allons, ma chérie, c'est pour son bien ! Un petit vaccin n'est pas bien douloureux.

— Je sais, je sais, mais je ne supporte pas qu'elle souffre.

Comme Juliana criait toujours, Jack la prit dans ses bras, lui caressa gentiment la cuisse tout en lui murmurant des paroles apaisantes sur un ton tendre. Une fois l'enfant calmée, il la redonna à sa mère.

— Je me sens idiote, fit Mélanie une fois qu'ils furent ressortis du cabinet.

— Si cela peut te consoler, moi aussi j'avais envie de pleurer, mais hélas, un marine ne pleure jamais. Cela porterait atteinte à son image de marque.

— Ah, mon héros ! fit-elle en riant.

Il ne répondit rien, mais riva son regard au sien.

Une onde de chaleur passa entre eux. Elle avait déjà prononcé ces paroles, lors de leur nuit d'amour, et ce souvenir les troubla tous deux. Fouetta leur désir… Une curieuse lumière s'alluma alors dans les yeux verts de Mélanie.

Derrière le comptoir, l'assistante du pédiatre s'éclaircit la voix. Jack fut le premier à détourner le regard.

— Je suis le père de Juliana, dit-il. Elle est prise en charge par la mutuelle TriCare.

Sur ces mots, il tendit sa carte à l'assistante.

— Que fais-tu ? intervint Mélanie, médusée par son initiative.

— Je suis son père, elle bénéficie de mes droits d'assuré.

— Mais elle est déjà inscrite avec moi !

— En tant que militaire, je dispose d'une très bonne mutuelle, ainsi que mes ayants droit. Qui plus est, Juliana pourra aussi obtenir une carte qui lui permettra de profiter de tous les avantages que propose la base, en matière d'activités notamment.

Bien qu'ils aient parlé à voix basse, tous les regards étaient tournés vers eux. Mélanie remonta le bébé sur sa hanche.

— Remettons cette conversation à plus tard, trancha-t-elle.

— Entendu, dit-il en reprenant la carte que lui tendait l'assistante.

Il la plaça dans son portefeuille, puis alla chercher la poussette qu'il déplia et roula vers la mère et l'enfant. Juliana tendit alors les bras vers lui, criant presque pour que son père la prenne. Ce qu'il fit avant de la mettre dans la poussette. Puis il s'agenouilla pour l'attacher.

— Comme tu as été courageuse ! lui dit-il. Je suis très fier de toi, princesse.

Il l'embrassa sur le front et se redressa.

Tous trois sortirent alors du cabinet — telle une vraie famille.

5

Sac en bandoulière, Mélanie s'apprêtait à partir lorsque son assistante pointa le bout de son nez dans son bureau.

— Votre rendez-vous de 13 heures est arrivé, madame Patterson, lui annonça-t-elle.

Sourcils froncés, cette dernière regarda sa montre.

— Mon client est très en avance, observa-t-elle.

— Je le lui ai fait valoir, mais il avait l'air si impatient.

Mélanie soupira. Elle ne pourrait donc pas rentrer à la maison, comme prévu, afin de passer sa pause déjeuner en compagnie de son bébé.

Et accessoirement de Jack.

Jack assis sur le sofa avec Juliana endormie dans les bras.

Jack s'affairant dans la cuisine et lui mitonnant un délicieux repas.

— Très bien, faites-le entrer, Laura.

Reposant son sac, elle revint prendre place derrière sa table de travail et rajusta sa veste. Son sourire se figea lorsque la porte s'ouvrit et que Jack y entra, Juliana dans les bras.

— Que fais-tu ici ? demanda-t-elle avec froideur.

Ce qui ne l'empêcha pas de se précipiter vers sa fille pour la serrer avec tendresse contre elle.

— Bonjour, ma douce, ajouta-t-elle dans un murmure.

Juliana poussa des petits cris de joie.

— Une femme de pouvoir, c'est impressionnant ! commenta Jack.

Puis il promena son regard sur l'élégant tailleur de

Mélanie. Quand il releva la tête, leurs yeux se croisèrent et elle se sentit soudain belle.

— Tu as les jambes les plus sexy de ce côté-ci de la planète, poursuivit-il.

Un sourire éclaira le visage de Mélanie.

— Et de l'autre côté, qui possède les jambes les plus sexy ?

A son tour, Jack lui sourit : il appréciait son sens de la repartie, et la savait aussi incapable d'accepter les compliments.

— Je l'ignore et je m'en fiche. Que dirais-tu de passer ta pause en notre compagnie ?

— Désolée, j'ai un rendez-vous qui m'attend déjà.

— C'est moi le rendez-vous, annonça-t-il alors.

Mélanie cligna des yeux.

— J'ai demandé à Laura de décaler un peu le prochain, en espérant que tu viendrais déjeuner avec nous, expliqua-t-il alors.

Nous. Un petit pronom qui suffisait à la faire craquer. Bien qu'elle sache que le temps passé en compagnie de Jack représentait une menace pour son cœur. Qui plus est, il ne manquait pas d'audace : comment osait-il réorganiser son agenda ?

— Jack, tu ne peux pas disposer à ta guise du temps que je suis censée passer avec mes clients.

— J'ai ouvert un compte pour Juliana, déclara-t-il d'un ton triomphant. Cela ne fait-il pas de moi un client ?

L'information lui coupa le souffle.

— Pardon ?

— Je souhaite commencer dès aujourd'hui à épargner pour ses études.

— Je suis gestionnaire de comptes, Jack, lui rappela-t-elle. Juliana possède déjà un compte épargne. Il était même ouvert avant sa naissance.

— Parfait. Quand elle sera en âge d'étudier, les études universitaires coûteront deux fois plus cher.

Adoptant une voix plus basse dont la profondeur troubla Mélanie, il poursuivit :

— J'ai participé à sa conception, je tiens à partager les responsabilités.

Elle ne pouvait pas protester, au risque de s'opposer aux intérêts de sa propre fille.

— Allons déjeuner ! insista-t-il.

Mélanie lui jeta un coup d'œil. L'idée d'aller au restaurant avec lui ne l'enchantait guère…

Un sourire irrésistible éclaira soudain le visage de Jack. Dans son jean délavé et sa chemise qui moulait sa belle musculature, il exerçait un véritable charme sur elle. Parviendrait-elle à le tenir à distance de son cœur, ainsi qu'elle l'avait décidé ? Elle était tiraillée entre le désir qu'il lui inspirait et le danger qu'il ne lui brise le cœur.

Comme elle demeurait silencieuse, il leva un sourcil.

— Redoutes-tu d'être seule avec moi, Mélanie ?

A cette provocation, elle se redressa.

— Larguez les amarres, marin, je vous suis !

— J'aime quand tu joues les braves, ironisa-t-il.

De quelle couleur était sa lingerie, aujourd'hui ? se demanda-t-il soudain. Il aurait volontiers renoncé au déjeuner pour savoir ce qu'elle portait sous son tailleur vert… Mais il abandonna l'idée lorsque la moitié du personnel envahit tout à coup le bureau pour admirer le bébé.

Quelques-uns jetèrent des regards curieux à Jack, mais il conserva un mystérieux silence tandis que Mélanie présentait sa fille. Que leur avait-elle raconté, concernant le père de son enfant ? Il l'ignorait et ne souhaitait pas la plonger dans l'embarras. Il remarqua toutefois qu'elle se tenait toute proche de lui.

Les collègues se retirèrent rapidement et Mélanie informa son assistante qu'elle serait absente pendant deux heures. Jack l'entraîna alors vers la sortie.

Sur le parking, une femme âgée se mit en travers de leur chemin pour gazouiller avec Juliana.

— Vous formez une adorable famille, décréta-t-elle quand elle releva la tête.

— Merci, dit Mélanie en regardant son enfant.

— Elle a les yeux de son père, poursuivit la femme. Vous et votre mari devez être fiers d'elle.

Mélanie ouvrit la bouche, puis la referma.

Inutile de préciser que Jack n'était pas son mari !

— Tout à fait, renchérit ce dernier. Merci.

Puis il entraîna femme et enfant vers sa voiture.

Une fois Juliana bien attachée dans son siège, il démarra. Assise à son côté, Mélanie se taisait, perdue dans ses méditations.

— Les propos de cette femme te tracassent-ils ? finit-il par demander.

— Non, c'est un commentaire logique. Juliana te ressemble.

— Les yeux et les cheveux, peut-être, mais elle me fait surtout penser à toi.

— Veux-tu dire que moi aussi je suis insupportable quand j'ai faim ?

Il se mit à rire.

— Non. Mais elle est entêtée, contente d'elle-même et ne voit que ce qu'elle veut voir.

— Jack, tu ne vas pas recommencer, le prévint-elle en tordant ses mains, nerveuse.

Celles de Jack se crispèrent sur le volant.

— Je n'aurais jamais cru devoir supplier une femme de m'épouser. Peux-tu me donner une seule bonne raison qui justifie ton refus ?

— Plus d'une, oui ! Tu n'as pas besoin de m'épouser pour être père : tu joues déjà ce rôle à merveille. Se marier dans le seul dessein de donner son nom à son enfant est accessoire.

— A tes yeux, peut-être, mais ce n'est pas anodin pour l'enfant concerné.

Elle lui lança un regard en coin. Il avait l'air si déterminé ! Elle se tourna alors vers sa fille, à l'arrière, qui mangeait un biscuit qu'elle émiettait joyeusement dans la voiture de Jack.

— Il va falloir trouver d'autres raisons que celle-là pour me dissuader, ajouta-t-il.

— Jack, nous n'allons tout de même pas nous livrer à la surenchère. A propos, où allons-nous ?

Sans répondre, il se gara devant un parc. Toujours silencieux, il se dirigea vers le coffre de sa voiture d'où il sortit une glacière. Il avait donc prévu un pique-nique, pensa-t-elle en plaçant Juliana dans sa poussette. Quel homme organisé !

Quelques minutes plus tard, Jack étendait une couverture sous un arbre, à une bonne distance des autres pique-niqueurs pour respecter l'intimité de chacun.

Mélanie posa Juliana sur la couverture et s'assit à côté d'elle. Jack disposa quelques jouets devant sa fille, puis ouvrit la glacière d'où il sortit tout d'abord des sodas. Il en offrit un à Mélanie, eut le temps d'ouvrir le sien et de le vider alors qu'elle avait à peine avalé une gorgée. Elle eut la nette sensation qu'à cet instant, il aurait préféré une boisson plus forte.

— Tu sembles en colère, hasarda-t-elle.

— Exact ! Avant toi, je n'ai jamais demandé une femme en mariage. Ce n'est pas une proposition que je prends à la légère.

Elle sentit son cœur se pincer. Ne lui devait-elle pas la vérité ?

— Puisque tu me forces aux aveux, commença-t-elle dans un soupir, autant te dire que j'ai déjà accepté deux propositions de mariage et que cela s'est très mal terminé. Je n'ai plus eu que mes yeux pour pleurer.

Un feu roulant de questions franchit alors les lèvres de Jack.

— Tu as déjà été fiancée ? Quand ? Avec qui ?

— C'était avant que nous nous rencontrions, s'empressa-t-elle de préciser. La dernière fois remontait à quelques mois avant notre rencontre. Il s'agit de personnes que tu ne connais pas.

Jack s'efforça de garder son calme, mais la pensée que Mélanie ait accepté d'épouser un autre que lui le rendait fou de jalousie : il se sentait trahi !

— Que s'est-il passé ? demanda-t-il d'un ton morne.

Mélanie s'empara du sandwich qu'il lui tendait et se mit à caresser de façon distraite les cheveux de Juliana.

— J'aimais Craig, mais il m'a préféré sa secrétaire, commença-t-elle.

— Depuis combien de temps étiez-vous fiancés ?

— Assez longtemps pour que nous ayons choisi la porcelaine.

Jack serra les dents.

— Ce type était un crétin, décréta-t-il.

— Je me suis consolée en apprenant que son mariage avec sa secrétaire avait tenu moins de temps que nos fiançailles. Toutefois, presque deux ans plus tard, je me sens encore idiote.

— Il n'est jamais idiot de tomber amoureux.

— Peut-être. En revanche, vouloir se marier pour de mauvaises raisons, si !

Jack fit un nouvel effort pour demeurer impassible.

— Et que s'est-il passé avec l'autre fiancé ? De quelle façon s'est-il désisté ?

— Ne penses-tu pas que c'est ma faute ?

— Impossible. Tu es trop belle et trop intelligente, répondit-il en plongeant ses yeux dans les siens.

Elle soutint son regard. Serait-il là aujourd'hui, sans cet enfant commun ? Elle en doutait sérieusement et c'était un motif suffisant pour ne pas l'épouser.

— Je l'ai trouvé au lit, avec une autre.

Jack poussa un juron.

— Comme tu dis ! fit-elle, un sourire désabusé aux lèvres. Selon lui, j'étais « collet monté » et il n'arrivait pas à « tenir le programme ». Comprenne qui peut… C'était un footballeur professionnel.

Elle portait encore la blessure en elle, il l'entendait dans sa voix.

— Footballeur professionnel ? répéta Jack. Sa réaction ne m'étonne pas. Sa vie doit être faite de déplacements incessants, majorettes à la clé, bref, un potentiel explosif pour causer des dégâts.

Ses yeux brillaient comme une émeraude transparente lorsqu'elle répondit :

— Etait-ce une raison pour me demander en mariage et me tromper ensuite ?

— Non, pas du tout. Son attitude est impardonnable. Mais ce n'est pas ta faute. C'est la sienne.

— Aucun des deux ne m'aimait assez pour rester avec moi, conclut-elle. Et j'allais pourtant leur dire oui. C'est une erreur que je ne commettrai plus.

Avec lenteur, elle retira le plastique qui entourait son sandwich. Jack la considérait, le cœur gonflé de sympathie et de compréhension. Elle paraissait si perdue, si meurtrie… Il serra les poings pour résister à l'envie de la prendre dans ses bras et de la consoler.

Au bout d'un moment, elle mordit dans son sandwich.

— Mm ! Quel délice ! Est-ce toi qui l'as préparé ?

— Oui. J'ai suivi une émission culinaire, à la télévision.

— Décidément, je ne te reconnais pas.

— Et pourtant, je n'ai pas changé.

Le regard de Jack tomba alors sur Juliana et il ajouta :

— Enfin, un petit peu, si…

— Qu'as-tu éprouvé en découvrant ta paternité ?

— De la peur, de la joie, de la fierté. De la peur.

— Tu l'as déjà dit, fit-elle en souriant.

— Il est aussi effrayant que formidable de se rendre compte que l'on est responsable du bonheur d'un petit être. Du moins jusqu'à ce qu'elle ait dix-huit ans. Ensuite, je l'enfermerai dans un donjon.

— Et seuls les chevaliers en armure seront autorisés à lui rendre visite ?

— Tout à fait, dit-il en riant avant d'ajouter sur un ton songeur : Je me demande comment elle sera dans quelques années, ce qu'elle pensera de moi…

— Moi aussi.

De façon fortuite, tous deux touchèrent le visage de leur enfant en même temps. Les doigts de Jack se refermèrent aussitôt sur ceux de Mélanie. Elle croisa son regard.

— Tes fiancés démissionnaires étaient des idiots, lui assura-t-il. Et je suis sûr qu'ils regrettent et regretteront jusqu'à leur dernier souffle de t'avoir abandonnée.

— J'en doute.

— Je ne suis pas comme eux, Mélanie…

— Oh, Jack, je le sais ! fit-elle en dégageant avec douceur

sa main de la sienne. Seulement... Tu ne m'aimes pas... Et ne me dis pas que le mariage résoudra tout comme par magie.

— Outre le fait que ces types étaient des vauriens, tu as fait un mauvais choix avec eux.

— Et je ne vais pas commettre une troisième sottise en épousant un homme pour une histoire de nom !

— L'enjeu ne se limite pas à cela, fit Jack en serrant les dents.

Il aurait aimé lui avouer la vérité au sujet de son père biologique et sa volonté de ne pas infliger à sa fille le sort douloureux qu'il avait lui-même subi, enfant. Toutefois, l'argument ferait-il fléchir Mélanie ? Il était fort probable qu'il produise l'effet inverse.

A la lumière des confessions qu'elle venait de lui livrer, il comprenait mieux son refus. Il se rappela soudain la nuit où ils avaient conçu leur fille. « Ne me fais pas de promesses que tu ne pourras pas tenir, lui avait-elle dit. Je ne peux pas placer mes espoirs en un homme. »

Elle avait été abandonnée à deux reprises et ne pouvait plus faire confiance à la gent masculine. Qui plus est, elle ne croyait plus en ses capacités de retenir un homme auprès d'elle.

Bon sang ! Il aurait aimé ficher son poing sur la figure de ces tristes individus !

Et lui, que ressentait-il au juste pour Mélanie ? De l'amour ? Difficile à dire... Bien sûr, ce qu'il éprouvait à son endroit ne relevait pas uniquement du désir. Même sans Juliana, il aurait cherché à la retrouver, afin de vérifier qu'elle ne l'avait pas oublié et de confronter ses fantasmes avec la réalité.

La présence du bébé avait tout changé. Et modifié les modalités des retrouvailles. Jack ne savait plus que faire.

— Mélanie ?

Elle leva les yeux : il reçut l'impact de ses prunelles vertes en plein cœur.

— Parle-moi, poursuivit-il d'une voix douce.

— Jack, je ne peux pas détruire ta vie pour une histoire de nom. Je t'en prie, ne me demande pas de t'épouser. En un sens, le mariage serait plus raisonnable pour Juliana, je te l'accorde ; néanmoins, il serait trop lourd de conséquences dans nos vies quotidiennes.

Sur une impulsion, Jack lui saisit la main.

— Je suis désolé pour ce que t'ont fait subir ces deux hommes, dit-il. Mais je te le répète : je ne suis pas comme eux.

Elle voulut protester ; il posa un doigt impérieux sur sa bouche.

— Non, ne dis plus rien. Je comprends ce que tu ressens. Cela ne me plaît pas, mais je l'accepte... Du moins pour l'instant.

Pour l'instant ? Mélanie eut presque envie de hurler à l'idée qu'il n'abandonnait pas, en dépit de ses assurances contraires. En réalité, il lui laissait une simple trêve.

Allons ! pensa-t-elle tout à coup. Elle avait devant elle l'homme parfait et elle le refusait ? N'était-ce pas insensé ? Qui plus est, elle le désirait, il lui avait terriblement manqué... Cependant, c'était plus fort qu'elle : ignorant s'il pourrait l'aimer un jour de la façon dont elle rêvait d'être chérie, ou s'il considérerait à jamais leur union comme une prison, elle préférait garder ses distances.

Jack devinait les pensées qui agitaient les yeux verts de Mélanie.

— Nous pouvons commencer par être amis, proposa-t-il. Considère-moi comme une baby-sitter à pleins temps que tu aurais engagée pour quelques semaines !

Entre-temps, il espérait la gagner peu à peu à sa cause, s'associer de plus en plus étroitement à sa vie. Mélanie poussa un soupir.

— Soyons amis, alors, puisque tu y tiens, concéda-t-elle.

Amis ? La perspective lui semblait creuse et terne, mais n'était-ce pas ce qu'elle souhaitait ?

Une demi-heure plus tard, Jack se garait devant la banque.

— Merci pour ce déjeuner, Jack. C'était fort agréable, lui dit-elle.

Il lui adressa un sourire, réprimant l'envie de la prendre dans ses bras. Mélanie jeta alors un coup d'œil à l'arrière.

— Elle s'est finalement endormie, dit-elle d'un ton attendri. Elle était épuisée.

A son tour, Jack se tordit le cou pour admirer sa fille. Sa robe à fleurs était remontée sur ses cuisses potelées et ses genoux étaient maculés d'herbe.

— Qu'elle est belle ! murmura-t-il.

Puis il croisa le regard de Mélanie. Ils se tenaient à quelques centimètres l'un de l'autre. Il lui aurait suffi de se pencher pour que leurs lèvres se touchent. La tentation était immense.

— Merci pour cette enfant, Mélanie, ajouta-t-il.

— Toi aussi tu as pris part à l'affaire, observa-t-elle avec une douce ironie.

— De façon si brève… Je ne l'ai pas portée pendant neuf mois, comme toi. Je n'ai pas connu la douleur de l'enfantement.

Repoussant une mèche qui barrait le front de sa passagère, il poursuivit :

— Un jour, tu me raconteras comment s'est passé ton accouchement, n'est-ce pas ? Je m'en veux tant d'avoir tout manqué.

De ne pas avoir été le premier à apprendre la nouvelle de la grossesse, ne pas avoir vu le ventre de Mélanie s'arrondir, de ne pas lui avoir tenu la main quand elle avait peur…

— Entendu, répondit-elle.

Un jour, elle lui remettrait le film que son père avait fait d'elle quand elle était enceinte, ainsi que la vidéo de l'accouchement.

Un jour… Quand elle serait prête à partager une telle intimité avec lui.

Détournant la tête, elle posa la main sur la poignée de la portière. En une seconde, il avait contourné la voiture pour l'aider à descendre. Elle prit la main qu'il lui tendait.

— A ce soir ? fit-elle.

— Oui, nous serons à la maison à ton retour.

Il s'était pourtant juré de se tenir tranquille. Mais elle était si proche de lui, et son envie si forte… Sur une impulsion, il effleura ses lèvres.

— Jack, se contenta-t-elle de murmurer sans qu'il n'y ait le moindre reproche dans sa voix.

Seules leurs bouches étaient en contact.

Une bouche qui s'apparentait à un aphrodisiaque, pensa Mélanie. Qui faisait vibrer tout son être et baisser sa garde. Une bouche dont elle aurait pu très vite devenir dépendante.

Avec douceur, Jack détacha ses lèvres des siennes. Un demi-sourire creusa alors son visage, comme s'il venait d'obtenir la confirmation de ce qu'il savait déjà. Du pouce, il caressa la lèvre gonflée de Mélanie.

— A tout à l'heure, dit-il.

Comme un automate, Mélanie descendit de la voiture.

Puis elle demeura immobile, incapable du moindre geste. Elle regarda le coupé sport s'éloigner et attendit qu'il ait disparu à l'horizon pour regagner la banque. Ses pas étaient moins assurés que d'ordinaire et son pouls… hors de contrôle.

« Mon Dieu ! » pensa-t-elle, accablée, en poussant la porte-tambour. Et, sans prêter attention aux regards de ses collègues, elle fonça vers son bureau où elle se laissa choir dans son fauteuil, après avoir refermé la porte derrière elle.

« Mon Dieu, mon Dieu ! » se répéta-t-elle encore en enfouissant son front dans ses mains.

Une curieuse routine se mit en place entre eux.

Chaque matin, Jack arrivait de bonne heure pour prendre son café avec Mélanie, et il était encore à la maison quand elle rentrait du travail. Chaque soir, il lui mitonnait d'excellents petits plats qu'ils savouraient ensemble. Puis, une fois que Juliana avait été bordée par ses deux parents, il repartait chez Lisa en lui disant à demain.

Malgré elle, Mélanie aurait aimé qu'il s'attarde un peu. Toutefois, elle s'abstenait de lui faire part de ses sentiments, persuadée qu'un tel aveu aurait engendré des complications. Il n'avait pas retenté de l'embrasser, mais chaque fois qu'il se trouvait près d'elle, tout son être se tendait comme un arc.

Dans la journée, elle refoulait avec soin ces sensations ; la nuit, le désir qu'il lui inspirait venait la tourmenter.

A son contact quotidien, elle apprenait à mieux le connaître, et son admiration pour lui allait croissante. Le mur qu'elle avait voulu ériger entre eux devenait chaque jour un peu plus fragile.

Combien de temps résisterait-elle ? se demandait-elle. Jack s'était rendu indispensable. Bientôt pourtant, il repartirait pour une nouvelle mission dangereuse, top secret, et cette pensée l'effrayait.

Elle se rendait compte qu'il suffirait d'une mission plus périlleuse qu'une autre pour que Juliana perde son père. Et elle, un ami très cher… Et dire qu'elle avait jugé impensable qu'ils soient capables de nouer une relation si sereine !

Perdue dans ses pensées, Mélanie rentra à la maison et appela son petit monde, pensant que Jack allait surgir, Juliana dans les bras. Seul le silence lui répondit. Posant son attaché-case, elle se dirigea vers la cour arrière.

Juliana jouait dans son parc, à l'ombre d'un arbre, tandis que son père était en train de monter un portique de bois comportant une balancelle et des mini-agrès.

— Jack…

Il releva la tête et la dévisagea de pied en cap. Geste qui lui était définitivement familier, pensa-t-elle aussi attendrie qu'agacée.

— Ta journée n'a pas été trop difficile ? demanda-t-il.

— Pas autant que la tienne, semble-t-il, répliqua Mélanie. Elle n'a que six mois, Jack ! Elle n'a pas besoin d'un si grand portique.

— Tous les enfants en ont besoin, répliqua-t-il. Et puis, elle s'en servira pendant un bon bout de temps.

Sur ces mots, il se remit au travail.

Mélanie prit sa fille dans ses bras et observa le portique.

— Ce portique a dû te coûter une fortune ! déclara-t-elle au bout d'un moment.

— Pas du tout, je l'ai fabriqué moi-même, annonça-t-il en lui décochant un regard pénétrant.

Elle manqua s'étrangler.

— Comment ? Quand en as-tu eu le temps ?

— Il faut bien que j'occupe mes soirées, quand tu me donnes mon congé. L'atelier de Brian est très fourni : il m'a suffi de découper, scier et assembler. J'ai juste acheté la balancelle en plastique. C'est Julia qui a choisi la couleur rouge.

Un petit sourire éclaira le visage de Mélanie puis elle remonta Juliana sur sa hanche.

— Et ce poney-là, fit-elle en désignant une immense peluche, dans le parc, ne me dis pas que c'est toi qui l'as fabriqué ! Je ne te croirai pas.

— C'est un prélude au véritable qu'elle possédera un jour.

Mélanie secoua la tête.

— Ah non, pas question ! A moins que tu ne t'engages à le nettoyer et donner des cours à ta fille, car moi, je n'y connais rien en la matière.

— Pour tout avouer, moi non plus.

— Jack, la paternité a endommagé certains de tes neurones, décréta-t-elle d'un ton pince-sans-rire.

— Nous pourrons tous apprendre à monter ensemble, suggéra-t-il d'un air innocent.

Il ne perdait pas une occasion pour tenter de la piéger, pensa-t-elle alors. Curieusement, au lieu de s'en offusquer, elle se mit à rire.

Un rire qui émut Jack. Il y avait si longtemps qu'il ne l'avait pas entendue rire. Elle gardait toujours ses distances, aussi bien physiques qu'émotionnelles, alors qu'il rêvait d'abolir les frontières, entre eux. Combien de temps pourrait-il encore résister à l'envie de l'embrasser ?

Jack regarda sa montre.

— Tu rentres tôt, observa-t-il.

— Les horaires des privilégiés, dit-elle.

Un sourire éclaira son visage et son regard s'attarda sur Jack… Il était bronzé et des gouttes de sueur perlaient sur ses muscles bandés, tandis qu'il continuait à assembler les pièces du portique. Son T-shirt trempé laissait deviner les lignes avantageuses de son torse. Elle se rappela la sensation qu'elle avait éprouvée en le tâtant avec ses paumes, sa bouche… Celle de sa peau nue contre la sienne.

Non ! Elle ne devait pas se rappeler leur fameuse nuit. Il était impératif de maintenir de la distance entre eux. Même si les souvenirs étaient trop brûlants pour rester bien sagement dans un coin de son cerveau.

— Je vais me changer, bredouilla-t-elle.

Il lui adressa un bref regard, et haussa les sourcils comme elle s'éclipsait, sa fille dans les bras.

Mélanie changea d'abord la couche de Juliana, lui donna à boire, puis l'emmena dans sa chambre pour mettre un jean et un T-shirt à la place de sa tenue de travail.

Elle se rendit ensuite dans la cuisine où, après avoir placé Juliana dans sa chaise haute et lui avoir donné un biscuit, elle ouvrit le réfrigérateur.

Une heure plus tard, comme Jack entrait dans la cuisine tout en essuyant son cou mouillé de sueur avec une vieille serviette, une agréable odeur lui monta au nez.

— Serais-tu en train de cuisiner ? demanda-t-il.

— J'ai pensé que je pouvais prendre le relais, étant donné que tu as déjà beaucoup travaillé aujourd'hui. Même si, contrairement à toi, je ne suis pas un cordon-bleu.

Il lui sourit, touché de façon déraisonnable par ses propos. Il s'agissait d'un simple repas, mais elle avait l'air si adorable dans son tablier de cuisine noué autour de la taille et sur lequel était inscrit, en lettres dorées : « La déesse de la cuisine ». Sans compter la farine sur son nez. Farine qu'il lui enleva d'une pichenette.

— Puis-je prendre une douche ? demanda-t-il.

Elle le regarda quelques secondes, sans répondre…

— Bien sûr que oui ! fit-elle enfin avant de lui tendre un grand verre d'eau froide et d'ordonner : Bois ! Tu as perdu tant d'eau en transpirant. Tu as besoin de te réhydrater.

— Merci, répondit-il.

Il l'avala d'un trait avant de pousser un soupir satisfait. Ce en quoi sa fille l'imita, avant de lui adresser un sourire charmeur. Mélanie éclata de rire.

— Elle a déjà pris tes habitudes, constata-t-elle.

— Pourvu qu'elle ne prenne pas également les mauvaises, enchaîna-t-il.

Il fit un petit signe de la main à son enfant et sortit de la cuisine, heureux que Mélanie semble enfin plus détendue, en sa présence. Depuis qu'il l'avait embrassée, après le pique-nique, il avait la sensation qu'elle frôlait les murs en le voyant, tel un chat à cran.

Après s'être séché et avoir enfilé son jean, Jack se rendit compte que sa chemise était bien trop souillée pour qu'il la remette. La barbe ! Il lui fallait retourner chez Lisa afin de prendre de nouveaux vêtements.

On frappa alors à la porte de la salle de bains ; il ouvrit sans se poser de question.

A la vue de son torse nu, Mélanie eut le souffle coupé et brandit immédiatement un T-shirt.

— C'est le tien, marmonna-t-elle. J'ai pensé que tu en aurais besoin. Tu as dû le laisser là, un jour... Toujours est-il qu'il s'est retrouvé dans mes affaires et que je l'ai lavé.

Elle le lui tendit, agacée de s'entendre bredouiller. Il s'en empara et lui sourit.

Mélanie ne détourna pas la tête.

Ne fit pas mine non plus de partir.

Non seulement Jack était beau et sexy, mais à le côtoyer depuis deux semaines, elle lui avait découvert bien d'autres qualités. Et il lui était de plus en plus difficile de demeurer indifférente. Le dernier baiser qu'ils avaient échangé la hantait encore.

— J'aime quand tu me regardes de cette façon, commença-t-il.

Le ton sensuel de sa voix aurait dû l'alarmer.

— Quelle façon ?

— Comme dans l'ascenseur, quand tu avais guidé ma main sous ta jupe.

— Jack, je suis juste venue te remettre un T-shirt ! Ne va pas te faire des idées.

— Ah bon ? Crois-tu vraiment que je me fais des idées ?

— Pense ce que tu veux ! éluda-t-elle en haussant les épaules. Le dîner est prêt, tu peux venir manger.

— Super ! Je meurs de faim, dit-il en fixant sa bouche.

Son regard la transperça ; elle sentit presque le goût de ses lèvres sur les siennes.

— Attention ! C'est brûlant, le prévint-elle.

Elle voulut s'éloigner, mais il la rattrapa par le bras et l'enlaça par la taille, l'enveloppant comme une soie chaude.

— Moi aussi, répliqua-t-il à voix basse, je le suis.

— Jack, ce n'est pas raisonnable, souffla-t-elle, le cœur battant.

— Dans ce cas, soyons déraisonnables !

Sur ces mots, il bâillonna sa bouche et un véritable feu les embrasa.

6

Il pétrit ses lèvres, joua avec ses sens jusqu'à ce qu'elle soit sur le point de crier de plaisir. Sous son baiser, ses caresses, son corps redevenait vivant. Chaque parcelle de sa peau vibrait.

Il l'embrassait avec fougue, sans retenue. Comme lors de leur première nuit d'amour.

Le désir vrillait tout son être tandis qu'il la dégustait, lui donnait des petits coups de dent, léchait sa peau, et promenait ses doigts sur ses reins. Un délicieux vertige avait pris possession d'elle, un vertige qui se nourrissait aussi à la source du souvenir, celui des désirs brûlants, incontrôlés qu'il avait su allumer en elle, lors de la fête du mariage. Jack exerçait un réel sortilège sur elle. Quand ses mains se posèrent sur ses seins, un petit cri lui échappa…

Ce fut alors que Juliana prit le relais.

Aux cris de leur enfant, ils s'écartèrent vivement l'un de l'autre, échangeant un ultime regard : les yeux de Jack étaient lourds de désir, pensa Mélanie tandis qu'un dernier soubresaut intérieur la traversait. Jambes chancelantes, elle se dirigea vers la cuisine où se trouvait Juliana. Celle-ci cessa de crier à l'instant où elle aperçut sa mère, qui se laissa choir sur une chaise, soulagée, pour tenter de retrouver sa respiration.

Elle qui voulait garder ses distances et se contenter d'être une simple amie de Jack venait de tomber dans ses bras à la seule vue de son torse. Bravo !

Jack entra dans la cuisine en enfilant son T-shirt, puis

passa une main nerveuse dans ses cheveux, de toute évidence gêné. Il se mit à fixer Mélanie qui, dos figé, s'activait devant les fourneaux.

— Je t'ai effrayée, n'est-ce pas ? finit-il par demander.

Elle hésita, remua le contenu de sa casserole puis poussa un long soupir.

— Oui.

— Pourquoi ?

— Que veux-tu que je te dise au juste ? Que je ne fonds pas dès que tu me touches ? Eh bien, si ! Tu viens d'en avoir la preuve.

— Crois-tu que je sois aussi insensible ? Tu me troubles, Mélanie.

D'un mouvement vif, elle se retourna, spatule à la main.

— C'est précisément pour cela que… Bref, tu m'as comprise.

— Que quoi ? Que nous ne devons pas nous toucher ? Nous palper comme des adolescents ?

Elle haussa les épaules.

— Voilà qui replace les choses dans leur contexte ! fit-elle avec hauteur.

Un sourire passa sur le visage de Jack. Comme il aimait la flamme qui brillait dans ses yeux !

— Tu as beau nier, chérie, ce qui existe entre nous n'en demeure pas moins réel.

Comme si elle ne le savait pas ! Ils étaient l'un et l'autre deux bombes prêtes à exploser à la moindre étincelle. La force de son désir lui en avait presque fait oublier sa fille.

— Peut-être, mais il n'y a pas que le sexe dans la vie.

— Cela peut constituer un beau début.

Typique d'un homme ! pensa-t-elle. C'était toujours leur anatomie qui prenait le pas sur leur cœur.

— Je reconnais que, sur le plan physique, nous nous entendons à merveille. Mais n'attends-tu rien d'autre du mariage qu'un bon partenaire amoureux et un nom sur un papier ?

Mélanie venait de remplir les assiettes et de les poser

sur la table. Comme Juliana commençait à s'agiter, Jack lui donna un morceau de pain.

— Si, et je pense que nous avons les moyens de donner une autre dimension à notre mariage.

Il aurait aimé lui avouer qu'elle le désarmait. Qu'il préférait encore affronter les fusils de ses ennemis que ses grands yeux aussi innocents que sceptiques quand elle lui lançait des « Oh, vraiment ? ». Le dernier baiser qu'ils venaient d'échanger n'était-il pas la preuve qu'il s'était déjà mis la corde au cou ? Son corps se consumait de désir pour elle, il ne pouvait plus se contenter de leurs chastes effleurements.

— Peut-être, admit-elle.

Bien sûr, Jack était un homme convenable, sincère. Elle avait bien peu de reproches à lui formuler. Quelle femme n'aurait pas aimé un homme qui faisait la lessive et la cuisine, tout en étant la virilité incarnée ?

Jack s'était assis en face de Mélanie et observait les émotions qui traversaient son visage. Son regard insistant l'agaça.

— Qu'est-ce que tu as ? Fais-tu la tête ?

— Je suis blessé.

— Que veux-tu ? Une compresse, un pansement ? ironisa-t-elle.

Jack avala une bouchée, puis darda sur elle ses yeux perçants.

— Je ne crois pas que ce soit le bon remède pour la blessure que je ressens.

Elle eut du mal à retenir un petit sourire de satisfaction. Il était si exaltant de sentir qu'un homme vous désirait à ce point. Au point de souffrir si vous vous refusiez à lui.

Jack comprit tout à fait le sentiment de puissance qu'elle ressentait alors.

— Mange ! lui ordonna-t-il d'un ton morne. Ou bien…

— Ou bien quoi ?

— Ou bien je te botte les fesses devant ta fille !

Elle éclata de rire et ce fut ainsi que la tension retomba entre eux.

Ils changèrent alors de sujet et la conversation roula

sur tout — sauf sur eux et l'envie que chacun ressentait de partager autre chose qu'un repas.

Une heure et demie plus tard, Juliana était au lit. Quand Mélanie revint de la chambre, elle ramassa sur son passage les jouets éparpillés dans le couloir. Dans le salon, elle trouva Jack assis sur le sofa, devant la télévision… en train de plier du linge.

— Si tes collègues te voyaient, commença-t-elle avec ironie.

Sans répondre, Jack brandit un string de soie verte.

— Intéressant ! fit-il.

Mélanie le lui arracha des mains.

— Fais ton travail sans commentaire ! répliqua-t-elle.

Elle se précipita alors sur le panier pour retirer ses sous-vêtements. Mais il fut plus rapide qu'elle et s'empara d'un soutien-gorge.

— Celui-là, j'aimerais le voir porté. Ou non, plutôt cette culotte.

— Va au rayon lingerie des grands magasins ! Tu les verras sur des mannequins de cire.

Il se mit à rire de bon cœur, appréciant au passage son sens de la repartie, puis plaça les vêtements pliés dans le panier à linge. Mélanie revint alors avec une bière qu'elle lui tendit.

— Je suis épuisé ! déclara-t-il.

— Moi aussi !

— Je pense qu'une bonne moitié des hommes ne se rend pas compte du travail que réalisent leurs femmes, à la maison, en leur absence, observa Jack.

— Ils s'imaginent sûrement qu'une fée du ménage œuvre dans leur foyer pendant que leur moitié lit un bon roman dans un fauteuil, tout en grignotant des sucreries.

— Ce n'est pas ma vision des femmes, lui dit-il.

— N'as-tu jamais entendu tes congénères se questionner sur la façon dont leurs épouses pouvaient bien occuper leur journée ? Ils ne se demandent pas par quel miracle leurs vêtements sont propres et repassés, et comment les repas se préparent. Sans compter les réunions avec les professeurs.

— Ta mère était-elle une femme au foyer ? demanda Jack.

— Oui, et elle représente un modèle pour moi.

Sur ces mots, elle s'enfonça dans les coussins du canapé. Ils regardaient la chaîne Discovery Chanel qui diffusait précisément un reportage sur les marines participant à des missions top secret. Mélanie monta le volume de la télévision. Le commentateur était en train d'expliquer de quelle façon s'entraînaient les marines.

— C'est rasoir, commenta Jack, en voulant reprendre la télécommande.

— Non, très instructif ! répliqua-t-elle tandis qu'elle mettait l'instrument hors de portée de Jack.

Il n'insista pas, but une gorgée de bière et s'empara d'un journal. Il se rappelait fort bien son propre entraînement et n'avait aucune envie de le revivre. Toutefois, il observait Mélanie à la dérobée. Elle était absorbée par le reportage. Allait-il changer la vision qu'elle avait de lui ?

— As-tu toujours été marine ? questionna-t-elle.

— Oui, mais je n'ai pas toujours participé à des missions top secret.

Soudain, elle fronça les sourcils. Sur l'écran, les marines étaient dans l'eau jusqu'au cou, la nuit, et on leur criait des ordres. Ils n'avaient pas dormi depuis trois jours.

— C'est cruel ! s'écria-t-elle. Cela s'apparente à de la torture.

— Les marines des unités spéciales sont triés sur le volet.

— As-tu enduré ce genre d'épreuves ?

— Oui.

— Pourquoi t'être infligé ces tortures ?

— Parce que mon vœu le plus cher était de participer à ces missions secrètes. Quand on se fixe des objectifs, il ne faut reculer devant rien pour les atteindre. N'as-tu pas fait tout ce qui était en ton pouvoir pour obtenir ton poste actuel ?

— En réalité, je voulais devenir danseuse, avoua-t-elle. Mais je ne pouvais pas sauter assez haut, alors j'ai dû revoir mes ambitions à la baisse.

Jack se mit à rire, et en profita pour frotter son pied contre celui de Mélanie. Elle ne broncha pas.

— J'ai toujours été douée en maths, ce qui ne signifie pas pour autant que les chiffres me passionnent.

— Quelle profession aurais-tu aimé exercer, à part danseuse ?

— Un métier qui m'aurait permis de rester à la maison et de m'occuper de ma fille.

Jack se retint de lui répondre que, si elle l'épousait, elle ne serait plus obligée de travailler à l'extérieur. Comme si elle avait deviné ses pensées, Mélanie se concentra de nouveau sur la télévision.

— Tirent-ils avec de vraies balles ? questionna-t-elle.

— Bien sûr, répondit-il, agacé qu'elle s'entête à suivre l'émission. Il faut que les militaires expérimentent le véritable danger.

— Quel effet cela fait-il de savoir qu'on peut mourir sous une balle ?

— Je ne sais pas, Mélanie. Dans le feu de l'action, on ne réfléchit pas sur ses états d'âme.

— N'as-tu jamais peur ?

— Bien sûr que si ! Il faudrait être inconscient pour ne pas avoir d'appréhension. C'est ce qui permet de rester vigilant.

Jack continua de répondre avec patience à ses questions, s'efforçant de minimiser les dangers.

Mélanie n'était pas dupe. L'homme assis à côté d'elle avait enduré de terribles épreuves : il avait nagé dans des eaux fangeuses, n'avait pas dormi plusieurs nuits d'affilée, avait mangé sans couverts. Son admiration pour Jack s'en trouva accrue. Et elle était d'autant plus touchée qu'il se prête volontiers aux travaux domestiques, tout en la taquinant sur ses sous-vêtements. C'était comme s'il y avait deux hommes en lui, chacun surgissant au moment opportun.

Qu'en était-il des femmes de marines ? Vivaient-elles dans l'angoisse permanente, dès l'instant où leurs maris partaient en mission ?

Elle allait l'interroger à ce sujet lorsque, tournant les yeux vers lui, elle constata qu'il était endormi. Elle éteignit la télévision et le contempla : Jack avait l'air d'un guerrier ne dormant que d'un œil, prêt à bondir à la moindre alerte. Au moment où elle le recouvrit d'une couverture en cachemire, il ouvrit les paupières.

— Excuse-moi, dit-il en se redressant. Le soleil m'a tapé sur la tête aujourd'hui.

— Tu peux passer la nuit ici, lui dit-elle. Cela ne pose aucun problème.

— Merci. Fais de beaux rêves.

Et il se rallongea pour se pelotonner sous la couverture.

Un sourire aux lèvres, Mélanie verrouilla la porte d'entrée et vérifia que toutes les fenêtres étaient fermées. Au fond, que pouvait-elle craindre, avec un marine montant la garde sur son sofa ?

Le lendemain, quand le réveil de Mélanie sonna et qu'elle se précipita dans la chambre de Juliana, ce fut pour trouver le berceau vide ! La panique la plus totale l'envahit… avant qu'elle ne se rappelle la présence de Jack, à la maison. Enfilant un peignoir, elle se dirigea vers le salon où il prenait son café, plongé dans la lecture du journal. Juliana s'amusait pour sa part avec des pétales de céréales dans sa chaise haute.

Cette dernière poussa un cri perçant, et Jack leva les yeux. Son regard enveloppa Mélanie comme une douce brise par un matin frileux ; d'instinct, elle resserra la ceinture de son peignoir.

— Bonjour, dit-il d'une voix de velours.

— Salut ! Tu es bien matinal.

« Et si beau, que c'en est presque un péché ! » ajouta-t-elle en silence.

Jack désigna sa fille du menton.

— Elle était en grande conversation avec son mobile, dans son berceau, quand je me suis réveillé. J'ai pensé qu'un peu de stimulation serait la bienvenue.

Mélanie sourit, puis embrassa son bébé. Elle alla se servir du café dans la cuisine avant de venir s'installer avec eux. Tout en faisant lentement tournoyer sa tasse entre ses mains, elle repensa à ses rêves de la nuit. Jack apparaissait dans tous, sans exception. Jack en danger, Jack mettant le couvert, Jack se rendant indispensable…

Elle se redressa d'un bond.

— Je vais me doucher ! annonça-t-elle.

— Du calme, tu as tout ton temps. J'ai déjà donné son petit déjeuner à Juliana. Ne veux-tu rien manger ?

— Non, il est trop tôt. Comment était le sofa ?

— Solitaire.

— Jack…

Il lui sourit. C'était si bon de se trouver là ce matin, songea-t-il. Comment faisait d'ordinaire Mélanie pour se préparer et s'occuper du bébé toute seule ?

— A quelle heure arrive Diana ? demanda-t-il.

— Quand je suis prête à partir pour le travail. Je prolonge notre intimité aussi longtemps que possible le matin car Juliana n'aime pas me voir partir. D'ordinaire, elle ne se lève pas si tôt et…

— Quelque chose à objecter contre le fait qu'elle bénéficie, pour une fois, de la présence de ses deux parents ?

— Non, mais si tu habitais avec nous, tu devrais partir de très bonne heure, j'imagine.

— Exact ! Cependant, il ne me faut pas plus de dix minutes pour me préparer.

— Toujours sous pression, telle est la devise d'un marine, si j'ai bien compris le reportage d'hier.

Il lui adressa un tendre sourire.

— Va reprendre du café.

— Après tout, tu as raison.

Elle alla se resservir dans la cuisine, puis joua un peu avec Mélanie.

— Cette fois, je dois vraiment me préparer, déclara-t-elle à regret.

Jack nota sa réticence et lui prit le bébé des bras.

Trente minutes plus tard, elle réapparaissait, prête à affronter le monde du travail dans un tailleur bleu nuit et un chemisier col officier, couleur crème. Chaque fois qu'il la voyait dans ces tenues de femmes d'affaires, il pensait immédiatement à la dentelle et la soie qu'elle portait en dessous. Et cela le rendait fou.

Consciente que sa mère allait partir, Juliana se mit à gémir et à tendre les bras vers elle. La culpabilité à l'état pur, tel était le sentiment qu'exprimait le visage de Mélanie, songea Jack. Cette dernière lui tendit l'enfant et il la consola tandis que sa mère enfilait ses escarpins.

— A ce soir, leur dit-elle.

— Ne rentres-tu pas déjeuner ?

— Je ne sais pas encore. Cela dépendra de la façon dont se déroule ma matinée. Je t'appellerai.

— Fais un petit effort. Je suis certain que Juliana serait heureuse de voir sa mère à d'autres moments que pour le petit déjeuner et le bain.

Bien sûr, c'était un coup bas, mais aussi la vérité.

— Je dois travailler, Jack, répondit-elle d'un ton froid. Et non, ne me dis pas que le mariage changerait la situation. Je ne peux pas t'épouser pour des conditions bassement matérielles.

— Je me demande ce qu'il faudrait pour que tu consentes à m'épouser : tu ne le ferais pas pour mon nom, pas pour disposer de plus de temps libre, pas pour toi-même…

Sur le seuil de la porte, elle croisa son regard.

— Ce qu'il faudrait, c'est de l'amour, lança-t-elle.

Et sur ces mots, elle referma la porte.

Jack en resta bouche bée.

De l'amour.

Il aimait beaucoup Mélanie, et il la désirait, mais que connaissait-il à l'amour avec un grand A ? Celui qui durait toujours ?

Ses propres réserves le tourmentaient et il serra Juliana très fort dans ses bras. Il passa le reste de la journée à analyser ses sentiments envers Mélanie.

L'aimerait-il un jour comme elle le désirait ? Et s'il lui avouait cet amour, le croirait-elle, ou estimerait-elle qu'il s'agissait d'une stratégie destinée à régulariser le statut de leur fille ?

7

Mélanie se mit à rire, un rire profond qui résonna dans toute la cour. Jack demeura impassible, ne se retourna pas. Il devait modérément apprécier le fait que sa fille lui ait recraché sa nourriture au visage…

— Quand elle ne veut pas quelque chose, elle le fait savoir, déclara-t-il d'un ton neutre.

Un grand sourire aux lèvres, Mélanie s'empara d'un mouchoir en papier.

— Et encore, tu as eu de la chance ! Si elle avait mangé de la bouillie, cela aurait été pire.

Il lui adressa un petit sourire pincé, puis se pencha vers elle, afin qu'elle lui essuie le visage. Comme il appréciait le contact et la proximité de Mélanie ! Instants si rares… Depuis qu'il l'avait embrassée, elle se tenait toujours au moins à un mètre de lui.

— Et voilà ! fit-elle.

— Comme tu sens bon, observa-t-il.

— Et toi, tu sens les pois cassés.

— Tu n'arrives pas à accepter les compliments, n'est-ce pas ?

— Pas vraiment…

— Ne fais-tu donc aucune confiance aux hommes ? Crois-tu toujours qu'ils te mentent ?

— Exact, dit-elle en se rasseyant.

Sans crier gare, il la saisit par le poignet.

— Je te dirai toujours la vérité, Mélanie, déclara-t-il. Je te le jure.

Mélanie le regarda droit dans les yeux : seule la sincérité s'y reflétait.

— Je te crois, lui dit-elle.

Un sourire éclaira le visage de Jack et, avant qu'elle n'ait eu le temps de se dégager, il plaqua ses lèvres sur les siennes pour lui donner un baiser chaleureux qui fit vibrer tout son être. Au bout de quelques secondes, elle s'écarta de lui, le souffle court. Elle s'empara alors de la cuillère en caoutchouc de Juliana et finit de lui donner sa purée de pois que l'enfant mangea sans rechigner. Jack en ressentit une légère amertume.

— Elle sait qu'elle peut te mener par le bout du nez, déclara Mélanie pour enfoncer le clou.

— J'aimerais me prévaloir de ce privilège envers toi, marmonna-t-il.

— Que dis-tu ?

Il ne répéta pas ses propos, se contentant de lui sourire.

— Et si nous sortions ensemble ce soir ? proposa-t-il tout à trac.

Elle cligna des yeux, stupéfaite.

— Et… Juliana ? Qu'allons-nous en faire ? bredouilla-t-elle.

— Nous prendrons une baby-sitter, comme les autres parents. A moins que nous ne recourions à sa nounou. Je suis certain qu'elle sera ravie de la garder.

— Je ne passe pas beaucoup de temps en compagnie de Juliana. Je préférerais…

— Poule mouillée !

— Pardon ? fit-elle sur le ton du défi.

— Tu redoutes de rester seule avec moi, sans Juliana pour servir de tampon.

— Pas du tout !

— Parfait ! Dans ces conditions, nous sortirons ensemble, décréta-t-il.

Sur ces mots, il sortit son téléphone portable, appela Diana et, en quelques secondes, le problème de la garde fut réglé.

— Dîner plus cinéma ? reprit-il une fois sa conversation terminée avec la nourrice.

Mélanie hocha la tête. Avait-elle le choix ? Il l'avait coincée !

— Il est temps pour toi de retourner au travail, il me semble, ajouta-t-il.

L'heure était-elle déjà passée ? Elle ne s'en était même pas aperçue. Embrassant son enfant, elle manqua, dans son élan, donner aussi un baiser à Jack.

Ce dernier prit Juliana dans les bras et accompagna Mélanie jusqu'à la porte d'entrée.

— Diana sera là quand tu rentreras. Je passerai te chercher à 7 heures.

Elle n'argumenta pas contre son projet. Jack était un homme déterminé, elle le savait. Tout comme elle avait conscience d'être en train de perdre toutes les batailles avec lui.

C'était idiot d'être aussi nerveuse, pensa Mélanie en vérifiant son image dans le miroir. Elle désirait être élégante. Non : belle ! se corrigea-t-elle. Elle lissa sa robe à bretelles de soie verte, dont la jupe était rehaussée d'une mousseline légère, constellée de fil d'or. Elle ne l'avait pas portée depuis sa grossesse et fut ravie de constater qu'elle entrait dedans sans problème.

Lorsque la sonnette retentit, son cœur bondit dans sa poitrine. Cette soirée représentait bien plus à ses yeux qu'elle ne l'avait cru au départ ; elle ne se pliait pas simplement à la volonté de Jack.

Quand elle sortit de la chambre, Jack était en grande discussion avec Diana. Dans son pantalon en toile kaki et sa chemise bleu clair, il ressemblait davantage à un professeur d'université qu'au membre d'un commando d'élite.

Il laissa son regard courir sur elle.

— Tu es superbe, déclara-t-il.

— Merci.

Il sourit, espérant qu'elle le croyait.

— Prête ?

Elle jeta un regard hésitant à Juliana et Diana.

— Partez sans crainte, tout va bien se passer, l'encouragea la nourrice.

Après que Mélanie eut embrassé son enfant, Jack l'entraîna hors de la maison. Quelques minutes plus tard, il se garait devant un restaurant trois étoiles, sur le front de mer.

— J'avais oublié l'existence de ce restaurant, dit-elle une fois que le serveur les eut placés.

— Je présume que tu as dû oublier nombre de choses depuis la naissance de Juliana…

Sans répondre, elle plongea le nez dans la carte des menus. Elle était nerveuse, pensa-t-il, satisfait de l'effet qu'il exerçait sur elle, son propre cœur battant plus fort à cette pensée.

— Je n'ai rien oublié, reprit-elle, je manque seulement de temps.

— Ne peignais-tu pas, avant ? questionna-t-il alors.

Elle hocha la tête.

— Je suis certain que depuis la naissance de Juliana tu n'as pas touché tes pinceaux. Pas plus d'ailleurs que tu n'as dû t'accorder une soirée avec une amie. Ni lire un roman dans un bon bain de mousse ou te vernir les ongles, bref, te livrer à l'une de ces activités dont les femmes raffolent.

Malgré elle, elle rougit.

— Vas-tu passer la soirée à énumérer mes erreurs ou bien allons-nous dîner tranquillement, entre adultes ? demanda-t-elle.

Le sourire de Jack fut long à venir, mais il éclaira bientôt son visage tandis qu'il s'adossait à son siège et commandait du vin.

Le reste de la soirée se déroula à la vitesse de l'éclair. Ils parlèrent à bâtons rompus, évitant avec soin les sujets délicats, tels que le mariage et leur enfant. Ils débattirent de la politique, et il évoqua l'armée de manière générale, soulignant la pression que le métier faisait peser sur les épaules des hommes et femmes qui le pratiquaient.

Il lui parla aussi de ses collègues, de ceux d'entre eux — peu nombreux — qui étaient mariés et mentionna leurs femmes. Il aborda, sans entrer dans le détail, une ancienne mission qu'il avait accomplie et elle fut touchée qu'il se confie à elle.

Ses traits s'animèrent lorsqu'il l'entretint de Lisa et de sa mère. Cependant, quand la conversation roula tout à coup sur son père, il l'écourta et se lança dans des explications sur sa passion pour le travail du bois. Il aurait aimé lui montrer des objets qu'il avait confectionnés, lui dit-il, mais ils étaient stockés dans un garde-meuble, avec ses outils. Outre ses quartiers à la base, il n'avait pas de réel domicile, songea-t-elle alors. Elle sentit son cœur se pincer : Jack était un homme bon, il méritait un chez-soi.

De son côté, elle lui conta la façon dont elle avait géré ses deux fiançailles rompues, décrit l'immense déception de ses parents, avant de lui reprocher gentiment d'avoir téléphoné à son père.

— Il t'apprécie déjà beaucoup, admit-elle toutefois. Même si, quand j'étais enceinte, il était prêt à aller en découdre avec toi.

Un triste sourire passa sur le visage de Jack.

— Je ne sais pas quel secret tu lui as confié, ajouta-t-elle, mais je peux t'assurer qu'il est bien gardé.

— Tant mieux. C'est une histoire entre nous.

Mélanie sourcilla, puis comprit qu'elle n'obtiendrait aucune confidence.

— Très bien, si c'est une histoire d'hommes, je m'incline.

— C'est plus raisonnable : je suis insensible aux supplications et aux larmes, la taquina-t-il.

Elle se mit à rire, puis dégusta son plateau de fruits de mer, accompagné d'un vin blanc frais et fruité, dont elle abusa presque. Une fois le repas terminé, ils flânèrent sur le front de mer.

Des petits lampions accrochés aux branches moussues des chênes centenaires éclairaient la promenade ; une brise tiède et apaisante soufflait en provenance du large.

Retirant sa veste, Jack la jeta sur son épaule. Il marchait juste derrière elle, résistant à grand-peine à l'envie de l'enlacer par la taille. Ses paumes étaient moites, sa respiration saccadée… Mélanie ressemblait à une fée sortie tout droit d'un conte avec sa longue crinière rousse et les éclats dorés qui constellaient sa robe. Soudain, elle s'immobilisa pour retirer un caillou de son escarpin. Immédiatement, il tendit le bras afin qu'elle puisse s'y appuyer. Ce qu'elle fit de bonne grâce, avant de continuer nu-pieds la promenade. Elle ne dégagea pas son bras du sien et s'arrêta finalement contre la balustrade. Elle aspira alors un large bol d'air marin. Au-dessous d'eux, les vagues venaient mourir contre la digue.

— J'ai passé une très bonne soirée, dit-elle.

— Elle n'est pas terminée, lui assura-t-il. Et le cinéma ?

— Jack, dit-elle en lui lançant un regard à la dérobée, il est tard, et Diana est…

— Tout va bien pour elle, Mélanie, ainsi que pour Juliana.

Quand elle voulut répliquer, il soupira.

— Je croyais que nous étions des adultes et que tu étais capable de te détendre.

— C'est le cas, et je suis tout à fait décontractée. C'était merveilleux, mais…

— Tais-toi, Mel.

— Pardon ?

De nouveau, elle lui adressa son fameux regard direct.

— Tu vas tout gâcher si tu ajoutes quoi que ce soit, murmura-t-il.

Sur ces mots, il se pencha vers elle et l'embrassa, sans la prendre dans ses bras ; seules leurs lèvres s'unirent.

Mélanie ne se refusa pas ce plaisir. Dîner avec lui ce soir… et tous les autres soirs de la semaine avait attisé son désir.

Il l'embrassait avec une lenteur qui s'apparentait à une délicieuse torture. Quand elle laissa tomber ses escarpins pour l'enlacer, il referma ses bras autour d'elle et approfondit son baiser. Un baiser de plus en plus torride, et mâtiné pourtant d'une tendresse qu'ils n'avaient partagée qu'une fois, des mois auparavant, au moment où il était reparti pour sa mission. Ils étaient redevenus l'homme et la femme qu'ils étaient alors, la magie avait resurgi, et cela ne leur échappa ni à l'un ni à l'autre.

A bout de souffle, Jack détacha enfin sa bouche de la sienne, et posa son front sur celui de Mélanie.

— Ne dis rien, chuchota-t-il.

— Je n'allais rien dire, répondit-elle de la même façon.

Au bout de quelques secondes, elle reprit néanmoins :

— Enfin… Si. Tu m'as manqué, Jack. En toute sincérité.

Il l'attira alors étroitement contre lui.

— Je déteste l'idée que tu sois restée seule pendant tout ce temps, Mel, chuchota-t-il, les mains plaquées sur le bas de ses reins.

— Ce n'est pas à cause de Juliana que tu m'as manqué, précisa-t-elle, savourant la sécurité qu'elle ressentait dans ses bras. C'est l'homme que je n'ai pas eu la chance de connaître qui m'a manqué.

Jack sentit sa gorge se contracter.

De nouveau il l'embrassa avec une tendresse révélatrice du trouble qu'il ressentait à cet instant.

De curieuse façon, Mélanie ne s'en effraya pas. Elle s'abandonna en toute simplicité, sans penser au mariage ni à leur enfant, et pas davantage à ce que le futur lui réservait. Le temps était comme suspendu entre eux, laissant libre cours aux émotions.

Elle tâta le visage de Jack, caressa ses lèvres, enfouit ses doigts dans ses cheveux…

Il embrassa le coin de sa bouche, sa joue, plongea à son tour ses mains dans la masse de ses magnifiques boucles cuivrées… Elle était si belle, si forte. Entre eux, il sentit passer une affinité élective réelle, intense, bien plus intense que toutes celles qu'ils avaient partagées, quelque quinze mois plus tôt. Soudain, des adolescents sur des rollers les rasèrent et il se plaqua contre la balustrade, tout en la protégeant.

— Quels gamins imprudents ! marmonna-t-il. Ça va ?

— Oui, mon héros, répondit-elle dans un sourire.

Jack étudia ses traits avec attention tandis qu'un curieux sentiment montait en lui, un sentiment si puissant qu'il en était presque douloureux. Il le laissa abasourdi.

— Oh ! s'exclama-t-elle soudain. Je crois que j'ai tordu mon talon.

Elle se pencha alors pour ramasser son escarpin. Il le lui prit des mains, redressa de manière sommaire le talon pour qu'elle puisse marcher jusqu'à la voiture, puis s'agenouilla devant elle afin de l'aider à l'enfiler.

Quand il se releva, elle darda sur lui un regard pénétrant : l'air s'était brusquement chargé d'un curieux courant, pensa-t-elle de façon furtive, peu désireuse de s'attarder sur son impression.

— Rentrons à la maison, mon cher Galaad, dit-elle d'un ton malicieux. Il est trop tard pour le cinéma.

— Entendu. Toutefois, je doute que mes pensées soient aussi pures que celles de Galaad, le chevalier loyal, répliqua-t-il en la prenant par le bras.

Tous deux éclatèrent de rire et regagnèrent le coupé sport de Jack.

Quelques minutes plus tard, ils se tenaient devant la porte d'entrée, chez Mélanie.

— Veux-tu entrer prendre un café ? demanda-t-elle en ouvrant la porte.

— Non, car si j'entre, je ne me contenterai pas d'un café.

Laissant glisser son regard sur elle, il ajouta :

— Ni d'un baiser.

— Comme tu voudras…

Ils se fixèrent un instant en silence.

— La prochaine fois que je te ferai l'amour, déclara-t-il tout à coup en la plaquant contre la porte, je veux que tu portes ma bague au doigt et que nous soyons passés devant l'autel.

Puis, sans lui laisser le temps de répondre, il l'embrassa de façon possessive, de sorte qu'elle ne puisse douter de ses propos.

Quand il la relâcha, ce fut pour tourner les talons sans prononcer un mot et s'engouffrer dans sa voiture. Elle demeura seule, jambes chancelantes…

Eperdue de désir.

*
* *

Jack était conscient du changement qui s'était opéré entre eux, le lien qui les unissait s'étant consolidé indépendamment de leur enfant. Toutefois, il gardait ses pensées pour lui. Si Mélanie possédait une force remarquable, accorder sa confiance à un homme restait encore hors de ses cordes. Comme il aurait aimé régler leur compte à ceux qui l'avaient meurtrie !

Il l'observait à la dérobée alors qu'elle roulait la poussette, dans le parc où ils se promenaient : se rendait-elle compte elle aussi qu'ils avaient pris des habitudes de couple ? Elle pouvait bien dormir seule, elle savait qu'au moindre signe de sa part, il accourrait. Tout comme il ne pouvait oublier le souvenir de leur réveil côte à côte, la sensation de ses longues jambes contre les siennes, de son bras sur son ventre — alors que ce souvenir remontait à bientôt un an et demi.

— A quoi penses-tu ? demanda-t-elle d'une voix douce qui le fit pourtant sursauter. Tu n'as pas l'air de nourrir les pensées d'un bon père de famille.

— Je ne suis pas Galaad, tu le sais, confirma-t-il, regard de velours à l'appui.

C'était devenu une plaisanterie entre eux, une boutade qu'eux seuls pouvaient comprendre. En général, il lui donnait un baiser, ou lui caressait le dos, elle lui déconseillait d'insister et il la prévenait qu'il n'était pas sir Galaad.

Seule sa méfiance empêchait une intimité totale. Dieu savait pourtant s'il essayait de gagner sa confiance, alors même qu'il ne lui avait fourni aucune raison de se défier de lui ! Il payait pour les fautes d'autres hommes, tout en attendant son heure avec patience et philosophie.

Ils avaient fait le tour du parc et s'acheminaient vers le domicile de Mélanie lorsque cette dernière s'arrêta près d'un banc afin de resserrer l'une des sangles de la poussette. Une vieille femme assise sur le banc était en train de jeter du pain aux canards qui s'assemblaient près de l'étang.

— Oh, quelle adorable poupée ! s'exclama-t-elle à la vue de Juliana.

Elle se pencha sur la poussette pour effleurer ses cheveux et la fillette émit un joyeux gazouillement.

— Merci, répondit Mélanie d'un ton poli.

— Elle a les yeux de votre mari, enchaîna la dame.

— Nous ne sommes pas mariés !

Les mots étaient sortis de sa bouche sans qu'elle ne réfléchisse et elle se mordit aussitôt la langue.

La vieille femme cligna des yeux, puis considéra tour à tour les parents avant d'adresser un regard empli de commisération à Juliana.

— Ma pauvre petite ! s'écria-t-elle. A cause de l'égoïsme de tes parents, tu es donc une enfant naturelle !

A ces mots, Jack se raidit et écarta bien vite la poussette de la belliqueuse.

— Je constate que la grossièreté n'a rien à voir avec l'âge ! maugréa Jack.

Quant à Mélanie, elle était en train de réprimer une terrible envie de pleurer. Mais la vieille femme insista.

— C'est votre faute, vous savez ! cria-t-elle dans leur dos. D'autres que moi vous le diront. Prenez d'abord en compte les intérêts de cette innocente enfant, au lieu de ne penser qu'à vous-mêmes ! De toute évidence, ce n'est pas à elle que vous songiez quand vous l'avez conçue.

Mélanie poussa un cri d'indignation et, arrachant la poussette à Jack, s'éloigna à grands pas. Ce dernier serra les poings : en tant qu'officier et gentleman, il ne pouvait dire crûment sa façon de penser à une vieille femme.

Il accéléra alors l'allure pour rejoindre Mélanie.

— Ne dis rien, bredouilla celle-ci sans ralentir.

— Mélanie, ma chérie, arrête-toi une seconde !

— Quelle vieille bique ! siffla-t-elle entre ses dents.

Ce fut une fois à la maison, devant la véranda, qu'elle s'effondra.

— Comment a-t-elle osé proférer une telle insulte à mon enfant ?

Jack l'enlaça.

— Calme-toi, chérie, lui dit-il avec douceur.

Il posa un baiser sur son front, mais Mélanie ne parvenait

pas à se calmer. Devant la confusion de sa mère, Juliana se mit aussi à s'agiter.

— Entrons ! décréta Jack.

A l'intérieur, Mélanie prit sa fille dans ses bras et, toujours en pleurs, s'assit sur le sofa avec elle, la serrant très fort. Juliana continuait de gémir.

— Mélanie, tu lui fais peur, commença Jack.

— Je sais, je sais. Oh, Jack, aide-moi, je t'en prie... !

Sur ces mots, elle lui tendit l'enfant pour aller se rafraîchir le visage. Dans la salle de bains, elle eut une nouvelle crise de larmes. Quand elle revint, Juliana était dans son berceau. Mélanie voulut aller la voir, mais Jack l'en empêcha.

— Elle va très bien ! lui assura-t-il.

— Je veux la voir.

— Non ! Tu es bouleversée et elle le sent. Allez, détends-toi.

— Je ne veux pas me détendre, je veux rester en colère.

— Parlons de cet incident, si tu le souhaites. Assieds-toi !

— En d'autres termes, reparlons mariage ! rétorqua Mélanie. C'est ce que tu me proposes, n'est-ce pas ?

— Ne me prête pas des propos que je n'ai pas tenus !

Mélanie baissa les yeux, consciente de sa mauvaise foi. Puis elle s'empara d'un coussin dont elle se mit à tirer les franges : elle aurait aimé gifler cette vieille femme.

— De toute façon, reprit-elle, rien n'a changé. Nous n'avons pas la même vision du mariage. Pour toi, c'est un acte administratif, alors que je le conçois comme un engagement pour la vie.

Ses propos s'enfoncèrent en Jack comme une flèche dans son cœur.

— Que désires-tu au juste, Mélanie ?

Elle demeura silencieuse.

D'autorité, il lui prit le coussin des mains, lui souleva le menton et réitéra sa question.

— Je veux former le même couple que celui de mes parents, dit-elle enfin d'une voix étranglée. Ils se sont épousés parce qu'ils s'aimaient, pas à cause des enfants. Je veux être aimée pour moi, Jack, et non parce que je suis la mère de Juliana.

— Mais tu es sa mère et nous ne pouvons rien y changer.

— Et c'est pour cette raison que tu es toujours là, murmura-t-elle d'un ton désespéré.

— Ce n'est pas vrai, se défendit-il, le visage sombre.

— Comment puis-je en être certaine ?

— Il ne s'agit pas de certitude, mais de confiance, Mélanie.

Elle émit un petit rire méprisant et se dégagea.

Jack sentit qu'elle venait de lui claquer la porte de son cœur au nez. Lui jetant un regard meurtri, il tourna les talons et se dirigea vers la porte. Elle bondit sur ses pieds.

— Où vas-tu ? s'écria-t-elle.

Main sur la poignée, il s'immobilisa.

— Je ne sais pas…

Avec lenteur, il se retourna. Il aurait aimé que, par un coup de baguette magique, tout devienne simple entre eux. Mais il était lucide : leur relation était définitivement placée sous le signe de la difficulté.

— Ce que je sais, reprit-il, c'est que je veux que tu fasses partie de ma vie. De tout mon cœur et de toutes mes forces. Tu m'es très chère, Mélanie, et j'aime notre fille. Je veux qu'elle soit heureuse. Désolé si cela ne te suffit pas.

— Jack…

— Non, je reviendrai plus tard.

Sur ces mots, il sortit et referma la porte.

Mélanie considéra la porte close un bon moment, gorge nouée. Puis elle se laissa tomber sur une chaise.

Qu'avait-elle fait ? Mon Dieu, qu'avait-elle fait ?

Une fois sous la véranda, Jack s'immobilisa, mourant d'envie de faire demi-tour, de prendre Mélanie dans ses bras et de l'embrasser jusqu'à ce qu'elle ne lui oppose plus aucune résistance. Au lieu de quoi, il descendit les marches et monta dans son coupé sport, direction la maison de Lisa.

Tout le long du trajet, il rumina leur conversation. Et si les accusations de Mélanie étaient vraies ? Voulait-il réellement autre chose que partager leur enfant et lui donner son nom… afin que les vieilles femmes des parcs ne les importunent plus ?

Une fois garé devant chez Lisa, Jack coupa le moteur et s'adossa à son siège en soupirant. Depuis quand le mariage était-il pour lui une affaire de nom ? Pourquoi en étaient-ils arrivés là, Mélanie et lui ? S'il s'accrochait à ce « détail », c'était en raison de sa propre enfance. Devait-il le lui avouer ?

Descendant de voiture, il se dirigea vers la maison de Lisa.

L'obscurité et le silence régnaient à l'intérieur. La solitude qui était la sienne depuis de nombreuses années lui sauta aux yeux. Dans le passé, il s'en était plutôt bien accommodé ; aujourd'hui, la pensée qu'un coup de fil impromptu de la part de la base pouvait l'éloigner de sa nouvelle famille lui donna un coup à l'estomac. Il n'exerçait pas un métier normal. Il n'avait pas des heures de travail normales. Jusqu'à présent, l'idée de mourir ne l'avait ni préoccupé ni effrayé. Maintenant si ! Juliana avait besoin de lui. Quant à Mélanie… N'avait-elle pas prouvé qu'elle était capable de tout prendre en charge seule ?

S'il se mariait, elle deviendrait une femme de marine et porterait au doigt une alliance qui l'empêcherait de trouver un homme qui l'aimerait pour elle-même. Oh, mon Dieu ! pensa-t-il en secouant la tête. Exigeait-il un trop gros sacrifice de Mélanie ?

Désormais, Jack venait à la maison après son départ au travail, et s'en allait avant qu'elle n'arrive. Il avait terminé le portique. Mais ce n'était pas la seule trace de sa présence dans la maison. Il faisait les lessives, cuisinait et, ensuite, disparaissait, comme un enchanteur. Diana ne cessait de chanter ses louanges, et de lui répéter qu'il s'occupait merveilleusement bien de sa fille. Elle n'avait pas besoin qu'on le lui assène sur tous les tons ! Il était évident que Juliana s'épanouissait au contact de son père.

Quant à elle, Jack lui manquait.

Son regard lui manquait.

Elle avait besoin de lui, mais elle luttait contre ses propres sentiments. Jusqu'à ce qu'un rendez-vous chez le pédiatre la confronte de nouveau avec son statut de mère isolée et les inconvénients y afférents. Ceux que Jack ne cessait de lui faire valoir comme un handicap pour Juliana…

— Etes-vous célibataire ? demanda la nouvelle assistante du pédiatre alors que Mélanie réglait la consultation.

— Oui.

L'assistante jeta un coup d'œil à l'enfant, puis à Mélanie.

— Le nom du père ?

— Jack Singer, officier. C'est écrit dans le carnet de santé.

— Vous n'êtes pas mariés. Comment se fait-il que votre fille bénéficie de sa mutuelle ?

— C'est à lui qu'il faut le demander.

— Le statut illégitime de votre fille risque de créer des ennuis avec la mutuelle dans la mesure où son père n'est pas votre mari.

Illégitime.

Autant dire bâtard !

Mélanie se crispa et serra sa fille un peu plus étroitement contre son cœur.

— Très bien ! Mettez la visite sur ma mutuelle.

— Comme vous voudrez, madame, fit l'employée d'un ton grincheux avant de jeter un coup d'œil méprisant à Juliana.

Dès qu'elle eut fini, Mélanie lui arracha sa carte d'assuré des mains et s'éloigna sans même dire au revoir.

Pour la première fois, elle venait de sentir la lourdeur du regard d'autrui. Pas sur elle, mais sur son bébé, une enfant innocente qui n'avait rien à voir avec le statut matrimonial de ses parents.

Au volant de sa voiture, Mélanie se mit à maudire ses contemporains. Si cela commençait aujourd'hui, alors que Juliana avait à peine sept mois, qu'en serait-il plus tard, à l'école, lorsque ses camarades de classe lui rapporteraient les propos déplacés de leurs parents ?

Au moment où elle arriva chez elle, Mélanie était au bord des larmes. Juliana était agitée, sentant le désarroi de sa mère. Elle lui donna un biberon puis la changea avant de la mettre au lit pour une sieste, toujours assaillie par les mêmes pensées : comment Juliana réagirait face aux railleries de ses camarades ? A la cruauté des adultes ?

Une décision s'imposa alors à elle.

8

Les coups frappés à la porte étaient frénétiques. Aussi n'était-ce pas Mélanie que Jack imaginait trouver en allant ouvrir. Qui plus était, une Mélanie en pleurs.

— Mon Dieu, que se passe…

— Je suis d'accord pour t'épouser.

— Pardon ?

— Je viens de te dire que je veux me marier avec toi ! Maintenant. Enfin, le plus vite possible.

Sur ces mots, elle franchit le seuil de la maison et il referma la porte derrière elle.

— Que t'arrive-t-il ? Est-ce que Juliana va bien ?

Mélanie hocha la tête.

— Oui, c'est Diana qui s'occupe d'elle.

Ouf ! pensa Jack. Et son cœur se remit à battre normalement.

— A présent, assieds-toi et raconte-moi ce qui s'est passé !

— J'ai subi une nouvelle mésaventure avec une personne du même acabit que la vieille femme de l'autre jour, au parc, expliqua-t-elle.

— Je vois.

— Et cela m'a terriblement blessée.

Elle avait la gorge serrée, luttant tant bien que mal contre les larmes.

— Oh, si tu savais comme cela m'a meurtrie ! ajouta-t-elle. J'avais envie de… de donner des coups de poing dans un mur.

— Je comprends ce que tu veux dire, Mel, dit-il avec douceur.

Elle leva ses beaux yeux embués vers lui.

— J'ai été égoïste, Jack. Je n'ai pas vu que mon statut de célibataire pouvait être préjudiciable à Juliana. Mais il est hors de question que je fasse souffrir mon enfant.

Sur ces mots, elle s'effondra, pétrie de culpabilité et d'effroi. Jack la prit dans ses bras.

— C'était affreux, poursuivit-elle. Ils la regardaient comme si elle était coupable. C'est juste une enfant, Jack... Je me sens si honteuse.

— Chut... ! la consola-t-il. Tout va bien.

— Non ! Rien ne va. C'est injuste.

— Nous allons arranger la situation. Pour Juliana, pas pour nous.

— Je sais, c'est ce que tu me répètes depuis le début, gémit-elle.

Elle avait soudain l'air si découragé qu'il demanda :

— La perspective de m'épouser est-elle donc si affreuse ?

A ces mots, Mélanie redressa la tête et laissa son regard glisser sur Jack en pensant à tout ce qu'il avait accompli pour elle, à l'homme qu'il était vraiment. A quoi bon se voiler la face ? Dès l'instant où il était revenu dans sa vie, elle était tombée amoureuse de lui. Et chaque jour davantage, en dépit de ses efforts constants pour refouler ce sentiment qui l'avait assaillie malgré elle et ne cessait depuis de la tourmenter.

Outre que Jack lui était d'une grande aide et que Juliana adorait son père, l'attention qu'il lui témoignait, en tant que femme, la touchait. Bien sûr, son honneur était en jeu et l'amour qu'il ressentait pour son enfant facilitait sa démarche... Qu'éprouvait-il au juste pour elle ? A part du désir, à part l'envie de l'attirer dans son lit, souhaitait-il aussi en toute sincérité l'entraîner dans le cours de sa vie ?

Le mariage allait bouleverser son existence...

Assez ! Elle refusait d'envisager le futur. Et les éventuelles blessures. Durant les quinze derniers mois, elle avait misé sur le pragmatisme et fait de son mieux pour elle et son bébé. Toutefois, depuis le retour de Jack, c'était surtout à elle qu'elle avait pensé, résolue à se protéger elle… au détriment de Juliana.

Cette dernière avait besoin de son père.

Allait-elle de nouveau risquer son cœur ? s'interrogea-t-elle soudain, prise de panique.

Ce fut alors que le regard infamant de l'assistante médicale s'imposa à son esprit. Non, elle ne pouvait pas infliger une nouvelle humiliation à sa fille.

— A quoi penses-tu ? murmura Jack. Je vois des pensées tourbillonner derrière ton front.

— Et tu aimerais bien les décrypter…

— Je les connais déjà. Tu essaies de te convaincre de ne pas te marier avec moi.

— Pas du tout ! Je me demandais pourquoi tu voudrais renoncer à ta liberté pour nous.

— Parce que j'aime Juliana.

— Oh, cela, je le sais ! Mais qu'en est-il de toi et moi, Jack ?

Il poussa un soupir.

— Tu sais bien ce que je ressens pour toi.

— Erreur : je sais ce que ta libido ressent pour moi. Mais toi, qu'éprouves-tu ?

Jack hésita : toute la nuit, il n'avait cessé de penser aux sentiments qu'elle lui inspirait, de tenter de les analyser. Etait-ce de l'amour ? Il était incapable de répondre à cette question.

— Je… Je ne sais pas, bredouilla-t-il.

Elle se raidit.

— Et toi, ajouta-t-il, sais-tu ce que tu ressens pour moi ?

Cette question lui avait requis une telle énergie qu'il avait l'impression de ne plus avoir de souffle.

— Mes sentiments sont confus, commença-t-elle, et pourtant, depuis ton retour, j'essaie sans arrêt de méditer dessus.

Se dégageant de son étreinte, elle fouilla dans son sac, à la recherche d'un mouchoir en papier.

— Tu comptes beaucoup pour moi, Jack, poursuivit-elle

avec prudence. Et ce n'est pas à cause de Juliana dans la mesure où avant, je vivais en toute harmonie avec elle, sans toi.

Elle marqua une pause avant d'ajouter :

— Ce qui n'est pas ton cas. Tu arrives dans une famille déjà formée.

— Je t'accorde qu'au début, ce fut un choc. Mais il m'a suffi de poser les yeux sur ma fille pour comprendre que plus jamais je ne pourrai vivre sans elle. Et sa mère a toujours un effet fou sur moi, ajouta-t-il d'une voix de velours.

— Je ne saurai jamais si tu t'intéresses à moi pour mes beaux yeux ou pour ta fille.

— Il faut me faire confiance, Juliana, dit-il alors.

C'était beaucoup exiger, pensa-t-elle, et pour l'instant, bien prématuré. S'il lui jurait ses grands dieux qu'il l'aimait, elle ne le croirait pas. Elle se méfiait tellement des hommes ! Dans le passé, n'avait-elle pas fait confiance à des traîtres qu'elle considérait initialement comme des personnes convenables et décentes ? Elle n'osait plus se fier à son jugement. L'amour la rendait-il toujours aveugle ? Il était vrai qu'avec Jack, les données étaient différentes : il ne lui avait fait aucune déclaration d'amour éternel.

Elle se rappela soudain son indicible douleur quand elle avait appris la vérité au sujet de ses deux fiancés précédents… Garder de la distance avec Jack était primordial, même si ce dernier ne l'entendait pas de cette oreille ! conclut-elle.

Comme elle demeurait silencieuse, le fixant avec de grands yeux, Jack sentit son cœur se serrer.

— Tu as de bonnes raisons de te défier des hommes, lui dit-il. Mais moi, je ne t'ai pas trahie. Et je ne vais pas t'abandonner ni te tromper avec une autre.

— Et si, en cours de route, tu trouves une femme qui te convient mieux que moi ?

— Je n'en ai pas l'intention.

— Parce que je suis la mère de ton enfant ?

— Non, parce que tu es la femme que je désire.

Son aveu l'atteignit en plein cœur. Et pour un instant,

pour un petit moment seulement, elle voulut y croire. Elle lui sourit.

Il lui rendit son sourire avant de redevenir sérieux.

— Je ne te trahirai jamais, Mélanie. Jamais.

Elle le regarda, désireuse de le croire.

— Quand tu auras enfin confiance en moi, tu me le feras savoir, n'est-ce pas ? ajouta-t-il.

Un demi-sourire aux lèvres, elle hocha la tête.

Comment cet homme pouvait-il deviner ses moindres pensées ? C'était à la fois agaçant… et réconfortant.

— Promis, dit-elle.

Jack fit un pas vers elle, et les prunelles de Mélanie se mirent à briller. Alors, l'attirant à lui, il l'embrassa. Un baiser sincère, sans arrière-pensée. Elle se sentit fondre et enfonça ses doigts dans ses cheveux…

— Accepte de devenir ma femme, Mélanie ! murmura-t-il.

— Oui, répondit-elle dans un souffle.

— Tu verras quel bon mari je vais faire — à tous égards, promit-il d'une voix rauque.

Un petit rire échappa à Mélanie.

A son tour, il se mit à rire et l'embrassa de nouveau, glissant ses mains sous son chemisier, sur sa peau. Elle frémit au contact de ses doigts. Puis Jack se laissa tomber dans un fauteuil, l'entraînant dans sa chute.

Pendant quelques minutes, il exerça sur ses sens une magie extraordinaire ; mais quand elle voulut à son tour couler sa main vers sa virilité, il poussa un petit grognement et bondit sur ses pieds.

Elle cligna des yeux, incrédule, la respiration saccadée.

— Il faut que je donne un coup de fil, lui annonça Jack.

— Pardon ?

Lui adressant un sourire patient, il enserra l'ovale de son doux visage entre ses mains.

— Il me semble pourtant te l'avoir déjà dit, ma chérie : la prochaine fois que je te ferai l'amour, nous serons passés devant l'autel.

Elle fit remonter ses mains le long de son torse, puis plaqua sa main sur le cœur de Jack qui battait à tout rompre.

— A toi de jouer, capitaine.

Deux jours plus tard, Lisa à ses côtés, Mélanie promettait amour et fidélité pour la vie au lieutenant Jack Singer. En quarante-huit heures, ce dernier avait accompli des miracles. La petite chapelle croulait sous les fleurs, un couple d'amis avait été convié, ainsi que les parents de Mélanie. Et tandis que sa mère versait des larmes de bonheur, celle de Jack souriait de toutes ses dents, près de Brian, son gendre. A côté de Jack se tenait le lieutenant Reese Logan, son témoin : son visage ne trahissait pas la moindre émotion. Jack était différent de ses camarades, pensa alors Mélanie. Ils étaient renfermés et presque froids, surtout Reese. Ce qui n'était pas du tout le cas de Jack…

Sanglé dans un bel uniforme blanc, il écoutait le prêtre, les yeux rivés sur Mélanie. Son regard l'enveloppait de sa chaleur, une chaleur à la fois réconfortante… et suggestive, ce qui n'était guère décent en un tel lieu.

Quand Jack prononça « oui », et lui passa l'anneau au doigt, Mélanie eut du mal à respirer. Et manqua pousser un cri en découvrant son alliance incrustée de petits diamants.

— C'est pour toujours, lui murmura-t-il.

Et sur l'ordre du prêtre, il l'embrassa.

« Je suis mariée », songea Mélanie… surprise de ne ressentir aucune inquiétude particulière en regard de la folie qu'elle venait de commettre. Bien au contraire : son cœur débordait de bonheur et de reconnaissance tandis que Jack lui donnait un baiser ardent.

Puis ils désunirent leurs bouches, un sourire aux lèvres, tandis que les amis de Jack s'approchaient pour le féliciter en lui tapant dans le dos avec vigueur. Mélanie enlaça tendrement ses parents, sans lâcher Jack des yeux. En dépit de la petite assemblée qui s'était formée autour de lui, il ne la quittait pas davantage du regard. Elle se sentit choyée et désirée, et son cœur chavira.

Jack se tint un peu en retrait lorsque ses camarades embrassèrent sa femme, fronçant les sourcils quand le plus jeune d'entre eux l'étreignit un peu trop longuement à son goût.

— Elle est très belle, Jack, murmura Reese.

— Je sais.

— Sait-elle ce qui l'attend en épousant un marine ?

— C'est avec moi qu'elle se marie, pas avec l'armée, répliqua Jack en sourcillant.

— Tu sais bien à quoi je fais allusion, insista ce dernier.

— Oui, admit Jack. Mais Mélanie sait tout à fait se débrouiller seule, elle l'a prouvé, aussi pourra-t-elle supporter mes absences.

Jetant un regard en biais à son ami, il ajouta :

— Est-ce pour cette raison que tu ne t'es jamais jeté à l'eau ? Regarde autour de toi : il n'y a pas pourtant que des célibataires.

Sur ces mots, il rejoignit sa femme.

Sa femme.

Il s'immobilisa et une onde de fierté l'envahit. Ainsi qu'un autre sentiment bien inconvenant en ce lieu. Penchée en avant, Mélanie enlaçait sa mère, toujours en larmes : le regard de Jack se fixa sur ses reins, ceints dans un satin violet pâle. Alors que le haut était tout simple, à bretelles, le bas effleurait le sol et comportait une courte traîne. C'était la robe de mariée la plus sexy qu'il n'ait jamais vue : elle rendait justice aux moindres courbes de son épouse. Et il mourait d'envie de se retrouver seul avec Mélanie pour les explorer.

Quand il passa son bras autour de la taille de cette dernière, elle se raidit, l'espace d'une seconde, peu habituée à une telle familiarité après la façon dont elle l'avait maintenu à distance, durant les semaines qui venaient de s'écouler. Comprenant ce qu'elle ressentait, il lui frotta doucement le bas des reins et déposa un baiser sur sa tempe.

— Viens ! murmura-t-il. Allons donner à manger et surtout à boire à tout ce beau monde avant de pouvoir nous éclipser en toute discrétion.

— Sir Galaad, vous avez pensé à tout ! fit-elle dans un sourire taquin.

— Un chevalier doit savoir parer à toute éventualité, répondit-il avant d'ajouter : Tu es plus belle que jamais, Mel.

— Toi aussi, Jack, merci pour tout, lui dit-elle.

Puis elle caressa avec tendresse la joue de son mari, sans prêter attention aux crépitements des appareils photo.

Soudain, son regard se fit plus grave.

— Je ne t'abandonnerai jamais, Mel, lui affirma-t-il.

— Je sais.

Cette réponse ne témoignait-elle pas d'un début de confiance ? pensa Jack en sentant son cœur faire un bond de joie dans sa poitrine.

Debout sur la terrasse, Mélanie sirotait son champagne tout en fixant le fleuve. Elle était extraordinairement heureuse, même si c'était la première nuit qu'elle passait sans son enfant, ses parents s'étant fait une joie de s'en occuper ; il était prévu que la mère de Jack prenne le relais le lendemain matin.

A l'idée qu'elle n'était plus seule pour élever Juliana, l'anxiété plus ou moins consciente qu'elle avait ressentie depuis la naissance de cette dernière se dissipait : elle avait l'impression qu'une légèreté grandissante l'envahissait. A l'intérieur de leur suite, Jack remettait un pourboire au groom qui leur avait apporté un chariot. Par quel miracle avait-il pu tout régler en si peu de temps ? se demanda-t-elle de nouveau. C'était décidément un homme d'action, prêt à remuer ciel et terre pour obtenir ce qu'il désirait.

Un sourire traversa le visage de Mélanie et elle avala une autre gorgée de champagne.

Le clapotis de l'eau, en bas, s'harmonisait comme dans un rêve avec le dôme étoilé de la nuit. Elle retira les épingles de sa chevelure, puis secoua la tête, visage incliné en arrière. La douce brise du soir caressa alors son visage.

Tout à coup, elle sentit Jack dans son dos, comme si elle possédait un petit radar pour détecter sa présence. Sans se retourner, elle s'appuya contre la balustrade.

— J'avais oublié combien cette ville était belle, dit-elle.

— Pour la première fois depuis mon retour, je te trouve apaisée.

Elle lui jeta un coup d'œil tandis qu'il se rapprochait d'elle. Il avait déjà retiré sa veste et un T-shirt blanc épousait son imposante musculature.

— Je le suis, renchérit-elle.

Elle fixa un instant sa coupe de champagne, avant de regarder l'eau miroitante à ses pieds. Les feuilles des arbres bruissaient sous la brise, et des guirlandes de mousse espagnole pendaient des branches.

— Je suis aussi un peu soulagée, ajouta-t-elle.

— C'est-à-dire ?

Il avala son champagne d'un trait, puis posa sa coupe, avant de s'accouder à son tour à la balustrade. Il faisait des efforts considérables pour ne pas la toucher.

— Je n'avais pas vraiment envie d'être une mère célibataire, répondit-elle.

Surpris, il fronça les sourcils.

— Je croyais que j'en avais envie, rectifia-t-elle alors. Et puis tu as débarqué comme un ouragan chez moi…

Elle le vit sourire et continua :

— J'ai alors mesuré tout ce que Juliana avait manqué. Et combien ma vie était… vide.

Cet ultime aveu le conforta dans l'idée qu'elle ne l'avait pas épousé uniquement pour leur fille.

— J'avais pourtant l'impression que ta vie était bien remplie, que tu étais très occupée.

Mélanie redessina le rebord de sa coupe de champagne à l'aide de son index avant de déclarer tout à trac :

— Jack, je voulais te dire… Si tu tombes amoureux d'une autre et que tu veuilles divorcer, je comprendrai.

— Je n'en ai nulle intention.

Lui prenant sa coupe des mains pour la déposer sur le guéridon du balcon, il l'attira à lui.

— Je pensais moi aussi que ma présence t'empêchait de trouver l'âme sœur, lui dit-il. Avant… Désormais, je ne veux pas que tu cherches ailleurs.

Ce n'était pas non plus dans ses projets, son cœur ayant tranché pour elle. Elle afficha pourtant une moue boudeuse.

— Déjà des exigences ?

— J'ai ce que je veux, murmura-t-il en laissant glisser son regard sur la bouche de Mélanie. Et toi, es-tu satisfaite ?

Elle noua ses mains autour de son cou.

— Reformule ta demande demain matin, dit-elle d'un air mutin.

Le sourire de Jack s'agrandit spontanément.

— C'est ce que j'aime chez toi, Mélanie. Tu ne me donnes jamais la réponse que j'attends.

— Et qu'attends-tu, au juste ?

— Fidélité, honnêteté et confiance.

Le mot amour manquait à l'appel, constatèrent-ils, chacun de leur côté, sans l'exprimer à voix haute.

— Les deux premières qualités te suffiront-elles ?

Jack resserra son étreinte.

— Je sais que tu me fais confiance. Seulement, tu ne veux pas l'admettre.

Quel effronté ! pensa-t-elle avant de demander sur un ton ironique :

— Et comment le sais-tu, monsieur le devin ?

— Tu ne m'aurais pas épousé si tu ne m'avais pas accordé au moins un peu de confiance. Et tu ne m'aurais pas non plus permis de t'approcher de si près, ajouta-t-il en bâillonnant sa bouche.

Mélanie se sentit soudain languide, prête à s'abandonner… Se pressant contre lui, elle se laissa submerger par le désir, qui l'enveloppa comme une mer chaude…

Le baiser de Jack fut d'abord tendre, lascif. Puis il chercha sa gorge et fit courir sa langue sur sa peau… Elle eut la sensation que tout son être se fissurait en mille petits éclats de bonheur…

Elle se mit à palper son torse, avide de l'étreindre plus étroitement, avec plus de force. Il y avait si longtemps qu'elle était seule. Et il lui avait tant manqué. Lui, Jack Singer. Dans ses bras, elle retrouvait la sécurité et la satisfaction, deux émotions qu'elle n'avait plus connues depuis le jour où il était reparti, et qu'elle ne s'autorisait à retrouver que maintenant.

Sous ses caresses, elle se sentit subitement vulnérable et cette idée lui plut. Il fit bientôt glisser sa bretelle sur son épaule avant de défaire sa fermeture Eclair et de la libérer de l'étroit corset qui enserrait son buste.

— J'en ai envie depuis ce matin, avoua-t-il.

Elle émit un rire entendu, et pencha la tête en arrière. Il enfouit alors la sienne entre ses seins.

— Je me demandais ce que tu portais sous cette robe.

— Pas grand-chose, en réalité…

Il poussa un grognement, puis avoua :

— Chaque fois que tu partais travailler, je m'interrogeais sur ce que tu portais sous tes tailleurs.

— Jack ! fit-elle sur un ton mi-amusé, mi-outré.

— Mon imagination est parfois un véritable instrument de torture, dit-il.

A cet instant, le satin crissa sous ses doigts avant que la robe de mariée ne tombe aux pieds de Mélanie, telle une flaque ondée.

— Mais elle est parfois bien pauvre, comparée à la réalité, ajouta-t-il.

Un sourire sensuel traversa le visage de Mélanie. N'y avait-il pas quelque chose de décadent à se retrouver en sous-vêtements sur le balcon ? Et d'autant plus décadent que Jack la dévorait des yeux !

Les yeux toujours rivés aux siens, il frôla le rebord en dentelle de ses bas couleur lavande, avant d'effleurer son string. Puis il baissa le regard vers ses seins : ils étaient enserrés dans un mini-soutien-gorge en dentelle, dépourvu de bretelles.

— Je suis fichu, souffla-t-il.

— Je te rappelle que tu es un marine et qu'un marine ne capitule jamais !

Sur ces mots, elle lui retira son T-shirt, un sourire suggestif aux lèvres, avant de l'entraîner à l'intérieur de la suite.

Jack sentit son estomac se contracter. Il la désirait depuis de si longs mois. Chaque nuit, pendant plus d'un an, il avait rêvé de la prendre. La dernière femme avec qui il avait fait l'amour, c'était elle. Elle non plus n'avait pas touché un homme depuis leur nuit d'amour, il le savait. Tout comme il avait la certitude que, jusqu'à la fin de son existence, elle serait la seule femme qu'il aimerait.

A cette pensée, il se figea.

Mélanie fronça les sourcils.

Sur une impulsion, il enserra son visage et lui donna un long baiser voluptueux. Elle comprit alors que l'alchimie de leur première nuit s'était enrichie d'un sentiment nouveau.

— Jack…

— Tu es à moi, Mélanie, à moi…

Son ton était si possessif, si assuré qu'elle en frissonna. Puis elle se rendit compte que lui aussi tremblait un peu.

— Je te désire, poursuivit-il. Toute cette nuit, toute la vie.

Mélanie sentit sa gorge se serrer. Sous sa paume, le cœur de Jack battait à tout rompre, elle l'entendait respirer bruyamment, une respiration aussi rapide que la sienne…

Quelque chose avait changé en lui, songea-t-elle.

Jack voulut l'attirer à lui, mais elle lui résista et s'attaqua à son ceinturon. Son sourire était à la fois félin et libertin. Elle soutint son regard sans ciller tandis qu'elle ouvrait avec lenteur son ceinturon, embrassait sa bouche, le rebord de sa mâchoire…

Une atmosphère électrique les enveloppait. Mâtinée d'une infinie langueur.

Elle glissa la main dans son pantalon et l'attira contre elle. Un nouveau grognement échappa à Jack, et il enfonça ses doigts dans la chair de ses hanches, la désirant de toutes les parcelles de son corps.

Il était nécessaire qu'il reprenne l'initiative, pensa-t-il.

Il pressa alors ses seins entre ses mains ; elle poussa un gémissement, sans cesser de le palper. D'une chiquenaude, il fit tomber le soutien-gorge par terre, et referma sa bouche sur l'un de ses seins… Il se mit à en titiller la pointe avec application, alternant fougue et lenteur, la rendant folle.

— Jack ! cria-t-elle en lui griffant le dos.

Sans cesser son jeu de langue, il coula les doigts sous son string, dans son entrecuisse…

Comme il aimait ses petits cris, sa respiration saccadée qui avivaient son désir. De façon habile, il la fit basculer sur le lit et s'allongea sur elle.

— Pas encore, Jack ! le prévint-elle d'une voix rauque d'excitation.

— Pas de panique, ma chérie, nous ne faisons que commencer. As-tu oublié comment c'était, entre nous ? Même quand je suis parti, la dernière fois, nous n'en avions pas fini, toi et moi.

Il accéléra ses caresses intimes et vit bientôt ses yeux se brouiller, puis son corps se cambrer sous le plaisir… Elle cria plusieurs fois son nom, ce qui le fit sourire. Il l'embrassa avec tendresse, et elle se sentit toute chancelante.

— Reprends ton souffle, mon cœur, ce n'est qu'un début.

Sur ces mots, il lui retira son string, avant de faire glisser sa bouche sur ses jambes, ses genoux, ses chevilles ; après quoi, il remonta le long de ses cuisses, imprimant de façon taquine ses dents dans sa chair. Il fit ensuite rouler ses bas, et recommença son petit jeu…

Mélanie ne le lâchait pas du regard. Il avait lui aussi retiré ses vêtements et, à la seule vue de ce bloc de muscles, elle frémissait de désir.

Son regard perçant fouetta les sens de Jack.

Elle s'offrait à lui, sans inhibition, sans peur. Ses yeux verts reflétaient le feu qu'il lui inspirait. Il voulait la rendre folle de plaisir.

Quand son membre dur frôla sa féminité, elle s'arc-bouta, avide de le sentir en elle. Mais il ne se précipita pas, continuant à embrasser sa bouche, son cou, sa gorge.

— Viens… Maintenant ! lui ordonna-t-elle.

— Ne t'ai-je jamais dit que, lors de nos entraînements, nous devons parfois rester douze heures dans l'eau, dans le noir ? fit-il en aspirant profondément une pointe de ses seins.

— Non… Ah, Jack… !

— J'aime quand tu prononces mon nom de cette façon.

Il se mit à déguster son deuxième sein, à en titiller le bout dressé.

— Ainsi, nous apprenons la patience.

Il se laissa glisser le long de son corps, tout en goûtant sa peau.

— Parfois, nous sommes privés d'eau, de nourriture, mais nous pouvons les apercevoir sur la rive. Le supplice de Tantale, en quelque sorte. Cela nous rend plus forts…

— Oui, je… Oh, Jack…

Il embrassa son ventre, puis son mont de Vénus.

— Le festin est à portée de vue mais inaccessible, continua-t-il.

Allait-il finir par se taire, par lui donner ce qu'elle attendait ? s'insurgea-t-elle tandis qu'il lui adressait un beau sourire.

Jack savait qu'elle ne l'écoutait pas, qu'elle n'avait qu'une idée en tête. Et se demandait lui-même comment il parvenait à se contenir, alors que son pouls battait frénétiquement à ses tempes !

— Pour tout avouer, je ne suis pas très fort, à ce genre de jeu.

Et sur cette conclusion, il la pénétra.

Elle se donna à lui sans retenue, et il se mit à aller et venir en elle avec langueur… Elle murmura son nom, et d'autres mots plus érotiques qui le firent chalouper plus vite. Avec plus de fièvre. Jusqu'à ce qu'il la sente au bord de la rupture, de la plongée dans la volupté…

— Jack ! hurla-t-elle soudain.

— Oui, souffla-t-il, oui…

— Tu es à moi, Jack, à moi ! cria-t-elle, le souffle court.

Et elle oublia qui elle était…

Quand elle rouvrit les yeux, Jack la regardait ; il lui sourit, avant de reprendre son va-et-vient. Les larmes d'émotion qu'il perçut alors dans ses yeux le touchèrent jusqu'à l'âme. Ses coups de reins devinrent plus violents… Elle était la perle délicate qu'il avait capturée. Il était son prisonnier. La passion les unissait tel un lien tangible, se jouait de leur volonté, ils étaient ses esclaves…

— J'ai besoin de toi, murmura-t-elle. Et pas seulement pour cela, Jack…

Sa gorge se serra. Puis le plaisir jaillit en lui avec une force surprenante, emportant Mélanie dans sa course, les arrachant à la temporalité de l'existence pour leur tresser une assurance sur l'éternité…

9

Jack repoussa la mèche qui barrait le front de Mélanie et lui donna un baiser profond et impérieux.

Baiser auquel elle répondit instantanément. Jack avait pris possession de son désir, de tout son être et, contre toute attente, elle s'en réjouissait. Quand il la fit de nouveau rouler sous lui, elle poussa un soupir de satisfaction.

Sans prononcer un mot, il se mit à la caresser, à étreindre son corps.

Elle aurait aimé lui confier ce qu'elle ressentait… mais elle n'était pas certaine de la nature des sentiments qu'elle éprouvait. Elle n'était pas encore prête à lui livrer entièrement son cœur, où régnait un grand désordre, depuis son retour dans sa vie. Pour l'instant, il était l'homme qui allumait son désir, mais elle était consciente qu'il attendait bien plus d'elle.

— Bonjour, dit-il.

Elle lui sourit.

— Bonjour, lieutenant.

— Je redoute presque ce que tu vas me dire.

— Pourquoi ? On s'entend merveilleusement bien nous deux, ne trouves-tu pas ?

— Oh si ! fit-il en recouvrant sa hanche d'une main possessive.

— Que s'est-il passé après ton séjour prolongé dans l'eau ? demanda-t-elle tout à coup.

Il lui jeta un regard amusé.

— Curieux, je ne pensais pas que tu m'écoutais.

— J'avoue que j'étais distraite, mais j'ai au moins entendu cela.

— Nous avons finalement été autorisés à sortir et nous avons pu finir les restes de notre repas précédent.

— Les restes ? C'est cruel ! déclara-t-elle en se redressant.

— C'est une question de survie, ma chérie. Quand tu es affamé, tu ne fais pas la fine bouche.

Sa position assise lui permettait de contempler à loisir sa belle poitrine… qui représentait une incroyable tentation. D'instinct, il captura l'un de ses seins et elle poussa un long gémissement. Décidément, Jack la rendait bien tapageuse, pensa-t-elle en souriant.

A son tour, elle se mit à le tâter. S'il exerçait un pouvoir incomparable sur elle, elle n'était pas mécontente de celui qu'elle avait sur lui, songea-t-elle, amusée, en l'enserrant dans sa main.

— Avec toi, je ne connais aucun répit, soupira-t-il.

Un sourire suggestif aux lèvres, elle se laissa glisser sur son corps…

Jack enfouit une main fiévreuse dans la chevelure de Mélanie ; son sang courait à une allure folle dans ses veines, et il respirait bruyamment tandis qu'elle le dégustait avec application. Il aurait aimé qu'elle continue encore et encore, mais ses caresses devinrent bientôt intenables.

Sans prévenir, il l'attira à sa hauteur.

— Il est temps de passer aux choses sérieuses, déclara-t-il d'une voix rocailleuse.

— C'est tout à fait mon avis, renchérit-elle.

Sans lui laisser le temps de respirer, il donna un coup de reins et s'enfouit en elle. Riant, elle le chevaucha et, bientôt, leurs corps emmêlés se mirent à ondoyer à un rythme frénétique. Il transpirait, soufflait, elle s'agrippait à lui, dansant de façon déchaînée au-dessus de lui…

— Tu es si brûlante, lui chuchota-t-il, bouche contre bouche.

D'une voix lascive, elle lui décrivit de façon précise les sensations qu'il lui procurait, attisant le désir de Jack. Il accéléra ses coups de reins ; tout en riant, elle l'incitait à aller toujours plus vite…

Sans prévenir, il inversa les positions ; ils en tombèrent du lit, n'y prirent pas garde, roulèrent sur le sol et s'aimèrent jusqu'à ce qu'un puissant orgasme les soulève…

Attachant la ceinture de son peignoir, Jack passa la main dans ses cheveux humides et regarda Mélanie. Elle dormait sur le ventre, les mains passées sous l'oreiller, le drap recouvrant juste ses hanches. Il admira sa longue chevelure qui venait chatouiller le bas de ses reins. Puis ses fantastiques jambes dont il avait été le captif consentant, durant leur nuit d'amour. Un sourire éclaira son visage et il secoua la tête, à la fois surpris et satisfait. Non, plus que satisfait… Comblé. Avec Mélanie, il connaîtrait à la fois la tendresse et la violence de l'amour, se dit-il, songeur.

Derrière la baie vitrée, le soleil se levait au-dessus du fleuve. S'emparant du téléphone sans fil, il sortit sur la terrasse où il installa la table du petit déjeuner. Il n'avait pas voulu que le groom s'en charge, ne tolérant aucune intrusion dans le cocon qu'il avait patiemment créé autour de Mélanie. La réalité reprendrait bien assez vite ses droits.

Les yeux rivés sur elle, il téléphona à sa mère. Nul doute qu'à son réveil, son épouse aurait hâte d'apprendre comment s'était passée la nuit de Juliana. Quant à lui, il ne se faisait nul souci : il savait qu'elle était entre de bonnes mains. Bientôt, hélas, il repartirait pour une autre mission, telle était sa destinée : il était par conséquent préférable qu'il ne commence pas à se poser de questions sur la façon dont les êtres chers menaient leur vie, loin de lui.

Mélanie se redressa sur le lit, confuse, et quand elle se rappela qu'elle n'avait pas à s'occuper de son bébé, elle se rallongea. Puis elle s'étira, aspira une large bouffée… Et se rendit compte qu'elle était seule dans le lit. Balayant bien vite la pièce du regard, elle repéra Jack : son cœur tressaillit de joie dans sa poitrine. Dans un bel élan, elle repoussa les couvertures pour le rejoindre sur la terrasse, s'emparant au passage de son peignoir. Il était déjà assis à la table du petit déjeuner, lisant le journal et sirotant un café. A son approche, il leva la tête et lui sourit.

— Quelle plaisante vue, de si bon matin !

Un sourire mutin aux lèvres, elle finit d'enfiler son peignoir.

— C'est mieux ?

— Non, soupira-t-il. Toutefois, je ne pense pas que notre ville soit prête à tolérer le nudisme en terrasse. Assieds-toi.

Il lui servit un café qu'elle savoura, tête inclinée, appréciant la caresse matinale du soleil.

— Avant toute chose, je dois appeler ma mère.

— C'est fait. A l'heure où nous parlons, la petite princesse se promène déjà au parc, et il est prévu qu'après la sieste, elle aille à la plage.

S'efforçant de ne pas trop penser à son enfant, Mélanie se concentra sur Jack.

— As-tu des projets pour aujourd'hui ? demanda-t-elle alors.

Il la gratifia d'un regard de velours…

— A part ça, ajouta-t-elle.

— Mauvaise joueuse, fit-il. Eh bien, nous pouvons faire une promenade, du bateau, du shopping…

Elle éclata de rire. Il semblait si abattu à l'idée qu'elle opte pour sa dernière proposition.

— Rassure-toi, je ne vais pas te traîner dans les boutiques. D'ailleurs, je n'ai besoin de rien.

— Voilà des paroles bien curieuses dans la bouche d'une femme.

— Espèce de macho ! répliqua-t-elle.

Jack sourit et son cœur chavira lorsque Mélanie passa sa main dans sa chevelure en désordre et que le soleil y accrocha des éclats d'or. Lors de leur première nuit d'amour, il avait dû partir de bon matin, direction l'Asie. Mais il l'avait déjà dans la peau, dans le sang.

A présent, elle était sa femme. Elle portait son anneau et lui le sien. Il se mit à fixer sa propre bague en or, symbole d'un engagement pour la vie. Comme il relevait la tête, il croisa son regard.

— Tu ne pourras pas garder ton alliance pendant tes missions, n'est-ce pas ?

— Non, je n'ai pas le droit de porter de signe distinctif. Cela te contrarie-t-il ?

— Pas du tout ! Je ne souhaite pas que tu prennes des risques pour une bague ; ce n'est pas ce qui fait de nous un couple marié.

Sur ces mots, elle mordit dans un muffin.

— Continue.

Elle lui lança un bref coup d'œil avant de diriger ses yeux vers le fleuve.

— Ce qui compte dans un mariage, c'est l'engagement, la compassion, l'honnêteté. La confiance. Des éléments symbolisés par une cérémonie et une alliance, mais qui restent vides de sens sans eux, ajouta-t-elle pensivement.

A ces mots, il lui souleva le menton, et pressa ses lèvres sur les siennes.

— Cette époque est révolue, ma chérie.

Les yeux brouillés de larmes, elle lui rendit son baiser.

— Je sais, dit-elle d'une petite voix. Je sais…

Elle s'interrompit, il l'encouragea à poursuivre.

— Je ne te quitterai jamais, Jack, tu as tant fait pour nous !

— Erreur : c'est moi qui tire tous les avantages de l'affaire : une fille, une épouse… Une amie.

— Pas une maîtresse ?

Il lui sourit.

— A ton avis ?

— Embrasse-moi, lieutenant !

Il s'exécuta et Mélanie se sentit fondre.

Elle ne voulait pas s'avouer qu'elle l'aimait éperdument. Pas encore. La confiance commençait à venir, mais elle ne souhaitait rien précipiter ; elle avait trop souffert de ses peines de cœur précédentes pour jouer les imprudentes.

Fallait-il qu'elle opère deux mauvais choix avant de faire le bon ? pensa-t-elle encore tandis qu'il introduisait sa main dans le décolleté de son peignoir. Ce qui lui fit oublier ses réflexions. Déjà il enserrait ses seins dans ses paumes, et lui murmurait à quel point elle était douce, à quel point il aimait la caresser.

Soudain, elle sentit ses mains entre ses cuisses, et sans tarder, il la prit dans ses bras pour la reconduire au lit où ils firent de nouveau passionnément l'amour. Avec une fièvre et une violence qui les surprirent eux-mêmes. Haletants, ils restèrent ensuite pendant de longues minutes à fixer le plafond, jusqu'à ce que Mélanie éclate de rire.

— Qu'est-ce qui te fait rire ? demanda Jack, presque vexé.

— Je viens de me rappeler pourquoi j'avais accepté de te suivre dans la chambre d'hôtel la première fois.

— A cause de mon charme ?

— Non, parce que je savais que ce serait explosif.

— Dois-je le prendre pour un compliment ?

— Comme tu voudras, dit-elle dans un rire joyeux.

Quelques secondes plus tard, il entendait la douche couler. Soudain, la voix de Mélanie recouvrit le bruit de l'eau.

— Lieutenant, attends-tu une invitation ? ironisa-t-elle.

Jack aspira une large bouffée d'air. Son épouse était insatiable. Et rouvrait chaque fois son appétit.

A travers la vitre, il aperçut son corps mouillé et savonneux. La rejoignant sous l'eau, il murmura :

— Tu vas finir par me tuer.

Puis il la plaqua contre la paroi carrelée.

Par la fenêtre, Mélanie observait son père qui inspectait le travail de Jack, à savoir le portique qu'il avait fabriqué pour Juliana. Les deux hommes s'entendaient à merveille, et elle avait la sensation qu'un secret les unissait. Son père lui avait déjà confié qu'il approuvait de tout cœur son mariage avec Jack, un homme loyal et droit. Qu'aurait-il pensé s'il avait su que son gendre et sa fille avaient fait l'amour dans toutes les pièces de la villa jusqu'aux lueurs de l'aube ?

Souriant en son for intérieur, elle vit que Jack et son père examinaient à présent une poutrelle. David, le père de Jack, était décédé deux ans auparavant, voilà pourquoi c'était ce dernier qui avait conduit Lisa, sa petite sœur, à l'autel. Elle savait que David était un homme calme et merveilleux, des qualités qu'il avait sans conteste transmises à son fils.

— Es-tu désœuvrée ?

Mélanie tourna les yeux. C'était sa mère qui la prenait en flagrant délit d'oisiveté. Il fallait dire qu'entre ses deux grands-mères, Juliana n'avait plus besoin d'elle.

— Toi et Laura gâtez bien trop votre petite-fille. Elle va être insupportable quand vous repartirez.

— C'est le privilège des grands-mères, répondit sa mère.

Mélanie lui sourit. Tout semblait si parfait qu'elle avait du mal à croire à son bonheur. Oui, tout était à la fois parfait… et curieux.

Il était curieux que Jack habite chez elle, que ses affaires côtoient les siennes dans la salle de bains. Et elle ne pouvait s'empêcher de sourire quand elle le voyait s'endormir dans sa chambre à la décoration si typiquement féminine, lui qui incarnait l'essence même de la virilité. Comme il était réconfortant pourtant de se réveiller à son côté, de se sustenter à sa table et de discuter tard avec lui, le soir. Et ce n'était qu'un début. L'aube d'une vie commune. Tandis que Jack découvrait que sa femme possédait des talents de masseuse, elle se rendait compte qu'il était capable de tout réparer. Juliana se réjouissait de la présence permanente de son père, et Mélanie, qui avait pris quelques jours de congé, redoutait déjà la reprise du travail.

Et surtout, le moment où Jack repartirait en mission…

Laura entra dans la cuisine, rapportant un plateau jonché de vaisselle sale. Ils venaient de faire un barbecue. Mélanie voulut le lui prendre des mains.

— Laisse, je m'en occupe, fit Laura.

Tout en remplissant le lave-vaisselle, cette dernière demanda :

— Comment te sens-tu, ma chérie ?

— Bien, merveilleusement bien.

Laura, qui était plutôt petite et bien brune — quelques mèches argentées fort discrètes parsemaient sa chevelure — se redressa et se tourna vers sa belle-fille.

— Tu en as l'air étonné, affirma-t-elle.

— A vrai dire, je ne m'attendais pas à ce que le cours des événements s'emballe de cette façon.

— Je savais qu'il s'était passé quelque chose entre toi et Jack, au mariage de Lisa, lui avoua alors Laura. Mais j'ignorais quoi au juste. Je l'ai compris quand Jack m'a annoncé qu'il était père. Et m'en suis réjouie.

Mélanie et Laura n'avaient pas eu l'occasion de se voir souvent dans la mesure où cette dernière ne résidait pas aux Etats-Unis.

— Je suis heureuse que vous approuviez notre union, dit-elle.

— Je comprends par quelles épreuves tu es passée. Mais parfois, la vie nous réserve des surprises, et des belles !

Presque gênée par cette discussion intime, Mélanie se mit à préparer du café.

— Jack est un homme bon, dit-elle. Nous sommes mariés et amis.

— Amis ? fit Laura en éclatant de rire. Crois-tu que deux amis se regardent comme vous le faites ? Et qu'ils partagent leur lit ? Penses-tu que nous ne savons pas tous que vous vous embrassez dès que nous avons le dos tourné ?

Mélanie baissa les yeux et rougit tandis que Laura poursuivait :

— J'ai vu la façon dont Jack te dévisageait. Il est amoureux fou de toi.

— Non, Laura, vous vous trompez, protesta Mélanie, confuse.

— Allons, je connais mon fils ! Il a beau faire preuve d'une grande maîtrise, en raison de sa profession, quand il s'agit de toi, il ne contrôle plus ses regards. Mais si cela t'arrange, tu peux continuer à penser qu'il t'a épousée pour ta fille.

Ces propos contrarièrent Mélanie. Laura le sentit, qui ajouta :

— Jack t'aime. Eperdument.

Mélanie versa du café dans la cafetière. Ses mains tremblaient. Laura s'éclipsa et, de nouveau, elle regarda par la fenêtre… Etait-il possible que Jack l'aime ? Assez ! Comme elle était ridicule de prendre en compte les propos romantiques de sa mère ! Evidemment, Laura les souhaitait heureux et amoureux : quoi de plus légitime de la part d'une mère ? Mais le mariage n'était pas toujours synonyme de bonheur, surtout quand on s'épousait pour d'autres raisons que l'amour.

D'ailleurs, quand bien même il lui dirait qu'il l'aimait, le croirait-elle ? Craig et Andy le lui avaient eux aussi affirmé… Allons, elle devait admettre qu'avec Jack, tout était différent. Très différent. A commencer par l'attirance physique entre eux. Jamais avant lui elle n'avait eu envie d'être vingt-quatre heures sur vingt-quatre avec un homme.

A présent, Jack et son père sirotaient une bière, au soleil, en grande discussion sur leur passion commune, sans doute : le travail du bois. Comme Jack était beau ! Son polo noir s'accordait à merveille avec ses cheveux couleur ébène et lui donnait un air dangereux. Désirable.

Maintenant qu'il avait ce qu'il souhaitait, comment allait-il se comporter ? Elle ne devait pas vivre dans un monde d'illusions, croire qu'il l'aimait. Même si la seule pensée que cela soit possible la faisait chavirer.

Et soudain, une petite voix lui murmura : « Avoue-le, tu l'adores. »

Eh bien, oui ! C'était bien vrai, elle l'adorait. Voilà ! Même si une petite partie d'elle-même le refusait encore. Par peur.

10

Jack fronça les sourcils : la boîte enveloppée dans du papier cadeau violet et ornée d'un beau ruban rouge lui était destinée. Sur la carte, c'était bel et bien son nom qui était écrit. Il posa les clés sur la table et appela Mélanie. Surgissant dans le vestibule, cette dernière s'écria :

— Chut ! Elle vient de s'endormir.

— Qu'est-ce que c'est ? demanda-t-il, la boîte à la main.

— A ton avis, à quoi cela ressemble-t-il ?

— A un cadeau, mais pourquoi ? Ce n'est pas mon anniversaire.

— Ouvre-le et tu verras bien.

Il plissa les yeux, puis un petit sourire creusa son visage. Il défit l'emballage, et en sortit une lourde caisse à outils.

— Waouh ! Elle est très belle.

— Regarde d'abord ce qu'elle contient.

Jack s'exécuta avec plaisir et admira tous ses outils les uns après les autres.

— Comme tu m'as dit que les tiens étaient dans un garde-meuble, j'ai pensé que tu aimerais avoir le double ici, ajouta-t-elle.

Il prenait à présent les marteaux, tournevis, niveau et autre perceuse électrique dans les mains, les soupesait.

— Merci, dit-il enfin.

— Tu ne parais pas satisfait.

— Si, bien sûr. J'apprécie beaucoup l'attention, mais… Il hésita.

— Mais ? l'encouragea-t-elle.

— Je récupérerai les affaires que j'ai stockées dans le garde-meuble lorsque Juliana et toi viendrez habiter avec moi en Virginie. Il n'y a pas de base, par ici, je ne peux pas demander ma mutation dans la région.

— Je suis au courant.

— Allons, voilà que c'est toi qui as l'air contrarié, à présent.

— J'avais essayé de ne pas y penser jusqu'à maintenant, lui avoua-t-elle.

— Tu ne croyais tout de même pas que j'allais retourner tout seul à la base et reprendre ma vie d'avant ?

— Non, lieutenant Singer, je n'ai jamais cru cela, répondit-elle un sourire aux lèvres.

Il reposa ses outils et leva les yeux vers elle.

— Es-tu prête à déménager ?

— Psychologiquement, non. D'ailleurs, je ne suis pas obligée de te suivre tout de suite. Je peux tout à fait te rejoindre plus tard. Je suis habituée à tout gérer seule.

— Je sais ! Il a fallu que je me batte pour prendre part à ton existence.

Elle parut gênée.

— La bataille est finie, capitaine, me semble-t-il, marmonna-t-elle.

Il se rapprocha d'elle, et plaqua ses mains sur les hanches de sa femme.

— Je dois me rendre sur la base où j'ai été affecté et, en l'occurrence, c'est la Virginie. C'est un endroit très agréable et tu pourras faire la connaissance d'autres femmes de marines.

— Je ne doute pas un instant qu'elles soient charmantes…

— Mais tu n'es pas prête à t'engager de façon si radicale avec moi ?

— Là n'est pas la question, fit-elle. Un contrat est un contrat.

Apercevant une lueur meurtrie dans ses yeux, elle se reprocha vivement sa tiédeur : n'était-elle pas mariée à un homme qui, à chaque mission, risquait sa vie ? Aussi ajouta-t-elle d'un ton plus enthousiaste :

— Bien sûr que j'ai envie de te suivre ! Nous sommes mari et femme. Ce sera comme partir à l'aventure. Une autre ville, une communauté différente. Un nouveau départ !

— Nous n'allons pas nous y installer pour toujours, tempéra-t-il. Un jour, je serai muté ailleurs et tu perdras tes amies.

— Jack, je suis une grande fille. Crois-tu que je n'aie pas pensé à tout cela avant ? Non, la seule chose qui me tourmente, c'est tes missions top secret. Je sais que je vais me faire un sang d'encre pendant tes longues absences.

Elle poussa un soupir et posa ses mains sur le torse de Jack. Une vive émotion le saisit alors.

— Je suis très fort dans ma catégorie, lui dit-il.

— Je n'en doute pas.

Baissant la tête, elle se mordit la lèvre. Avec douceur, il lui souleva le menton, bouleversé qu'elle soit si inquiète à son sujet.

— Ne parlons pas de cela maintenant ! Soyons plutôt pragmatiques. Et si tu cherchais sur Internet une maison à louer près de la base ? Parce que je vous veux tout près de moi le plus vite possible. L'idée de vous laisser ici dans quelques semaines me rend malade.

Mélanie se mit à le fixer.

— Le penses-tu vraiment ?

— Bien sûr ! D'autant plus que j'ai l'impression de t'avoir apprivoisée un peu. Or, si nous sommes séparés pendant un certain temps, nous allons repartir de zéro.

Il redoutait en effet que l'édifice fragile qu'ils avaient construit ne s'effondre dès qu'il aurait le dos tourné. Il voulait consolider leur relation, prouver à Mélanie qu'elle possédait son cœur, et qu'il ne briserait jamais le sien.

— Non ! le rassura-t-elle. Ce qui est acquis l'est définitivement.

Comme il était curieux que ce soit elle à présent qui tente de le convaincre ! Il la jaugea un instant.

— Sûr ?

— Ce que je ressens pour toi, Jack, est plus fort que

ce à quoi je m'attendais et correspond tout à fait à ce que j'espérais.

Il lui sourit, mais elle conserva un visage sombre pour ajouter :

— J'ai une seule exigence à formuler : ne me mens jamais. Je ne le supporterai pas.

Un affreux sentiment de culpabilité l'assaillit alors : il ne lui avait pas encore avoué qu'il était un enfant naturel, motif qui l'avait initialement poussé à la demander en mariage. Mais en ce moment précis, les mots ne parvenaient pas à franchir ses lèvres… Pourtant, il était bien conscient qu'il devait le lui avouer, et au plus vite, sans quoi elle ne le lui pardonnerait jamais.

Mélanie se conforma à la lettre aux instructions que Jack lui avait laissées. C'était si adorable de sa part, pensa-t-elle attendrie. Elle prit le verre de vin qui l'attendait dans le réfrigérateur avant de se diriger vers la salle de bains, comme indiqué sur la missive, dans laquelle il l'informait aussi que Juliana était avec lui et qu'il rapporterait un dîner chinois.

Quand elle ouvrit la porte de la salle de bains, elle retint un petit cri… Et une larme. De la vapeur montait d'une baignoire remplie d'une eau mousseuse, et éclairée par des bougies disposées sur le rebord. Une odeur de rose et de lavande flottait dans la pièce. Les effets de la dure journée de travail dont elle s'était plainte à Jack, au téléphone, s'évaporèrent d'un coup face à la perspective qui l'attendait. Posant son verre de vin sur le bord de la baignoire, elle s'attacha les cheveux et se déshabilla. Puis elle entra dans son bain. Mm, l'eau était bien chaude, si relaxante… Elle s'enfonça dans la mousse jusqu'au menton et ferma les yeux.

Elle était au paradis.

Jack déposa les sacs de nourriture chinoise sur la table, une Juliana endormie dans les bras. Avec précaution, il changea l'enfant, se félicitant de lui avoir donné son bain et son dîner avant de sortir. Il avait décalé un peu ses horaires, mais c'était pour mieux profiter de sa maman.

Après avoir déposé un baiser sur son front, il la mit dans son berceau. L'enfant sourit dans ses rêves, et le cœur de son père se serra d'émotion. Il alluma l'écoute-bébé, vérifia qu'il fonctionnait, puis sortit de la chambre sur la pointe des pieds. Entendant le clapotis de l'eau alors qu'il passait devant la porte de la salle de bains, il ne put résister et ouvrit la porte…

Ses cheveux étaient remontés sur le haut de sa tête, et une dentelle de mousse recouvrait ses épaules. La lumière des bougies qui se reflétaient dans l'eau paraît son corps de scintillements. La pièce sentait la rose, et Mélanie avait les yeux clos.

— Tu as fait un courant d'air, murmura-t-elle alors.

— Sais-tu les pensées que ta vue m'inspire ?

A cette question, elle ouvrit grands les yeux, et il eut la sensation de recevoir une onde électrique. Un beau sourire illumina alors le visage de Mélanie.

— J'en ai une petite idée, fit-elle. C'était très attentionné de ta part, Jack.

S'emparant de son verre, elle avala une gorgée de vin.

— Et exactement ce dont j'avais besoin ! continua-t-elle.

— Comme tu n'avais cessé de te plaindre au téléphone de ton affreuse journée, j'ai pensé qu'un moment de détente te permettrait de mieux dormir.

— Dormir, vraiment ?

Il lui jeta un regard innocent.

— Bien sûr !

— Menteur ! Déshabille-toi et rejoins-moi dans mon bain.

Posant l'écoute-bébé sur la tablette du lavabo, il obtempéra sans se faire prier. Elle ne le quitta pas des yeux tandis qu'il se déshabillait, admirant le jeu de ses muscles. C'était l'homme le plus sexy de la planète, pensa-t-elle, rêveuse, et c'était le sien.

Quand il entra dans la baignoire, l'eau monta jusqu'au rebord. Elle se félicita alors pour le choix de cette immense baignoire, au moment de l'achat de la maison, même si elle ne l'avait encore jamais partagée avec personne. D'ailleurs, elle n'avait jamais partagé sa vie de manière si intime avec aucun homme, songea-t-elle encore.

Elle lui offrit une gorgée de vin, mais il secoua la tête, se contentant de la regarder. Elle fit glisser son pied sur la jambe de Jack et, sous l'effet conjugué de l'eau et des bougies, il eut la sensation que de la soie l'effleurait. Il lui attrapa le pied.

— Est-ce une invitation à jouer ? demanda-t-il d'un ton narquois.

Un sourire mutin éclaira le visage de Mélanie.

— Parler n'est pas jouer, répondit-elle.

Il se pencha alors vers elle, ses épaules vigoureuses ruisselant d'eau mousseuse. Puis il remonta sa main sur ses cuisses, son ventre, ses seins…

Elle était devenue dépendante de ses caresses, constata-t-elle alors.

Dès qu'elle était sortie du travail, tout à l'heure, le désir l'avait saisie à l'idée de bientôt le retrouver. A l'idée qu'il allait l'étreindre, l'embrasser, lui faire oublier tous ses soucis. Et quand elle était arrivée à la maison, la petite surprise qu'il lui avait préparée l'avait comblée autant qu'émue. Une femme pouvait-elle être plus heureuse qu'elle ? Puis, quand il avait ouvert la porte de la salle de bains et l'avait dévorée des yeux, elle s'était sentie soudain désarmée. Mais avait-elle un jour été capable de lui opposer la moindre résistance… ?

Lorsque, avec sa langue, Jack se mit à titiller ses seins, Mélanie revint au moment présent, le corps en feu…

— Sais-tu que je peux retenir deux minutes ma respiration sous l'eau ? lança-t-il tout à coup.

— Vraiment ? fit-elle d'un air distrait.

A dire vrai, seules les caresses qu'il lui prodiguait actuellement l'intéressaient, et non ses exploits de marine. Une seconde plus tard, Jack se glissait sous l'eau pour venir la déguster.

Mélanie poussa un petit cri et fut bientôt inondée par des vagues de plaisir. Il agrippa ses hanches et poursuivit ses exquises tortures… Son cœur battait à tout rompre, ses jambes étaient semblables à du coton, sa respiration haletante et ses mains crispées sur le rebord de la baignoire tandis qu'il jouait de son corps comme d'un instrument de musique.

— Viens ! lui ordonna-t-elle soudain.

— Viens, toi, répliqua-t-il.

Alors elle se hissa sur lui, le sentit enfin en elle.

L'eau clapotait aux rythmes de leurs ondulations, passant par-dessus bord, éteignant les bougies… Yeux rivés à ceux de Jack, Mélanie sentit la volupté l'envelopper et se laissa dériver à l'infini… Saisi par une fièvre violente, il se mit à aller et venir en elle pour la rattraper et atteindre de concert avec elle les rivages de l'amour fou…

Elle était à présent allongée sur lui et il lui caressait le dos, tout en repoussant la mousse qui adhérait à sa peau.

— Je suis un homme heureux, déclara-t-il.

— Bienvenue au club !

Un silence s'ensuivit, puis il demanda :

— Mélanie, puis-je te poser une question idiote ?

— Essaie toujours.

— Es-tu heureuse uniquement à cause de nos ébats ?

Elle braqua vers lui son regard vert vif.

— Tu plaisantes, j'espère ! Oh, non, Jack, le sexe, c'est un bonus, mais s'il n'y avait que cela entre nous, crois-tu que je souffrirais à l'idée que tu vas bientôt partir pour une mission à la durée indéterminée ?

Ses yeux se brouillèrent de larmes et elle ajouta :

— Je suis ta femme, Jack, pour le meilleur et pour le pire. Et je serai toujours à tes côtés. Comment peux-tu en douter ?

— Tout a commencé par le sexe, entre nous, te souviens-tu ? Et tu disais alors que cela ne suffisait pas à lier nos vies pour toujours.

— C'était avant de te connaître… Tu es l'homme le plus doux que je connaisse, contrairement à ce que ta profession pourrait laisser imaginer.

— C'est toi qui me rends ainsi, ma chérie.

— Ou Juliana.

— Vous deux !

Elle le considéra, puis déclara tout à coup :

— A propos, sais-tu qui est le chevalier Galaad ?

Il éclata de rire.

Son humour le ravissait, et avec elle, il se sentait bien plus qu'un chevalier : un roi. Un roi aimé, désiré, et éperdument amoureux de sa dulcinée.

Une seule ombre au tableau : son mensonge par omission.

Sarah Beauchamp était une grande blonde élancée originaire de Californie, et mariée à un pilote de chasse rattaché à la base des marines de Virginie. Elle exerçait par ailleurs la profession d'infirmière et était présidente d'une association dévolue à la protection des citoyens. Toutes ces informations ayant été données à Mélanie entre deux gazouillements et sourires à Juliana. Ce qui n'empêchait pas moins cette première d'admirer Sarah pour son dynamisme.

A côté de celle-ci, se tenait Sue Bradshaw, vêtue d'un élégant pantalon et d'un chemisier tout aussi raffiné. Une autre femme de marine qui s'occupait, elle, de l'association Liens, dont l'objectif était, ainsi que l'indiquait son nom, de tisser des liens intracommunautaires. Tandis que son fils, Shawn, s'amusait sur la balançoire, son mari, Garry, se tenait près du barbecue en compagnie de Jack et de Daniel, le mari de Sarah.

Il y avait aussi Maria, une belle brune d'origine hispanique et qui semblait avoir réponse à tout. C'était une ancienne marine, ce que Mélanie n'aurait jamais, à première vue, soupçonné.

Toutes ces femmes s'efforçaient de lui expliquer la façon dont fonctionnait la base, mais les acronymes qu'elles employaient commençaient à s'enchevêtrer et se confondre dans le cerveau de la novice.

— Résumons : CB ne signifie pas carte bancaire, mais changement de base, et CP, pas compte postal, mais changement de poste, fit Mélanie avec humour. La PM, c'est la police militaire. Le CBED, le centre de bien-être et de détentes, qui inclut aussi des activités pour les enfants et des activités culturelles… En revanche, j'ai oublié ce qu'était un BCD.

— C'est le bureau des circulations et des déménagements. C'est ici qu'il faut s'adresser en cas de mutation.

— Et tout est pris en charge par la base ?

— Il faut tout de même que tu fasses tes cartons ! répondit Sue.

— Et parfois, tu les fais seule parce que ton mari est à l'étranger, dit Maria. C'est d'ailleurs le cas du mien, en ce moment.

— Cela ne me fait pas peur, observa Mélanie.

— Parfait, parce que étant donné l'ODS de Jack — l'ordre de service, précisa Sarah, cela risque de se produire assez souvent.

Sur ces mots, elle fit sauter Juliana sur ses genoux.

En un après-midi, Mélanie engrangea plus d'informations qu'elle n'aurait pensé pouvoir en assimiler en un an. On lui remit aussi des brochures et des manuels sur la vie d'une épouse de marine, le protocole à respecter et les services qu'offrait la base.

De la lecture pour une bonne semaine, pensa-t-elle, submergée.

— Singer ! As-tu besoin qu'un marine te montre comment faire cuire un steak ? s'écria soudain Maria.

— Je crois que je vais m'en sortir seul, comme un grand garçon, répondit Jack.

Et tout le monde éclata de rire.

Sue reprit alors :

— Si tu as la moindre interrogation, n'hésite surtout pas à me téléphoner. De toute façon, nous nous réunissons régulièrement pour prendre le thé ou le café, et discuter, bien sûr.

— J'ai une question, fit soudain Mélanie : comment faites-vous pour ne pas avoir peur ?

— On ne la vainc pas, on vit avec, répondit Sue. Et on en parle pour la tenir en lisière. On se serre les coudes, entre femmes, lorsque nos hommes sont en mission. Et pas question de s'effondrer…

— … Ce n'est pas dans l'éthique militaire, complétèrent les deux autres en chœur.

Mélanie se mit à rire.

— Très bien, si je peux compter sur vous, alors tout va bien.

Ses trois nouvelles amies lui sourirent, puis Sarah enchaîna :

— Daniel et Jack se sont connus à l'école militaire. Et je sais que Gary et Jack ont accompli de nombreuses missions ensemble. Et vous, avec Jack, comment vous êtes-vous rencontrés ?

Mélanie lança un coup d'œil à son mari.

— Lisa, sa sœur, est ma meilleure amie. Elle m'a toujours vanté les qualités de son frère que j'ai fini par rencontrer deux semaines avant le mariage de Lisa.

— Cela a dû être difficile pour toi d'accoucher seule alors que Jack était en mission.

— J'ai survécu, dit-elle, un petit sourire mystérieux aux lèvres.

Evidemment, le trio ignorait la façon dont les événements s'étaient réellement déroulés, entre Mélanie et Jack.

— Bonne réponse ! Tu as l'étoffe d'une femme de marine ! observa Sue. Mon mari était absent pour chacune de mes grossesses. Pour mon deuxième enfant, il est parti alors que je venais juste d'apprendre que j'étais enceinte et est revenu trois jours après l'accouchement. Je n'étais pas vraiment en forme, si tu vois ce que je veux dire.

Mélanie sourit. Elle nourrissait déjà beaucoup d'admiration et de sympathie pour ces femmes. Elle désirait de toutes ses forces être elle aussi une digne épouse au sein de ce commando d'élite, composé d'hommes robustes, pleins de ressources, et généreux.

Ses yeux se posèrent sur Jack. Elle pensa aux autres enfants qu'ils auraient peut-être, à la route qu'ils allaient parcourir ensemble. Depuis Juliana, elle prenait la pilule. Mais l'idée d'un deuxième enfant ne l'effrayait pas.

— Toi, tu es amoureuse, lui souffla Sarah dans le creux de l'oreille.

Mélanie sourit, sans détourner son regard de Jack.

Il lui souriait lui aussi, et son regard lascif lui disait combien elle était désirable. Elle avait envie d'être à lui. Maintenant.

— Collectionne les bons moments tant que ton mari est à la base : c'est faire provision de souvenirs pour les moments où il est absent, lui souffla Sue.

Sans mot dire, Mélanie se leva et fonça droit vers Jack. Nouant alors ses bras autour de son cou, elle plaqua sa bouche sur la sienne… sous les applaudissements du groupe.

— Pourquoi ce baiser ? demanda Jack en riant.

— Pour te remercier d'avoir invité tes amis, dit-elle.

— J'ai pensé que des femmes seraient plus aptes que moi à t'initier à la vie d'une épouse de marine.

— Très bonne idée, capitaine.

Elle voulut s'écarter, mais cette fois, ce fut lui qui la retint. Sous les acclamations bienveillantes des autres couples. Mélanie comprit qu'elle faisait désormais partie d'une grande famille qui l'aiderait à gérer ses peurs, concernant les missions de son mari.

11

C'était officiel. Elle possédait une carte de membre à son nom, avec une photo d'identité… absolument affreuse. Des autocollants en guise de laissez-passer sur le pare-brise de sa voiture lui ouvriraient toutes les barrières à l'intérieur de la base et elle maîtrisait désormais les impossibles acronymes et autres abréviations en vigueur dans la communauté militaire. Etait-elle destinée à une telle existence ? se demandait-elle parfois. Oui, tout au fond de son cœur, elle le croyait, car elle avait absorbé ce nouvel univers comme une éponge.

Outre ses nouvelles amies, Jack l'avait lui aussi initiée à la vie militaire. Il lui avait expliqué que le statut bien particulier de ce territoire, mini-Etat dans l'Etat, avec des zones interdites, comportait des règles parfois très strictes mais aussi de gros avantages. Il avait répondu à toutes ses questions avec la plus grande patience et elle sentait une excitation croissante la gagner à l'idée de cette nouvelle vie. Elle avait hâte qu'ils déménagent enfin en Virginie.

— Il faut que tu arrêtes de sourire à tout propos, lui dit Lisa. Les gens vont finir par te trouver étrange.

Mélanie leva les yeux vers son amie. Juliana faisait la sieste, Jack du bricolage, tandis qu'en compagnie de Lisa, elle sirotait un cappuccino.

— Surtout quand tu cesses brusquement de parler pour te mettre à rêver avec un air béat, insista son amie.

— Moi, un air béat ?

— C'est incroyable, on dirait Jack ! s'exclama Lisa.

Et elle éclata de rire. Mélanie sourcilla.

— Il parle sans arrêt de vous deux, de votre futur et, tout à coup, au détour d'une phrase, il se tait, et un sourire songeur éclaire son visage.

— Où veux-tu en venir au juste ?

Lisa ouvrit de grands yeux.

— Tu es amoureuse de mon frère, c'est tout ! En dépit de toutes tes réticences, tu as succombé à son charme. Avoue.

— J'avoue.

— Le lui as-tu dit ?

— Non.

— Pourquoi ?

— Parce qu'il m'est déjà arrivé de me croire amoureuse et que cela ne m'a pas porté chance.

— Jack t'aime, Mélanie.

Cette dernière leva les yeux au plafond.

— Ton jugement n'est pas vraiment impartial, soupira-t-elle.

— Jack est mon frère, je le connais, et je sais qu'il t'aime.

— Te l'a-t-il dit ?

— Non, mais cela saute aux yeux ! C'est une évidence pour moi. Tout comme je sais quand il se sent coupable.

— Intéressant ! Raconte-moi tout.

— N'essaie pas de changer de sujet. Tu as peur, n'est-ce pas ?

— Bien sûr que j'ai peur ! Je viens de me marier, et de prononcer des vœux pour une vie entière…

— Et comptes-tu ne jamais évoquer le thème de l'amour avec Jack pendant ta « vie entière » ?

Mélanie baissa les yeux vers sa tasse de café.

— Lisa, commença-t-elle, ton frère ne m'a pas épousée par amour, mais par sens du devoir. J'ignore ce qu'il éprouve au juste pour moi.

— Oh, Mélanie ! Pourquoi ne veux-tu pas me croire ? Il t'aime, avec ou sans Juliana.

— C'est pourtant à cause d'elle que nous nous sommes mariés.

— Il aurait pu t'épouser et suivre son chemin sans toi, mais avec une bonne conscience.

— Je sais, marmonna Mélanie.

— Ne lui fais-tu donc pas confiance ?

— Si ! C'est un homme fiable, sur qui l'on peut compter. En ce qui concerne ses sentiments, c'est un autre sujet. Le mariage était pour lui une *condition sine qua non* à notre relation. C'est cette obstination qui me déconcerte.

— Venant de Jack, ce n'est pas étonnant, lâcha alors Lisa avec une certaine tristesse.

Sa mélancolie surprit Mélanie qui lança un regard interrogateur à son amie.

— Jack est un homme d'honneur et il était primordial pour lui que son enfant porte son nom, poursuivit cette dernière.

— A un point tout de même exagéré !

Lisa hésita, l'espace d'une seconde.

— C'est à cause de son père.

— Son père ? fit Mélanie en sourcillant. Mais il l'adorait. Il ne cesse de parler de David.

— David était mon père, pas celui de Jack.

— Je ne comprends pas…

— J'étais un enfant naturel.

Mélanie tourna vivement la tête : Jack venait d'entrer dans la cuisine par la porte qui communiquait avec le garage. Comme dans un film au ralenti, il posa par terre sa nouvelle boîte à outils — qui n'avait plus du tout l'air flambant neuve. Quant à Lisa, elle se leva pour refaire du café.

Jack lui fit un petit signe afin de lui indiquer qu'elle n'avait rien à se reprocher. Mais il était évident que Lisa ne se pardonnait pas son impair.

— Lisa et moi avons la même mère, poursuivit-il, et un père différent. Mon géniteur a abandonné notre mère quand elle était enceinte de moi. Elle m'a élevé seule jusqu'à ce qu'elle rencontre David.

Murmurant à Jack que le café était prêt et adressant un salut amical de la main à Mélanie, Lisa s'empara de son sac à main et s'éclipsa.

Mélanie adressa un vague sourire à son amie, les yeux fixés sur Jack.

— Pour l'avoir vécu, je connais le poids des regards dédaigneux qui se posent sur un enfant quand il n'a pas de père.

— Pourquoi ne m'en as-tu rien dit ?

— Au départ, tu étais contre l'idée de m'épouser. J'en ai déduit que mon statut d'enfant naturel ne servirait pas ma cause à tes yeux.

— Je me moque éperdument de ton arbre généalogique, Jack.

Un sourire éclaira le visage de ce dernier : c'était du Mélanie tout craché. Il poursuivit son récit.

— Quand ma mère est tombée amoureuse de David, j'ai été l'enfant le plus heureux du monde. D'emblée, il m'a traité comme son propre fils, m'a adopté et donné son nom. Il a été le père le plus formidable de la terre.

Et comme il lui manquait aujourd'hui, pensa-t-il, le cœur serré, avant d'ajouter avec humour :

— Ensuite, ils m'ont offert une petite sœur pour que j'aie quelqu'un à faire enrager.

Même s'il s'exprimait sur un ton décontracté, Mélanie savait que ses propos étaient loin d'être anodins pour lui. Soudain, il capta son regard, et ses yeux se firent plus durs.

— Pendant plusieurs années, j'ai vécu avec l'horrible sensation d'être un bâtard. Mais c'était le regard des adultes qui était le plus humiliant.

L'attrapant par les épaules, il enchaîna :

— Je ne voulais pas donner à croire que le père de Juliana n'avait pas eu le cran d'épouser sa mère. Ou bien qu'il ne se souciait pas d'elle.

Mélanie baissa la tête, ne sachant trop que penser.

— Je vois, marmonna-t-elle.

Lui soulevant le menton, il découvrit des larmes dans ses yeux et l'effroi se saisit de son être.

— Ma chérie, j'avais l'intention de te le dire…

— Mais tu ne l'as pas fait, alors que moi, j'ai toujours été honnête avec toi !

— Est-ce bien vrai ?

— Bien sûr ! J'ai fait preuve d'une transparence absolue.

— Sauf en ce qui concerne ton cœur.

A ces mots, elle se dégagea de son étreinte.

— M'as-tu révélé ce qui agite le tien ? se récria-t-elle. Depuis le départ, tu me répètes que tu veux te marier pour Juliana. Ce qui m'a presque rendue jalouse de ma propre fille car elle occupe la première place dans ton cœur.

— Mélanie…, dit-il en tendant le bras.

A cet instant, le téléphone sonna. Jack décrocha le combiné d'un air furieux, prêt à rugir. Mais il se ressaisit et lança un « allô » tout à fait correct. Au fur et à mesure de ce que lui annonçait son interlocuteur, son visage se fit plus sérieux, plus sombre. Il émit un vague grognement en guise de salut et raccrocha.

— C'était Reese, déclara-t-il. Je dois me présenter dans deux jours à la base.

— Deux jours ? Mais c'est bien plus tôt que prévu.

— Exact ! Ce qui veut dire que je dois partir dès demain pour la Virginie.

La panique s'empara de Mélanie. Elle était furieuse contre elle-même, contre lui, contre tout. Et surtout, elle ne voulait pas qu'il parte.

Devant le mutisme blessant de sa femme, Jack ajouta :

— Je vais faire mes valises.

— Laisse-moi t'aider.

— Ce n'est pas la peine, j'ai l'habitude.

Elle sentit qu'une porte allait se refermer entre eux. Et elle n'avait aucune envie qu'un tel drame se produise.

— Jack !

Elle le rejoignit dans la chambre où il avait déjà posé son sac de voyage sur le lit.

— Arrête !

Il s'immobilisa, des vêtements à la main, et lui adressa

un regard détaché. Qui cachait néanmoins une grande fureur, elle le connaissait.

— Tu ne peux pas partir comme ça.

— Je le dois. Le devoir m'appelle.

— Tu sais très bien de quoi je parle ! Mon Dieu, pourquoi est-ce que je me sens soudain si coupable ?

— Ce n'est tout de même pas à moi de te fournir l'explication !

— C'est toi qui as menti ! lui rappela-t-elle.

— Non, j'ai juste omis de préciser que j'étais un enfant naturel car aujourd'hui encore, j'en ai honte.

— Tu n'y es pour rien ! Ce n'est pas ta faute.

— Exact ! Cependant, je n'avais pas l'intention de réitérer l'erreur de mon père avec ma propre fille.

— Bien sûr ! railla-t-elle. Et en épousant la mère, tu t'achetais une bonne conscience.

Elle regrettait immédiatement ses propos. Surtout devant l'expression meurtrie de Jack.

— Tu sais bien que ce n'est pas vrai, dit-il du bout des lèvres.

— Oh, Jack, je suis désolée, je…

A cet instant, Juliana se mit à pleurer. D'un même mouvement, ils s'élancèrent vers la porte, mais Jack déclara qu'il s'en occupait. Elle n'insista pas, en prise avec un cuisant remords. Quelques minutes plus tard, le téléphone sonna de nouveau. Elle alla répondre, puis, appareil en main, se précipita dans la chambre de Juliana. L'enfant était assise sur les genoux de son père, qui affichait une expression solennelle.

— C'est encore Reese, dit-elle en lui tendant l'appareil.

Il s'en empara…

— Entendu, dit-il d'un ton bref à son collègue après l'avoir écouté.

Regardant sa montre, il ajouta :

— Oui, j'y serai.

Il raccrocha et redonna le combiné à Mélanie. D'instinct, elle le plaqua contre sa poitrine.

— Un avion de la base décolle d'une zone militaire

située à une dizaine de kilomètres d'ici et il y a une place pour moi à l'intérieur.

— Ce qui veut dire ?

— Que je pars ce soir. A minuit.

Mélanie hocha la tête. Le départ n'était donc pas demain, mais dans quelques heures…

Eh bien quoi ? Ne devait-elle pas s'y attendre ? Ne l'avait-il pas prévenue ? Elle fixa le combiné, s'efforçant de ne pas lui faire une scène. Elle se rappela alors les conseils de Maria : une femme de marine se devait d'être forte, afin que son mari ne se fasse pas de souci pour elle en son absence. Elle déglutit avec difficulté et l'entendit soudain murmurer son prénom. Elle releva la tête.

Quand le regard de Mélanie heurta le sien, Jack sentit son cœur se pincer.

— Viens là, dit-il.

Sans se faire prier, elle se réfugia dans ses bras, enfonçant la tête dans le creux de son épaule. Juliana se blottit aussitôt contre son père tout en attrapant une mèche de cheveux de sa mère.

Jack déposa un petit baiser sur la tempe de Mélanie.

Il n'avait aucune envie de partir. Et surtout pas maintenant.

Ce soir-là, ce fut Mélanie qui se mit aux fourneaux… Et cuisina pour dix. Il n'eut pas le cœur de lui avouer qu'il n'avait pas grand appétit. Il ne supportait pas de la savoir malheureuse. D'ailleurs, lui aussi l'était. Quand il avait mis Juliana au lit, il avait ressenti une grande peine à l'idée de la quitter pour une durée indéterminée même s'il savait que cette dernière ne serait guère perturbée par son absence, les jeunes enfants étant si souples.

Après le repas, quand il enfila son uniforme, il eut la sinistre sensation d'être un condamné allant à la potence. Il regarda sa montre. Une explication avec Mélanie s'imposait. Son salut passait par elle.

Elle se trouvait dans la chambre, baignée par le seul

clair de lune qui moirait son corps. Elle était magnifique, telle une déesse blessée… Dès qu'elle l'entendit franchir le seuil de la chambre, elle se précipita dans ses bras et, sans transition, l'embrassa avec passion.

D'un coup, le poids qui alourdissait le cœur de Jack disparut et il la serra à son tour sans retenue contre son torse.

Bientôt, leurs vêtements volèrent sur le sol et leurs corps brûlants s'étreignirent avec fièvre et désespoir. Chaque caresse était chargée d'une puissance extraordinaire, telles des langues de feu les embrasant.

Au fond de son cœur, Mélanie se révoltait contre son départ, car le risque n'était pas exclu que Jack ne revienne jamais…

Jack se doutait de ce qu'elle ruminait. Et cela le bouleversait. Ils avaient quelques heures devant eux, pas davantage. Les dernières ? Nom d'un chien ! Même lui, d'ordinaire si optimiste, s'était laissé contaminer par l'angoisse de Mélanie.

Elle se donna totalement à lui, laissa son empreinte dans sa chair, se montra possessive. Il la dégusta comme un homme sur le point d'aller en prison. Et c'était le triste sentiment qu'il éprouvait : se séparer de Mélanie était une véritable déchirure. Doigts emmêlés aux siens, regard rivé à ses prunelles, il s'enfouit ensuite en elle… Sur son visage, il lut alors de façon univoque l'amour qu'elle nourrissait pour lui. Pourquoi était-elle donc incapable de le formuler ? se demanda-t-il, presque irrité. Il l'aimait lui aussi si fort, sans possibilité de retour.

Ils firent l'amour avec lenteur, avec langueur, même si le temps jouait contre eux. Il souhaitait qu'elle garde un souvenir mémorable de leurs étreintes, et encore une fois, le plaisir partagé, violent, fou fut au rendez-vous. La fusion absolue des corps et des âmes… Après leurs ébats, une sorte de brume les enveloppa, tel un cocon douillet ; ils demeurèrent enlacés, sans mot dire.

Quand Jack releva enfin la tête, ce fut pour déposer un baiser sur son front.

— Tu vas me manquer, ma chérie, murmura-t-il.

— Oh, Jack, je voudrais tant que tu restes ! Hélas, je sais que c'est impossible et que je dois l'accepter.

— Je ne pensais pas que ce serait si difficile…

« Parce que je t'aime », ajouta-t-il en silence.

Redressant les épaules, Mélanie déclara alors :

— Tu seras bientôt de retour et, de mon côté, je vais être fort occupée. Il est impératif que je trouve une maison pour nous, en Virginie, et que j'organise le déménagement.

Jack l'embrassa et regarda sa montre.

— Je vais me doucher, annonça-t-il.

Elle hocha la tête et retint ses larmes au prix d'immenses efforts.

Lisa vint veiller sur le sommeil de Juliana, tandis que Mélanie conduisit Jack à l'aérodrome. Lors de leur arrivée dans la zone militaire, elle lança un bref coup d'œil à son mari qui exécutait un salut militaire à l'adresse de la sentinelle. Jack portait un uniforme kaki, recouvert de rubans et de médailles… en bien trop grand nombre pour son âge, estima-t-elle soudain. Quels dangers avait-il encourus pour les mériter ? Combien de nouvelles en gagnerait-il dont elle ignorerait l'origine ?

Elle retint un frisson.

Jack se gara près de la piste de décollage et sortit de la voiture. Bagages en main, il se dirigea en compagnie de Mélanie vers le hangar à avions. C'était un endroit immense, et le niveau sonore y était très élevé. Jack salua de la main d'autres marines sans prononcer un mot.

Un gros avion gris se trouvait à quelques mètres, des militaires le chargeaient. Un jeune marine s'approcha alors de Jack et lui fit un salut en règle.

— Madame, dit-il ensuite à l'adresse de Mélanie en portant la main à hauteur de sa casquette.

Mélanie hocha la tête et s'efforça de lui sourire.

— Ravi de vous avoir à bord, lieutenant, poursuivit-il

à l'adresse de Jack. Je vais charger vos sacs, de la sorte, vous pourrez passer un peu plus de temps avec madame.

Jack lui tendit alors ses bagages et le jeune militaire se dirigea vers l'avion.

— Je ne vais pas m'attarder, lui dit-il. Je ne tiens pas à subir les plaisanteries déplacées des autres parce que je les fais attendre pour tes beaux yeux.

Mélanie se mordit la lèvre, refusant de le troubler avec des larmes.

— Embrassons-nous, ajouta-t-il. Ce sera la seule fois où je pourrai t'embrasser en public.

— Je sais, pas d'effusions publiques sur une base, dit-elle avec un triste sourire.

Il soutint son regard, et elle vit ses yeux bleus virer au noir. Puis il pressa sa bouche contre la sienne.

— Je t'aime, Mélanie, lui murmura-t-il en s'écartant d'elle.

Sur cette déclaration impromptue, il tourna les talons pour s'éloigner d'un pas vif.

— Singer ! cria-t-elle. On ne fuit pas après avoir lâché une telle bombe.

Il s'immobilisa sans se retourner.

— Est-ce bien vrai ? demanda-t-elle.

A cette question, il pivota sur lui-même, s'élança vers elle et l'embrassa avec une passion insensée.

— Oui, c'est bien vrai, je t'aime, lui redit-il.

Enserrant son visage entre ses mains, il la fixa avec gravité et intensité.

— Tu n'as pas quitté mon esprit depuis notre rencontre, Mélanie. Bien sûr, j'aime notre fille, mais c'est toi que j'ai aimée la première. Toi. Tu es la femme qui m'a séduit au mariage de ma sœur. La femme dont je suis tombé amoureux.

Dans ses prunelles bleu vif, Mélanie ne voyait que des eaux calmes. D'un coup, sa défiance et ses peurs s'évanouirent, comme si le ruban qui les retenait prisonnières en son cœur venait de se dénouer. Les mots jaillirent de ses lèvres sans hésitation.

— Jack, je t'aime.

Un lent sourire barra le visage de ce dernier.

— Ce n'est pas trop tôt !

— Pardon ? fit-elle d'un ton dédaigneux.

Il éclata de rire.

— Je savais que tu m'aimais et que tu redoutais de me l'avouer.

Au lieu de renchérir, Mélanie jeta l'éponge.

— Tu as raison, j'étais terrifiée, confessa-t-elle en toute simplicité. J'ai connu un tel bonheur, ces dernières semaines, que je pensais que c'était trop beau pour être vrai, que la réalité allait reprendre ses droits. Mais plus rien désormais ne pourra altérer l'amour que je ressens pour toi, Jack Singer. Peu importe ce qui a motivé notre mariage, l'important est ce que nous allons en faire.

Derrière eux, les moteurs de l'avion vrombirent.

— Oh, Jack, c'est l'heure… !

— Je t'aime, Mélanie. J'étais perdu dès l'instant où tu m'as surnommé Galaad.

— Mon héros…

Dans leur dos, les autres marines les observaient du haut de l'avion, telle une armée de Comanches prête à fondre — et ne se privant pas de pousser des sifflements. Les moteurs de l'avion redoublèrent d'intensité.

— Il faut que j'y aille.

— Pars. Je monte la garde et j'attends ton retour.

Il lui vola un dernier baiser.

— Cette fois, et pour toujours, ajouta-t-elle.

Le cœur débordant de reconnaissance — et sans prêter attention aux ordres de ses collègues — il l'embrassa encore à pleine bouche avant de regagner l'avion d'un pas tranquille, rayonnant de bonheur.

Une fois à l'intérieur, il s'agrippa à une sangle et regarda sa silhouette, en contrebas.

Le sourire de Jack réchauffa tout son corps et elle lui cria de nouveau qu'elle l'aimait ; bien sûr, il ne l'entendait pas, mais il voyait forcément les mouvements de ses lèvres. Et puis la porte de l'avion se referma, le dérobant à sa vue.

Jamais le lieutenant Jack Singer n'oublierait ce départ.

Ni la déclaration de Mélanie qui l'avait fait chavirer, lui, le marine aux missions impossibles, l'inébranlable.

Épilogue

Trois ans plus tard

Quand Jack entra dans la cuisine, Mélanie avait l'air fort mécontent et Juliana faisait la moue tout en reniflant.

— Hé, que se passe-t-il ici ? demanda-t-il après avoir déposé son sac sur une chaise.

Mélanie tournoya sur elle-même et se précipita vers lui pour l'embrasser.

— Bonjour, papa, bredouilla Juliana d'un air maussade.

— Salut, princesse.

— Juliana et moi avons eu un différend, annonça aussitôt Mélanie. J'estime qu'elle est trop jeune pour jouer avec des ciseaux tandis qu'elle soutient avoir le droit de se couper les cheveux.

Jack se rendit alors compte que sa fille avait les cheveux bien plus courts qu'avant son départ.

— Oh non ! Mais qu'est-ce que tu as fait ? fit-il d'un ton à la fois désapprobateur et attristé.

Puis il s'agenouilla devant la fillette et toucha ce qui restait de ses boucles.

— Pardon, dit l'enfant, prête à fondre en larmes.

Sur le point de craquer, Jack jeta un coup d'œil à sa femme. A son regard, il comprit qu'il n'avait pas le droit de consoler Juliana. Même si elle dardait sur lui de grands yeux bleus attendrissants.

— Je veux que tu comprennes ce que ta désobéissance t'a coûté, déclara Mélanie. Va réfléchir dans ta chambre.

Tête baissée, Juliana obtempéra. Mélanie ne punissait pas sa fille de gaieté de cœur, mais en l'occurrence la fermeté s'imposait.

Dès qu'ils furent seuls, elle ne put retenir un sourire.

— Si tu avais vu le massacre avant que Dara ne rectifie la coupe ! Heureusement que le salon de coiffure est à deux pas d'ici. Car j'étais prête à lui faire une coupe de marine, tellement j'étais furieuse.

En riant, Jack la prit dans ses bras.

— Que puis-je faire pour que tu te détendes ?

Soupirant d'aise au contact de son torse robuste, Mélanie se pelotonna contre lui.

— J'ai besoin de chocolat et d'un bon bain.

— Pas de problème. Tu auras même un bonus.

Et sur ces mots, il l'embrassa.

Un baiser fiévreux qu'il aurait aimé approfondir… Il venait juste de rentrer d'une mission de deux semaines et Mélanie et lui devaient rattraper le temps perdu. Toutefois, combien de temps Juliana allait-elle rester dans sa chambre ?

A regret, il la relâcha et elle se dirigea vers la gazinière où mijotait une soupe maison. Jack laissa son regard courir sur le corps de sa femme… et bénit le jour où il l'avait rencontrée.

— Pourras-tu être à la base demain à 9 heures ? demanda-t-il.

— Pas de problème. Pourquoi ?

— Je veux que ce soit toi qui accroches la médaille à mon uniforme.

Elle pivota sur ses talons.

— Jack ! Tu as eu une promotion !

Se jetant dans ses bras, elle ajouta :

— Comme je suis fière de toi !

Dans un geste habile, elle enlaça alors ses jambes autour de la taille de son mari.

— Mélanie ! Est-ce ainsi que se comporte l'épouse d'un lieutenant-colonel ?

— Tu sais bien que je ne suis pas politiquement correcte. Et c'est bien pour cette raison que tu m'aimes, n'est-ce pas ?

Ah, c'est merveilleux ! Et cela tombe à point. L'argent de ta promotion va nous être fort utile.

— C'est-à-dire ? fit-il en sourcillant.

— Il faut que nous épargnions deux fois plus, en ce qui concerne les études.

Il lui adressa un regard dubitatif.

Elle inclina la tête de côté.

— Pour un militaire de ton grade, tu n'as pas le cerveau très rapide.

Jack écarquilla de grands yeux.

— Nous… nous attendons un bébé ? bredouilla-t-il.

— J'attends un enfant ! rectifia-t-elle. Mais si tu veux vraiment le porter, nous pouvons toujours faire une demande auprès des autorités concernées.

— C'est incroyable ! murmura-t-il.

Puis il se laissa tomber sur une chaise et l'attira sur ses genoux.

— Heureux ?

— Oh oui ! dit-il.

Puis il la couvrit de petits baisers tout fous. Enfin il allait la voir enceinte et assister à l'accouchement.

— Nous aurons peut-être un garçon, cette fois, dit-elle.

— Garçon ou fille, cela m'est bien égal !

C'était tout Jack !

— Je t'aime, lui dit-elle.

— Moi aussi je t'aime.

Il la conduisit alors sur le sofa du salon afin qu'ils soient assis plus confortablement.

— Comment te sens-tu ?

— Tu verras demain matin, au réveil, ironisa-t-elle. A propos, cette promotion implique un déménagement, n'est-ce pas ?

— Exact.

— Où ?

— En Californie.

— Quand ?

— Dans quelques semaines. Au plus trois mois.

Mélanie poussa un soupir et balaya le salon du regard.

Elle l'avait décoré avec tant d'amour… Oh, et puis tant pis ! se dit-elle. Elle recommencerait.

Jack fit glisser sa main sur son ventre, puis sous son jean. Sa paume était chaude, sa caresse excitante. Mélanie observait son expression mêlée de crainte et de respect. Comme elle était heureuse qu'il soit à ses côtés, cette fois !

— Je veux tout savoir, lui dit-il.

— Sur quoi ? Mes chevilles gonflées, mes nausées ? Tu sais, ce n'est pas très glamour.

— Pour moi, si. Tout ce qui te concerne l'est.

— Papa ?

La petite Juliana se tenait sur le seuil du salon. Mélanie fronça les sourcils.

— Que veux-tu, ma chérie ? demanda-t-il en s'efforçant de paraître encore contrarié par sa sottise.

— Je peux entrer ?

Jack regarda Mélanie, qui hocha la tête.

— Oui, ma puce, répondit-il.

Elle entra dans le salon d'un pas mal assuré, les yeux rouges.

— Viens, mon cœur, lui dit alors sa mère.

La fillette n'attendait que ce sésame pour sauter sur le sofa et venir se blottir entre son père et sa mère.

Mélanie ne lui avait pas encore appris la nouvelle. Elle voulait conserver encore un peu le secret pour elle et Jack.

Et, tandis que ce dernier s'efforçait d'expliquer à sa fille que les parents ne punissaient pas leurs enfants par plaisir, Mélanie, enfoncée dans les coussins, observait Juliana. Il était manifeste qu'elle vouait une admiration totale à ses parents.

Un sourire passa sur ses lèvres et elle pensa à la vie qui grandissait en elle. Une nouvelle branche qui allait encore consolider leur famille. Désormais, elle possédait tout ce qu'elle désirait. Elle suivrait Jack au bout du monde, relèverait avec lui tous les défis que la marine leur lancerait. Il disait d'elle qu'elle était son port, son ancre ; mais c'était lui qui était son havre.

Il y avait longtemps qu'elle avait oublié les trahisons

subies dans sa jeunesse. Un homme au regard de velours et en uniforme blanc immaculé avait à jamais chassé les doutes et la méfiance de son cœur, en lui offrant un avenir inespéré.

Oui, le beau chevalier Galaad était venu à sa rescousse, et lui avait volé son cœur en chemin. Et elle n'allait certainement pas s'en plaindre, pensa-t-elle encore, des étoiles dans les yeux.

Composé et édité par HarperCollins France

Achevé d'imprimer en France par CPI
en octobre 2021

Dépôt légal : janvier 2020
N° d'impression : 2060342